月光照着我

李焕道 著

天津出版传媒集团
天津人民出版社

图书在版编目（CIP）数据

月光照着我 / 李焕道著. -- 天津：天津人民出版社，2021.1
ISBN 978-7-201-16703-9

Ⅰ. ①月… Ⅱ. ①李… Ⅲ. ①长篇小说－中国－当代 Ⅳ. ① I247.5

中国版本图书馆 CIP 数据核字（2020）第 228012 号

月光照着我

YUEGUANG ZHAOZHE WO

李焕道 著

出　　版　天津人民出版社
出 版 人　刘　庆
地　　址　天津市和平区西康路 35 号康岳大厦
邮政编码　300051
邮购电话　（022）23332469
电子信箱　reader@tjrmcbs.com

责任编辑　谢仁林
装帧设计　米　乐

制版印刷　天津雅泽印刷有限公司
经　　销　新华书店
开　　本　710 毫米 ×1000 毫米　1/16
印　　张　23
字　　数　316 千字
版次印次　2021 年 1 月第 1 版　2021 年 1 月第 1 次印刷
定　　价　78.00 元

谨以此书献给那些坚守梦想的奋斗者!

目　录

contents

前　言

preface

山道前方有条河

亲爱的读者：

您好！

当您打开这本书的时候，我们就开始了一次心灵的交流。

书里写的是一群普通大学生支教的故事，他们悄无声息地走进大山深处，就像月光一样在静悄悄的夜晚来到我们身边。他们走过山道，就像飞过天空的白鸽一路唱着自己的歌谣；他们蹚过小河，就像山坳里的野花儿，尽管没有人注意到它，但却依然散发着芳香。与他们为伍，您或许看到了春日里小河奔腾的浪花，或许嗅到了夏日里野荷的清香，就算你只看到了秋日里飘落的黄叶和冬日里飞扬的雪花，也能从中捕捉到心灵的宁静与生活的美好。

故事仿佛发生在我们身边，我们可以沿着曲折的山道和欢腾的小河，回望这些普通故事的足迹。

许松、庄勇、韩娜娜、杜丽丽、匡亚非和杜小峰这六个刚从省师范大学毕业的大学生，带着初出大学的美好理想告别了繁华的省城来到了全省最偏僻的西平县方山乡，开始了为期三年的支教生涯。但是，他们谁也没有想到，残酷的现实把他们带入了一个个条件艰苦的学校。教学理念的冲突、村主任的漠不关心，再加上生活条件的艰苦，让他们产生了巨大的心理落差。他们茫然地望着大山，眼前一片灰暗，觉得生活没有方向……

面对乡村教育的现状，大家表现出来的态度各异：匡亚非和杜小峰首先产生了动摇，决定离开这里，他俩分别通过研究生考试和国家公务员考试走出了大山；韩娜娜在爱情的滋润下去了省歌舞团；杜丽丽在经历了生死的考验之后，毅然选择到最艰苦的小学支教；许松虽然也收到了研究生录取通知书，但却在最后时刻选择留下来继续支教；只有庄勇在这个青春的集体中从来没有动摇过……

大学生们的到来，给大山深处的学校带来了生机和活力，让奋战在山里多年的乡村教师高满堂、牛彩霞、崔明浩和董月莉热泪盈眶，他们和乡教育办公室主任杨本昌一起似乎看到了教育的希望。杨本昌用生命和热情捍卫着乡村教育的尊严，他每天拖着一条假肢坚守在乡村课堂。牛彩霞和杨本昌在共同的奋斗中，谱写了一曲爱的赞歌，他们把淳朴的友情化作了奋进的动力，一路搀扶着追逐教育的梦想。

青春的赞歌里始终都不缺少朝气和活力。牛彩霞的女儿小玲把青春的渴望书写在这贫瘠的土地上，小玲当年考西平县一中失败，使她第一次感受到城乡教育资源的不均衡带来的失落和痛苦。无奈之下，小玲最终去了西平县二中读高中，通过三年的努力后，她最终考入了清华大学。当面对家乡落后的教育和年少时由于城乡教育资源的不均衡而造成的心理伤害，她决心在毕业后修一条通往山外的大路，让寂寞的大山不再寂寞；杨本昌的儿子杨晨，在爸爸和牛彩霞的影响下，他开始思考自己的人生方向，高考结束后，他毅然选择了北京师范大学，他将来想回到大山做一名教师，沿着爸爸和牛彩霞的脚印继续前行。

冬去春来，留下来的许松、杜丽丽、庄勇和这些淳朴的教师正走向未来，贫瘠的大山深处又吹过了阵阵温暖的春风。

故事没有波澜起伏的情节，但在平凡的日子里，它就像小说里的柳叶河那样，无论春夏秋冬，总是一如既往地唱着欢快的歌奔向远方……

我之所以选用“山道前方有条河”作为前言的标题，是因为小说里无数次写到山道，山道是通往山外的纽带，正是由于山道的存在，我们才看到了通往山外的希望。我们总是感叹大山的雄伟，当你走进大山、踏上山道的时候，才真正融入大山的怀抱。

有山的地方如果有了河的陪伴，大山才会焕发生机，就像小说里的柳叶河一样给大山深处带来了无尽的欢乐，河真的成了精神的象征。当我们沿着山道拥抱大山的时候，也要驻足听一听山脚下小河的歌唱。

亲爱的读者，如果您曾经或即将离开故乡，愿这本书的呢喃诉说是您纷繁生活里的一张清凉药方。

感谢生活的馈赠！感谢我的大学和我的故乡！

李焕道

2020 年 2 月 10 日于大同

卷一

晨曦

1

毕业典礼结束不久，省师范大学刚刚毕业的六个大学生就告别了他们的母校，告别了他们生活了四年的省城，踏上了开往西平县的火车。拥挤的火车上，谁能想到这几个刚刚毕业的大学生将要到全省最偏远的西平县去进行为期三年的支教呢？

火车上，他们并没有认识到未来生活的严峻性，大家都像外出旅游一样对西平县充满了无尽的向往，似乎一下火车就是鲜花、红地毯，以及列队欢迎的众人。每个人的脸上都洋溢着兴奋与激动的神情，引得全车厢的人把目光都集中到了他们身上。

啊！年轻的大学生啊！走到哪里都是一片阳光。

可是，他们的兴奋与激动在他们走下火车的那一瞬间彻底消失了，被严酷的现实结结实实地泼了一盆冷水。美丽的鲜花和红地毯根本没有出现，取而代之的是连绵起伏的大山。虽然此时阳光依旧灿烂，但他们的心里却一片阴暗。

西平县绝对不像它的名字那样充满诗意，尽管它的名字里有一个“平”字，但也只有县城一带有那么一丁点儿平地，其余全是山地。

大学生们要来支教的地方又是西平县最偏远的乡——方山乡，一听这个名字就知道这里被大山包围着，是个名副其实的山乡。

西平县城通往方山乡的公共汽车，最远也就只能来到方山乡政府所在地就不能再继续行驶了，因为到这里能够行驶大汽车的公路就没有了，乡政府通往各个自然村的路都是一些挂在半山腰的或宽或窄的山道，最宽处也不过几米，汽车根本无法通行。村民来乡里办事儿基本都是步行，偶尔也有骑自行车的，骑自行车有时候甚至还不如步行，遇到难骑的路还得推着车前行。如果要进一趟县城就更不用说了，步行到乡里才能搭上开往县城的公共汽车。

大学生们在乡政府门口下了公共汽车，他们现在应该先到方山乡教育办公室报到，报到之后才能知道自己究竟在哪个学校支教。

他们进了乡政府大院，向看门的大爷打听乡教育办公室在哪个屋办公，大爷热情地告诉他们说乡教育办公室不在这里，在乡中学的对面，还得继续向回来的方向走二里[①]地。他们一听就都皱起了眉头。没办法，他们只好折回去，朝乡中学的方向走去。还好，几个人结伴而行，说笑间就来到了方山乡教育办公室，接待他们的是主任杨本昌。大学生们这时才知道，杨本昌管理着方山乡所有的学校，是这里教育战线的“一把手”。

杨本昌首先对大学生们的到来表示欢迎，然后就拿出早已准备好的文件，告诉了他们具体的支教学校。

同行的六个人中，除了音乐系的杜丽丽被安排在乡中学外，其余的人都被安排到了各个自然村的小学。中文系的许松、音乐系的韩娜娜还有体育系的庄勇被分到了距离乡政府二十多里的南洼沟村小学；政教系的杜小峰和物理系的匡亚非被分到了与南洼沟一河之隔的牛村小学。

一听到这个结果，杜丽丽眼睛里立刻就闪现出了惊讶与兴奋的光芒，她差点儿叫出了声，但还是克制住了自己，捂起了嘴，极力掩饰自己的激动与兴奋，但她明显可以感觉到自己的心脏跳动得异常厉害。她真的非常开心，

① 1 里 =500 米

因为相对于自然村来说，乡中学当然是最佳选择，这里虽说也在大山深处，但是出门就有通往县城的公共汽车，附近还有小超市和饭店，所有乡里的机关几乎都在这儿附近，办什么事儿也挺方便。最主要的是乡中学有教工食堂，杜丽丽不用自己做饭可以直接到食堂就餐。

自然村就不一样了，不通公共汽车不说，甚至连基本的生活都成问题。要是来乡里办点儿事儿，还得步行二十多里山路，想想都让人发愁。

韩娜娜当下就哭了，抓着杜丽丽的手说："丽丽，你命真好，你能留在乡中学，我们可要到深山老林里去受苦了。"

杜丽丽有些得意地说："其实不管在哪里工作都是一样的，因为我们都是来支教的。"

说这句话的时候，她语气里明显带有一种优越感。

杜小峰听了很不高兴，说："能一样吗？至少这里有直通县城的公共汽车，不像我们还得步行二十多里山路才能坐上公共汽车。"

匡亚非也拉着脸对杜丽丽说："你是站着说话不腰疼，要是你没留在乡中学你就不会这么说了，你如果觉得都一样，咱俩就换换，你去村里，我留在乡中学。"

杜丽丽立刻涨红了脸，说："你们怎么都把矛头对着我啊？留在乡中学又不是我的决定，我有错吗？"

庄勇说："丽丽，你没错，你就是说话让人听了不高兴。"

杜丽丽说："我一直都是这样说话的，你们明显都是带有个人情绪的嘛！"

庄勇还想说什么，一旁的许松看到这阵势，觉得弄不好会吵起架来的，他赶紧上前拉了一下庄勇的胳膊，对大家说："好了，好了，都别说了，丽丽能留在乡中学，我们应该为她感到高兴才是，已经成为现实了，大家就不要再争吵了，现在最要紧的是先把丽丽安顿好，咱们还得赶咱们的山路呢！"

许松的话让杜丽丽倍感温暖，她的口气缓和了不少，说："刚才我说话有点儿着急了，不好意思啊，我有时间一定去看大家，你们一定要欢迎我。”

许松悄悄瞟了一眼杜丽丽，她脸上依然荡漾着难以言表的自豪。

说实话，许松打心里瞧不上杜丽丽，难道就因为分在了乡中学支教就觉得异常骄傲吗？为了一点儿小小的利益就沾沾自喜，说实话，真不像受过高等教育的人。

不管怎么说，大家毕竟都是同学，他们先安顿好杜丽丽后，才和她告别。分别的时候，杜丽丽一直把同学们送了很远才回去，她转身的时候，眼圈红红的。

离开杜丽丽后，他们五个人很快就步行在山道上了，大家刚开始都还有点儿新鲜感，尤其是庄勇，兴奋得不是趴在山道边的草地上做几个俯卧撑，就是攀着路边的树干来个引体向上。

可是山道越来越难走，大家的情绪越来越差。

杜小峰嘴噘得老高，埋怨着：“什么鬼地方，把我的脚都磨出泡了。”

匡亚非一边走一边狠劲儿地踢着路上的石头，说：“我们这是干吗呢？自找罪受。”到最后，他的高档旅游鞋都被踢裂了一道口子。

韩娜娜又一次抹起了眼泪，说：“早知道是这个样子，我就不来了，为什么丽丽就能留在乡中学？太不公平了。”

庄勇说：“鬼知道她背后做了什么手脚？不公平的事儿多的是，我们能有什么办法？”

许松说：“咱们都想开点儿，好在咱们是来支教的，也不会永远留在这里，忍忍就过去了。”许松嘴上这么说，心里其实也很不是滋味，只不过他是个不善表露情绪的人罢了。

其实，许松真有些看不起他的这几个同学，当初离开省师范大学准备来支教时，他们个个都信誓旦旦，说了很多豪言壮语。匡亚非说为了祖国的下一代愿意挥洒热血；杜小峰说为了贫困地区的教育立志奉献青春；杜丽丽甚至还用了一个20世纪五六十年代非常流行的口号——“决心为农村战天斗地”来为自己添光加彩；韩娜娜更是“技高一筹”，高歌了一曲《好大一棵树》以表示自己的决心。现在看到他们的态度竟然是这样，许松就觉得好笑，人啊！只有在现实面前才能表现出真性情来。

许松虽是学中文的，文章也写得不错，甚至还发表过小说，但当时面对那样的场面，他搜肠刮肚也没有掏出几个激昂的词语来，最后他只说了“我愿意去支教”这么一句话，脸就憋得通红。今天看来，他也算对得起自己的内心了。

不管怎么说，埋怨归埋怨，大学生们还是朝支教的地方前进着。

韩娜娜对许松和庄勇说：“许松、庄勇，我以后就靠你们俩照顾了，拜托了。”说完，她就扶着路边的一棵泡桐树不停地抽搭。

许松上前劝她：“娜娜，别难过，又不是你一个人来到这里，有我们大家呢，我们都会帮助你的。”

庄勇开玩笑地说：“要是谁敢欺负你，我就揍他。”

说着，庄勇脱下了上衣，露出了结实的胸肌，又说：“看我这身肌肉不是白练的，是专门用来保护你的。”

杜小峰说：“到底是学体育的，肌肉这么发达。”

匡亚非说：“今后咱们遇到什么困难，都找庄勇。”

大家一路说笑着往前走，崎岖而漫长的山道似乎暂时不存在了。

就这样，许松、庄勇和韩娜娜来到了南洼沟小学，杜小峰和匡亚非去了牛村小学，两个学校之间隔着一条弯弯的柳叶河。从山顶往下看，这条河的形状像一枚柳叶，柳叶河因此而得名。

2

这几个年轻的大学生就这样走进了大山深处。令他们感到欣慰的是，这里虽然山高坡陡，手机信号却出奇的好。看来，中国移动公司西平县分公司还挺有眼光，他们把信号塔架到了山顶上，那么，大山深处的沟沟壑壑就都有了信号。不管这里的人民有多么贫穷，这里的教育有多么落后，但高科技的产物——手机却随处可见。

让人不得不感叹时代的确在进步着，而且发展得如此迅速。因为有了手机信号，大学生们在闭塞的大山深处有了与外面的世界沟通的工具。

南洼沟小学先前只有两名教师，一个五十多岁，叫高满堂，几年前在国家落实民办教师政策时才转为公办教师的，他全面负责整个学校的工作；另一个是学校聘用的代课教师周小红，刚满十九岁，初中毕业，南洼沟村人，而且是村主任马学义的远房外甥女，两年前学校聘用她并不是由于她和村主任的亲戚关系，完全是因为南洼沟小学太缺教师了，高满堂一个人实在承担不了那么多班的教学任务，他觉得村里的年轻人大部分都出去打工了，留下来的没几个上完初中的，周小红毕竟已经初中毕业，于是，就向乡教育办公室提出了申请，杨本昌很快就同意了。杨本昌找到马学义说了让周小红代课的事儿，周小红的工资得由村里出。马学义一听得出工资，立刻就不高兴了，杨本昌说如果不聘用周小红，南洼沟小学由于缺老师很可能就办不下去了，到那时孩子们都得到牛村上学，村民肯定有意见，会影响到村主任换届选举的，马学义这才勉强同意聘用周小红。

许松、庄勇和韩娜娜来到这里，把高满堂乐坏了，激动得差点儿流下眼泪，因为他一直梦想着能调几名教师来这里工作。这几年，随着课程的增多，教学任务越来越紧张，他不止一次向杨本昌申请，但一直都没有调来新的老师。其实并不是杨本昌不肯调，是根本没有人愿意来，杨本昌也不止一次到县教育局要人，但基本都没有结果，不得已学校才聘用了周小红来缓解一下教学的压力的。现在，一下子来了三名教师，他真不知道说什么才好。

相反，面对三个大学生的到来，周小红却很不高兴。从她看见许松他们进校门的那一刻起就拉起了脸，也不主动跟他们打招呼。她觉得他们的到来很有可能会让自己失去工作。为此，她痛苦地跑到学校南面的柳叶河畔，一个人悄悄地流了好一阵子眼泪，她真的不知道该怎么办了，也许杨本昌很快就会到学校来宣布让她离开，想到这儿，她就难过得要命，忍不住朝柳叶河扔了几块儿河卵石。她看到河里自由自在嬉戏的几只鸭子，羡慕极了，真想让自己变成一只鸭子。痛苦归痛苦，但生活还得继续，周小红擦干眼泪又朝学校走去了。

周小红的情绪，早就被韩娜娜看到了，女孩子的心通常都很细腻，韩娜娜拐弯抹角地主动找周小红谈心，还把从省城带来的零食给她吃，甚至把自己的一瓶刚买来不久的防晒霜也送给了她，她才说出了实情。她一说出口，韩娜娜立刻笑了，说："小红，你放心好了，我们只是来支教的，将来还是要离开的，你不会失去工作的。"

周小红说："我有这么个工作不容易，你们来了，我还是有些担心，学校用不了那么多人了，我就有可能下岗。"

韩娜娜说："一定不会的，因为你是长期的，我们都只是暂时的。"

周小红说："但愿吧！"

后来，果然像韩娜娜说的那样，杨本昌并没有要周小红下岗，因为他也知道这几个大学生的到来只是暂时的，说不准中途就有人"逃走"，而周小红却是长期的，况且当时南洼沟小学最缺人的时候，是周小红来这里当代课教师的，才缓解了学校的紧张局面。人都是要讲感情的，不能只看到眼前的利益。这样，周小红一颗悬着的心才算是落地了。

周小红是没有下岗，可事情还远没有结束。

南洼沟小学由于师资缺乏的原因，目前只有三个教学班，分别是三、四、五三个年级。周小红教三年级的语文和数学课兼全校的音乐课，说是音乐课，实际上就是领着孩子们随意唱唱歌。高满堂则一人带四、五两个年级的语文、数学课。

因为有了正规音乐系毕业的韩娜娜，所以，高满堂不但让韩娜娜教全校的音乐课，还让她接替了周小红三年级的语文和数学课，除此之外，韩娜娜还主动说想教全校的英语课。这样一来，高满堂就觉得韩娜娜的负担有些重，但韩娜娜说她能胜任，高满堂只好同意了。因为许松是中文系毕业的，他自告奋勇说想教四、五年级的语文课，高满堂想都没想就点头了。

高满堂征求庄勇的意见时，庄勇对高满堂说："一切听从您的安排。"

高满堂就让庄勇教四年级的数学课兼科学和品德课，当然还有全校的体育课。高满堂自己仍教五年级的数学课兼科学和品德课，他说他教了大半辈子数学了，有经验。许松的第一反应就是觉得高满堂不太谦虚。

最后，高满堂才安排了周小红的任务，让她教三年级的科学和品德课。弄得周小红又是好几天都拉着脸，见到谁都像仇人似的。为了缓和一下与周小红的矛盾，韩娜娜又主动送给周小红一件从省城买的裙子；许松说要辅导她学习中文系的课程；庄勇说要教她健身操，为她的身材塑形，争取让她的身材赶上韩娜娜。面对大家的热情，周小红才露出了笑容。

为此，许松悄悄地跟韩娜娜开玩笑说："主要是你那条裙子起了重要的作用。"

韩娜娜笑着说："才不是，人家是感激你能辅导她学知识才对我们以诚相待的。"

这时，庄勇干咳了几声，示意大家他的存在。

许松赶紧说："庄勇才是小红感谢的主角。"

韩娜娜马上说："对，人家要帮小红身材塑形呢！"

庄勇说："就你们两个能说会道，我看小红没有你们说得那么势利，人家本身就是个好姑娘。"

韩娜娜说："你是不是看上小红了？"

庄勇说："娜娜，你能不能严肃一点儿啊？"

许松在旁边早就笑得合不拢嘴了。

韩娜娜和庄勇也都笑了起来。

年轻人啊！再艰苦的环境也阻挡不住青春的热情！

高满堂对这几个年轻人的到来虽然感到高兴，但还是有些不放心。他觉得他们刚大学毕业，并没有真正走上过讲台，不熟悉小学的教材和课堂，为此，他想听听他们的课。

开会的时候，高满堂说了自己听课的想法，许松想："我们都是省师范大学的毕业生，都是接受过高等教育的，你凭什么不相信我们，你自己又是什么学历？"

许松心里想归想，但嘴上还是说："欢迎高老师批评指正。"

庄勇和韩娜娜在开会的时候跟许松是一样的感受。他们三人对高满堂有看法，觉得高满堂极度地不信任他们。

而且高满堂当下就开始听他们的课，听完课后，他觉得课堂气氛太活跃了，提出应该稍稍收敛一下。大家听了都不太高兴，当着面谁都没说，其实心里都憋着一股子气。

过了一会儿，韩娜娜突然说："我们也想听听高老师讲课。"

高满堂答应了。

听完课后，他们三人都觉得高满堂的课可以用两个字概括——沉闷。

后来，庄勇就对高满堂提起了他们住宿的事儿，刚来的几天，他和许松是暂住在教室里的，晚上他们把破桌子合在一起，将就着睡了几夜；韩娜娜到周小红家住了几夜。

高满堂说："你们放心，我早就跟村主任说过这件事了，他马上就来解决这个问题。"

果然，过了一会儿，村主任马学义来了，他紧皱着眉头，进办公室第一句话就说："村里还是找不到空闲房子，即使找到一间，不是不通电，就是漏雨，不如你们就住在学校吧，我看学校东屋那两间屋子收拾收拾还能住。"

"东屋？"许松当下就表示疑问。

韩娜娜也说："那我住哪儿？总不能跟他们住一个屋子吧？"说着便指了指许松和庄勇。

东屋是一个闲置多年的教室，早几年，学生多时，还做教室用，这几年学生少了，就都到西边的教室去了，东屋自然就闲置不用了。时间长了，里边脏乱不堪，那扇门也被孩子们弄得千疮百孔。

他们三个都不想住那里，许松和庄勇没有直接表态，韩娜娜拉着脸说：“多年闲置的屋子，晚上还会做噩梦的。”

马学义说：“先将就着住，等以后村里有了空闲房子再给你们换，你们也知道，这里的条件不太好。”

随后，马学义便让高满堂找了几个学生打扫东屋，然后又对韩娜娜说：“韩老师，你先在小红家再住两天，我明天找几个人把东屋从中间用纸板隔开，再把南边那扇窗户改成一扇门，这样就成了两个独立的小间了，你住南边一间，让许老师和庄老师住北边一间。”

韩娜娜勉强地点了点头，许松和庄勇也没再说什么话，他们只能面对现实了。其实，许松真的不愿意和庄勇合住，庄勇睡觉爱打呼噜，前几天他是彻底领教过了。害得他整夜都难以入眠，庄勇倒睡得异常香甜。而且，庄勇还有早起锻炼身体的习惯，常常把许松从睡梦中吵醒。

庄勇觉得这样的安排也能接受，毕竟三个人放学后在一起还可以聊聊天。尽管许松跟庄勇住一个屋子心里有所顾忌，但庄勇却非常喜欢和许松同住，主要是因为许松爱干净，总是把屋子收拾得干干净净的。前几天他们住教室的时候，虽说是教室，可庄勇已经感受到了许松的好习惯，庄勇觉得和一个爱干净的人住在一起，每天处于一个整洁的环境中，心情都会不一样的。

第二天，马学义便找来几个村民把东屋用纸板隔成了两间，又把南边那扇窗户改成了一扇门。这样，许松、庄勇、韩娜娜就勉强有了自己的宿舍。

虽然宿舍解决了，但真正的难题却是吃饭问题。

马学义说，南洼沟山高路远，运送煤球很不方便，只能委屈他们烧柴火了。不过，要他们放心，南洼沟最不缺的就是柴火，漫山遍野到处都是，可以定期让孩子们到山里帮他们捡。至于粮食问题，他说会发动村里各家各户为他们捐一点儿。马学义能说到这一点儿，许松、庄勇和韩娜娜都能理解，毕竟这里条件艰苦。再说了，他们从省城来到这里原本也不是来享福的，他们是来支教的。

马学义还说会尽一切努力保障好他们的生活，他说只有生活好了才能更好地教书。他们都有些感动了，还能提什么要求呢？只有好好工作了。

可是，许松很快就发现了马学义并不像他们想的那样好。

有一次许松去提水，经过马学义家门口时，看到他家院子里摞了好多蜂窝煤球，顿时，他就气得要命，心里当下骂他“王八蛋”。

回到学校，还没来得及往小水缸里倒水，许松就告诉了庄勇，庄勇气得火冒三丈，骂开了：“见鬼的，马学义真不是个东西。”边说边连连跺脚。

许松示意他小声点儿，庄勇却说：“怕什么，我就是要让全世界都知道。”

许松猛抬头往窗外看时，高满堂刚好从他们窗户下走过，他并没朝他们的屋里张望，而是很快进了教室，许松仍然觉得他好像听见庄勇骂人了。

韩娜娜听到许松和庄勇的吵嚷声，课也不上了，就闯进了他们的宿舍。

进门她就嚷：“吵什么吵？”

庄勇赶忙向她说明原因，她听了立刻也火了，说：“马学义就不是东西。”

这时，铃声响了，下课了。

周小红来到他们的宿舍，由于她是马学义的远房外甥女，所以，碍着她的面子，大家只好暂时收敛了对马学义的愤怒。

隔着窗户，许松突然又看到高满堂从教室出来了，还搓了一下手上的粉笔灰，朝他们这儿张望了一眼，扭头进了集体办公室。

许松还是忍不住朝高满堂的背影瞪了一眼。

3

孩子们在高满堂的吩咐下，从山野里捡来许多柴火，东屋的墙角立刻就堆满了柴火。高满堂说如果烧完了，还会让学生们再去捡。高满堂这么做，让许松他们多少有些感动。许松突然觉得高满堂似乎不是原先想象中的那种人。

中午放学后，庄勇看着那堆柴火，说：“高老师还挺不错嘛，帮我们捡了这么多柴火。”

韩娜娜说：“有些事儿，我们得懂得感恩。”

许松没有说话，只是不停地点头。

烧柴火，许松和韩娜娜首先表达出他们的不习惯，他们说以往家里都是烧煤球或煤气的。虽说许松老家也在农村，可那是平原，做饭、取暖的事儿完全由爸爸妈妈来做，用不着他操心的。韩娜娜家在一个县城里，烧柴做饭她只在电影里看到过，更何况她在很小的时候就被送到省城姑妈家学钢琴，在城市里，就更看不到柴火之类的东西了。试想，她这么娇贵的姑娘烧柴火做饭该有多难？

庄勇在这个问题上没有多说，只是说了句：“烧柴火做饭也可以。”

许松和韩娜娜立刻皱起了眉头，追问他：“怎么回事啊？庄勇，难道你以前烧过柴火？”

庄勇开始不肯说，后来禁不住许松和韩娜娜的死缠硬磨，他才说：“我老家也在山里，从小我们也是烧柴火做饭的，只不过那时候都是奶奶烧火，我只在旁边看，亲自烧柴火的机会很少，等我上了高中，考上大学，我与烧柴火的生活就越来越远了。”

庄勇这么一说，许松和韩娜娜才知道庄勇原来也是山里人。许松想再多问一点儿烧柴火的事儿，庄勇却走开了。

就算庄勇懂一点儿烧柴火的常识，但那也是他小时候的事儿了，何况他又没怎么亲自实践过，许松和韩娜娜仍然是非常气恼，三个都没什么经验，怎么去烧火做饭？

事情往往就是如此，人越是不高兴就越有人添乱。乡中学的杜丽丽接二连三地给韩娜娜发短信，说要她到乡中学来玩；还说乡中学食堂山村风味的饭很好吃，她自己根本不用做饭，一下课拿着搪瓷碗到食堂买一点儿就行了；甚至说要来体验一下他们的“乡村生活”。

许松生气地说：“体验我们的乡村生活？杜丽丽也太过分了，乡中学不就是比我们离县城近了二十里吗？四周不照样也是被高山包围着吗？条件也比我们好不了多少。”

庄勇说：“她那是显摆，别跟她一般见识。”

韩娜娜每每接到杜丽丽这样的短信，也总是气上半天，她觉得杜丽丽是故意这么做的，而且目的只是想了解一下他们的“狼狈生活”。

许松和庄勇都鼓励韩娜娜“以牙还牙”，韩娜娜有时也按照他俩的意思把“报复”性的短信内容写好，但即将发送出去时，又打退堂鼓了，她说：“毕竟都是同学嘛，算了，我们又不是不再见面了，见面以后该有多尴尬啊！再说了丽丽其实也不坏，她就是这个性格，我们得理解她。”

庄勇说：“可她说的话真的让人接受不了。”

许松说：“就是，偶尔给她点儿颜色看看也是可以的。”

庄勇笑着说：“许松，你这是怎么了？以往你就是咱们当中和稀泥的，既不说谁好，也不说谁坏，今天怎么也不说那些大度的话了。”

许松开玩笑地说：“我这不现在和你们是战友吗？要是再和稀泥，指不定你和娜娜会怎么收拾我哩？”

韩娜娜拍了一下许松的肩膀，说：“许松，你就是个狡猾的狐狸，当着丽丽的面就充当好人了，我们都成了坏人，背地里又想拉拢我们，我告诉你啊，门儿都没有。”

许松说：“门儿没有没事儿，有窗户就行。”

韩娜娜立刻被许松逗笑了。

庄勇说：“到底是中文系毕业的，说出来的话一套一套的。”

说完，庄勇还轻轻捶了一拳许松。

最后，韩娜娜还是改变了短信内容，只说了一些“我们一切都好”“谢谢关心”之类的话，许松和庄勇都像泄了气的皮球，相继长叹了一声。

不管怎样，生活还得继续。为了减少麻烦，他们三个人合伙做饭。一般是谁先下课，谁就烧火做饭，后下课者再帮忙。

但是，庄勇却很少做饭，许松和韩娜娜有时也半开玩笑地提醒他：“庄勇，你也应该显示一下你的厨艺了。”

庄勇却总说：“我相信你们的厨艺，还是你们多做饭，我多烧火、提水。”

韩娜娜和许松都很恼火。特别是有一天中午，庄勇下课最早，许松认为这下该他做饭了，他再没理由推脱了。谁知，等许松下课了，回到宿舍，看到庄勇竟躺在床上“呼呼”大睡。韩娜娜进来一看，一下子火了，上前掀开庄勇的被子，她也不顾羞涩，对着庄勇的光脊梁就是一巴掌，说：“庄勇，你是不是太过分了，下课这么早也不做饭？”

庄勇看到面前这两个怒气冲冲的人，心里有些慌，他知道自己做得不对，就故作镇静地揉了揉眼，说：“哦，忘了，下次啊下次，下次一定做。”

韩娜娜一边生气地数落庄勇，一边开始做饭，她觉得她是个女生，虽然说了大家一起做饭的，但做饭还是应该她主动一点儿为好。庄勇在一旁，也有些不好意思了，赶紧上前帮忙，许松则去提水了。

许松去提水的时候，还想着刚才的事儿，他想应该给庄勇一次教训，让他知道做饭的辛苦，今后他或许就会改变的。

很快他就把想法告诉了韩娜娜，韩娜娜觉得可行，于是，他俩进行了一番精心的计划。

傍晚放学后，许松和韩娜娜悄悄溜出了校园，径直奔到学校后边的山坳里去了，他们决定今晚让庄勇尝尝不做饭的滋味。他们是不会担心饿的，因为韩娜娜的背包里有许多她从村小卖部买来的点心和矿泉水。

太阳早已躲到山后去了，只在高高的悬崖峭壁上留下点点余晖。

为了消磨时间，他们坐在一块儿大石头上聊天。

许松说："娜娜，你一个女孩子怎么也来到这鬼地方支教啊？"

韩娜娜说："是我姑妈的主意，她说我支教结束回到省城，再想想办法就可以进他们单位，其实，我更想在舞台上唱歌，但姑妈的话，我也不好意思不听。"

许松问："你姑妈在哪儿工作啊？"

韩娜娜说："音乐学院。"

许松说："怪不得你音乐这么好，原来有家庭背景啊！"

韩娜娜说："许松，你不知道，其实音乐并不是我小时候的梦想，只是上高中后，文化课学习成绩不行，学普通文科或理科根本没希望考上大学，我才在姑妈的建议下学了音乐，如果不是学音乐，我怎么可能考上省师范大学呢？"

许松说："你有这么好的背景，干吗不大学毕业直接进音乐学院工作却非要来这里支教？"

韩娜娜说："具体情况我也不太清楚，姑妈只是说想让我来锻炼锻炼，还说有个支教经历的话，有些事儿也好办一些。"

许松不再问下去了，他已经明白了。

韩娜娜觉得许松和庄勇的根本不同就在于许松心思细腻，看问题比较全面，所以也乐意把心里话讲给许松听。以前他们上大学时因为不在同一个系，互相并不认识，只是来支教时才渐渐熟悉的。在这幽幽的大山深处，如果有一个谈得来的朋友该是多么美好啊！至于庄勇，韩娜娜觉得他人很实在，对她的帮助也很大，刚来时她已经被他的话感动过了。只是庄勇有些粗心，有时候体会不到别人的感受，难免会让韩娜娜难过，但是韩娜娜心里还是把庄勇当作哥哥般看待的。

韩娜娜接着对许松说："我姑妈除了在音乐学院教书，还私下里教别人钢琴，一个月可以挣好多钱呢，她现在有两套房子，她说将来给我一套当作结婚礼物。"

许松羡慕地说："你姑妈对你真好。"

韩娜娜说："是啊！姑妈为我想得多。"

许松开玩笑地说："我要是有你这么个有钱的姑妈就好了，我也不用买房了。"

韩娜娜却叹了一口气，说："唉！其实，我姑妈也很苦的。"

许松奇怪地问："为什么？"

韩娜娜说："她没有孩子，拿定主意一辈子不结婚。"说着，韩娜娜眼圈红了。

许松再次问她："你姑妈为什么这样啊？"

韩娜娜抹了一把眼角的泪水，说："她上大学时谈过一个男朋友，毕业后那男的去了美国留学，再后来就写信跟我姑妈断绝了关系。她伤心透顶，我爷爷看在眼里、急在心里，多次托亲戚、朋友给她介绍对象，都被她拒绝了。姑妈为了忘掉过去，一门心思学习，后来她考取了中央音乐学院的研究生，毕业后就回到省音乐学院教书了，但从此不提结婚的事儿。我爷爷临去世时拽着我爸爸的手嘱咐，要我爸爸好好照顾姑妈。我爸爸觉得姑妈一个人在省城太孤单，在我很小的时候，就送我到她身边，一方面跟她做伴，一方面学习钢琴。"

说完，韩娜娜不住地揩着脸上的泪水。

许松一个劲儿地安慰韩娜娜，他自己也被韩娜娜的情绪感染了，眼圈顿时红了。许松叹了一口气，说："娜娜，生活就没有一帆风顺的时候，你也不要太难过。姑妈把整个心思都用在你身上了，你一定要坚强，将来好好照顾姑妈。”

韩娜娜点点头说：“那是肯定的，我姑妈其实挺可怜的，她因为感情受过打击，常对我说，找男朋友她并不阻拦，但要我不要轻信男人的诺言。”

听了韩娜娜这句话，许松心思沉重地看着她，韩娜娜仰望天空，好久都没有说话。

过了一会儿，许松才说：“姑妈的话，你细细掂量，有些事你一定做到心中有数，不能把人一棍子打死，毕竟不是所有的男孩子都是那样的。”

韩娜娜又是长长地叹了一口气，说：“唉！我也为难哩！”

许松突然感觉到韩娜娜似乎有什么心里话要说，但他又不好意思直接问，只好说：“娜娜，如果你有什么需要我帮助的，我一定尽力。大忙不一定能帮上，但至少可以听你诉说。”

韩娜娜说：“哦！许松，谢谢啊！这是这么多天我听到的最温暖的话了。我一直以为自己很孤单，其实有很多人还是爱我的。”

许松立即说：“当然，因为你也很好。包括庄勇，他也喜欢你，尽管我们今天要‘教训’他一回。”

韩娜娜说：“这我都是知道的，也记在心里了。”

原本许松打算和韩娜娜聊一聊庄勇，然而令许松想不到的是，韩娜娜却动情地讲述了她自己的故事。

这个刚过二十岁的女孩，要敞开心扉向人诉说了。

青春的季节里，谁的天空都是多彩的。

韩娜娜说她自己已经有了男朋友，叫夏军，是省师范大学音乐系的声乐老师，年龄比她大好几岁。夏军曾经狂热地追求她，许诺将来要带她出国。他半年前先去了新西兰，等他在那边安顿好后再接她去。她既甜蜜又担心，甜蜜的是她找到了夏军这样的男人，担心的是害怕走她姑妈的老路。所以，她谈恋爱的事儿一直瞒着姑妈。

哦！夏军，许松是熟悉的，因为夏军经常在省师范大学的文艺晚会上独唱，而且总是压轴节目，人长得帅气不说，关键歌唱得实在是好。为此，别的系的很多女生都被他迷住了，有的甚至还悄悄打听夏军有没有女朋友。

许松说："娜娜，夏军可是咱们师大很多女生的梦中情人啊！被你抢走了。你不知道，我们中文系有好多女孩都被他迷住了。"

韩娜娜说："他的确很优秀，可就是不知道我们有没有未来？"

许松说："有情人终成眷属，我期待着你们的好消息。"

韩娜娜说："许松，有你这句话，我就知足了。"

韩娜娜并没有停下的意思，仍然接着跟许松讲述她和夏军之间的美好回忆。

不知道为什么，许松的心情突然间有些烦乱，尽管韩娜娜还在叙述她的故事，但她接下来说的话许松一句也没听进去。

天渐渐黑了，山野里，不知什么虫子鸣叫起来了，整个山坳反而显得更加幽深静谧。他们仍不愿回学校去，想看看庄勇今天到底有什么反应。

突然，许松的手机唱起了凤凰传奇那首有名的《月亮之上》，他知道是庄勇在呼叫了，庄勇已经开始有"反应"了。许松故意不接电话。过了一会儿，韩娜娜的手机又唱起了周杰伦的《青花瓷》，她也没接。他们暗地里都在偷笑，要"惩罚"他一次，让他改掉不做饭的坏毛病。

又过了好长时间，月亮都已经越过前面的山头了。许松的手机又开始唱歌了，这次他接通了，里面传来庄勇焦急的声音："许松，你们在哪？快回来吧，我以后一定好好做饭。"

许松立刻笑出了声，韩娜娜在一旁也"咯咯"地笑个不停。

他们趁着月光，摸着山野的小路，回到了南洼沟小学。

庄勇已经把饭做好，单等着他们到来。

那晚，许松和韩娜娜都觉得庄勇做的饭真好吃。

有了这次"教训"之后，庄勇从此融入了做饭的行列。

为此，许松和韩娜娜在私下里庆祝过好几次他们的胜利。

这或许就是青春的乐章，谁没有青春过呢？

4

高满堂走进集体办公室的时候，大家都在备课，他进门就说：“待会儿杨主任要来听课。”

许松扭过头说：“怎么不早告诉我们？”

高满堂说：“我也是早上才接到通知的，杨主任通常都不会提前通知的，他做事历来都是这样的。”

韩娜娜说：“这也太突然了。”

庄勇说：“来了又怎么样？我就是这样的教学方式，大不了说我教课不行，还能把我怎样？”

周小红却在一旁笑个不停。

许松问：“小红，你笑什么？难道你能逃脱掉？”

周小红边笑边说：“杨主任听课也是听你们这些‘主课’的，像我教‘副课’的就不用担心了。”

周小红这样说话，明显是夹枪带棒的，因为正是因为他们三个大学生来了之后，她才“被迫”去教“副课”的，她心里是生气才故意这么说的。说完，她就后悔了，她觉得不应该这么说，其实，许松、庄勇和韩娜娜对她还是很友好的。但有时候又实在忍不住，再加上心直口快，稍一不注意就说出来了。但话已经说出来了，不可能再收回去，为了弥补一下自己的愧疚，周小红又说：“我刚才说话有点儿着急了，大家别往心里去。”

听到周小红这么一说，庄勇故意说：“小红，你没着急啊，本来就是嘛！要听课也是听‘主课’。”

周小红知道庄勇在逗她，就又“咯咯”地笑了起来，边笑边说：“那你们就等着杨主任听课吧，我告诉你们啊，杨主任是很严厉的一个人，要是你们把课讲砸了，你们就等着挨批吧！”

这时，高满堂敲了敲桌子，说：“小红，你也别笑了，杨主任说了，所有的课都有可能听。”

周小红一听，立刻紧张起来了，埋怨高满堂：“高老师，您怎么不早说？您可害苦我了。”

高满堂说：“我一进门就说杨主任来听课，并没说不听‘副课’啊？”

周小红慌慌张张地拿出教科书，边嘟囔边开始备课。

这时，轮到三个大学生“咯咯”地笑了。

这个可爱的女孩，给大家带来了如此多的欢乐。还能说什么呢？周小红就是青春小河里跳跃的一朵浪花。尽管她没有上过高中和大学，但绝对不影响青春的激情，如果她也有许松、庄勇和韩娜娜的机会，她一定也会是个很出色的大学生的。

杨本昌是骑着他那辆摩托车来的，听到摩托车的“突突”声，高满堂就说：“杨主任来了。”

许松问：“高老师，您怎么知道？”

高满堂说：“杨主任的摩托车声已经刻在我耳朵里了。”

庄勇问：“杨主任也真胆大，这么难走的山道竟然骑摩托车。”

高满堂说：“他是多年练就的本领。”

就在大家说着话的时候，杨本昌已经骑着摩托车直接来到了校园里。高满堂赶紧出去迎接，大家也跟着出去了。

杨本昌支好摩托车，上来就询问三个大学生在这里的生活和工作情况，他们都说还好。

杨本昌说：“有什么困难就跟我说，我会帮助你们的。”

他们都点了点头。

杨本昌是个很有时间观念的人，他没有多谈其他的事就直接开始听课了。

杨本昌说："你们也不用刻意准备，平时怎么讲就怎么讲，讲到哪儿就接着继续往下讲，就当我不存在。我听课有个习惯，通常不会完整听一节课，有时候上半节可能在这个班听，后半节就可能到另一个班了。"

许松心里一阵忐忑不安，但很快就镇定下来，心想："我毕竟是省师范大学中文系毕业的啊，就算你一直听我的课，我也不会担心的。"

许松又悄悄看了看庄勇和韩娜娜，他们满脸也都是自信。

杨本昌果然前半节听了许松的四年级的语文课，后半节又听了韩娜娜的三年级的英语课，也不知道他能不能听懂。紧接着他还在校园里看了庄勇的一节体育课。周小红本来准备好的一节科学课，杨本昌并没有听，说时间不允许了，周小红有些失望。

趁着杨本昌和高满堂在校园的一个角落抽烟的时候，韩娜娜小声对周小红说："不听你的课，你也不用那么紧张了，这不好吗？"

周小红噘着嘴说："不是听课不听课的问题，是杨主任重视不重视我的问题。"

周小红的理由让韩娜娜感到好笑，她立刻转过身，生怕周小红看到她的笑脸，但她强忍着还是笑出了点儿声音，周小红奇怪地问："娜娜，你笑什么？"

韩娜娜扭过头，拨弄了一下额前的头发，说："没什么，我爱笑，笑一笑十年少，对身体有好处。"

周小红说："你肯定是在嘲笑我呢！"

韩娜娜说："真没有，你别多想了。"

周小红说："反正你就是没把我放在眼里，你们都是大学生，就我……"

庄勇听到了，说："小红，你不要再说大学生不大学生了，在这里，咱们都一样。"

许松也说："我们还不如你有经验，至少你在这里教书的时间比我们长。”

周小红还想说什么，韩娜娜上前拉住了她的手，说：“大小姐，别生气了，放学后，我给你剪头发，你不是早就想让我帮你剪头发了吗？”

一听剪头发，周小红立刻笑了，对韩娜娜说：“那好，一言为定啊！”

韩娜娜拍了拍她的肩膀说：“君子一言，驷马难追！”

后来，在集体办公室里，杨本昌一一点评了三个大学生讲的课，首先说了他们的优点，之后主要说了他们讲课的缺点，而且说缺点的时间很长。说许松讲课讲得太深，孩子们不一定能听懂；说韩娜娜讲得有些快，孩子们一时难以接受；说庄勇的动作过于夸张，等等。

当着杨主任的面，他们都装出虚心接受的样子，其实心里是不服气的。

点评完之后，高满堂想留杨本昌吃饭，杨本昌说他还要到别的小学去看看，就骑着摩托车走了。

中午放学后，一回到宿舍，许松一屁股坐在床上，拉着脸说：“我看杨主任今天根本就是和咱们过不去，把咱们说得一无是处。”

庄勇说：“我看他对咱们的评价明显带有个人的感情色彩，不切合实际，这根本就是不信任咱们嘛！”

许松又说：“杨主任以前是干什么的？有没有真正教过书？他到底懂不懂教学？”

庄勇说：“他自己都搞不清楚教学的方式，就对我们做出武断的判断。”

一直在忙活做饭的韩娜娜扭过头说：“人家毕竟是主任，要是一言不发，那还不被我们笑话他没文化吗？他好歹是要说几句的，你俩别太在意他的话，咱努力教咱的书就行。”

许松和庄勇立即都惊讶地盯着韩娜娜的眼睛，不知道她为什么会说出这样的话，似乎她已经和杨本昌站在了一条战线上。

韩娜娜又说：“你们也别这么看我，我知道你们心里想说什么，我没别的意思，就是觉得咱们刚刚来到这里，再怎么说人家也是有资历的，最起码有工作年头的。”

许松和庄勇觉得韩娜娜的话也有道理，就没有再和她争论，但依旧表达了他们目前的心理感受非常不好，对杨本昌的印象也不太好。

“你们讨论什么呢？这么热烈！”

不知什么时候，周小红提着一篮子蔬菜推开了他们宿舍的门进来了。

他们看到周小红进来了，就不再议论杨本昌了，周小红放下篮子，说：“都是我们家地里种的，挺新鲜的。”

他们都很感激周小红能给他们送蔬菜。

周小红说：“我知道你们刚才在说杨主任，没进门时我就听到了，杨主任原来就在咱南洼沟小学教书，和高老师一块儿工作了很多年，我小时候的老师就是杨主任和高老师。后来，杨主任就调走了，慢慢地他就当主任了。你们不知道，如果不是杨主任，高老师也许早就没命了。”

周小红最后一句话让许松、庄勇和韩娜娜大吃一惊，他们顿时紧张起来。

韩娜娜问：“怎么回事啊？”

周小红说：“当初还没有现在咱们的学校时，我们都是在村里的破房子里上课，高老师和杨主任一直梦想着村里能盖一所新学校，哪怕只有几间房也行。他们两人费尽心思跑乡里、跑城里，才总算要回点儿钱。盖学校的时候，他们一放学就赶紧跑来帮忙，和工人们一块儿干活，有一次上梁的时候，不小心，大梁掉了下来，刚好高老师在下边，眼看着大梁就要压到高老师身上了，旁边的杨主任跑上去把高老师推开了，他的左腿却被大梁压住了，后来，腿废了，就截肢了，他现在的左腿是假肢，他之所以骑摩托车，是因为真的走不了太长时间的山道。”

周小红说完就哭了。

他们三人都呆住了，韩娜娜一下子和周小红拥抱在了一起，止不住地掉眼泪，许松和庄勇也揩了揩眼角的泪水。

他们什么话也不想说了，内心都充满了自责与愧疚。

这荒凉的大山深处，正是有了这样的好人才支撑起了这里的教育。

好人啊！每一个默默付出的人都值得大家尊重。

周小红正要离开的时候，韩娜娜说："小红，说好的我要给你剪头发。"

周小红哽咽着说："改天吧，娜娜，我今天心里特别难过，也没心情剪头发了。"

周小红说完，揩了揩脸上的泪水走了。

周小红走后，许松也冲出了宿舍，沿着山道跑到山坳里哭了一场。

不用说，你们也知道许松为什么哭了，他是觉得他误会了一个好人，因为刚才就数他攻击杨主任的话最难听，他真的不应该攻击一个拖着一条假肢依然奋战在偏远山区教育战线上的人。

5

杜小峰和匡亚非支教的牛村小学先前只有一位老师叫牛彩霞，牛彩霞据说连初中都没上完，她当年中途辍学，完全是由于家里穷，她娘死得早，她得回家帮她爹照顾弟弟，所以就主动不上学了。她和南洼沟小学的高满堂一样也是干民办老师起步的，后来才转为公办老师的。

牛村的孩子以前都是跨过柳叶河去南洼沟小学上学的，后来牛村的老村主任，也就是现在牛村村主任牛得利他爹，觉得牛村也应该成立一所学校，就找到了刚回家务农不久的牛彩霞，牛彩霞这才干上了民办老师。这么多年过去了，都是牛彩霞一个人在支撑着牛村小学，她是个要强的女人，前些年丈夫因病去世了，留下她和女儿小玲相依为命，她一方面忙于学校的工作，一方面照顾小玲，生活是艰辛了些，但她从不叫苦。由于自己的底子薄，她就拼命自学，还抽时间到县教师进修学校学习以提高自身的专业知识。由于她的努力，倒也能胜任教学，牛村小学的教学成绩在全乡总是名列前茅。

村里有人多次给牛彩霞介绍对象，她都拒绝了，她当时觉得小玲还小，生怕孩子接受不了。这么多年一直都是这样，牛村小学和小玲成了她生活的全部。小玲渐渐长大了，她十分理解妈妈的辛苦，学习异常刻苦，她决心用优异的成绩来回报妈妈，当然也是为了让妈妈曾经失去的读书机会在她身上得到延续。

小玲，我们有必要在这里说一说这个懂事的女孩，我们今天提到这个名字的时候，或许你会觉得是如此普通，但在这个小女孩身上发生了太多不可思议的事情。

小玲当时在方山乡中学上初中，学习很好，但是由于方山乡中学地处大山深处，毕竟这里的教学条件和教学资源都不能和城里相比，小玲在中考时没有考上重点高中——西平县一中，这对小玲的打击太大了，她觉得对不住妈妈，哭了好多次。牛彩霞没有责怪小玲，她知道孩子已经尽力了。杨本昌听说了小玲没有考上县一中的消息后，就跑到县一中找他的老同学张明水校长说明情况，考虑到山区教育的特殊性，看能不能照顾一下山里的孩子，破格录取小玲，小玲如果能来县一中读书跟城里孩子站在一个起跑线上，将来一定会考上一个好大学的。没想到被张明水一口拒绝了，连商量的余地都没有，这让杨本昌异常恼火，两个人在张明水的办公室里当场就吵了起来。当时西平县二中的校长刘贵祥来找张明水要一中淘汰不用的旧教学设备，推开办公室的门劝住了他们，要不，说不准他们真还能打起来。

杨本昌愤怒地离开了张明水的办公室，扔下一句话："张明水，你就是法西斯，一点儿人情味儿都没有。"

张明水急红了眼，对着杨本昌的背影说："考不上就别上，想来我这儿走后门，门都没有。"

杨本昌回过头来，说："失去一个好苗子，你就等着后悔吧！"

张明水说："我倒要看看她将来能考个什么大学？"

杨本昌悻悻地说："什么人嘛！"

说完，杨本昌头也不回就走了。

刘贵祥基本明白了他们吵架的原因，他看到张明水正在气头上，也不好意思问旧教学设备的事儿了。他和杨本昌是老乡，都是方山乡人，也是初中同学，就直接追上杨本昌，说："本昌，你等等。"

杨本昌正在气头上，没好气地说："怎么？你也要气我？"

刘贵祥说："我不是气你，我是说如果一中不录取，可以到我们二中来上学。"

杨本昌立刻停下了脚步，惊讶地看着刘贵祥。

刘贵祥说："我已经听出了你和老张为啥争吵了，是不是为了上学的事儿？"

杨本昌叹了一口气，把小玲考高中的事儿又详细地对刘贵祥说了一遍。

刘贵祥当场说："一中不录取，人家是老大嘛，你要是不嫌弃，就把小玲送到我们二中来，她的成绩虽没有达到一中的分数线，但超过二中线了，我们很欢迎的。"

杨本昌感激地握住了刘贵祥的手，说："老刘，还是你理解我。"

就这样，在杨本昌的努力下，小玲最后去了西平县二中上高中，为此，牛彩霞对杨本昌说了好多感谢的话。村里有人就开始传牛彩霞和杨本昌的闲话了，说什么旧情复燃、念念不忘之类的话。

牛彩霞和杨本昌年轻时谈过恋爱，那时候他们都是民办老师，虽不在一个村子，却要经常在一起开会学习，就渐渐有了感情。由于杨本昌家当时光景不好，牛彩霞她爹死活不同意，这才拆散了他们。杨本昌不怪牛彩霞，也不怪牛彩霞她爹，他觉得这都是命里注定的。直到有一天，一个从省城来的年轻女教师曹芳来到了南洼沟小学支教，两个人在朝夕相处中有了感情，曹芳顶住了巨大的家庭压力和他结了婚，没想到他们的儿子杨晨出生后不久，曹芳就离开方山乡回省城了，这一走再也没有回来，只寄过来一张离婚协议书，杨本昌想都没想就签字了。这么多年，杨本昌一个人带着儿子过日子，他的腿伤了之后，就更不提再婚的事了，如今杨晨已经是个大孩子了，在西平县一中读高三。唉！这都是陈芝麻烂谷子的事儿了。

小玲去了县二中上高中后，她知道自己学习的机会来之不易，更加刻苦地学习，真的没有想到，三年过去了，小玲以全西平县高考理科状元的成绩考入清华大学土木工程系，一下子震惊了整个西平县，这在西平县的教育历史上，还是头一次一个二中的学生考入清华大学，当年的一中考得最好的大学是南京大学。刘贵祥和全校师生都觉得扬眉吐气，而张明水真的是肠子都悔青了，正是三年前他拒绝了小玲去一中读书的请求。二中一下子名声大震，去年报考二中的学生大幅度增加，历史上首次超过一中。等于说是小玲一个人扭转了二中在招生方面的被动局面。为此，新学期开始的时候，牛彩霞还被邀请到县二中去做报告，牛彩霞在台上面对全校师生激动得落了泪，说得最多的几个字就是“感谢二中”。

小玲考入清华大学，牛彩霞一个人悄悄到丈夫的坟墓前告诉了他，然后就躲到山坳里哭了一整天，当然是激动，她多年的心愿终于在小玲身上实现了。等她泪眼蒙眬地从山坳里出来时，小玲已经站在山道上等她很久了。牛彩霞一看到小玲，母女俩就抱在了一起，牛彩霞哭，小玲也开始抹眼泪，这么多年，小玲就没有发现妈妈流过泪，这一次，小玲是第一次看到了妈妈的泪水。小玲为妈妈擦干了脸上的泪水，她自己却已泪流满面。

母女俩上了山岗，一直坐到太阳落山才回家。

回家的路上，小玲说：“我将来毕业了，一定要在咱这山坳里修一条通往县城的路。”

牛彩霞说：“我就等着这一天的，咱不再为路而发愁。”

母女俩回到家时，杨本昌已经在她们家门口等候多时了，牛彩霞让他进屋时，杨本昌说：“不了，我今天来就是来看看小玲的，小玲要上大学了，我也没别的东西送小玲，这是我的一点儿心意。”

说着，杨本昌从摩托车车把上挂着的黑皮包里掏出一个纸包递给牛彩霞，牛彩霞知道那里面装的是钱，她就推辞说："本昌，你干什么哩？"

杨本昌说："这又不是给你的，这是给小玲的。"

小玲说："叔……"

小玲没说完，杨本昌就止住了她："别说了，你先拿着，等你将来毕业了挣了钱再还给我。"

小玲接过了那个纸包，牛彩霞早已是泪水模糊了视线。

牛彩霞说："本昌，我一辈子都得感激你哩！"

杨本昌说："不说这个了，我还得赶路哩。"

说完，杨本昌就启动了摩托车。

牛彩霞说："天都快黑了，危险哩！"

杨本昌回过头，说："这山道上的每个坑儿我都知道它多浅多深，放心吧！"

摩托车一阵"嘟嘟"地就开走了，牛彩霞和小玲站在家门口向杨本昌远去的山道望了半天。

小玲去上大学时，原本牛彩霞决定单独去送小玲的，但她弟弟牛大庆不放心，就陪着姐姐和小玲去了北京。那是牛彩霞第一次到北京，当然也是第一次到清华大学，她做梦都没有想到，自己的女儿能考入这所全国最知名的大学。

因为还惦记着牛村小学，牛彩霞和弟弟把小玲安顿好后，仅仅在清华园照了张相，然后去了一趟天安门就连夜坐火车回家了。

小玲上大学去了，可她在西平县的影响还远没有结束，每次到教育局开会，杨本昌总要和张明水开玩笑，弄得张明水很不好意思，连连说自己的眼睛起了雾看错了人。刘贵祥倒是十分感谢杨本昌，因为好生源已经开始大幅度向二中倾斜了。

如今，牛彩霞看到杜小峰和匡亚非来到牛村小学支教，真的是高兴坏了。原先牛村小学也像方山乡的大多数学校一样开展的是复式教学，也就是一个老师教两个或三个甚至更多个班，这在偏僻的大山深处是普遍存在的。现在的牛村小学的二、三两个年级一直是牛彩霞一个人教。杜小峰和匡亚非来了分担了牛彩霞不小的负担。杜小峰教二年级语文和数学兼全校音乐，匡亚非教三年级语文和英语兼全校体育，牛彩霞则教三年级数学和全校的科学和品德课。

牛彩霞是个低调的人，从没有在匡亚非和杜小峰面前提起过小玲。匡亚非和杜小峰也只知道牛彩霞一个人过日子，有个女儿在外上大学。甚至在刚开始来到牛村小学时，还有些看不起牛彩霞，觉得牛彩霞就是全国千百万乡村教师里最普通的一个，普通话说不好，教学方法也十分陈旧。唯一给他们的好印象就是牛彩霞人还不错，挺热心的。

直到有一天，邮递员郑玉斌送来一个邮包，说是牛彩霞的，当时已经放学了，牛彩霞回家了，郑玉斌只好委托匡亚非和杜小峰交给牛彩霞。

匡亚非一看邮包上的地址吓了一大跳，大叫一声：“哦！清华大学。”

杜小峰赶紧问：“怎么了？”

匡亚非指着邮包说：“你看，怎么会是清华大学寄来的？”

正要转身离开的郑玉斌说：“你们还不知道啊？牛老师的女儿在清华大学上学。”

杜小峰故作镇静地说：“哦，知道了。”

郑玉斌走远了。

杜小峰才对匡亚非说：“真是真人不露相啊，没想到牛老师还有这么个厉害的女儿。”

匡亚非说：“是啊！”

两个人顿觉愧疚，自责之前几天对牛彩霞的看法有些过分了。人家就是普通话再不好，教学方法再落后，可人家培养了一个考上清华大学的女儿，你怎么解释？如今有多少城市的孩子，从小就接受各种各样的先进教育，考入清华大学的又有几个？

唉！不能拿固有的眼光看人了。

一个邮包给匡亚非和杜小峰上了深刻的一课。

6

杜小峰和匡亚非没有像许松他们那样为宿舍而费尽周折，他们两个一到牛村小学，就住进了牛彩霞提前为他们收拾好的一间闲置的教室里，挺宽敞也挺明亮，主要是牛村小学是前几年新盖的，由于学生数量少，闲置的教室有好几间，杜小峰和匡亚非一来就派上用场了。牛彩霞还从自己家给他们搬来一些蜂窝煤球，要他们暂时先用着，等过几天向村主任牛得利提一提买煤球的事儿，看看村里能不能解决他们烧火做饭的问题。这让杜小峰和匡亚非十分感动。

牛彩霞还说学校是省城的一个大企业家捐助盖的，大企业家当初来方山乡捐助时找到杨本昌想建一所小学，原本杨本昌是想让企业家捐助南洼沟小学的，因为杨本昌原来就是南洼沟小学的老师，他是有感情偏向的，可是企业家考察了以后说想捐助牛村小学，原因后来听说那企业家请人看过牛村的风水，说适合在那里建学校。这样，牛彩霞盼望多年的愿望就变成了现实，终于可以让孩子们离开原来阴暗的旧教室了，其实，原来的教室也就是村里闲置不用的旧民房，年久失修，也确实不能再做教室了。

不管怎么说，企业家选定了牛村后，这可乐坏了牛村村主任牛得利，让南洼沟村村主任马学义好长时间愁眉不展。

杜小峰和匡亚非觉得真好笑，不就是建一所学校吗，至于这样吗？他们开始不清楚，后来才从牛彩霞那里渐渐地了解到一些原因，这牛得利跟他爹完全不一样，他爹当村主任时一心一意都扑在工作上了，到死也没有得到过什么利。可牛得利就不一样了，他就像他的名字一样，处处是为着利益来的。企业家把整个学校的工程承包给了牛得利，牛得利从中谋了不少好处，怪不得他那么开心，马学义没捞到好处，自然就不高兴了。

杜小峰忍不住感叹："没想到这么个山旮旯里也有贪污腐败！"

匡亚非说："管他呢，咱们是来支教的，旁的事儿别管。"

杜小峰说："关键是咱们在牛村的地盘上，免不了今后要跟牛得利打交道。"

匡亚非说："算了，知足吧，至少咱们的宿舍比庄勇他们强多了，你也不是没见过他们住的，那叫房子吗？"

杜小峰心理平衡了不少，说："你说的倒也是。"

虽然表面看起来他们的宿舍要比南洼沟小学的宿舍强很多，但实际上在某些方面还不如南洼沟小学的宿舍。问题在几天后就出现了，让他们叫苦连天，连连骂牛得利不是东西。

有一次中午放学后，天阴沉沉的，看来要下雨了，牛彩霞本来已经回到家了，又和她弟弟牛大庆突然折回了学校，她手里拿着三个脸盆，牛大庆拿着一张很大的发黄的油纸。杜小峰首先看到了牛彩霞和牛大庆，感到很奇怪，就问："牛老师，您这是要干什么？"

匡亚非从屋里出来也睁大了眼睛，看着牛彩霞。

牛彩霞说："我都忘了告诉你们了，咱们学校虽然是新盖的，但经常漏雨，学生上课的那两个教室还好，你们的宿舍这屋子漏雨厉害一些，我看这天快下雨了，就给你们拿来几个盆，要是从房顶滴水，你们也好接住水滴应应急，另外，还得到房顶用这油纸遮一下房顶，待会儿让你们大庆哥爬上房顶帮你们遮一下。"

杜小峰和匡亚非恍然大悟，杜小峰赶紧说："谢谢牛老师，您和我大庆哥赶紧回家吧，待会儿我和亚非自己就能爬上房顶。"

牛彩霞说："你们都是大学生，没干过这种活儿，你们大庆哥干活儿干惯了，让他干吧。"

匡亚非说："真不用，我和小峰都这么大的人了，能干了的，放心啊，牛老师。”

僵持了一会儿，牛彩霞见杜小峰和匡亚非态度异常坚决，就只好对牛大庆说：“好了，咱们回去吧！”

牛彩霞和牛大庆走了。

匡亚非的眼眶顿时湿润了，对杜小峰说：“牛老师真是一个好人。”

杜小峰说：“是啊！”

匡亚非说：“这么新的房子就漏雨，怎么回事呢？”

杜小峰愤怒地踢了脚下的一颗石子，骂着：“这肯定是牛得利偷工减料造成的，什么东西？赚的都是黑心钱。”

眼看着快要下雨了，风也刮了起来，杜小峰边骂牛得利边和匡亚非攀着屋子旁边的一棵白杨树爬上了房顶开始收拾。

等他们费劲儿地把油纸铺好后，他们还没来得及从房顶下来，雨就下来了，风雨中，两个人又发了一阵牢骚。

更让他们生气的是，他们一进宿舍，就听到了“嘀嗒”“嘀嗒”的声音，不用说一定是漏雨了，他们赶紧用牛彩霞送来的盆接住滴下来的雨滴。

匡亚非说：“其实咱们还不如庄勇他们，人家的宿舍是破了点儿，可人家不用担心漏雨，今天要不是牛老师提前告诉咱们，咱俩都被雨水冲走了。”

杜小峰说：“真不像话，牛得利光知道为自己得利了，这不就是豆腐渣工程嘛，以前只听说城市里有豆腐渣工程，原来这穷乡僻壤也有，有关部门真该惩罚一下这些腐败分子了。”

匡亚非说：“算了，不说了，越说越来气。”

“哎呀！亚非，不好了！”

突然，杜小峰惊叫一声。

匡亚非赶紧问：“怎么了？小峰。”

杜小峰指着自己的单人床，说：“我床上也漏雨了，赶紧挪床。”

匡亚非看了看自己的床，也惊叫一声，说：“我的也漏雨了。”

两个人又开始挪床，他们又是一阵忙乱。

忙完之后，他们才想起还没有吃饭呢，匡亚非说："小峰，你想吃点儿什么？"

杜小峰说；"没心情吃了，冲包方便面算了。"

匡亚非说："也行！"

吃方便面的时候，杜小峰说："亚非，我看咱们不能这样将就了，要是一直下雨怎么办？等雨停了咱就去找牛得利，看能不能在村里找间屋子，顺便说说蜂窝煤的事儿。"

匡亚非说："我也正有这个意思。"

雨停了之后，他们就直接去找牛得利了。

来到牛得利家，牛得利正坐在床沿儿上抽烟，他老婆在旁边儿纳鞋底。

见杜小峰和匡亚非来了，牛得利面带微笑，说："你们找我有事儿？"

杜小峰心想："没事儿我们才不来找你呢？"

匡亚非直接就说了学校宿舍漏雨的事儿，想让牛得利从村里找间房子，没想到牛得利摊开双手，满脸为难的样子，说："不好找啊，你们也看到了村里都是些啥房子，学校那房子你们先将就着住，抽空我找个人去修修房顶。"

杜小峰说："那要等到什么时候啊？"

牛得利说："很快的。"

杜小峰接着提了提他们烧蜂窝煤的事儿，又是没想到，牛得利干脆把烟掐灭，双手抱住了头，哭丧着一张长脸，说："难哩，村里太穷，再说这山高路远的也不好运输，要不，你们烧柴火吧，这漫山遍野到处都是柴火，学校的孩子们冬天都是烧柴火取暖的，不信，你们可以问问牛彩霞。抽空儿我让牛彩霞带孩子们到山坳里去给你们捡柴火。"

杜小峰皱着眉头说："我们哪儿会烧柴火啊？"

牛得利说："慢慢就会了。"

杜小峰还想说什么，匡亚非抢先说："算了，村主任，不麻烦你了，我们自己想办法。"

匡亚非顺势拉了一下杜小峰的衣角，拉着脸说："小峰，咱们走吧，别耽误村主任的时间了。"

说完，匡亚非和杜小峰扭头就走了。

他们走出牛得利家院子的时候，听见身后传来牛得利的声音："有困难，村里尽最大努力帮你们解决啊！"

他们两个头也没回，就朝学校走去了。

下午上课的时候，他们把这件事告诉了牛彩霞，牛彩霞愤怒地说："我去找他。"

牛彩霞被匡亚非拦住了，说："牛老师，别去，我们自己能解决。"

等大家都心平气和之后，牛彩霞说："苦了你们了。"

杜小峰说："算了，牛老师，不提这事儿了，咱们去上课吧！"

校园里很快就响起了琅琅的读书声。

7

南洼沟小学和牛村小学就隔着一条柳叶河，不过，跨过柳叶河，还得走上一道斜斜的山梁才能到达牛村小学。

由于两个学校相距并不远，所以几个大学生经常跨过柳叶河互相来串门。

趁着星期天，南洼沟的三个大学生决定去牛村小学看看他们的同学。

柳叶河很浅，河面上没有桥，只有一些排列整齐的露出水面很高的方形石块通向河对岸，算作一条石块"桥"了，河两岸的人家来回走动踩着这些石块就能轻易过河。遇到夏季涨水的时候，也通常不会漫过这些石块。好多人在夏季的时候直接蹚河过去。

大学生们刚来的时候，天气还很热，他们就经常蹚河过去，河水刚没过脚脖，踩着河卵石行走在河里，倒是别有一番乐趣。下课后，他们有时候来这里洗衣服，偶尔也会在河里摸摸鱼虾，就算什么也不做，就坐在河岸边，看着河里来回嬉戏的鸭子，也觉得心情舒坦极了。他们不禁感叹："大自然是公平的，让我们看不到城市的高楼，却让我们欣赏到了别样的风景。"

啊！柳叶河，多么美丽，你永不停息地歌唱，让寂寞的大山焕发了生机！

大山深处正是有了这条小河的存在，一下子让支教的生活光亮起来了。

这几天温度降低了不少，他们过河时就要走那条整齐的石块"桥"了。

他们跨过柳叶河时，太阳才刚刚从东边的山头露出半边脸，把柔和的光辉洒在远方的峭壁上，星星点点的。

庄勇一会儿在路边的树上做几个引体向上，一会儿又躺在已渐渐枯黄的野草丛里仰面朝天。韩娜娜则引吭高歌，一会儿是花腔女高音，一会儿又是意大利歌剧。许松没什么绝技，只会在一旁欣赏他们的表演。

三个人离开了柳叶河，爬上了那道斜斜的山梁，太阳的光辉一下子照亮了整个山梁，山梁东边的山坳也亮堂起来了，他们欢呼着，向不远处的牛村小学跑去。

他们走进牛村小学的时候，匡亚非正在做早饭，许松在校园里喊："亚非，我们来了。"

匡亚非隔着宿舍的窗户看到许松、庄勇和韩娜娜站在校园里，他立刻出来了，像见了亲人似的激动了一番，眼圈也红红的，说："我和小峰刚才还念叨你们呢！"接着他走上前拥抱了许松和庄勇。

拥抱完，匡亚非说："快进屋吧！"

韩娜娜在一旁说："亚非，你不够意思啊！拥抱了他们都把我忘了。"

匡亚非有些不好意思地说："我还以为你会介意呢！"

韩娜娜说："快点儿啊！"

匡亚非又和韩娜娜拥抱了一下。

他们拥抱的时候，庄勇和许松在旁边起哄，庄勇还吹起了口哨。

韩娜娜说："你们干什么呢？"

许松说："娜娜，你和亚非拥抱的时候真是一道美丽的风景。"

匡亚非说："好了，快进屋吧。"

他们这才进屋了。

庄勇问："小峰呢？"

匡亚非说："他去提水了。"

说话间，杜小峰就提着一桶水进来了，放下水就说："在学校外我就知道是你们来了。"说着，就伸出手跟他们一一握手，如同久别重逢的老战友，其实上周他们才刚刚见过面。

许松问："亚非、小峰，我看你们生活挺好啊！"

杜小峰说："好什么呀！把人都坑死了。"

匡亚非说："这里真不是人待的地方。"

韩娜娜说："我们那儿还不如你们这儿呢！"

杜小峰问："为什么？"

韩娜娜说："我们做饭还得烧柴火，你们至少还有煤球烧。"说着，她指了指墙角那堆煤球。

匡亚非说："别提了，一提煤球我们就气得要命。"

韩娜娜皱起了眉头。

杜小峰说："刚来时，牛老师给了我们一些煤球，烧完后，我们就去找村主任牛得利，没想到牛得利说村里穷买不起煤球，他也打算让我们烧柴火做饭哩，可我们哪儿会烧柴火呀？家里都是烧煤球或煤气。我们也不愿跟他争执，索性自己出钱从乡里买了些煤球。由于山道不好运输，只好请人肩挑，又支出不少开销。这样一来，烧煤球比烧煤气还贵。倒霉透了。"

许松说："可你们的宿舍比我们新，我们的宿舍你们又不是不知道，上次都把你们惊呆了。”

杜小峰说：“别提了，一提这宿舍我和亚非就想揍牛得利，别看外表是新的，可里面坏了，遇到下雨天，那简直愁死人了，外边下大雨，里边下小雨，你看这几个盆都是预防下雨用的。这都是牛得利干的好事儿。”

说着，杜小峰指了指墙旮旯里的那几个盆。

庄勇问：“牛得利干的？”

匡亚非说：“当初是牛得利承包的学校工程，为了多挣点儿黑心钱，净偷工减料了。”

庄勇说：“看来你们这儿也不比我们强多少啊！”

杜小峰说：“这还不算，我们刚来时，每到晚上学校就停电了，牛老师告诉我们说是牛得利为了村里节约开支有意让电工把学校的电停了。什么节约？我看他是为他自己节约吧，他是害怕我和亚非烧热水炉费电。我们就找了牛得利好几次，他才勉强同意给我们通上了电。”

说着，杜小峰叹了口气，接着说：“早知道这样，打死我也不来这儿。”

匡亚非赶快补充：“我也有同感。”

许松说：“看来，大家的处境都差不多啊！”

说着说着，气氛就有些沉闷了。

唉！一个人当初宣誓得再好，一旦来到残酷的现实中，一切似乎都是苍白无力的，想象和实际通常是不能画等号的，他们当初来支教的时候根本没有想到这些问题。

匡亚非做好了饭，说：“不说这些难过的话了，来，咱们吃饭吧！”

许松说：“我们都吃过了，你们快吃吧！”

吃过饭后，五个大学生决定到牛村小学后面的北山看看，北山应该是方山乡最高的山了。他们来到这里这么长时间，还没有真正爬上过这座大山，趁此机会想爬上山顶看看。

五个人临出门的时候，牛彩霞刚好来学校取昨天落在集体办公室的外套，听说他们要爬北山，马上摇摇头说：“不行啊！”

匡亚非问：“怎么了？牛老师！”

牛彩霞说：“山高路陡的，挺危险的，原本有条通往北山的羊肠小道，这几年上山砍柴的人少了，那条小道也被草木遮住了，上北山就更难了。”

杜小峰说：“没事儿，我们都年轻力壮的，别说还有一条小道，就算没路，我们也能踏出一条路来，何况庄勇还参加过省师范大学的登山队呢！”

杜小峰说着还指了指旁边的庄勇。

牛彩霞说：“那是在登山队，有专业保护的，你们这样赤手空拳，真的有危险。”

大学生们纷纷坚持爬山的愿望，牛彩霞见无法说服他们，就只好说：“要不，让我弟弟带你们去吧？他对北山熟悉，哪里是沟壑，哪里是悬崖，他都知道。”

大学生纷纷表示不同意。

匡亚非说：“不用了，大庆哥家里有那么多活儿要干，我们不能帮忙已经够不好意思了，怎么能再麻烦他呢？”

牛彩霞说：“没事儿，你们等等，我去叫他。”

说着，牛彩霞就一路小跑走了，韩娜娜说：“牛老师太热心了。”

杜小峰说：“是啊，前些日子听说我们要来，她早就为我们收拾好了宿舍。”

匡亚非说：“你们不知道，这么个山旮旯里，牛老师竟然培养了一个清华女儿。”

许松和庄勇异口同声：“清华女儿？”

杜小峰说：“亚非是在向你们表现他很有诗人气质哩！其实他是说牛老师的女儿小玲去年考上了清华大学。”

许松、庄勇和韩娜娜立刻都感到很震惊，刚才其实他们还有点儿看不起其貌不扬的牛彩霞，这时他们都有点儿愧疚了。

啊！朋友们，人是不能光看外表的。如果不是亲耳听到杜小峰和匡亚非的话，谁会相信这么个普通的乡村女教师竟然培养了个这么有出息的女儿。

牛彩霞很快带着牛大庆来了，她简单交代了几句，牛大庆就带着大学生们出发了。

牛大庆在前面开路，大学生们跟在他身后走。山道越来越陡，这时大学生们才意识到牛彩霞说的是对的。如果今天不是牛大庆来，他们是很难继续前进的。牛大庆一边嘱咐大家小心，一边为大家开辟出一条小道。好不容易他们才爬上了北山。一登上山顶，大学生们立刻兴奋起来了，他们遥望着远方，视野是如此开阔，沟沟壑壑尽收眼底，南洼沟小学和牛村小学就像两个小小的火柴盒，北边的阳泉小学则像一枚小纽扣，三个小学形成了一个等边三角形。柳叶河真的变成了一枚柳叶。

景色是如此美丽，心情是如此舒畅，这是生活在大城市的人无法感受到的，韩娜娜情不自禁唱起了歌，庄勇跳起了现代舞，许松、杜小峰和匡亚非也跟着胡乱地扭动起来。牛大庆在一旁看着他们，眼里充满了羡慕，哪里有大学生，哪里就充满了欢乐，上过大学的人真的是很幸福。

牛大庆想到了自己，他在方山乡中学上完初中就回家劳动了，那时候爹已经去世了，是姐姐供他上学的，原本初中毕业后，姐姐打算继续供他读高中的，但他自认为不是学习的料，不想再拖累已经为他做出过巨大牺牲的姐姐，就主动不上了。牛彩霞无论怎么劝，他都不听，最后没办法，牛彩霞只好依了他。

牛大庆把初中的课本带回家锁到床头的柜子里，就对牛彩霞说："姐，我要去打工。"

牛彩霞大吃一惊，说："你这么小，打什么工？姐姐能养活你。"

牛大庆说："我能行。"

牛彩霞又是一阵劝，外加一阵哭，但都没有用，第二天一大早，牛大庆就扛着铺盖卷走了。牛大庆一走就是十年，十年里，他都没回来过，牛彩霞多方打听也不知道他去哪儿了。直到十年后的一天，牛大庆带着一个南方姑娘回到了牛村，牛彩霞才知道弟弟这些年在外受了不少的苦。尽管家里穷，牛彩霞还是按照当地的风俗给弟弟办了喜事。不曾想，南方姑娘第二年为牛大庆生下个儿子后就悄悄溜走了，村里人都说她受不了这里的苦才走的，到现在也没人知道她去了哪儿。这么多年，牛大庆就和儿子牛小鹏一块儿过日子，再不提结婚的事儿了，牛小鹏现在在乡中学上初中一年级。可喜的是，小鹏像他姐姐小玲一样学习好，他说他也决心考到姐姐的清华大学去。这让牛大庆感到十分欣慰，没有女人就没有吧，和儿子过也挺好。他有时候就拿姐姐做榜样，姐姐不也是和小玲一块儿过日子吗？小玲那么优秀，是姐姐永远的骄傲，这比拥有金山银山都强一万倍哩。他也希望小鹏能像小玲一样，他这辈子也就知足了。

想着这些的时候，牛大庆的眼里就盈满了泪水，有人喊他“大庆哥”，他抬头看时，杜小峰走过来了，说：“大庆哥，你跟我们一块儿玩呗！”

牛大庆笑了笑，说：“你们都是年轻人，你们玩儿，我看着你们玩儿，心里也很高兴。”

杜小峰说：“大庆哥，你也不老啊，不是我故意这么说，其实你真的很帅的。”

牛大庆说：“帅啥呀？都快成老头子了。”

“大庆哥就是帅！”

不知什么时候，韩娜娜也过来了。

大学生们围住了牛大庆，都说他很帅，如果是去拍电影，真的比电影明星还帅。牛大庆脸有些红了。

牛大庆一直陪他们在北山玩儿到太阳落山才下了山，大家都有些不好意思。快到牛村时，本来大家都想让大庆哥直接回家的，但牛大庆先是坚持把杜小峰和匡亚非送到牛村小学，接着又把许松、庄勇和韩娜娜送到南洼沟小学，他才回家。

8

杜丽丽已经在方山乡中学工作了一段日子，乡中学只有初中没有高中，刚开始，校长王增才让她临时代替一个休产假还没到期的老师教初中二年级语文课，她虽说心里有些不情愿，因为她觉得自己是音乐系毕业的，但王增才告诉她只是临时救救急，等那个老师来了就让她教音乐，她也就愉快地答应了。

两个星期后，那个休产假的老师来上班了，杜丽丽就被安排教全校的音乐课了。因为在她来之前，乡中学从来没有正规大学音乐系毕业的老师，先前的音乐老师常平是西平师范学校毕业的，只是一个中师生。杜丽丽是真正的省师范大学音乐系毕业的，她的到来，虽说只是支教，可也让乡中学沸腾了，因为同学们都想听听这个专业的音乐老师上课。王增才让杜丽丽教了全校的音乐课，那么常平自然就失去了“工作”，王增才让常平去教务处做教辅工作。为此，常平很是难过，杜丽丽也觉得很不好意思。

常平其实是个性格比较开朗的男孩子，他年龄也不大，大概和杜丽丽差不多。对王增才的这一安排，常平觉得憋屈，就直接去找王增才说这事儿，没想到王增才当面就对他说：“你是师范学校毕业的，人家杜丽丽是师范大学毕业的，虽然都是师范，但差了十万八千里。”

王增才的话刚好被路过的杜丽丽听到，她心里其实也不好受，当看到常平低着头从校长办公室出来时，杜丽丽喊住了他：“常平，等等！”

常平停下了，杜丽丽分明看到常平拉着一张脸。

杜丽丽说：“常平，我想和你谈谈。”

常平说：“恭喜你高升，我下岗了。”

常平讽刺般的一句话，一下子让杜丽丽涨红了脸。

杜丽丽说："你怎么能这样说呢？"

常平说："本来就是嘛！你可以领着同学们唱歌了，我去教务处擦桌子了。"

杜丽丽知道常平说的是气话，她能理解常平现在的心情，于是就说："常平，你别难过，我去找校长说说，看咱们能不能分开教学，你我各担任几个班。"

常平听杜丽丽这么一说，顿时露出了笑脸，惊讶地看着杜丽丽，说："你说的是真的吗？"

杜丽丽说："我骗你干吗？我这就去找校长说这件事儿。"

常平感激地说："那就谢谢你了。"

杜丽丽说："谢什么？你等着啊！"

杜丽丽头也不回就跑向了校长办公室。

可是，等杜丽丽向王增才说明了来意之后，没想到王增才一口拒绝了。

杜丽丽很是难过，原本觉得王增才肯定会采纳她的意见的，真没想到是这个结果。但她仍旧想帮帮常平，又说："我只是在咱们学校支教的，以后还会离开的，将来还得让常平教音乐。"

王增才说："这个你不用操心，暂时就这么定了。"

杜丽丽还想说什么，却被王增才止住了："行了，你不用说了，待会儿我还要去开会，你就做好准备开始上课吧！"

杜丽丽几乎是哭着离开校长办公室的，常平看到杜丽丽这副模样，就知道事情难办，没等杜丽丽开口，常平就说："丽丽，没事儿，我去教务处工作也挺好的。"

杜丽丽说："校长太霸道了，说出的话连一点儿回旋的余地都没有。"

常平说："在这里就是他一人说了算。"

杜丽丽说："要不，我去找找杨主任，我离开乡中学去别的小学支教，那样的话，你就可以继续在这里教音乐。"

常平说："算了，不用麻烦了，人在屋檐下，哪能不低头？我认命了。"

常平说完就走开了，杜丽丽看着他的背影，眼泪差点儿掉下来。

杜丽丽就这样开始了她在乡中学的音乐课教学，让她不满意的是乡中学没有专门的音乐教室，更没有钢琴，只有一架电子琴，每次上课还需要把学校的电子琴抱到教室里。如果光是唱唱歌也没太大问题，老师教，学生们唱就行了，可是我们的杜丽丽是专业音乐老师，受过专业音乐教育，她不光想教学生们唱歌，还想教学生们表演，这样一来教室显然不是理想场所。为此，她找校长王增才要求看能不能腾出一个音乐教室来。王增才听杜丽丽这么一说，立刻就说："你看看咱们学校，哪里还有空闲的教室可用，教教孩子们唱歌就行了，不用那么专业，再说了，孩子们还是要以学习为主的，音乐课权当是调剂一下大脑了。"

杜丽丽一下子惊呆了，不知道该说什么才好，她觉得学校的教育理念怎么能这样啊，她这时才明白，她原先的一些想法看来在这里是无法实现的，但她又不甘心，觉得很多事儿是可以改变的。她既然来这里支教，就一定会好好地把自己在大学学到的东西教给同学们，否则，支教的意义何在呢？她突然间很严肃地思考起这个教育的问题来了。

真是不可思议，杜丽丽不过也刚刚跨过二十岁的门槛不久，她要为音乐课，也为支教努力一把了。

杜丽丽很快就指着学校食堂旁边的那间闲置的屋子对王增才说："那间屋子不是闲着吗？可以做音乐教室用。"

王增才笑了笑，说："那间屋子还是不要用的好。"

杜丽丽问："为什么？"

王增才说："那间屋里多年前……"

王增才没有继续说下去，杜丽丽说："怎么了？"

王增才说："还是不说为好，免得你害怕。"

杜丽丽越发想知道了，但王增才却说："丽丽，很多事儿没法明说的，你上好你的课就行了。”

说完，王增才就走了。

杜丽丽望着王增才的背影，嘟囔着：“就是因为上不好课，我才向你提音乐教室的事儿的啊。”

杜丽丽噘着嘴站在那里，这时，常平走了过来，看到杜丽丽这个样子，就问：“丽丽，你怎么了？”

杜丽丽说：“校长也真是的，根本都不重视音乐课。”

常平笑着说：“你以为这是大学音乐系呢？不要说这么个小小的中学了，就是全国，有几个中学重视音乐课的，你又不是没上过中学，所有的音体美课都得为升学考试的科目让路。”

杜丽丽叹了口气，说：“没办法了，我也认命吧！”

常平说：“就这样吧，好好上课得了，别胡思乱想了。”

杜丽丽不服气地说：“我没胡思乱想，不就是想要一个音乐教室吗？这也是为学生们着想啊！这个要求校长都不答应。”

常平一听说音乐教室，就问：“什么音乐教室？”

杜丽丽就把刚才跟校长提的食堂旁边那间闲置的屋子的事儿告诉了常平，常平听了就惊叫一声。

杜丽丽又是一阵惊讶，疑惑地看着常平，问：“那屋子到底怎么了？怎么你们都这样的表情啊？”

常平说：“没什么，不说了。”

杜丽丽拉着脸说：“常平，你今天要是不说，我今后都不理你了。”

常平听杜丽丽这么一说，知道杜丽丽是生气了，就赶紧说：“丽丽，你不知道，那间屋子多年前死过一个下乡知青！”

杜丽丽立刻惊得张大了嘴。

常平又说：“那知青以前估计也在咱们学校教书，后来在那间屋里病死了。不管怎么说，因为那里死过人，后来那间屋子就不再用了，这么多年一直荒废着。”

但是，这时候，杜丽丽却说：“我还以为那知青是怎么死的呢，不就是病死的吗？这很正常啊！医院每天都有病人在病房死去，难道病房都关门不成？你们也太迷信了吧！”

常平说：“反正那间屋子挺不好的。”

杜丽丽说：“算了，不能放弃，我还得去找校长说说这事儿。”

说着，杜丽丽就跑走了。

常平在后面喊：“不要说是我告诉你的啊！”

杜丽丽扭过头，说：“放一万个心。”

常平笑了笑，自言自语：“挺可爱！”

然后又翘了翘嘴唇，接着自言自语：“真的挺可爱！”

年轻人啊！青春的心思还是很美好的！亲爱的朋友，你们知道他在想什么吗？

9

王增才看杜丽丽坚持要使用那间屋子做音乐教室，就说：“你要想用你就用吧，找几个学生收拾一下。”

杜丽丽立刻高兴地说：“谢谢校长，不找学生了，不耽误他们的学习，我这就去收拾。”

然后，杜丽丽扭头就出了校长办公室。不知道为什么，王增才突然感到这个小姑娘挺有个性，是个人才，甚至有些后悔刚开始没有同意她使用那间屋子。不能很好地配合一个支教老师的工作，现在多少让他这个校长有点儿愧疚之意。

杜丽丽兴奋地把这个消息告诉了常平，想请常平帮忙收拾一下，常平想都没想就答应了，他们两个人很快就收拾起那间屋子来。

正当他们忙着的时候，许松和韩娜娜走了进去。

韩娜娜喊："丽丽！"

杜丽丽听到喊声抬起头，看到许松和韩娜娜，惊叫一声："呀！娜娜！许松！你们怎么来了？"

许松说："我陪娜娜来乡邮电所取个包裹，顺便来看看你，你怎么在这儿干这活儿啊？"

杜丽丽擦了擦脸上的汗，说了她要把这间屋子做音乐教室的事儿。

听了杜丽丽这么一说，许松和韩娜娜立刻都对杜丽丽产生了一种敬佩之情，甚至还有些愧疚，觉得以前他们误会杜丽丽了。杜丽丽其实是个很好的姑娘，她是乡中学音乐课的改革先锋，他们真的是自愧不如，需要反思一下了。

韩娜娜说："丽丽，你太伟大了。"

杜丽丽说："伟大谈不上，就是想改变一点儿什么。"

这时，常平咳嗽了一声，大概是被尘土呛的。

杜丽丽赶忙对许松和韩娜娜说："我都忘了介绍了，这是我同事常平，也是个音乐老师。"

常平走过来跟许松和韩娜娜打招呼："你们好！"

许松和韩娜娜也向他问好。

常平笑着说："纠正一下刚才丽丽的介绍啊，我原先是音乐老师，现在不是了，我现在在教务处擦桌子。"

杜丽丽开玩笑说："常平你还念念不忘那事儿呢，当着我的两个同学的面儿，太让我难为情了。"

许松问："什么事儿啊？"

杜丽丽说："常平原来是音乐老师，我来了之后，校长就让我顶替了他。校长太过分了，我一直都觉得不好意思。"

韩娜娜说："要是觉得不好意思，待会儿请人家常平吃顿饭。"

杜丽丽说："那肯定行，待会儿大家都别走，我请客，前提是得先把屋子收拾好，许松、娜娜你们也得帮忙啊！"

许松也开起了玩笑："看我和娜娜这命，刚好就遇上了干活儿，要知道这样，我们就不来了。"

他们四个人都笑了，随即，他们就一起干起活儿来。

到底是人多力量大，他们四个人很快就把这间屋子收拾好了。于是，乡中学有了自己专门的音乐教室。

中午，杜丽丽在乡中学对面的方山饭店请大家吃饭。点的都是具有山村风味的菜，许松和韩娜娜都很爱吃，也许是好久没来饭店吃饭了，许松吃了很多，他吃饭的窘相让杜丽丽笑个不停。

杜丽丽说："许松，你慢点儿吃，菜多着呢！不够吃的话再接着点。"

许松觉得有些不好意思，但仍旧开玩笑说："这可不行，我吃得多，会把你吃穷的。"

许松的话引得大家一阵大笑。

期间，许松看到常平不断地往杜丽丽碗里夹菜，而并没怎么给韩娜娜夹菜，许松觉得不能让他的同学受冷落，于是，他就往韩娜娜的碗里夹了好多菜。韩娜娜好奇地看着他，说："许松，够了，这么多，我都吃不完了。"

许松说："吃吧，多吃点儿，丽丽请客我们就得宰她一顿。"

杜丽丽在一旁笑着说："别说一顿，宰我几顿都行，你们帮了我这么大的忙。"

常平对杜丽丽说："人家不是帮你，是帮我们，我也是你团队的一员，我也是乡中学的音乐老师嘛！"

常平说这话的时候，故意把"我们"两个字重读了一下。

杜丽丽说："对！我用词不当！"

又是一阵欢快的笑声。

青春的年纪里从不缺乏笑声的。

吃过饭，杜丽丽和她的两个同学又聊了好长时间，还说过几天去南洼沟看他们。

韩娜娜说："丽丽，你一个人在这里，一定保重。"

没想到，常平却说："你们不用担心，丽丽有我照顾呢！"

许松和韩娜娜都不知道该怎么接话了。

许松只是说了句："那就好！"他们就告别了。

回南洼沟的山道上，许松对韩娜娜说："常平会不会喜欢丽丽？"

韩娜娜说："我看常平也好像有那个意思，但我觉得这不太现实。"

许松说："哦，我觉得也不太可能。"

韩娜娜说："像丽丽这样高傲的人，估计一般人是看不上的，在学校的时候，班上有好几个男生追求她，她一个都看不上，人家将来是要做演员的。"

许松问："演员？"

韩娜娜说："丽丽说过她的梦想是到省歌舞团去当歌手。"

许松问："那干吗来这里支教啊？这不是吃饱了撑的吗？"

韩娜娜说："谁知道她怎么想的，大概也是个缓兵之计吧！"

两个人边说边走，走一阵有些累了，他们就坐在山道边休息。

后边响起了摩托车声，许松扭头看时，杨本昌骑着摩托车已经来到了他们身边，杨本昌看到他们就停下了车。

杨本昌问："你们这是干啥去呀？"

许松说："我们去了趟邮电所。"

韩娜娜问："杨主任，您这是要去哪儿？"

杨本昌说："我去趟牛村小学，这样吧，我载你们一程。"

许松说："不用了，杨主任，反正离南洼沟也不远了。"

许松知道杨主任那条假腿，所以不想麻烦他。

杨本昌却说："你们是担心后座坐不下你们两个人吧？没关系啊，我经常载两个人的，再说这山道我都熟得能知道路上有几个坑儿，上来吧！”

韩娜娜鼻子一阵酸，她知道杨主任是真心的，拖着一条假肢还要载他俩，她顿时眼眶湿润了。

后来，杨本昌载着许松和韩娜娜一直把他们送到南洼沟小学，连口水都没喝就朝牛村小学走去，许松站在校门口望着杨主任渐渐消失在山道上的背影，忍不住淌下了泪水。

直到庄勇喊他吃饭，他才转身进了校园。

10

杨本昌骑着摩托车，穿过柳叶河上游的河滩，从崎岖的山道上来到了牛村小学，迎接他的是牛彩霞，匡亚非和杜小峰都还正在上课。

杨本昌和牛彩霞先后进了集体办公室，杨本昌没有直接说学校工作的事儿，而是问牛彩霞：“你最近生活还好吧？有没有需要我帮忙的？”

牛彩霞说：“都还好，家里的活儿由我弟弟帮着干。”

杨本昌说：“小玲有没有打电话来？”

牛彩霞说：“昨天还打了。”

杨本昌说：“她最近怎么样？”

牛彩霞说：“都还好，学习是紧张了一些，但她说能顶得住，上次还说让我向你问好，等放寒假回来一定去看你和小晨。”

说到杨晨，牛彩霞就问：“小晨该上高三了吧？”

杨本昌说：“刚上高三，这孩子学习不如小玲，我也正愁着呢！等寒假时让小玲多辅导辅导他，跟他好好谈谈。”

牛彩霞说：“你不要刻意要求孩子，小晨是个懂事的孩子，这么多年，他妈妈又不在身边，本身就够可怜的了，你要是再对他那么严厉，他会受不了的。学习好不好有很多因素决定的，当初小玲没有考上一中，你不也是这样劝我的吗？再说了，小晨又不是不学习，他也努力着呢！”

杨本昌说：“唉！随他去吧，明年能考个什么大学就上什么大学吧，他也就那么大本领。”

杨本昌不想提孩子的事儿了，就转移了话题，问：“这两个大学生表现怎么样？”

牛彩霞说：“都挺好的，工作也认真，就是有点儿难为他们了。”

杨本昌又问：“怎么回事啊？”

牛彩霞说：“别看教室都是新的，但亚非和小峰住的那间漏雨很厉害，我估计是当初建学校时偷工减料的原因，牛得利光嘴上说帮他们解决，又没有实际行动。”

杨本昌的脸顿时严肃起来，说：“这个牛得利！我待会儿找他去。”

牛彩霞立刻阻止了他：“你千万别去，去了也是白去，就你那脾气要是再和他吵起来，不但解决不了问题，反而会把事情弄得更糟糕。还不如抽时间想想办法帮这两个大学生修修屋子。”

杨本昌想了想，觉得牛彩霞说的也有道理，就没再坚持，只是心里骂了无数次牛得利“王八蛋”。

他们正说着话的时候，杜小峰和匡亚非走进了办公室，没等他俩先开口，杨本昌就说：“小峰、亚非，我听说你们住的宿舍漏雨？”

杜小峰和匡亚非同时点了点头。

杨本昌说：“我也是刚听牛老师说，这样吧，我今天来也没有准备，明天，我来帮你们修修。”

牛彩霞知道杨本昌那条残了的左腿，马上就说：“本昌，明天你可以找个人来修，你就不用来了。”

杨本昌说：“我自己就能修。”

牛彩霞说：“要不让大庆来修吧！”

杨本昌说：“学校的这点儿事不能动不动就找人家大庆，况且大庆家里还有那么多活儿等着干呢。”

牛彩霞说：“我估计一个上午就能修好，大庆就当来帮帮忙了。”

杨本昌说：“你别说了，我不同意，我知道你只要一句话大庆肯定来，但这是咱们学校的事儿，村主任都不管，凭什么让人家大庆来？”

牛彩霞还想说什么，被杨本昌给止住了：“这个事儿我说了算。”

牛彩霞知道杨本昌的脾气，就没再和他争下去，她主要是心疼他那条腿。

一旁的杜小峰觉得很不好意思，就说：“杨主任，算了，您也不要来了，我和亚非能将就的，实在不行，我们自己也能修。”

杨本昌说：“这又不是一天两天的，得将就多长时间啊？再说了，你们修？我也不是小看你们，读书你们可以，修房顶却不是我的对手，我闭着眼睛都能胜过你们。”

匡亚非心里顿觉一阵温暖，他突然觉得杨本昌是个实实在在的人，比牛得利强一万倍都不止。人与人的差别竟然如此大，为什么生活中不能多一些像杨本昌和牛彩霞这样的人呢？！

接着，杨本昌提出要听听杜小峰和匡亚非的课，当然采用的听课模式和上次在南洼沟小学听课的模式完全一样，这是他多年的习惯了。

听完课之后，点评了两位大学生的优缺点，优点谈得少、缺点谈得多。

谈缺点的时候，杜小峰和匡亚非并没有表现出不能接受的样子，他们今天完全被杨主任的话感动了，这人一感动，就算听到点儿什么不顺耳的话也不会计较了。

第二天，杨本昌真的来了，他的摩托车后座上不但有工具，还有一袋儿沙子和一袋儿水泥，他俨然成了一个普通的农民工了。

杨本昌很快就投入到工作中了，杜小峰、匡亚非和牛彩霞也在一旁帮忙。他们先是把水泥和沙子搅拌好，然后杨本昌准备攀着那棵白杨树上房顶时，牛彩霞说：“本昌，还是让小峰和亚非上去吧！”

杨本昌说："他们干不好的，还是我来吧。"

说着，杨本昌就要去攀那棵白杨树，被牛彩霞一把拉住了，牛彩霞抹了一把眼角的泪水，央求着："本昌，你别上了。"

看到牛彩霞哭了，杨本昌回头说："你哭啥哩？我又不是去寻死。"

看到牛彩霞流眼泪，匡亚非觉得很奇怪，心想："杨主任不就是爬棵树吗？至于哭吗？"

杜小峰也满脸疑惑，不知道杨本昌和牛彩霞两个人到底怎么了。

牛彩霞拉着杨本昌的衣角，边抹眼泪边说："本昌，别上了，我这就去叫大庆，他比你利索。"

杨本昌说："不用，我能行。"

杨本昌很快挣脱了牛彩霞的拉扯，费劲儿地攀上了那棵白杨树，然后上了房顶。杜小峰悄悄地拉了拉匡亚非的衣角，小声说："亚非，我们是不是上去帮帮杨主任？"

匡亚非点了点头，然后朝屋顶的杨本昌喊："杨主任，我也上去吧！"

杨本昌在屋顶说："不用了，你和小峰往桶里装好水泥沙子，待会儿我拉上来就能用。"

匡亚非说："好的！"

杜小峰和匡亚非很快把搅拌好的水泥沙子装了一桶，牛彩霞把一根带钩的长长的绳子抛到了房顶。

杨本昌就用绳子把装满水泥沙子的桶拉到了房顶，开始修房顶的裂缝处。

牛彩霞不断地在下面喊："本昌，你小心点儿。"

杨本昌开玩笑地说："没事儿，死不了。"

牛彩霞埋怨他："说啥呢？本昌，你还嫌你遭的罪不够多吗？"

杨本昌说："老天爷让我遭罪也是看得起我。"

牛彩霞眼圈又红了，房顶上这个坚强的人是她一辈子都忘不掉的人，他在她心目中的地位甚至比她死去的丈夫还要重要。

一切都干完之后，杨本昌从房顶上下来，说："小峰、亚非，房子暂时修好了，我估计能顶一阵子了。"

杜小峰感激地说："杨主任，我和亚非都很感谢您哩！"

杨本昌说："感谢啥？我是这里的主任，干这点儿事儿还不是应该的吗？按说我们先前的工作没做好，我都有些愧疚了呢！"

匡亚非没有说什么话，但他心里对杨本昌产生了一种由衷的敬佩感。

杨本昌很快收拾完东西，没来得及喝口水就走了，牛彩霞追到校门口，想让他歇歇再走，但杨本昌说："我还要去阳泉小学看看。"说完，就骑着摩托车走了。

牛彩霞看着杨本昌远去的背影，又是一阵心酸，忍不住眼泪又淌出了眼眶。

杜小峰和匡亚非都看到了牛彩霞又在抹眼泪，就走到了牛彩霞身边。

杜小峰问："牛老师，您怎么了？"

牛彩霞抹了一把眼角的泪水，动情地说："小峰、亚非，你们不知道，我哭是觉得杨主任太不容易了，他那条左腿是假肢。"

"啊！"杜小峰和匡亚非几乎同时惊叫了一声。

真的没有想到，两个人都感到非常愧疚，杜小峰情不自禁地流下了眼泪，匡亚非痛苦地望着学校外面的山峦，长长地叹了一口气，突然间，他转过身来，边抹眼泪边说："牛得利犯下的错为什么要杨主任来收拾？这人与人的差别为什么这么大呢？"

等大家都心平气和之后，牛彩霞才告诉他们杨本昌那条假肢的故事。

那个晚上，杜小峰和匡亚非都没有睡意，他们在黑暗的夜色中，爬上学校后面的山梁，背靠着背在山梁上一直静静地坐到天亮，直到清晨的第一束阳光掠过对面的山头照到山梁上来。

11

杨本昌从阳泉小学出来的时候，天已经快黑了，阳泉小学的两个老师崔明浩和董月莉一直把杨本昌送到学校外边的山道上。等杨本昌准备骑摩托车离开的时候，崔明浩说：“杨主任，刚才跟你说的事儿，你一定帮帮忙，看乡中学能不能抽出时间来给我们的学生表演一次节目，孩子们连电子琴都没有见过。”

杨本昌重新支好摩托车，握住崔明浩的手，说：“明浩，你放心，我回去就找王增才说这件事。”

崔明浩感激地说：“那就谢谢杨主任了。”

杨本昌说：“你有点儿客气了啊！明浩，我是这里的主任，这是我的职责，再说了，你和月莉这么多年能扎根阳泉，我都感激不尽呢。”

崔明浩说：“不说这个了，杨主任，天快黑了，你路上小心点儿。”

杨本昌踢开支架，跨上摩托车，说出了不知道说了多少遍的话：“这山道上的每个坑儿我都知道它多浅多深，放心吧！”

杨本昌启动油门，摩托车一阵“嘟嘟”地开走了，崔明浩和董月莉站在山道旁看了很久才转身回学校去了。

崔明浩、董月莉与高满堂、牛彩霞不一样，他们不是由民办老师转成公办老师的，他们是西平师范学校毕业的，读师范的时候两个人恋爱的，一毕业他们同时要求分配到西平县最艰苦的方山乡，那时候，阳泉小学正缺老师，他们就又主动要求来到了阳泉小学，这一来就是二十多年，他们刚结婚的时候，阳泉小学还有四个老师，如今那两个老师都退休了，学校就只剩下他们两口子了，阳泉小学也成了名副其实的夫妻学校了。

杨本昌骑着摩托车回到乡教育办公室大院的时候，天已经完全黑了，他顾不上进屋喝口水，就直接去了对面的乡中学，乡中学正在上晚自习，他就悄悄地来到王增才的办公室门前，敲了敲门，说："增才！"

王增才听到叫声就立刻出来迎接杨本昌了。

王增才说："本昌，这么晚了，你这是……"

杨本昌说："我找你有急事儿。"

王增才说："那就进屋说吧！"

杨本昌一挥手，说："不用了，我就说几句话，我今天来是想征求一下你的意见，看能不能让杜丽丽老师带着学生们到阳泉小学表演一次节目，那里的孩子们连电子琴都没见过。"

王增才一听，当场就说："当然可以了，我这就跟杜丽丽说去。"

杨本昌说："不着急，明天说也行。"

说完，杨本昌就转身走了，王增才在后面喊："我给你取个手电筒。"

杨本昌说："不用，你快回去吧！"

杨本昌走了，王增才立刻就去找杜丽丽，他来到杜丽丽的宿舍，发现屋里没亮灯，他想可能杜丽丽出去了，他准备转身回去，这时，杜丽丽走了过来。

杜丽丽看到王增才，就问："王校长，您这是……"

王增才说："我找你有事儿，你刚才去哪了？"

杜丽丽说："在音乐教室和常平聊了会儿天，您找我有事儿啊？"

王增才就把刚才杨本昌的话告诉了杜丽丽。

杜丽丽一听立刻兴奋起来了，说："我明天就开始排练节目。"

王增才说："排练节目不要影响了同学们学习啊！"

杜丽丽说："我课余时间排练，不影响学习的。"

王增才说："那就行，你好好准备吧！"

说完，王增才就走了，杜丽丽跑了两步追上王增才，说："王校长，让常平跟我一块儿排练吧，我需要他帮助我。"

王增才想了想才说："行，但不能让他耽搁教务处的工作。"

杜丽丽说："好！"

杜丽丽很快把这个消息告诉了常平，常平激动得连连感谢杜丽丽，要知道他也是个热爱音乐的老师，这等于说杜丽丽一直在为他着想。

第二天，杜丽丽和常平就开始为节目的事准备开了。他们打算把节目分成歌曲类和舞蹈类两大类，其中歌曲类是大合唱和独唱；舞蹈是集体舞和独舞。

原本杜丽丽还想再加入几个小品，但常平觉得小品的排练太浪费时间，还得创作小品剧本，再加上学生们学习都比较紧张，操作难度有些大，杜丽丽觉得有道理，就放弃了小品。

接下来就是挑选演员了，这项工作安排在每天下午的课外活动时间。杜丽丽和常平用了三个课外活动挑出了二十个合唱的同学，领唱由初一的牛小鹏担任。独唱的同学挑了一个初二的周小强和初三的刘梅梅。至于舞蹈节目，勉强凑了十个同学。最后，杜丽丽和常平决定，他们两个老师分别表演一个独唱节目，另外还要加上杜丽丽的一个独舞。

节目基本定了下来，紧接着就是排练节目。

杜丽丽和常平可以说到了废寝忘食的地步，到这时，杜丽丽才真正感觉到来乡中学支教的价值，她突然间有太多的感慨，其实，只要努力工作，在任何地方都是可以找到乐趣的。

经过了一段时间的辛苦排练之后，方山乡中学演出队的同学们在杜丽丽和常平的带领下来到了阳泉小学。他们的到来，受到了崔明浩和董月莉以及全体同学的热烈欢迎，同学们第一次见到了电子琴，有的孩子伸手就想摸摸，杜丽丽眼眶立刻就湿润了，她让每一个孩子都摸了电子琴，而且让每一个孩子都按响了琴键。

演出的时候，杜丽丽伴奏，常平指挥，牛小鹏领唱，学生们合唱了《我和我的祖国》；独唱的周小强和刘梅梅在杜丽丽的伴奏下，分别演唱了《每当我走过老师的窗前》和《听妈妈讲那过去的事情》；之后杜丽丽又为常平伴奏，常平独唱了《说句心里话》，最后杜丽丽独唱了《长大后我就成了你》，在常平的伴奏下，杜丽丽动情地唱着，一度唱到哽咽，她唱得太投入了，她觉得这首歌是她唱得最好的一次。阳泉小学的同学们都被这歌声吸引住了，有几个孩子竟然也跟着唱了起来。

在随后表演舞蹈节目的时候，杜丽丽还让阳泉小学的孩子也参与其中，孩子们尽管动作不协调，但他们都收获了参与的快乐。最后是杜丽丽自编自跳的独舞《大山的女儿》，杜丽丽优美的舞姿感染了在场的所有孩子，他们情不自禁地跟着跳了起来。

表演完美落幕，杜丽丽感到十分欣慰，觉得这么多天的努力没有白费。

演出队要离开了，阳泉小学的孩子们把他们送到学校门前的山道上，久久不肯离去，杜丽丽看到孩子们那期盼的眼神，一股热泪涌出眼眶，她悄悄背过脸揩了揩脸上的泪水。

这时有个漂亮的小女孩突然问杜丽丽："老师，您还会再来吗？"

杜丽丽转过身，看到了小女孩美丽的大眼睛，她一把抱住了那个小女孩，说："老师一定还会再来的。"

说着，眼眶里又盈满了泪水。

最后，杜丽丽依依不舍地告别了阳泉小学。

演出的成功并没有让杜丽丽的快乐持续多久，她很快就陷入痛苦之中了，临行时那个小女孩期待的声音久久回荡在她的耳边。

然而谁都没有想到，在返回乡中学的陡峭的山道上，痛苦的杜丽丽由于只顾着嘱咐孩子们注意安全，她自己却不小心滑到沟里去了，幸亏没滑多远，被一颗酸枣树挂住了，脸也被划破了，流了血。

孩子们一下子就慌了，不知道该怎么办才好，常平看到杜丽丽滑下去了，就奋不顾身地跳到沟里，背着杜丽丽爬到了山道上。这时，山道上的孩子们都哭开了，个个喊着他们的杜老师。常平觉得不能再耽搁下去了，就背着杜丽丽朝乡卫生院的方向走去，杜丽丽满眼的泪水混着脸上的血水浸透了常平的白衬衣，杜丽丽哭着说：“常平，我是不是快死了？”

常平一边走一边安慰杜丽丽：“没事儿的，丽丽，你会好起来的，你就是划破了一点儿皮儿。”

杜丽丽说：“让我自己走吧，我还能走路。”

常平说：“不行！”

杜丽丽哀求常平：“我能走路的。”

常平只得把杜丽丽放下，可是杜丽丽没走两步就倒在了山道上。常平又重新背起了杜丽丽，幸好，这时杨本昌骑着摩托车路过，本来他准备去南洼沟小学的，看到眼前这一幕，没等常平说完事情的经过，就让常平把杜丽丽扶到他的摩托车后座上，又嘱咐常平照看好演出队的同学们，他就调转摩托车头朝乡卫生院的方向奔去。

他们很快来到了乡卫生院，卫生院的王大夫是个经验丰富的中年女医生，她检查后，告诉他们，杜丽丽也就脸上划破了，需要处理一下，可能会留下一道疤，其他地方没有太大的问题。

杜丽丽一听脸上会留疤，眼里立刻就盈满了泪水，她强忍着没哭出声来，是不想影响王大夫的工作。

王大夫很快为杜丽丽处理了右脸上的伤口，然后扎上了吊针。杨本昌忙前忙后的，杜丽丽很是感动，说了好多感激的话，杨本昌示意她安静，不要再说了，这都是他这个主任应该做的。

常平把学生们安全送到乡中学后，就匆匆赶到了乡卫生院，他让杨主任回去休息，他留下来照顾杜丽丽。杨本昌觉得这样也行，嘱咐常平好好照顾杜丽丽，他就离开了。

12

杜丽丽出事儿的消息，许松他们直到两天后才知道。

这天下午放学后，周小红直接回家了。回到家，爸爸妈妈都不在，她就收拾好前两天换下的衣服，准备到柳叶河边洗衣服。她正要出门时，爸爸妈妈刚好从地里回来，爸爸周玉生径直进屋去了，妈妈马爱兰问她："天都快黑了，你去洗衣服啊？"

周小红说："我很快就能洗完的。"

说着就出了家门。

马爱兰没再说什么话，也进屋去了。

周小红一个人来到柳叶河边，这条小河是周小红童年和少年的乐园，她曾无数次和伙伴们来到河边玩耍，可是她的很多伙伴都到远方去了，上学的上学，打工的打工，只有她还留在这静静的大山深处，有时候她也想到外边的世界看看，可总是下不了决心，再说爸爸妈妈也不同意她出去。她突然间想起了小玲和杨晨，她和小玲同岁，她们比杨晨大两岁。小时候他们三人经常在柳叶河边玩耍，她和小玲都把杨晨当亲弟弟看待。杨晨是杨本昌的儿子，从小就在南洼沟村主任大，直到在南洼沟小学念到毕业去了乡中学。小玲虽说是牛村人，她在牛村小学念到二年级，就转学到南洼沟小学上学了，原因是，那一年她妈妈牛彩霞到西平县教师进修学校学习去了，牛村小学的学生就暂时到南洼沟小学上学，她和小玲就成了同班同学。她们的友谊就是从那个时候建立起来的。牛彩霞不在身边，把小玲安顿在杨本昌家，杨本昌当时还在南洼沟小学教书。这样一来，她、小玲和杨晨三个人就经常在一起学习、玩耍，成了形影不离的好朋友。杨晨通常喊她和小玲姐姐，当然她们也把杨晨当作了弟弟看待，总是照顾他、关心他。

小玲在班上学习最好，经常帮助周小红，后来她们一同到乡中学念初中，周末一块儿结伴回家，她们就会在寂静的山道上唱歌，有时候还会到山道上边的山坡上去摘酸枣吃。遇到坡陡的地方，周小红不敢上去，小玲却很大胆，小玲每次总是摘很多，摘得多就再分给周小红一些。等到杨晨也来乡中学念书的时候，因为杨本昌已经在乡教育办公室工作了，杨晨就跟着爸爸住到了乡教育办公室，但是，杨晨还经常会跟着小玲和周小红回村里去，不是住到小玲家，就是住到周小红家。初中毕业后，小玲去了二中念高中，周小红觉得自己不是学习的料，就选择回家不再念书了。

童年和少年的回忆往往都是非常美好的，周小红十分想念小玲和杨晨，但是她也十分痛苦，她知道她和小玲的差距将越来越大，杨晨终究也要去上大学的。去年，当她得知小玲考入清华大学的消息后，就一个人悄悄躲到柳叶河边流了一个下午的泪。朋友们！我们千万不要误会，小红不是嫉妒小玲，她是觉得她的朋友将要到全国最好的大学念书了，她们之间很可能会越来越疏远。但是，她想错了，小玲每次回家都会来找她，她们依旧像小时候那样到柳叶河玩耍，而且小玲从不提上大学的事，为的就是不想让她的朋友伤心。

周小红想着想着就又流泪了，天已经全黑了，她还没有回家的念头，衣服早已洗完，她只想静静地坐一会儿。

不知过了多久，远处山梁上吹来了阵阵凉风，天有些冷了，真该回家了，周小红起身收拾好衣服朝家里走去。

回到家周小红发现她弟弟周小强回来了，姐弟俩一周没见自然有说不完的话，周小红问弟弟在学校的情况，周小强说两天前他去阳泉小学演出，唱了一曲《每当我走过老师的窗前》。周小红真为弟弟高兴，因为这首歌最先是她教会小强唱的。

后来周小强就把山道上他们的音乐老师滑到沟里的事儿告诉了姐姐，周小红当下就问：“你们音乐老师叫什么？”

周小强说："我还不知道她的名字呢！她刚来我们学校没多久，先前是常老师教我们音乐，她来了后就由她教我们音乐。"

周小红一下子紧张起来，就问："那个老师现在怎么样了？"

周小强说："不知道，听说还在乡卫生院治疗呢！"

周小红有点儿担心了，之前听韩娜娜说过她有个同学在乡中学支教，会不会是韩娜娜的同学呢？周小红当下就决定去问问韩娜娜，她跑出家门，马爱兰问她去哪里，她头也不回，说："我去一趟学校。"然后就跑出了家门。

马爱兰在后面嘟囔着："整天冒冒失失的，天这么黑连个手电筒也不拿。"

周小红早跑远了，她一口气跑到学校，许松、庄勇和韩娜娜正准备吃饭。

许松看到周小红，就问："小红，你怎么又来了？"

周小红说："我听说乡中学一个新来的女老师出事儿了，不知道是不是你们的同学？"

庄勇问："出什么事儿了？"

周小红就把弟弟的话重复了一遍。

气氛一下子就紧张起来了。

韩娜娜放下碗，一把抓住周小红的手，问："你怎么知道的？"

周小红说："我弟弟在乡中学念书，他今天回家拿干粮，顺便告诉我的。"

韩娜娜又问："这件事儿是什么时候发生的？"

周小红说："好像是两天前。"

韩娜娜立刻扭回头，转向许松和庄勇，焦急地说："会不会是丽丽出事儿了？"

"丽丽？"许松瞪大了眼睛。

庄勇说："赶快给她打个电话，证实一下。"

韩娜娜很快拨通了杜丽丽的手机，对方传来了服务台的声音："对不起，你所拨打的电话已关机。"

韩娜娜失望地说："丽丽怎么会关机呢？看来一定是她了。"

许松说："也不一定的，说不准她手机没电了。"

庄勇接着又问周小红："你弟弟没说那女老师叫什么名字吗？"

周小红说："他也不知道那女老师的名字，只说她刚到他们学校不久，教他们音乐课。"

"一定是丽丽，丽丽呀，你到底怎么了？"韩娜娜一下子哭了。

许松赶快劝她："事情没弄清楚之前一切都还不一定的，说不准不是丽丽。"

韩娜娜说："这不都已经确定了吗？乡中学新来的、教音乐的。"

许松说："那也不能说就一定是丽丽，万一……"

韩娜娜立刻打断了许松的话："没有万一。"

许松问："那你说怎么办？"

没等韩娜娜开口，庄勇就抢先说："要不明天一大早，咱们去卫生院看看。"

但韩娜娜却想立刻去乡卫生院找杜丽丽，许松说天太黑，庄勇说路又不好走，周小红说南洼沟离乡里有二十里路呢！

韩娜娜根本听不进大家的劝告，她已哭成了泪人了，她哭着说："音乐系就我们俩来到了这里，她出了事儿，我怎能平静呢？"

许松说："明天一大早再去不行吗？"

韩娜娜说："不行，我现在就去找她。"

然后她又说："你们要是不去，我自己去。"

许松和庄勇几乎是异口同声："我们也去。"

周小红在一旁说："要不，我也陪你们去吧，我路熟。"

三个大学生点头同意了，周小红立即跑回家去拿手电筒。

周小红简单跟爸爸妈妈说了一声，马爱兰当下就拉起了脸，说："天这么黑，有危险的。"

周小红说："如果我不陪他们去的话，他们就更危险了。"

马爱兰说："那也不行，要去让他们自己去。"

一旁抽烟的周玉生说："孩子都大了，再说有四个人哩，去就让他们去吧！"

马爱兰说："你真是老糊涂了，你又不是不知道走夜路的危险。"

周玉生说："我当然知道，几个大学生路不熟，多一个人也可以互相有个照应。再说了，听到同学出事了，谁不着急啊？"

马爱兰说："你就光想着别人。"

马爱兰说这话的时候，明显态度缓和了不少。

周小红听出了妈妈的口气有所转变，趁机说："好了，你们都放心，我先走了。"

周小红很快就出了门，一溜烟跑走了。

他们出了村子，踏上了通往乡里的崎岖山道，因为有周小红带路，大家心里都很踏实。

漆黑的夜幕中，有一束移动的亮光穿梭在通往乡里的山道上。艰难行走了三个多小时，她们终于赶到了乡卫生院。

她们走进病房的时候，常平陪在杜丽丽的病床旁，杜丽丽正躺在病床上打吊针，脸上缠了很多白纱布，手臂和脚上也有斑斑点点的伤痕。

一进病房，韩娜娜就扑在了杜丽丽的身旁，含着泪说："丽丽，你怎么了？"

杜丽丽抽泣着，低声说："娜娜，我这辈子完了。"

韩娜娜安慰她说："不会的，你一定会好起来的。"

杜丽丽痛苦地说："医生说，我的脸上会留下一道疤，那我以后怎么见人呀？我还这么年轻，我原本打算将来到省城歌舞团当演员的，这下，我什么都没有了，娜娜，我该怎么办啊？”

韩娜娜一时间也不知该怎么安慰杜丽丽才好，只是一个劲儿地摇头，说：“丽丽，不会的，你会好起来的。”

许松和庄勇也说了好多安慰杜丽丽的话，考虑到明天还得上课，他们待了一会儿便告别了，但韩娜娜却执意要留下来照顾杜丽丽，常平说由他照顾就可以了，韩娜娜却说：“我想一个人照顾丽丽，你们都回去吧！”

常平见韩娜娜的态度如此坚决，就不再坚持了，待了一会儿便也离开了。

韩娜娜跑去问王大夫杜丽丽的伤势，王大夫说杜丽丽只是脸上受伤，其他没什么大问题，过几天就可出院了。

许松、庄勇和周小红回到南洼沟时，已是早晨五点了，周小红也不打算再回家了，径直跟他们回学校去了。

13

杜丽丽出院那天，只有韩娜娜陪在她身边，原本常平也说好来接她回乡中学的，由于临时被校长派去往乡政府送文件了，他没有及时来到杜丽丽的身边，但他说送完文件马上就会来接她。

杜丽丽脸上包裹的纱布拆掉之后，当她看到自己右脸上那道长长的伤疤时，痛苦地哭晕了过去。韩娜娜抱着这个可怜的人，一遍又一遍地喊着她的名字。

等常平心急火燎地赶到乡卫生院时，杜丽丽刚刚醒过来，她一见到常平，就又哭了起来。常平眼里含着泪花，说：“丽丽，咱们回学校吧！”

韩娜娜帮杜丽丽擦了擦脸上的泪水，说：“丽丽，咱们走吧！”

说着，韩娜娜已是泪流满面。

后来，韩娜娜和常平把杜丽丽送回了乡中学的宿舍，韩娜娜并没有马上离开，而是留下来继续照顾杜丽丽，一直待到周日才决定回南洼沟小学。杜丽丽不放心韩娜娜一个人走山道，尽管韩娜娜说没事，但杜丽丽还是给庄勇打了电话，让庄勇来接韩娜娜，庄勇接到电话，就撩开两条长腿来了，又说了好多安慰杜丽丽的话，才和韩娜娜依依不舍地告别了杜丽丽。

庄勇和韩娜娜一走，杜丽丽就把宿舍的门插上，一个人在屋里哭了好一阵子。这几天，她都没有勇气照镜子，脸上的伤疤就像一把匕首一样扎在她的心上，演员的梦想再也没有机会实现了，她痛苦得就像骄阳下的禾苗，仿佛稍一抬头就会枯死，她一度怀疑究竟应不应该来这里支教，这真的是她人生最大的失误。如果不来支教就不会发生这件事；如果不来支教，说不准她已经在省城的舞台上唱歌了。可哪有那么多如果呢？现在有什么办法？脸上的伤疤已经成为不可改变的事实了。

杜丽丽哭着哭着就睡着了，等她醒来的时候，看到窗玻璃上爬着一只叫不上名字的小虫，小虫不断地往上爬，却又不断地掉下来，但小虫仍然执着地往上爬，继续它前行的脚步。

杜丽丽突然心头一颤，多么坚强的小虫啊！她竟然觉得自己还不如一只小虫，她为什么要哭泣？不就是划破了脸吗？嗓子还是完好的，还可以继续唱歌的。走不上表演的舞台，还可以走上学校的讲台。她想起了阳泉小学那个漂亮的小女孩，她想起了阳泉小学的孩子们，那一个个期盼的眼神又闪现在她的眼前。不知哪来的勇气，她竟然勇敢地拿起了床头的镜子，认真严肃地照了照自己的脸，一瞬间，她就做出一个决定——到阳泉小学去支教。

杜丽丽洗了洗脸，又梳了梳头发，就推开了宿舍的门，校园里静悄悄的，她有些奇怪，但很快就明白了，今天是星期天，学生们都回家了。她走过校园，出了校门，来到了乡教育办公室大院。她一进大院就看到了杨主任的摩托车，杨主任通常都是住在乡教育办公室的，星期天也基本不离开，他以前每到星期天都要回南洼沟的老家去，但自从杨晨去县一中念了高中，杨晨平时不回来，他也就懒得回南洼沟了，就住办公室了。

杨主任的摩托车已经很旧了，又是老款式，可杨主任就是不舍得换辆新的，因为那是跟着他“征战”多年的“战友”，杜丽丽忍不住摸了一下摩托车，突然想起了杨主任的那条假肢，杨主任的假肢是韩娜娜在乡卫生院陪她时告诉她的，当时韩娜娜是为了用杨主任做例子来鼓励受伤的她的。杜丽丽由于完全沉浸在自己的伤疤上，根本没有体会韩娜娜的话的含义。现在看到摩托车，她才感到自己是何等渺小，那个骑着摩托车穿行在方山乡各个偏僻的小学校的坚强的人失去了一条腿还如此努力地工作着，她有什么理由拒绝生活的挑战？面对一道伤疤和失去一条腿，你说哪个打击更大？杜丽丽扪心自问。

有几只鸽子飞来，落在杜丽丽的脚下，杜丽丽不忍心惊动它们，就没有继续朝前走，而是看着这几只洁白的鸽子在地上来回寻找着虫子，它们“咕咕”地叫了一会儿就又重新飞上了蓝天。杜丽丽抬头望了望湛蓝的天空，泪水模糊了视线，她抹了一把眼角的泪水，朝杨主任的办公室走去。

杨本昌听到敲门声的时候，他正在整理文件，头也没抬，就说：“进来吧！”

当杜丽丽出现在杨本昌面前时，杨本昌大吃一惊，问：“丽丽，怎么是你？你好些了吗？”

杜丽丽说：“好多了。”

杨本昌又问：“你有什么事需要我帮忙吗？”

杜丽丽强忍着泪水，说：“杨主任，我不想在乡中学支教了。”

杨本昌听杜丽丽这么一说，心想：“杜丽丽可能要离开这里回省城了。”心里顿时有些难过，但他知道杜丽丽受伤了，难免会有这种情绪，就说：“我能理解，你什么时候回省城？我让许松他们去送你。”

杨本昌的话让杜丽丽立刻皱起了眉头，她说：“杨主任，您误会了，我不是要回省城，我想离开乡中学到阳泉小学去支教。”

“啊！”杨本昌惊叫一声，手里的文件滑落在地上，顿时，怔在那里。

杜丽丽恳求杨本昌："您一定要答应我。"

杨本昌平静下来之后，问："你为什么要去那里工作？那里的条件更艰苦。"

杜丽丽说："我为阳泉小学的孩子们唱过歌，临走时，一个小女孩问我什么时候再来为她们唱歌，我说很快还会再去的。想来想去，我脸上虽然受伤了，但我的嗓子还是完好的，我还可以唱动听的歌给孩子们听，相比之下，阳泉小学比乡中学更需要我。"

杨本昌听完杜丽丽的话，眼泪就掉下来了。他失去一条腿都没有流眼泪，今天他却泪眼蒙眬了，他说："丽丽，我明白你的心，你是好样的，可是你要想清楚啊！阳泉小学的条件比南洼沟和牛村还要差。"

杜丽丽说："杨主任，什么都别说了，我已经决定了。"

杨本昌看着这个坚强的姑娘，不知道该怎么劝她了，只是说："好孩子，我很感动！"

在杨本昌的眼里，杜丽丽其实还是一个孩子。

杨本昌感慨万千，激动得说不出话来。

什么是优秀的教师？什么是真正的教育工作者？不是那些光在嘴上说说，也不是面对镜头拍几个带红花的照片，更不是手里拿着几张荣誉证书，当然也不是拥有多高的职称，而是要脚踏实地为国家和人民辛勤工作的人。

杜丽丽既没有荣誉证书，也没有职称，她只是一个普通的支教老师，但她要到最艰苦的地方去工作了。

杜丽丽离开乡教育办公室后，杨本昌打电话给王增才简单说了杜丽丽要走的情况后，就很快骑上摩托车赶到了阳泉小学，他把杜丽丽要来支教的消息告诉了崔明浩和董月莉，两个人激动得差点儿流出眼泪，因为已经十年没有新老师来到阳泉小学了。他们连连感谢杨本昌，杨本昌却说："不要谢我，是人家丽丽主动要来的，她一个女孩子来到这里不容易，你们一定要尽最大努力帮助她。"

崔明浩说："杨主任，你放心。"

杨本昌没有多停留，就骑着摩托车走了。杨本昌一走，崔明浩和董月莉就为杜丽丽的到来忙活开了。他们先是把一间闲置的教室收拾干净用来当作杜丽丽的宿舍，又从自己家里搬来了一些煤球。因为阳泉村连个小卖部也没有，崔明浩又跑到南洼沟的小卖部买了一些锅碗之类的生活用品，董月莉还从家里拿来两块崭新的被单留给杜丽丽用。

杜丽丽对崔明浩和董月莉为她做的一切还不知道，她准备收拾自己的东西，明天就去阳泉小学报到。尽管王增才校长对她一再挽留，但杜丽丽决心已定。

其实最难过的是常平，当常平在食堂吃饭时听说杜丽丽要离开乡中学去阳泉小学的消息后，简直不敢相信自己的耳朵，他立刻放下碗筷跑到杜丽丽的宿舍，生气地问："丽丽，你为什么要这样做？难道你不知道阳泉小学更艰苦吗？"

杜丽丽只是淡淡一笑，说："常平，你不要劝我了，我知道你的好意，这么多天我已经想明白了。"

常平说："可是你一走，我很难过的。"

杜丽丽说："别难过，我又不是回省城，我并没有离开方山乡，只不过是换了一个地方而已。"

常平见已经无法挽回杜丽丽了，就问："你什么时候走？我去送你。"

杜丽丽说："我明天上午就走，你能去送我，我很感激哩！"

常平说："啥都别说了，丽丽。"

常平离开杜丽丽的宿舍时，痛苦地踢飞了路上的一颗石子。

常平走后，杜丽丽开始收拾东西，对于她的这个决定，她不想告诉她一同来支教的同学们，她想静悄悄地走。经过了一场洗礼之后，她重新认识了自己，想明白了很多道理。

窗外已是深秋，落叶纷纷飘落大地。

14

第二天一大早，杜丽丽推开宿舍门的时候，常平已经站在门口了。

没等杜丽丽开口，常平就说：“丽丽，你真的要去阳泉小学啊？要不要再考虑一下？”

杜丽丽摇了摇头，说：“我已经决定了。”

常平说：“既然你已经决定了，我也不再挽留你了，那咱们就走吧！”

杜丽丽说：“你吃饭没？要不要先吃点儿东西？”

常平说：“我吃过了，你呢？”

杜丽丽说：“我冲了方便面吃了。”

常平进屋背起杜丽丽的铺盖卷就出了门，杜丽丽随后把门锁上就跟了出来，把门钥匙交给常平，托他随后交给校长。

两个人很快上了通往阳泉小学的山道。因为他们都有心事，所以一路上并没有说太多的话。不过，杜丽丽真的非常感谢常平能来送她。

等他们来到阳泉小学时，崔明浩和董月莉早已在校门口等着了。

杜丽丽还没有说话，董月莉就走上前拉起了杜丽丽的手，说：“来了就好！”

崔明浩取下常平肩上的铺盖卷，说：“走，宿舍都收拾好了。”

杜丽丽走进崔明浩和董月莉为她收拾得干干净净的宿舍，特别感动，眼泪差点儿掉下来。

安顿好杜丽丽之后，常平离开了，杜丽丽一直把他送到学校门前的山道上很远，并嘱咐他：“你路上小心！”

常平说：“你放心，倒是你，要照顾好自己，过几天我再来看你。”

杜丽丽点点头，望着常平的背影渐渐消失在山道的尽头，杜丽丽才转身回了阳泉小学。她一回到学校，就向崔明浩要求开始工作，崔明浩暂时给她安排了全校的音乐课。她立即就去上课了，尽管没有乐器伴奏，但她的歌声仍然很好听。

中午快放学的时候，阳泉村村主任尹长喜走进了学校，他昨天就听崔明浩说了杜丽丽要来支教的事，本来上午就想来看看的，由于这几天一直感冒，上午去打了吊针，输完液就赶过来了。

崔明浩见尹长喜进了学校，就迎了上去，说："村主任来了。"

尹长喜说："明浩，大学生呢？"

崔明浩指了指教室，说："还在上课呢！我去叫她。"

尹长喜一挥手，说："不用，等等吧！真是个好老师，刚一来就开始上课了。"

崔明浩说："是啊！人家离开乡中学来到咱们学校，真不容易。"

尹长喜点了点头。

下课了，杜丽丽刚走出教室，就被崔明浩喊住了，崔明浩向杜丽丽介绍尹长喜："丽丽，这是村主任。"

尹长喜说："杜老师，你好！欢迎你来到我们村。"

杜丽丽走上前，脸有些红了，说："村主任！"

尹长喜说："你有什么困难尽管跟我说，我一定帮着解决。"

杜丽丽说："谢谢！"

尹长喜说："不要客气，你能来我们村工作，我们都很感激你哩，明天我派人到乡里给你运些煤球来，这里的冬天太冷了，再给你买个电暖器。至于你的吃饭问题，你也不用担心，玉米面和白面村里都有，我们会按时供应给你，还有，应季的蔬菜我们也会给你送来。要是还缺什么东西，你就直接跟我说就行。"

尹长喜的话让杜丽丽倍感温暖，她万没想到，她来到这里能受到这样的待遇，因为之前韩娜娜跟她说过他们在南洼沟村的情况，她来的时候是有心理准备的，原本也没想过向村里要什么，她知道其实阳泉村比南洼沟村和牛村都穷。这些她根本都没有考虑的事情，村主任都替她考虑好了，她忍不住热泪盈眶，好在尹长喜正和崔明浩说着话，没注意到她哭了。

第二天上午，尹长喜就和村里的几个小伙子给杜丽丽送来好多煤球、玉米面、白面，还有大白菜和萝卜等，足够她用很长时间的。那几个小伙子把煤球整整齐齐地摞在墙角，又把先前崔明浩从自家搬来的煤球一同摆放整齐。

尹长喜说："乡里的商店暂时没有电暖器，需要等到下周才能进来货。"

杜丽丽说："不着急的，这几天还不算太冷，有火炉子也能取暖，要不就别买了。"

尹长喜说："还是买一个吧，下周给你送来。"

杜丽丽不知道该怎么感谢尹长喜了，只是说："你们都是好人！"

尹长喜笑了笑，说："比起你们的杨主任，我们真不能算有多好。"

杜丽丽说："在我心里，你们和杨主任一样都是好人。"

尹长喜和小伙子们离开的时候，杜丽丽把他们送出了学校大门，一直送到村道上，他们走出好远了，杜丽丽还没有转身回学校，有个小伙子还扭头朝杜丽丽笑了笑，杜丽丽也朝他笑了笑。

杜丽丽就这样开始在阳泉小学支教了，由于崔明浩和董月莉夫妻二人在村里住，每到放学，校园里就只剩下杜丽丽一个人。她就把学校大门反锁上，然后再插上自己的宿舍门。有时候半夜醒来听到外面的风声，她都觉得很害怕，但是想想自己已经来到了这里，就咬咬牙又睡过去了。

三天后，常平就又跑来看杜丽丽，还给杜丽丽带来了一些生活日用品。

杜丽丽说了好多感谢的话。

常平说："你不要再说了，我都把你当亲人了。"

杜丽丽说："嗯，我也很愧疚的，当初因为我的原因，导致你不能教音乐。"

常平说："又不怪你，要怪也只能怪王增才。你也不要难过，你走后，他又让我教音乐了。"

杜丽丽听后特别高兴，说道："那就好，你好好教，把咱们的音乐教室办下去。"

常平朝杜丽丽点点头，说："那是一定的，为了你，我也要把它办下去。"

他们聊了一会儿，杜丽丽要去上课了，常平方能离开了。临走时，常平鼓起勇气对杜丽丽说了一句话："丽丽，我喜欢你。"

然后，常平就走了，杜丽丽的脸却红了好长时间。

又过了几天，那个在村道上朝杜丽丽微笑的小伙子给杜丽丽送来一个电暖器，说是村主任让送来的，杜丽丽又是一阵感动，小伙子把电暖器放下就准备走，却被杜丽丽叫住了，杜丽丽说："哥，谢谢你！"

小伙子笑了说："不用客气，别叫我哥了，叫我名字吧，我叫范海强。"

杜丽丽说："行，海强，我叫杜丽丽。"

范海强说："以后有什么需要帮忙的，尽管叫我，我家离学校不远。"

说着两人就互相留了电话。

范海强将要离开时，突然看到墙角的小水缸里快没水了，就主动去提水，把杜丽丽的小水缸一口气灌满了。杜丽丽过意不去，就顺手塞给范海强一袋儿饼干，范海强没要，说："丽丽，你别这么客气。"

说完，范海强就跑走了，杜丽丽看他跑远了才转身上课去了。

15

杜丽丽来到阳泉小学支教的事儿，许松他们并不知道，尽管韩娜娜经常跟她发短信关心她的生活，但她并没有告诉韩娜娜，大家一直以为杜丽丽还在乡中学呢，许松说过几天还要去看看她。

直到一周后的周末，庄勇和韩娜娜去乡里买日用品，顺便去了乡中学看望杜丽丽，见杜丽丽不在，就问常平，常平告诉他们杜丽丽早就离开了乡中学去阳泉小学支教了，韩娜娜和庄勇听大吃一惊。

韩娜娜问常平："丽丽为什么要这样做？"

常平叹了一口气，说："唉！可能是因为那次受伤吧，我们怎么挽留她都没用，她执意要去。"

他们来不及和常平告别，就匆匆出了乡中学的大门。回来的山道上，韩娜娜一个劲儿地说："庄勇，丽丽是怎么了？这么大的事儿也不告诉我们！"

庄勇说："她有时候做事儿真的很奇怪。"

韩娜娜说："难道她不知道阳泉小学条件更差吗？"

庄勇说："也许是她受了伤害，想换一个环境吧！"

韩娜娜说："换一个环境，完全可以到咱们学校来，或者到牛村小学去，这样大家也可以互相有个照顾。"

庄勇长长地叹了一口气，说："唉！谁知道她怎么想的？摸不透。"

韩娜娜说："她一个人在那里该怎么生活啊？！"

庄勇说："咱回头抽个时间去看看她吧！"

韩娜娜说："行！"

他们到了通往南洼沟的岔道上，韩娜娜说："要不，咱们现在就去看看丽丽吧？"

庄勇说："可咱们还没有告诉许松呢？"

韩娜娜说："我已经等不及了。要不，你先回南洼沟吧？"

庄勇说："算了，我也跟你去吧。"

于是，两个人就掉转头去了北边的阳泉小学。

他们来到阳泉小学的时候，杜丽丽正提着一桶水准备进屋，韩娜娜当场就哭喊着："丽丽！"

杜丽丽扭过头，看到她的好朋友来了，顿时眼眶里就盈满了泪水，她顾不得把桶提到屋里去，就转身朝韩娜娜和庄勇走来。韩娜娜和杜丽丽一下子就拥抱在了一起，两个人一个劲儿地抹眼泪。庄勇在一旁也悄悄地擦着脸上的泪水。

韩娜娜问："丽丽，我们都不知道你来到了这里，你为什么要这么做？"

杜丽丽只是一个劲儿地摇头，说："娜娜、庄勇，我……"

庄勇说："咱们进屋吧！"

三个好朋友进了屋，庄勇把那桶水提到屋里，说："你们先聊，我去提水。"

庄勇提着桶飞快走了，他来到水井旁，扶着旁边的一块大石头，大颗大颗地掉眼泪，尽管刚才杜丽丽什么也没说，但他已经明白了她为什么要来到这里。他突然发现，杜丽丽其实是他们当中最优秀的。当初，她留在乡中学，大家都误会她了，她比来支教的任何人都要坚强。这个可怜的人，脸上虽然受伤了，但心灵是如此美好。在她面前，他觉得有些惭愧。

等庄勇提着水桶进了杜丽丽的宿舍的时候，韩娜娜还在埋怨杜丽丽："丽丽，你太草率了？"

杜丽丽说："娜娜，别说这个了。"

庄勇说："娜娜，你不要埋怨丽丽了，她已经来到了这里，肯定是有她的原因的。"

韩娜娜说："庄勇，你也不想想，丽丽一个人在这儿怎么生活呢？"

杜丽丽说："其实，阳泉村的人对我很好的，你们看看这些煤球、蔬菜……都是他们给我提供的，说实话这儿比你们那儿还好。"

说着，杜丽丽就指了指墙角的煤球和蔬菜。

韩娜娜说："关键是这里只有你一个人，没人照顾你。"

杜丽丽说："一个人也挺好。"

庄勇说："好了，咱们不说那些不高兴的话了，咱们考虑一下丽丽未来的生活才是主要的。"

韩娜娜觉得庄勇的话有道理，就对杜丽丽说："我觉得你白天在这里教书，晚上应该跟我们到南洼沟小学住，反正两个学校距离也不远。"

韩娜娜的意见立刻就被杜丽丽否定了，她说："那会给你们添太多麻烦的。"

韩娜娜说："说什么呢？丽丽，谁让咱们是同学呢？"

庄勇说："我看娜娜的想法不错，你晚上一个人住在这里太不安全了。"

杜丽丽说："不用担心，我已经住了好几天了也没什么问题，你们放心好了。"

庄勇和韩娜娜见无法说服杜丽丽，韩娜娜只好说："这样吧，我晚上过来陪你。"

杜丽丽马上说："不行啊，那会累坏你的。"

韩娜娜说："就这么定了。"

杜丽丽还想说什么话，韩娜娜却对她摆摆手，说："你不要说了，我已经决定了。"

后来，韩娜娜和庄勇离开阳泉小学的时候，把他们在乡里买的生活日用品给杜丽丽留了好多。

16

韩娜娜和庄勇一回到南洼沟小学，就把杜丽丽的事儿告诉了许松，许松当然也是大吃一惊，吃惊过后，他内心充满了对杜丽丽的敬佩之情。他立刻就跑向学校后面的山岗，眺望着北边的阳泉小学，眼泪扑簌簌掉了下来，他知道，那个可怜的人就在那个小学校里坚强地生活着。初冬的寒风吹过他的脸颊，吹落了他脸上的泪珠，他拨通了杜丽丽的电话，电话接通的第一句话就是："丽丽，你要坚强！"

手机里只传来了杜丽丽的一声"嗯"，就再也没有声音了，许松知道那是杜丽丽在悄无声息地哭泣，她不愿再让她的同学为她悲伤。

许松在山岗上一直待到太阳快落山的时候才下山，走过崎岖的山道时，他给杜小峰和匡亚非打了电话，告知杜丽丽最近的一系列情况，听得出来，杜小峰和匡亚非也是异常惊讶，他们都表示钦佩杜丽丽的勇气。

许松回到学校的时候，正赶上韩娜娜出门，他问："娜娜，你去哪儿？"

韩娜娜就把陪杜丽丽的事儿说了。

许松立即说："天都快黑了，我去送你。"

韩娜娜说："不用，我能行。"

这时，庄勇从屋里出来，说："娜娜，这样吧，丽丽这个事也不是一天两天的，是个持久战，我和许松每天轮流送你去吧。"

许松说："这是个好主意。"

韩娜娜说："真的不用，再说了又不是太远，我又不是没走过山道？何必这么夸张，还得你们送我？"

说完，韩娜娜就头也不回朝阳泉小学走去。

望着她的背影，许松和庄勇苦笑着摇了摇头，他们知道韩娜娜的性格。

这样的日子就开始了，韩娜娜基本上每天晚上都到阳泉小学陪杜丽丽，大清早再赶回南洼沟小学来上课。因为季节已经进入冬季，一个姑娘每天这样来回奔波，许松和庄勇都觉得不是个办法，杜丽丽也很是过意不去，她一再恳求韩娜娜不用陪她，但每每吃过晚饭，韩娜娜依旧会准时赶到阳泉小学去。

由于找不到两全其美的办法，韩娜娜只能这样两头忙了。许松和庄勇又商量了一番，每天傍晚由许松把韩娜娜送到离阳泉小学不远处的一棵柿树旁，看着她进入阳泉小学，许松再赶回南洼沟小学。庄勇负责早上迎接韩娜娜，因为庄勇有早起锻炼身体的习惯，可以趁着锻炼身体的机会去迎接韩娜娜。

就在他们这么严密的护送下，韩娜娜有一次还是把他们吓坏了。

那是一个刮风的傍晚，天很冷，许松送韩娜娜出门时，他就发现她的眼睛通红，便问道："娜娜，你怎么了？"

韩娜娜说："没事儿。"接着，她还朝许松笑了笑，随后就用羽绒服帽子裹住了头。

许松知道她不想说，于是也就没再追问，只是对她说："娜娜，咱们可都是朋友，有事儿你可千万别憋在肚里。"

韩娜娜点点头，说："真的没事儿，你放心好了。"

许松又把她送到了那棵柿树下，目送着她进了阳泉小学的大门，他才扭头回南洼沟小学去了。

到了晚上，许松和庄勇准备睡觉时，听到外边有人敲学校大门，边敲边喊"开门"。

他们听出是杜丽丽的声音，庄勇跑出去开门，呼啸的寒风中，杜丽丽拿着手电筒站在门外，还不住地喘气，头发被风吹乱了，一时说不出话来。庄勇要她进屋再说。她焦急而又慌乱，说："娜娜不见了。"

许松说："我亲自把她送到阳泉小学的，看着她进了学校大门我才离开的。"

杜丽丽说："是啊，她到我们学校了，还喝了一杯水，之后她说她要出去打个电话，我左等右等，她也没回去。我出去找她，怎么也找不到她，打电话是关机，给你们打电话，你们也都关机了。"

三个大学生已经顾不上再多说，他们立刻决定去找韩娜娜。

由于太慌乱，路又不好走，三个人都不断地摔跟头，杜丽丽的手电筒也被摔坏了，没了亮光，他们只好借着手机的微弱的灯光寻找。一边走，一边喊着韩娜娜的名字。

他们快到阳泉小学时，庄勇被一块儿石头绊倒了，跌在地上直呻吟。许松也不断地感到手被什么尖利的植物划着，他知道肯定流血了。

三个人大声喊着韩娜娜的名字，他们的呼喊声伴着寒风传到很远的山谷。

过了好一阵子，他们才听到了韩娜娜从一个山坳里回应的声音。等他们深一脚浅一脚摸到那个山坳时，韩娜娜一下子跟他们拥抱在了一起。黑暗中，四个人再也顾不上羞涩，紧紧相拥着。韩娜娜和杜丽丽更是哭得异常伤心。

平静之后，在瑟瑟的寒风中，韩娜娜才说出了她躲到这个山坳的原因。她远在新西兰的男朋友夏军只用一条简短的信息就结束了他们的感情，他给出的理由非常简单——距离产生了裂痕，曾经的许诺都烟消云散了。她一边哭一边骂着该死的夏军。

许松安慰她说："黑暗不会永远属于不幸的人，阳光就在不远处。"

庄勇说："为这样的人伤心不值得，娜娜，你要坚强。"

杜丽丽什么也没说，只是紧紧拉着韩娜娜的手，抚摸着她的头。

大家谁也不想离开这个山坳，就这么静静地坐着，伴着寒冷的夜风，陪着这个失恋的人。

漫漫长夜啊，就要过去，新的一天就要来到了。

17

没多久，南洼沟一带下了一场大雪，通往乡里的山路被封住了，而且听电台预报说，近几天还有大雪。

尽管大雪封住了山道，可韩娜娜依然会前往阳泉小学陪伴杜丽丽，杜丽丽觉得实在过意不去，就说："娜娜，你不用这么辛苦……"

话还没有说完，韩娜娜就打断了她："丽丽，这样的想法你想都不要想，这么大的雪，我是不会不管你的。"

杜丽丽知道韩娜娜的脾气，就不再说什么了，她知道说了也是白说。

因为下雪，南洼沟的三个大学生简直愁坏了，因为快没吃的了，白菜只剩下两棵了，干面条和大米也快吃光了。要是大雪还不停，山道上的积雪还不融化，他们就无法到乡里去买。这样一来，就真的要挨饿了。这时，大家才真正体会到了这里有多么艰苦。

韩娜娜无意间跟杜丽丽说了他们即将断粮的情况，杜丽丽说要把她的白菜和白面送给他们一点儿，韩娜娜拒绝了，韩娜娜说："你的白菜是人家阳泉村给的，人家送给你是因为你是人家的老师，人家可没有义务给我们，况且你的也不多。没事儿，我们总会有办法的，说不准过几天大雪就停了，我们就可以到乡里去买了。"

她们正为这事儿争论的时候，范海强在学校大门外喊："丽丽！丽丽！"

韩娜娜问杜丽丽："是谁呀？"

杜丽丽说："范海强，在学校旁边住，经常帮我的忙。"

韩娜娜问："这么晚了，他来干什么？"

杜丽丽说："可能有急事儿吧？"

说着，杜丽丽就走出了宿舍门，还没到大门口，就问范海强："海强，什么事儿？"

范海强说："我给你送个东西。"

杜丽丽打开学校大门，范海强把一个还散发着热气的塑料袋儿递给杜丽丽，说："丽丽，这是我妈刚煮熟的红薯，你趁热吃吧！"

杜丽丽说："谢谢啊，你进屋坐会儿吧！"

范海强说："不了，太晚了，你早点儿休息。"

范海强转身就走了。

杜丽丽回到屋里，把红薯塞给韩娜娜，说："海强给我送红薯来了，来，娜娜，吃红薯。"

韩娜娜问："丽丽，他为什么对你这么好？你要小心啊！"

杜丽丽笑了，说："你瞎想什么哩？你不也对我很好吗？难道我也得小心你啊？"

韩娜娜说："这不一样。"

杜丽丽说：“快吃红薯吧。”

韩娜娜却陷入了沉思之中。

第二天早上韩娜娜离开阳泉小学时，杜丽丽给韩娜娜包好了两棵白菜和半塑料袋儿白面，韩娜娜本不想拿，但来接她的庄勇却说：“丽丽也是好意，以后咱们有了还给她就行。”

庄勇就从杜丽丽手里接过了白菜和白面。

回去的山道上，韩娜娜对庄勇说了范海强的事儿，庄勇和韩娜娜一样有种预感，觉得范海强似乎喜欢上了杜丽丽。

他们回到南洼沟小学后，许松看到他们带来的白菜和白面，顿时就明白了，说：“我们不能要丽丽的东西，那是人家阳泉村送给她的。”

韩娜娜说：“我也是这么说的，可丽丽坚持要这么做。”

庄勇说：“算了，这也是丽丽的心意。”

许松说：“这也解决不了大问题，还得想别的办法。”

许松很快就给杜小峰发了短信，看他们能否支援一下。虽然通往牛村小学的山道也被大雪封住了，但毕竟不远，就是摔几跤，也没什么大不了的，总比到乡里强太多。

杜小峰立刻给许松回了短信：“**我们也快断粮了，正欲向你们求救哩，要不咱们想想办法到乡里去一趟吧？或者向村民们买一点儿。**”

许松把杜小峰的回信告诉了庄勇和韩娜娜，说“他们也没吃的了。”

庄勇说：“这样吧，明天咱们去乡里一趟。”

韩娜娜立刻阻拦：“不行，这太危险了，你没看到丽丽的遭遇吗？这样的山道怎么能走呢？”

许松觉得韩娜娜说的也有道理，但庄勇执意要去，并且说好明天一大早动身。

没想到事情很快有了转机，下午上课前，孩子们有的抱着一棵大白菜；有的抱着一棵大萝卜；有的提着一个小篮子；还有的拎着一个塑料袋儿；甚至还有两个小女孩用一根棍子抬来一个帆布包……他们都把东西放进了集体办公室。

三个大学生很是纳闷，弄不清孩子们要干什么。

不一会儿，答案就出来了。

高满堂一到学校，就对许松说："这是孩子们从家里抱来的，你们先救救急，我知道你们快没吃的了。"

许松说了好多感谢的话，说着说着，他的眼眶就湿润了，看着办公室外雪地里嬉戏的孩子们，他再也忍不住了，悄悄背过脸，趁高满堂不注意，揩了一下眼角的泪水。他知道，这都是高满堂让孩子们这么做的。

一时间有了这么多吃的，大家都很高兴，明天庄勇也不用去乡里了。随即，他们便想到了支援一下杜小峰和匡亚非。

庄勇和韩娜娜正想给他们打电话，许松却止住了他俩，他压低嗓门说："还是等放学以后吧，现在高老师和周小红都在学校，他们要是看到了，该多不好意思啊！"

他俩觉得也有道理，随后，就把那些珍贵的"急救物资"都搬到他们宿舍去了。

铃声响过之后，老师们便各自上课去了。

趁着大雪，庄勇要为孩子们上"堆雪人"比赛课；许松要同学们观察雪景写作文；韩娜娜则教他们唱《脚印》。

一个下午很快过去了，放学时，庄勇和韩娜娜迫不及待地发出了短信，催杜小峰、匡亚非快来拿"支援物资"。许松埋怨他俩太性急，因为高满堂和周小红都还没走，万一被撞见了，该多尴尬啊！

庄勇说牛村小学到这儿还要跨过结了冰的柳叶河，这么大的雪，等他们到来时，高满堂和周小红早走了。

好不容易看到高满堂出了校门走了，许松还没来得及舒一口气，没想到周小红却进了他们的宿舍，一屁股坐在许松的床沿上，说："许松，我想让你辅导我《中国古代文学》。”

许松问：“你学得挺快啊！都开始学《中国古代文学》了？”

周小红说：“是啊！我不但想多学知识，而且还想参加中文专业的自学考试，打算将来拿个文凭哩！”

许松看看表，觉得杜小峰他们快来了，心里急死了。只好想办法推却，说：“小红，我过一会儿还要送娜娜去阳泉小学，你先回家，我晚上到你家辅导你，你看怎么样？”

周小红说：“也行，说好了，一言为定。”她随即伸出小指头要跟许松拉钩，表示互相遵守诺言。

唉！真是个小姑娘，许松也立即伸出了小手指。

拉过钩后，周小红还没有要走的意思，许松心里乱作一团，韩娜娜和庄勇也非常着急，不住地跟许松递眼神儿。

周小红仍旧坐在那里跟大家聊天，时不时还翻翻桌上的书。

这时，韩娜娜说：“小红，你先在这儿跟庄勇聊，许松要送我去阳泉小学了。”许松知道她是想把周小红支走，故意这么说的。

周小红听韩娜娜这么一说，立即明白了，马上就说：“我也要走了。”

没想到庄勇却跟周小红开玩笑：“你只想跟许松聊，不想跟我聊啊！”

韩娜娜瞪了一眼庄勇，示意他别再添乱了。

周小红说：“庄勇，要不咱们再聊会儿？”

许松在旁边气得肺都快炸了，瞪了庄勇一眼，庄勇很快就明白了许松的意思。

庄勇灵机一动，说：“小红，咱们改天再聊，一会儿我还要去趟牛村呢！”

周小红这才起身，说：“你们都要走啊，那我不得不走了。”

她终于要走了，临出门时，又扭回头说：“许松，晚上别忘了帮我补课啊！”

许松朝她点点头。

周小红刚走，杜小峰、匡亚非就来了，他们并没有撞见周小红，大家总算舒了一口气。

既然大家都来了，难得凑到一块儿，傍晚他们一块儿吃了饭。

吃过饭后，他们彼此又说了很多话，久久不愿告别。考虑到天色已晚，路又不好走，他们还是赶早就分别了。杜小峰和匡亚非带了好些“物资”走了。之后，许松就送韩娜娜到阳泉小学去。

许松一直把韩娜娜送进阳泉小学大门才离开，他没有回南洼沟小学去，而是直接到周小红家帮她学习《中国古代文学》。

18

临近年关，一天比一天冷，虽然没有再降雪，但山野到处都还留着星星点点的残雪，山道上仍然很光滑。

天太冷了，南洼沟的三个大学生通常都是用燃柴来取暖，他们没有杜丽丽的电暖器，也没有杜小峰和匡亚非的煤球。庄勇的脸上冻出了疮，他很生气，有时候难免骂这鬼天气，甚至还会跑到山道上发泄一番。许松的手也冻裂了口子，偶尔也同庄勇一样发一通牢骚：“鬼知道我们为什么要来到这里支教？”

因为快放寒假了，大家都有点儿想家。许松的爸爸给他打了好几次电话，问他什么时候回家。每当夜晚入睡时，许松就思念父母，总想立刻回家把这半年所经历的一切都告诉他们。韩娜娜更是一天跟她姑妈通好几次电话哩。

只有庄勇似乎没有表现出多少对家的思念，既不给家里打电话，也不在许松和韩娜娜面前提家里的事儿，而且最近他喜欢跑上学校对面的山岗，一个人望着远山沉思。许松好奇地问过他好多次，他总说没什么事儿。庄勇越是不想说，许松就越是想知道。每每在这时候，庄勇就会跑开，跑向那个他时常去的山岗。许松把这一情况告诉了韩娜娜，其实韩娜娜也早看出了庄勇的反常，她一直以为他想家了。庄勇的这一系列的反常举动，让许松和韩娜娜摸不着头脑，他们决定探个究竟。

放学后，庄勇又爬上了那个山岗，许松和韩娜娜紧随其后。

庄勇坐到了一块大石头上，就开始仰望远山，根本没注意到许松和韩娜娜的到来。

他们轻轻地走到他的身边，韩娜娜说："庄勇！"

庄勇扭头看看他们，朝他们笑笑，说："你们怎么也上来了？"

许松问："庄勇，你最近到底怎么了？"

韩娜娜也说："告诉我们吧，或许我们还能帮你一把哩！"

庄勇眼圈发红，长长叹了一口气，说："我想家，想我奶奶。"

许松和韩娜娜都不说话，他们都知道庄勇的心里肯定有说不出的痛苦，别看他平时表现得很坚强，甚至在支教的几个大学生中看起来最强大，但实际上他也有脆弱的一面。

庄勇接着说："我是个孤儿，是奶奶在村前一棵柳树下捡到的。奶奶说捡到我时，我正在那里'哇哇'大哭哩。奶奶也不知道是谁把我抛弃的，见我实在可怜，就把我抱回了家。奶奶和爷爷没有孩子，我就成了他们的精神寄托，白天奶奶和爷爷背着我趟过小河进山劳动，晚上还要哄我入睡。我六岁时，爷爷去世，我就和奶奶相依为命，她好不容易把我养大，供我上了大学……"后面的话，庄勇实在说不下去了，他哭了，这是许松和韩娜娜第一次见他哭得这么伤心。

他们三个人一下子拥抱在了一起。在无声的山野中，有三颗心在急剧地跳动着，是那么有力。

不知过了多久，等他们三人走下那个山岗时，天已经黑了，南洼沟村家家户户已亮起了灯，如同黑夜中的星光，在山坳里闪烁着。

因为天色已晚，韩娜娜担心杜丽丽，就想给她打个电话告诉她一声，说自己晚一会儿就会去陪伴她。可是等她打电话给杜丽丽时，才知道杜丽丽已经在南洼沟小学门前等他们了。

等他们回到学校的时候，杜丽丽已经在他们学校门口等了好长时间了，韩娜娜就问：“丽丽，你来了怎么也不给我们打个电话？”

杜丽丽说：“我知道你们肯定是出去玩儿了，就没有打扰你们。”

许松问：“天这么晚了，山道上又这么难走，你也真大胆。”

杜丽丽说：“是海强送我来的。”

许松问：“海强？”

没等杜丽丽介绍，韩娜娜就抢着说：“连姓都省了，人家叫范海强。”

庄勇说：“丽丽，你和范海强究竟是怎么回事儿？”

许松惊讶地看着眼前的三个人，问：“你们的话我怎么听不懂呢？”

韩娜娜说：“很好理解，范海强是丽丽的邻居，经常帮她的忙。”

许松说：“哦，这么回事儿啊！”

杜丽丽说：“不说这个了，我今天来是给你们送好东西来了。”

说着，杜丽丽扬了扬手里的塑料袋儿。

许松问：“那是什么？”

杜丽丽说：“走，到屋里你们就知道了。”

他们进了宿舍，杜丽丽才打开了塑料袋儿，原来是煮好的鸡块儿。

韩娜娜立刻就说：“是不是范海强送你的？”

杜丽丽说：“什么范海强送的？人家没义务天天送我东西吃，这是崔老师送我的。”

杜丽丽说的崔老师，大家都知道是崔明浩。

庄勇说：“丽丽，你真是，崔老师送给你的，你又送给我们。”

杜丽丽说：“我又吃不了，让你们也尝尝。”

由于走了一路，再加上天气寒冷，鸡块儿早就凉了，他们赶紧又燃起柴火热了热。

吃完鸡块儿之后，四个人又聊了很长时间才去睡觉。

杜丽丽和韩娜娜回到韩娜娜的那间宿舍后，杜丽丽才敞开心扉又和韩娜娜谈了很长时间，隔壁的许松和庄勇其实都没有入睡，他们静静地听着她们的谈话，彼此都有难言的伤感。

杜丽丽说今晚来到南洼沟小学，一方面是为了给好朋友们送鸡块儿，更重要的是她不想让韩娜娜再每天那么辛苦地跑到阳泉小学陪伴她，她今天主动来到了这里就是想当面告诉韩娜娜今后不要再这样做了，她一个人完全可以适应那里的生活。她说当初之所以毫不犹豫地选择阳泉小学，就已经做好了长期在那里艰苦生活的准备。

当然，韩娜娜立即就表示了不同意，但这一次，杜丽丽铁了心，说："娜娜，我知道你的好意，我都铭记在心。但我已经决定了，不能再麻烦你了。如果你还把我当好朋友的话，就让我一个人生活吧！"

杜丽丽一句话说完，韩娜娜生气地说："丽丽，你今天是不是魔怔了？"

杜丽丽严肃地说："没有，娜娜，我是考虑了很长时间才跟你说的。如果你不同意，我现在就回阳泉小学，并且以后也不会跟你们来往了。"

韩娜娜知道杜丽丽决心已定，就不再勉强，顿时流下了眼泪，说："今后你一个人在那里，想想都让人难过。"

杜丽丽说："娜娜，不要为我担心，如果你不放心，就经常去看看我。"

韩娜娜朝杜丽丽点了点头，两个人拥抱在了一起。

杜丽丽和韩娜娜的话让隔壁的许松和庄勇睡意全无，虽然他们并没有说话，但心里都在暗自难过，让他们想不到的是，大学时那个娇滴滴的杜丽丽，来到方山乡后竟然变得如此坚强。

第二天一大早，韩娜娜醒来的时候，发现杜丽丽已经离开了，桌上放着一张纸条——

娜娜、庄勇、许松：

感谢一直以来对我的照顾，我们永远是好朋友。

丽丽

韩娜娜跑出宿舍、跑出学校，站在山道上，迎着寒风，眺望着阳泉小学的方向，顿时，眼泪夺眶而出。她禁不住自言自语着：“丽丽，你是最美的支教老师！是省师范大学的骄傲！”

19

小玲放寒假回来，在西平县火车站下火车后，并没有立刻搭回方山乡的公共汽车回家，而是去了她的母校——西平二中。她来到二中大门口，竟然泪眼蒙眬了，她对二中充满了感激之情，正是当年这所高中收留了她，她决不会忘记。

从进入二中的第一天起，小玲就发誓一定要努力学习，对得起杨叔叔的一片苦心。杨叔叔为了她上高中受了那么大的委屈，她和妈妈至今都觉得亏欠他。

许多年里，二中学生的成绩都不如一中，小玲上高一的第一学期期末考试，两个学校排总名次，前 300 名都是一中的，小玲单单在二中也不算太突出，更何况两个学校的总排名了，她排在了 500 名外。但是，在高一下学期期末，小玲进入了两个学校总排名的前 200 名之内。 高二的时候，小玲已经稳定在 100 名之内了。等到了高三，每次两个学校同时模拟考试，小玲总是能进入总排名的前 10 名，这让很多二中的老师感到震惊，刘贵祥校长很是欣慰，他有种预感，小玲很有可能创造二中的历史。最后一次模拟考试，小玲已经跃升到两个学校总排名的第三名了。张明水每每看到小玲这样的好成绩，都会捶胸顿足一翻，后悔当初没录取小玲。

但即便如此，依成绩看，小玲毕竟从没有考到过两个学校总排名的第一名，所以张明水依然对一中充满信心，觉得高考最后的胜利肯定还会属于一中。然而，万万没有想到，当高考的成绩公布的时候，小玲竟然夺取了西平县高考理科状元，她比第二名的一中学生高了足足 30 分。当时负责招生的清华大学和北京大学的老师都有意录取小玲，所以整天聚集在二中，一中就显得落寞很多。张明水第一次感到从未有过的失落感，刘贵祥这回真的是扬眉吐气了一回。后来，小玲在征求了妈妈和杨本昌的意见后，最终选择了清华大学。

二中啊！这里的一草一木，小玲都非常熟悉。她很想进去看一看，但她没有进去，因为她一进去，大家都认识她，都知道她考入了清华大学，又会引起不必要的轰动，她是个不张扬的人，就像多年前她悄悄来到这里上高中一样，小玲站在门口看了看，待了一会儿就离开了。

小玲离开的一瞬间，突然想去看看杨晨，她知道杨晨马上就要高考了，她应该去看看他。于是，小玲就朝县一中走去，尽管她对一中有种难言的心痛感，但因为杨晨是她弟弟，虽然他们之间没有任何血缘，但在内心深处，小玲和杨晨早已比亲姐弟还亲。弟弟在这里读书，做姐姐的是一定要来的。

临近中午的时候，小玲才来到县一中，小玲向一中大门口的看门大爷打过招呼，就进了一中的校园，她对这里其实是陌生的，因为这儿有不好的回忆，上高中时，一次都没来过。记得上高三时，学校组织班上的几个学生来一中听报告，她以回家取干粮为由没有进来。直到去年，杨晨上高二时，她在上大学前，跑到一中和杨晨告别才第一次来到这里。就算那一次来到这里，也只是在教学楼前嘱咐了杨晨几句要好好学习之类的话就匆匆离开了。而这一次，她真的来了。

因为还没到中午放学时间，小玲就在校园里等，顺便看看一中的校园。

放学了，同学们纷纷涌出教学楼，小玲在同学们当中来回搜寻杨晨的身影，她看到杨晨出了教学楼，小玲朝他喊："小晨！小晨！"

杨晨听到喊声，抚了抚鼻梁上的眼镜，看到不远处的小玲，很是惊讶，立刻朝小玲跑去，来到小玲身边开心地问："姐，你什么时候回来的？"

小玲说："我刚下火车，半年不见，你又长高了不少。"

杨晨吐吐舌头，说："姐，我快成个傻大个儿了，你还好吧？"

小玲拍了拍杨晨的肩膀说：“我都好着呢！走吧，咱去街上吃饭。”

杨晨笑着说：“姐，你要请我吗？”

小玲说：“不请你还能请谁？走吧，傻小子。”

小玲像小时候一样拉着杨晨出了一中的大门，身后有个男同学路过他们身边时，问：“杨晨，上街呀？”

杨晨说：“是啊，我姐来了，我们上街吃饭去。”

啊！杨晨和小玲走在街上的时候，杨晨感到骄傲极了，谁能知道，拉着他的手的是一个清华大学的学生，有时候他就想，如果自己也能考上清华大学该有多好，可是，凭他的成绩，离清华还有一定的距离。

他们边走边看着街道两旁的大大小小的饭馆，小玲问杨晨：“小晨，你想吃什么？”

杨晨说：“咱们去前边那家饺子馆吧！”

小玲说：“行！”

他们很快来到了饺子馆，找了个位子坐下，要了一份肉馅儿饺子和一份素馅儿饺子。

吃饭的时候，小玲问起了杨晨的学习情况，杨晨有些惭愧地说：“姐，我每次考试都排在前 100 名之内，但是进入前 50 名就很难，我都有点儿怀疑自己的能力了。”

小玲说：“小晨，你别太在意名次的，关键还是要看自己对知识的掌握程度如何。”

杨晨说：“该学的我也基本都学到了，就是一到考试就很容易出错儿。”

小玲说：“这说明你的基本功还不是太扎实。”

杨晨说：“嗯，我太不扎实了。姐，你那时候是怎么复习的？有没有什么好的学习方法？”

小玲说：“学习方法当然重要，但是我觉得还是要多做题、多练习、多总结出做题的规律来，一定要仔细钻研历年的高考真题，把握高考真题的方向，因为真题的针对性最强。”

说着，小玲从背包里掏出一个笔记本递给杨晨，说：“我把当年的复习心得整理了一下，送给你。”

杨晨惊喜地说：“呀！姐，真是谢谢你了，这才是真正的清华学子的心得啊！”

周围吃饭的人听到“清华”二字，纷纷向他们投来赞许的目光，小玲脸有些红了，低声说；“小晨，低调点儿！”

杨晨吐了吐舌头，小声说：“不好意思啊！姐！”

小玲笑着说：“傻孩子！”

后来，姐弟俩又谈了关于高考志愿的事儿。

小玲鼓励杨晨：“你一定要把目标定在名牌大学上，这样你才会有更大的动力去学习。”

杨晨说：“那是肯定的，只是……”

杨晨话没说完，小玲就打断了他的话：“没有只是，你必须全力以赴尽最大努力迎接高考，当然还得保护好身体。”

杨晨点点头。

吃完饭，小玲又把杨晨送回了县一中，临分别时，杨晨说：“姐，寒假我回家找你，你再帮我补补课。”

小玲说：“嗯，我在家等你。”

看着杨晨进了学校大门，小玲才转身朝汽车站走去。

杨晨没有回宿舍，直接去了教室，教室里已经有好多同学在学习了，高三了，大家都很拼命。

杨晨刚坐下，旁边的一个男生就问：“刚才和你一块儿来的姑娘是谁？好漂亮啊！”

杨晨说：“是我姐，当然漂亮了。”

男生说：“有个姐姐真好！”

杨晨说："我姐对我可好了。"

男生问："真羡慕你，你姐是大学生吧？"

杨晨说："何止是大学生啊？我姐去年考上清华大学的。"

"啊！"男生惊叫了一声，站了起来，对着别的同学说："杨晨的姐姐是清华大学的学生，咱们以后向杨晨多请教。"

杨晨说："那是我姐，不是我。"

有个女生说："你可以请教你姐，我们再请教你啊。"

大家异口同声地说："就是啊！"

杨晨不知道该怎么回答同学们了，他感到既骄傲又羞愧，骄傲的是有个读清华的姐姐，羞愧的是自己不是考清华的料。就在杨晨不知道该怎么办的时候，预备铃响了，马上要上课了，同学们这才安静下来了，杨晨也长长地吐了口气。

小玲搭公共汽车来到方山乡，下车后并没有直接回家，而是拐到乡教育办公室，她想来看看杨叔叔。杨本昌见到小玲后，惊喜万分，问了小玲好多情况学习怎么样啊，生活得好不好等，小玲一一都告诉了杨本昌，之后还说了她去看望杨晨的事儿。说到杨晨，杨本昌连连叹气，说："小晨学习没有你用功，也不知道明年高考能考个什么样？"

小玲说："叔，您别担心，小晨其实已经很努力了，还说寒假回来让我给他补补课呢！"

杨本昌说："唉！小玲，你不知道，别人问起我时，我嘴上说的不在乎，其实特希望小晨能考上好一点儿的大学，可小晨的成绩，唉，我也发愁啊！"

小玲说："我了解过小晨的学习情况，他其实一直维持在前100名，虽说名牌不一定能考上，但是重点大学还是很有希望的，况且还有大半年的复习时间，他再努努力，说不准还真能考上名牌哩！"

杨本昌说："我也这么希望哩！"

小玲从背包里掏出一件黑色毛衣，递给杨本昌，说："叔，我给您买了一件毛衣，也不知道您喜欢不喜欢？”

杨本昌开心极了，接过毛衣，说：“喜欢，你怎么还给我买衣服？太贵重了。”

小玲说：“很便宜的，是我在北京动物园的服装城里买的，我都觉得有些廉价了呢！”

杨本昌说：“已经很好了。”

说这话的时候，杨本昌鼻子一酸，差点儿落下泪来。在心里反复念叨着：“小玲啊，好孩子！跟你妈妈一样善良！”

后来，杨本昌骑着摩托车把小玲送回了牛村后又直接返回乡里去了。

20

小玲回到家时，牛彩霞还没有放学回来，她没有院门的钥匙，只好像小时候那样攀着家门口的槐树，翻墙到了院子里。她小时候爬树的能力很强的，小红和杨晨都不是她的对手，村子里高高的白杨树，她都能爬上。每次他们踢毽子，毽子被踢到树上，总是小玲爬上树去取。有一次小红想爬上去，结果爬到一半就退下来了，最后还是小玲爬了上去。等他们渐渐长大后，小玲虽说爬树的本领依然很强，但已经不如杨晨了，杨晨毕竟是男孩子，人长得又壮实高大，每次爬树的事就都落到他身上了。童年的美好回忆，小玲是一辈子也不会忘记的。

牛彩霞傍晚放学回到家，见小玲已经在做饭了，就吃惊地问：“小玲，你什么时候回来的？怎么也不给我打个电话？”

小玲冲妈妈挤挤眼，开玩笑说：“牛老师，您工作太忙，我不便打扰您的。”

牛彩霞说：“这孩子，没个正形。”

小玲说：“是杨叔叔送我来的。”

牛彩霞问："你叔叔呢？"

小玲说："送我回来，他就走了。"

牛彩霞立刻就埋怨起小玲来："你太不懂事了，怎么不让你叔叔来家歇会儿再走。"

小玲说："我说了，他说不了，就直接走了，况且我又没家门钥匙，您让我叔叔怎么进家？难道也像我一样攀着槐树跳进家啊？"

牛彩霞说："唉！咱们家欠你叔叔太多了。"

说完，牛彩霞就开始帮小玲做饭。

其间，小玲还说了她去看杨晨的事儿，牛彩霞说："你多帮帮小晨。"

小玲说："叔叔一直担心小晨考不好，我倒觉得小晨挺优秀的。"

牛彩霞说："你不知道，你叔叔是个要强的人，他看你考得这么好，他也希望小晨能像你一样。"

小玲说："我知道，可这也不能强求小晨啊！"

牛彩霞说："你叔叔是个好人，可就那脾气不好，他年轻的时候就是这样的，小晨小时候淘气，他就把他关在屋里一周不让他出门。"

小玲此刻说不出是什么心情，只是觉得杨叔叔应该转变一下教育观念了，小晨毕竟是个懂事的孩子，不能给他太多压力的。

随后，母女俩就开始吃饭了，吃完饭，因为半年都没见面了，小玲又陪妈妈聊了很长时间才去睡觉，等她一觉醒来，却发现妈妈还在灯下写着什么。

小玲睁开惺忪的眼睛，说："妈，这么晚了，你早点儿睡吧！"

牛彩霞说："我想把这几道题做完，明天上课要给孩子们讲的。"

一股热泪涌出小玲的眼眶，她记得小时候妈妈每天都是这样。自从爸爸走了之后，妈妈似乎把全部精力都用在了工作上。

不知什么时候小玲又睡着了，等她再醒来的时候，天已经亮了，妈妈早就上课去了。小玲吃过饭后，想到南洼沟去看看她的朋友周小红，临出门时发现妈妈的外套落在椅子上了，这么冷的天没穿外套怎么能行，于是，她就锁上门朝牛村小学走去，山道上不断有人跟小玲打着招呼。

小玲来到学校，推开集体办公室的门。办公室只有杜小峰在，匡亚非和牛彩霞都还没有下课。杜小峰看到小玲，因为不认识，就问："你找谁？"

小玲说："我找我妈牛彩霞。"

杜小峰大吃一惊，因为之前他知道牛彩霞的女儿是清华大学的学生，他立刻说："哦，你是小玲吧，牛老师还在上课，我去叫她吧！"

小玲赶紧说："不用了，我就是来给她送外套的，你告诉她我放办公室了。"

正说着，牛彩霞和匡亚非进了集体办公室。

小玲说："妈，您早上也不穿外套，我给您送来了。"

牛彩霞赶紧拉过小玲，向杜小峰和匡亚非介绍："这是我女儿小玲。"

匡亚非看着小玲，心里想："这么漂亮的女孩儿，跟她妈妈一点儿都不一样，大概她爸爸很帅气吧！她肯定是继承了爸爸的基因。"

牛彩霞又向小玲介绍："小玲，这是你亚非哥，那是你小峰哥，他们都是省师范大学毕业来支教的。他们能来咱村支教，了不起。"

小玲分别向匡亚非和杜小峰问了好。

因为还要去南洼沟，小玲在这里没停多久，就和妈妈以及杜小峰和匡亚非告别了。她出了校门走了很远，匡亚非还趴在窗户上看着小玲的背影，这一幕被杜小峰看在了眼里，因为牛彩霞在，杜小峰不好意思和匡亚非开玩笑。

牛彩霞去上课出了办公室后，匡亚非自言自语道："小玲也太漂亮了，比丽丽和娜娜强多了。"

杜小峰笑着对匡亚非说："亚非，人家小玲都走远了，你还一直趴在窗户上看，你是不是喜欢小玲啊？"

匡亚非说："漂亮的姑娘谁不喜欢？难道你不喜欢啊？"

杜小峰说："我不敢喜欢。"

匡亚非说："为什么？"

杜小峰说："人家是什么背景？咱又是什么背景？差得太远了。"

匡亚非说："也是啊！小玲要貌有貌、要才有才，咱也就剩下看看的份儿了。"

杜小峰说："好了，别想了，咱们好好上咱们的课才是现实的。"

说完，两个人就上课去了。

小玲离开牛村小学，就朝南洼沟走来，她很快就来到了柳叶河。柳叶河是条非常奇特的小河，靠近牛村的一半河道结了冰，而靠近南洼沟的一半河道却不结冰，依然奔腾着流向远方，据说是由于靠近南洼沟一带有地热的原因，手伸进河里，那种细细的柔柔的温暖立刻会浸入肌肤，惬意极了。

大自然真是神奇，当西北风呼呼吹来，万物萧条的时候，柳叶河依旧唱着欢快的歌。它不仅滋润着河流两岸的一草一木，而且也为这里的人们提供了太多的便利。人们在寒冬腊月里也可以来这里洗衣服，挑水，甚至地势较低的人家还可以把水引到家里去，以解决冬季家庭用水的紧缺问题。

小玲踏着河上的那条整齐的石块"桥"，又想起了小时候在南洼沟小学上学的时光，她、小红和杨晨经常在河道里嬉戏。夏天的时候，调皮的杨晨有时候故意脱光衣服跳进河里，这时候小玲和小红就会羞红了脸跑到山道上，杨晨看到她们跑走了，就赶紧从河里出来穿好衣服去追赶她们。他们就会跑到山坳里摘酸枣吃。

童年的美好时光一去不复返了，但深刻的记忆永远不会从脑海深处抹去。

小玲走过柳叶河，沿着熟悉的山道，来到了南洼沟小学，她进了学校大门，仿佛又回到了童年时代。那个曾经挎着书包的小女孩如今已经长成个大姑娘了。

因为没到下课时间，小玲就站在校园里等。周小红隔着教室的窗玻璃看到了小玲，她真不敢相信自己的眼睛，小玲怎么会出现在这里，她立刻就跑出了教室，朝小玲喊："小玲！"

小玲朝周小红笑了笑，周小红来到小玲跟前，两个人拥抱在了一起，拥抱完就拉起了小玲的手，说："你来也不给我打个电话？"

小玲说："这不是想给你个惊喜吗？"

周小红说："走，到办公室去。"

小玲说："不还没下课吗？你不去上课呀？"

周小红抬起手腕看了看手表，说："马上就下课了，我去敲铃。"

说着，周小红就跑到校园的西北角，敲响了那个已经很旧的铃。

小玲和周小红走进了办公室，老师们也纷纷走进了办公室，高满堂看到小玲，先是惊讶然后就说："欢迎大学生！"

小玲一阵脸红，她小时候在南洼沟上学时，高满堂还曾经教过她数学课。

小玲说："高老师！"

高满堂马上向许松、韩娜娜和庄勇介绍："这是小玲，清华大学的高才生。"

许松、韩娜娜和庄勇满脸惊讶的表情，他们想不到这个漂亮的山村姑娘竟然如此强大的教育背景。刚才许松进办公室看到小玲时，还以为是周小红的一个普通好朋友来找她玩呢！没想到来历这么吓人，太让人震惊了。

接着高满堂又把三个大学生向小玲介绍："他们是许松、庄勇还有韩娜娜，都是来咱们学校支教的大学生。"

小玲说："你们好！"

三个大学生也纷纷向小玲问好。

周小红在旁边有些失落，她觉得，大家都把目光聚集到小玲身上了，忽略了她。上大学和不上大学的差距立刻就显现出来了。她坐在角落里一言不发，脸撇向了窗外。小玲看出了她的好朋友的心事，马上说："我和小红还有点儿事，我们先出去一会儿。”

说着，小玲就拉起了周小红的手，出了办公室的门。

许松一直看着小玲的背影，韩娜娜悄悄推了一下许松，开玩笑说：“差不多行了啊！人家都走了。”

庄勇朝许松挤了挤眼，带有太多的揶揄。

高满堂不明白三个大学生在干什么，觉得没趣，就也出了办公室。

高满堂一走，韩娜娜立刻对许松说：“许松，你怎么了，眼睛一个劲儿盯着人家小玲看。”

许松说：“漂亮的人，谁不想多看一眼？”

韩娜娜说：“我不漂亮吗？你怎么不盯着我看？”

许松说：“我天天都在看你，看得……”

许松没说后半句，庄勇就抢着说：“娜娜，人家是看腻你了。”

韩娜娜一下子拉长了脸。

许松赶紧说：“我可什么都没说啊！”

韩娜娜生气地把一本书摔在办公桌上，说：“中午的饭，你俩做。”

说完，她就跑出了办公室。

21

小玲和周小红来到山道上，因为周小红上完课了，她就决定和小玲沿着山坳走一走，毕竟她们有大半年没见面了，好朋友见面，肯定是要好好聊聊的。

她们像小时候一样，手拉手朝山坳深处走去，那是她们童年的乐园。

深冬的山坳格外寂静，不时有寒风吹过脸庞，两个姑娘的脸都红扑扑的，可是她们一点儿都不觉得冷，没有什么比好朋友在一起更觉得温暖了。她们一路上聊了很多话题，为了顾及好朋友的情绪，小玲只字不提她在大学的事，她知道那是小红内心深处的痛，小红没有上大学，甚至连高中都不曾读过。但是周小红却主动提起了上大学的事儿，不知道为什么，她今天似乎特别有兴趣，不断地问小玲，小玲一一回答了她。

周小红说："小玲，我已经报了中文专业自学考试，想学点儿知识。"

小玲说："很好啊，我支持你，你有什么需要我帮忙的？"

周小红说："我基础太差，好多东西我都看不懂。"

小玲说："没事儿，慢慢来，你可以问我。"

周小红说："可是你离我太远了。"

小玲说："你可以给我发短信。"

周小红还是叹了口气，摇了摇头，说："你学习那么紧张，我还是不要打扰你为好。"

小玲说："你说什么呢？小红，我就是学习再紧张，也不至于连回复你短信的时间都抽不出来吧？什么是朋友？朋友就是在困难的时候能互相帮助一把的。"

周小红眼圈立刻红了，说："小玲，我……"

周小红说不下去了，她开始抽搭，小玲一把抱住了周小红，周小红的眼泪淌在了小玲的衣领上。周小红心里明白，从她初中毕业回村开始，她就知道和小玲的差距就开始了。不仅仅是知识和眼界的差距，更主要的是教育背景的差异让她们有了不同的生活方向。但是，她亲爱的朋友小玲，从没有因为这些所谓的"差距"而疏远她。她今天之所以流眼泪，是觉得小玲每次说的话都让她感动。

小玲提议上山岗上走一走，周小红立刻就答应了，她们还像小时候那样爬上了山岗。一上来，周小红就向远方大喊了一声，和好朋友在一起，通常是无所顾忌的。小玲没有喊，而是唱起了她们童年时经常唱的歌曲——《童年》："池塘边的榕树下，知了在声声叫着夏天……一寸光阴一寸金，老师说过寸金难买寸光阴；一天又一天一年又一年，迷迷糊糊的童年……"

枯黄的野草在寒风中来回摇摆，她们背靠背坐在草丛中，一起唱着。一曲唱完，谁也没有说话，望着远方的山峦，她们仿佛又回到了童年时代。

不知过了多久，竟然飘起了零星的雪花，美丽的雪花落在她们的头发上、衣服上，她们双手捧起飘落在手心的雪花，像童年时那样跑着、跳着、来回追逐着。

雪花零零散散飘向大地，一派迷人的风光，虽然飘着雪，但两人都没有下山的念头，都想在这飘扬的雪花中，在这静静的山岗上多待一会儿，似乎都想抓住这美好的瞬间。

直到周小红的手机响起，是邮递员郑玉斌打来的，说是她买的书到了，让她来取。小玲和周小红这才下了山，她们沿着积满了雪的山道向南洼沟小学走去，远远地看到郑玉斌站在学校门口正向她们招手，身旁是郑玉斌的摩托车。周小红一下子沉浸到回忆之中去了。

周小红和小玲很早就认识郑玉斌，她们在方山乡中学念书的时候，郑玉斌比她们高一个年级，小玲学习好，在学校很有名，郑玉斌当然知道小玲，有时候还会和小玲打招呼，彼此就认识了。周小红因为经常和小玲在一起，所以，郑玉斌也慢慢熟悉了周小红。

后来，郑玉斌当了方山乡的邮递员，周小红也开始在南洼沟小学教书，郑玉斌经常往南洼沟小学送报纸和其他邮件，和周小红就更熟了。郑玉斌有时候还跟周小红开玩笑，周小红说话直，也不怕惹郑玉斌难过，每次他们斗嘴，周小红什么话也敢往外说，郑玉斌通常也不介意。直到有一天，郑玉斌悄悄塞给周小红一封信，周小红立刻红了脸，不说话了，原来郑玉斌信上说喜欢周小红，希望和她处个朋友，要她好好考虑考虑。周小红当然知道郑玉斌说的什么意思，她一时间没了主意，又不好意思跟别人说，想了几天，终于在一个傍晚拦住了郑玉斌，没等郑玉斌开口，她直接就说不可能，郑玉斌问她为什么。

周小红说："我是学校的临时工，将来说不准我还是要回家劳动的，你至少是个正式工。”

郑玉斌说：“我不在乎的。”

周小红说：“你现在不在乎，谁能保证你将来不在乎？”

郑玉斌说：“我说的是真的。”

周小红说：“我还是没有信心啊！”

紧张的姑娘说完就跑走了，虽然性格大大咧咧，但毕竟只有十九岁，十九岁的年龄，没有任何思想准备就突然接到一个男孩子“求爱”的信号，叫谁都会惊恐万分的。她加快脚步跑到了山道上，头也不回。

郑玉斌在后面喊：“小红，不着急回答我，你考虑考虑再说啊！”

周小红越过山道跑向了山坳，又从山坳爬上了山岗，她一下子扑倒在草丛中哭了起来，激动的泪水无法掩盖内心的慌乱，她第一次面对这样一个严肃的命题，年轻的姑娘心跳得如此剧烈。和郑玉斌这样有正式工作的小伙子在一起，以前她是想都不敢想的。她是一个非常现实的姑娘，她知道自己终究脱离不了农民的身份，也没曾想找一个有工作的人。但是郑玉斌的话让她重新开始审视生活，这大山旮旯里，像郑玉斌这样的男孩子条件真的是算很好的了，而她各方面的条件都配不上郑玉斌，如果她和郑玉斌真要在一起，未来是个什么样子她还真不敢想。一时间，周小红没了主意，她又不好意思对别人说，想告诉小玲吧，小玲远在北京，电话里又说不清楚。

现在，小玲在周小红的肩膀上拍了一下，周小红才从回忆中清醒过来，她们已经来到学校门口，郑玉斌因为看到了小玲，就先跟小玲打招呼：“小玲，你放寒假了？”

小玲说：“嗯，我昨天回来的。”

郑玉斌又生怕周小红多想，就赶紧对她说：“小红，你们这是去哪儿了？”

周小红说：“我们去山坳里玩儿了。”

郑玉斌说：“下着雪，你们可真有兴致。”

周小红立刻变了口气，说：“小玲难得回来一次，我们去玩儿一次又怎么了？”

郑玉斌说：“我就是说说，你别急嘛！给，你的书。”

郑玉斌从邮包里取出书递给了周小红。

小玲问：“你买的什么书？小红。”

周小红说：“都是我准备参加中文自学考试的复习资料。”

郑玉斌在一旁开玩笑说：“好好学习啊！争取向小玲看齐。”

周小红上前就推了一把郑玉斌，说：“去你的，我哪儿能比得上小玲？”

郑玉斌说：“我又没说让你比上小玲，我只是让你向小玲看齐啊！”

周小红说：“那不一样吗？”

小玲说：“好了好了，你俩别吵了。”

郑玉斌笑了笑，然后就去推摩托车，周小红说：“下雪了，你还敢骑摩托啊？不要命了？”

小玲也说：“是啊！山道这么滑，挺危险的。”

郑玉斌说：“那怎么办？”

周小红说：“笨死了，你不会把摩托车放我们学校啊？等天晴了山道上雪化了你再来骑。”

虽然周小红说话口气有点儿重，但郑玉斌却感到阵阵温暖。

郑玉斌说：“也行。”

说着，他就把摩托车推进了学校，解下邮包背在肩上，就告别了周小红和小玲又去送邮件了。

周小红一直目送着郑玉斌消失在飘雪的山道上。

回到集体办公室，刚好放学大家都不在，周小红才把郑玉斌追求她的事儿委婉地告诉了小玲，小玲先是一惊，随后就表示祝贺。周小红脸红着说：“我还没考虑好呢！你就祝贺我！”

小玲笑着说：“我看郑玉斌挺不错的。”

周小红上前把手搭在小玲的肩上，说：“你不要打趣我。”

小玲说：“真没有，你真的可以好好考虑考虑。”

周小红点点头。

窗外的雪花静静地飘落在这美丽的大山深处！

22

第二天，天就放晴了。中午的时候，山道上的雪渐渐融化了。郑玉斌到南洼沟小学骑自己的摩托拖车，离开时，他悄悄塞给周小红一个包装好的礼盒，然后就骑着摩托车走了。周小红怀着激动的心情打开了礼盒，发现是一束鲜艳的红纱巾，周小红泪眼蒙胧地望着山道上远行的郑玉斌，自言自语：“玉斌，我知道你的心！”

郑玉斌行驶在山道上，心情也像今天的天气一样好极了。这样的天气实在美好，空气是如此清新，阳光是如此灿烂。人们开始出门，因为快过年了，山道上的人逐渐多了起来，人们不是到乡里去买东西，就是从乡里回来准备过年。

郑玉斌来到邮电所，先是参加了所里的一个会议，不知道所长今天怎么了，这个胖胖的中年男人很激动，说了好多题外话。好不容易等到会议结束了，所长又让郑玉斌去乡中学给王增才校长送报纸。等郑玉斌送完报纸回到邮电所，就赶紧分拣邮件，分拣完已经是傍晚了。

郑玉斌骑着摩托车出了邮电所，很快就行驶在山道上了。他抬头看了看即将落山的太阳，心想：“今天送完邮件天就黑了，原本打算再去看看周小红，这下看来去不成了。”正想着，突然发现前面山道上有个男孩，等他走近时，才发现原来是杨晨，他知道杨晨是杨本昌的儿子，他们很早就认识的。

郑玉斌在杨晨身边停下，说：“小晨，你怎么在这儿？”

杨晨见是郑玉斌，就说：“玉斌哥，我回家啊！”

郑玉斌说：“你不是在城里上高中吗？你放寒假了？”

杨晨说：“是啊！”

郑玉斌说：“天都快黑了，你搭我的摩托车吧！”

杨晨想了想，说：“也行，谢谢啊！”

杨晨很快上了郑玉斌的车后座，一路上，杨晨和郑玉斌聊了很多。

郑玉斌这才知道，杨晨是搭傍晚的公共汽车回到方山乡的，原本西平一中高三年级是到腊月二十六才会放寒假，因为学校要组织高三老师就新的高考大纲集中研讨学习五天，以便明年开学后有针对性的复习，所以就提前放寒假了。他下了公共汽车没有去乡教育办公室找他爸爸，就直接决定先回家了。

他们来到通往南洼沟的岔路时，杨晨告诉郑玉斌他暂时不回南洼沟的家，他要去牛村找小玲姐。郑玉斌就调转车头，一直把杨晨送到牛村村口才离开。

这时，天已经全黑了，杨晨径直朝小玲家走去，他想去看看小玲姐和牛阿姨。其实，每次放假回家，他在小玲姐家住的日子比在自己家都多，牛阿姨总是给他做好吃的，在他心里，他早把牛阿姨和小玲姐当作了和爸爸一样亲的人，相反倒是远在省城的那个妈妈已经在记忆中渐渐消失了。

杨晨摸黑走过熟悉的村道，来到了小玲姐家门口。院门紧闭着，杨晨就敲了敲门，朝院子里喊：“阿姨！”

屋里，牛彩霞和小玲正在说着话，听到敲门声，牛彩霞说：“好像有人敲门？”

小玲说：“谁这么晚来咱们家？”

牛彩霞说：“看看去！”

小玲站起来，打开院门惊呆了，杨晨背着个包站在门口。

小玲惊讶地说：“呀！小晨，你怎么来了？”

杨晨说：“学校提前放寒假了。”

牛彩霞在屋里朝门外喊："小玲，谁呀？"

小玲说："妈，是小晨来了。"

牛彩霞说："还不快进屋？外面怪冷的。"

姐弟俩进了屋，牛彩霞赶紧站起来说："小晨，饿坏了吧？我去给你做饭。"

杨晨说："阿姨，给我简单做点儿就行。"

不一会儿，牛彩霞就为杨晨端出一碗鸡蛋面，杨晨也许真的饿坏了，很快就吃完了，抹着嘴说："我吃饱了。"

牛彩霞说："一个大小伙子，吃这点儿哪能行？锅里还有好多。"说着就又去给他盛了一碗。

杨晨一口气吃了三碗，连连打着饱嗝，说："我真吃撑了。"

牛彩霞笑着说："吃撑了是好事儿，说明阿姨做得好吃。"

杨晨说："阿姨做的饭最好吃了。"

小玲正要端起杨晨的碗去洗，没想到杨晨却一挥手，说："姐，我去洗。"

牛彩霞说："让你姐去洗吧！"

杨晨笑着说："阿姨，不能劳累我姐，我待会儿还想让她帮我复习功课呢！"

杨晨说着就到厨屋洗碗去了。

牛彩霞说："这孩子，长大了。"

杨晨洗过碗回来，牛彩霞问他："你来这儿跟你爸说了没有？"

杨晨说："没有，我不想跟他说，我一说，他又该骂我了。"

牛彩霞说："你得理解你爸爸，他是为你好。"

杨晨说："我知道，可他都不考虑我的感受，见了别人都是那么热情，只要一见到我就拉着个脸，就像我欠他似的。"

牛彩霞说："等你长大了就会明白你爸爸的苦心的。"

小玲在一旁说："算了，不说这个了，小晨，咱们开始复习功课吧！"

姐弟俩很快进了里屋，小玲开始辅导杨晨学习。

牛彩霞悄悄出了院门，来到村道上，黑暗中，她给杨本昌打了个电话，告诉他杨晨放假了来到她家，杨本昌在电话里当时就生气了，说："这小子越来越不像话了，放假了都不告诉我一声。"

牛彩霞说："你别生气，他是想让小玲帮他复习功课呢！现在姐弟俩已经在里屋学习了。"

杨本昌听牛彩霞这么一说，气消了大半，天下的父母大概都是这样，只要一听说孩子在学习，其他再大的错也都不会责怪他了。

杨本昌说："让小玲多帮帮他。"

牛彩霞说："那是肯定的，小玲是他姐，小玲不帮他帮谁？小玲就是走到天边也是小晨的姐姐，你没看出来吗？姐弟俩感情好着呢！"

牛彩霞的一句话差点儿让电话另一端的杨本昌落下泪来，幸亏两个人是打电话，要是当面说话，牛彩霞如果见到杨本昌掉眼泪，一定会笑他的。别说在牛彩霞面前，就算那年他腿断了，还有前妻曹芳的离开都没能让他掉眼泪，今天牛彩霞电话里的一句话竟让他眼眶湿润了。牛彩霞已经把他看成一家人了，他想得最多的就是但愿小晨也能像小玲一样考个好大学。

牛彩霞还在电话里嘱咐杨本昌："你以后不要再动不动就骂小晨了，小晨已经是个大孩子了，马上就是大学生了，我听小玲说，小晨学习成绩还不错，说不准明年还能考个不错的大学呢！"

杨本昌说："我也希望哩！"

牛彩霞又说："快过年了，我这几天蒸馒头，等过几天你来接小晨时带些回家，也省得你蒸了。"

杨本昌还想说什么，牛彩霞说她要去给小晨烧洗脚水了就匆忙挂了手机。

杨本昌的心久久不能平静，两行热泪顺着脸颊淌了下来。

一晚上，小玲给杨晨讲了好多做题方法，杨晨觉得小玲姐比老师都强，大概能考入清华大学的学生都像小玲姐这样。

夜渐渐深了，杨晨就让小玲姐先去睡了，他自己还想再看一会儿书，不知过了多久，等他离开书桌来到外屋的时候，发现牛阿姨还没睡，牛彩霞见杨晨出来了，就说："小晨，我给你烧了壶水，看到你在学习就没打扰你，你现在泡泡脚去睡吧，西屋的床我给你铺好了。"

说着，牛彩霞就把壶里的水倒入了盆子里，放到了杨晨的脚下。

杨晨感激地说："阿姨，您真好！我要是有您这样的妈妈就好了，可惜啊！我妈妈早把我忘了。"

杨晨的话让牛彩霞的眼眶湿润了，她强忍着泪水说："你妈妈当初离开你们肯定有她的苦衷，咱不说她了，你好好学习，争取明年考个好大学。"

杨晨说："嗯！阿姨，我想在这里多住几天。"

牛彩霞说："这里永远都是你的家，你想在这里住多久都可以。"

杨晨点点头。

东屋里，黑暗中，小玲睡意全无，她满含泪水。

23

期末考试一结束，已经是腊月二十四了，考试成绩公布之后，方山乡的各个小学校都陆续放寒假了。阳泉小学放假最早，原本崔明浩打算骑摩托车送杜丽丽到乡里去坐公共汽车的。可就在杜丽丽收拾完东西准备走时，她却接到了韩娜娜的电话说第二天一块儿去乡里坐车。

杜丽丽非常抱歉地对崔明浩说："崔老师，娜娜让我明天跟他们一块儿走。"

崔明浩说："没关系，那也好，你可以和他们搭伴。"

杜丽丽随后就告别了崔明浩朝南洼沟的方向走去，她刚上山道，就听到后面有人喊：“丽丽，你等等！”

杜丽丽扭头看时，范海强提着一个塑料袋儿跑了过来。

范海强说：“你是不是要回家过年了？”

杜丽丽点点头。

范海强说：“我送你到乡里。”

杜丽丽说：“我今天不走，我现在去南洼沟，明天早上和我同学一块儿出山。”

范海强指了指手里的塑料袋儿，说：“那你把这个带上。”

杜丽丽问：“这是什么？”

范海强说：“刚碾的小米。”

杜丽丽刚要推辞，范海强就把塑料袋儿塞到她手里了，说：“也没多少，你带回家给爸爸妈妈尝个鲜儿。”

杜丽丽一阵感动，说：“谢谢你。”

范海强说：“不要客气。”说完，他很快就转身跑走了。

杜丽丽站在山道上，一直目送着范海强进了村子，她才继续朝前走。

没走多远，手机又响了，杜丽丽一看是常平打来的，她赶紧接通了电话。

常平第一句话就问：“丽丽，你什么时候回家？我去送你。”

杜丽丽说：“我明天早上就走。”

常平说：“那我明天一大早赶过去接你。”

杜丽丽说：“不用了常平，我跟娜娜他们一块儿出山，我现在就在山道上正赶往南洼沟呢！”

常平说：“你真是的，我去接你不好吗？用不着麻烦别人的。”

杜丽丽说：“算了，我知道你是好意，反正都是出山，有人搭伴儿就行了。”

常平在电话里连连叹气。

挂了电话后，杜丽丽在山道上又站了好久，她心情很复杂，在这偏僻的大山深处，为什么有这么多像范海强和常平这样的好小伙子。她突然想起了上大学时，身边也有好多男孩子帮助她，那时候她是漂亮的，他们大概是出于喜欢漂亮的女孩才会关心她的吧。但是现在她受伤了，已经不再美丽，范海强和常平却能一直帮助她、关心她，她禁不住热泪盈眶，自言自语："海强、常平，你们都是好人！"

杜丽丽来到南洼沟小学，刚一进门，韩娜娜就和她拥抱在了一起。好多天不见，韩娜娜说："丽丽，你太固执了，非要一个人待在那里。"

杜丽丽说："娜娜，其实还好，我一个人也习惯了。"

庄勇在一旁笑着说："丽丽，你是不食人间烟火的神仙。"

杜丽丽说："庄勇，你又打趣我。"

韩娜娜走上前拍了一下庄勇的肩膀，说："你要是再欺负我们的美女丽丽，我就揍你啊！"

杜丽丽听到"美女"二字，下意识地摸了摸右脸上的伤疤，韩娜娜看到杜丽丽这一微小的举动，很后悔刚才说的话，顿时慌乱得不知道该说什么才好，觉得尴尬极了。

一直没有说话的许松赶紧解围说："走，到屋里去，咱们去做饭吃，明天要回家了，咱们应该做点儿好吃的。"

然后他们就进屋了，杜丽丽眼里还是含满了泪花，她知道韩娜娜不是故意的，也不会怪她，但真正听到这样的话时，她心里确实有点儿难过。唉！自从受伤以后，她觉得自己变得敏感了。

啊！生活啊，真是不可思议，一次经历就很可能会改变一个人的性格的。

在大家忙着做饭的时候，许松给杜小峰和匡亚非打了电话，说明天早上一块儿到乡里坐公共汽车，他们同样表现出了无比的兴奋，毕竟在这里待了半年，谁不想早点儿回家？

过了好一阵子，饭做熟了，他们准备吃饭了。

门外有摩托车的声音，隔着窗户，大家看到杨本昌主任载着他儿子杨晨已经进了学校。

大家纷纷出了宿舍门，异口同声地说："杨主任！"

杨本昌说："我刚从牛村过来，听小峰说你们明天要回家了，我过来看看你们。"

杨晨提着一个大塑料袋儿站在一边，看着这几个大学生。

杨本昌指着杨晨说："这是我儿子杨晨，明年就该考大学了。"

杨本昌又对杨晨说："这都是你的哥哥姐姐，他们都是来咱方山乡支教的。"

杨晨一一向大家问好。

杨本昌对杨晨说："小晨，给你哥哥姐姐们几个馒头。"

杨晨赶紧解开塑料袋儿，准备从塑料袋儿里拿馒头。

许松和韩娜娜赶紧上前阻止，许松说："杨主任，我们明天就要回家了，馒头还是留给您和小晨吃吧！"

韩娜娜也说："就是啊，杨主任，明天我们就走了。"

杨本昌说："不还有今天的嘛！这是牛老师蒸的，她给我太多了，我和小晨也吃不完，给你们留几个。"

尽管大家推辞，但杨本昌最后还是让杨晨拿出几个塞给了大学生们。

杨本昌又嘱咐了大家几句，才和杨晨离开了学校。

大学生们看着馒头，又是感动了一番。

不巧的事儿总是跟大学生们作对。原本他们打算第二天清早一同步行到乡里的，但是大家一觉醒来，推开门一看，大雪又封山了，而且还在纷纷扬扬下个不停。

韩娜娜立刻生气地说："这可怎么办呢？我们到不了乡里，怎么能回家呢？"

许松看着窗外的雪花，说："雪不会一直下个不停吧？"

杜丽丽说："这可说不准。"

庄勇说："这天气是存心捉弄我们的。"

不一会儿，杜小峰就给许松打来电话说："怎么办呀？雪这么大，出不了山了。"

许松说："等等再说吧！"

然而，大雪并不会因为他们回家的急切心情就怜悯他们，从腊月二十四开始，整整下了五天。

大年三十，大雪才停止，但他们回家的希望也彻底破灭了。虽然大雪停了，但谁敢冒险出山，何况这么大的雪，就算是能到乡里，通往县城的公共汽车还不知道是否通行。

大家支教的第一个春节就只能在这白雪覆盖的山坳里度过了。他们已不再抱怨，当初来到这里，都是他们自己做出的决定。既然做出了决定，就不要后悔，于是，他们每个人脸上都露着微笑。

他们很快决定迎接新年的到来，许松赶快给杜小峰和匡亚非发了短信，让他们一块儿来南洼沟小学共度新年。

匡亚非和杜小峰踏着积雪，越过山梁，走过柳叶河，赶在中午前来到了南洼沟小学。

在这静静的大山深处、在这白雪皑皑的世界里、在南洼沟小学这个小小的角落里，大学生们欢呼着、高歌着、共同祝愿着，在全省最偏远的西平县的土地上迎接新年的到来！

卷二

午 阳

24

大年刚过，大雪就停了。雪一停，太阳就露出了笑脸，普照着大山的角角落落，朝阳的地方，雪就开始融化了。

杨晨的寒假很快就要结束了，他马上要高考了，学校开学很早。他决定在离开家回学校前再去趟牛村，他要向小玲告别，因为小玲不久也要回北京上学了，他们这一分别估计又得半年。他现在还不敢想几个月之后报考什么大学，一切都还是未知数，但是在他内心深处，早已把小玲作为了奋斗的目标，小玲姐在二中上的高中就可以考入清华大学，他为什么就不能试试清华呢？想着这些的时候，他已经出了家门。

杨本昌在后面喊："小晨，你去哪儿？"

杨晨头也不回地回答："我去看看小玲姐。"

杨本昌说："你回来，把这个给你姐带上。"

杨晨这才转过身来，杨本昌已经走到了他的面前，手里拿着一个纸包，递给杨晨说："见到你姐，交给她。"

杨晨接过纸包，他知道里面是钱，这么多年了，爸爸每次都是这样给小玲姐钱的。

杨本昌又说："你快高考了，多听你姐的话，这方面你姐比爸爸强，以前爸爸对你太严厉了，你理解也好，不理解也好，反正你也长大了，有些事儿你要做到心里有数儿就行。”

杨晨说：“爸爸，我能理解您哩！”

杨本昌说：“好了，不说了，你快去吧！”

杨晨拿着那个纸包很快出了家门，一路小跑，来到柳叶河，站在柳叶河冰冻的河面上，望着远方的山峦，心里默念着：“爸爸，我不会让你失望的，我会加油，我一定像小玲姐那样做个有出息的人。”然后，他抹了一把眼角的泪水，朝牛村跑去。

等杨晨气喘吁吁地跑到小玲家，把那个纸包递给小玲时，小玲不知道该怎么做才好了，她知道又是杨叔叔给她送学费来了，多少年了都是这样，从小学到初中再到高中，尽管妈妈在几年前已经从民办老师转成公办老师了，她们家的经济有了很大的好转，但杨叔叔还是一如既往地关心她、帮助她。她拿着纸包，眼圈红了。

牛彩霞走了过来，对杨晨说：“我知道你爸爸又给你姐送钱来了，我跟他说过多少次了，我现在已经是公办老师了，能负担得起小玲的学费了。”

杨晨说：“阿姨，我爸爸就是这样的人，他认定的事儿他就一定要做的。”

牛彩霞叹了口气，说：“唉！我了解他，都大半辈子了。”

牛彩霞说完就走开了，杨晨对小玲说：“姐，我明天就开学了，今天是来跟你告别的。”

小玲说：“小晨，你等等，咱们待会儿出去走一走，我有话要对你说。”

说着，小玲就转身跑回屋里，把那个纸包塞到枕头底下，然后对牛彩霞说：“妈，我和小晨出去走走。”

牛彩霞说：“早点儿回来，我给你们做饭。”

小玲说：“知道了。”

小玲一出门就像小时候那样拉起了杨晨的手，他们走出了院子，牛彩霞在后面看着他们的背影，自言自语："这姐弟俩！"

小玲拉着杨晨很快就来到了山道上，杨晨问："姐，咱们去哪儿？"

小玲说："咱们去山坳里走走吧！"

姐弟俩朝山坳走去。

他们在熟悉的山坳里聊了很多，当然聊得最多的还是杨晨的学习，他马上就要高考了，这也是小玲最关心的。小玲嘱咐他，在最后的几个月里一定不要太劳累，把身体养好，才有充沛的精力投入到学习当中去。接着，小玲又说回北京后，会给杨晨寄一些复习资料，另外小玲还把自己的手机号和宿舍的电话都告诉了杨晨，让他有问题及时跟她沟通。

杨晨感激地看着小玲，说："姐，我就是豁出命也要考好。"

小玲笑着说："你尽力就行，我相信你。"

杨晨伸出手，拉起了小玲的手，说："姐，以前都是你拉着我的手，保护我，我今后要拉着你的手，我要保护你。"

小玲说："行！小晨！"

姐弟俩在空旷的山坳里一直待到太阳落山才回家。

从山坳里出来，在山道的岔路上，杨晨要和小玲告别了，小玲说："我妈还给咱们做饭了呢！你跟我回家吃饭吧！"

杨晨说："姐，你跟阿姨说一声，我今天就不去吃饭了，我爸爸还在家等着我呢！"

小玲说："也行！"

姐弟俩就在岔道上分别了，杨晨走出好远了，还能回头看见小玲姐站在山道上目送他回家，不知道为什么，杨晨今天又一次流了眼泪，自言自语着："小玲姐，我一定会努力的！"

杨晨回到家，天已经黑了，爸爸早就做好了晚饭在等着他了。

杨本昌说："回来了，赶紧吃饭吧！"

杨晨去厨房端饭，父子俩坐下来吃饭的时候，高满堂走了进来。

杨晨立刻站起来，说：“高老师！”

杨本昌看到高满堂，就招呼他坐下来一块儿吃。

高满堂说：“我吃过了，你们先吃。”

高满堂坐在旁边的椅子上，杨本昌看了一眼自己这个多年的老搭档，问：“满堂，你是不是有什么事儿？”

高满堂说：“也没什么事儿，就是来坐坐。”

杨本昌说：“你别骗我了，从你一进门我就知道你有事儿，咱们这么多年的老关系了，有啥事儿你就直说，别藏着掖着了，这不是你的风格。”

高满堂看了一眼正低头吃饭的杨晨，杨本昌马上就明白了，大概高满堂不想让杨晨听到。

于是，杨本昌把碗一撂，对杨晨说：“小晨，待会儿你洗洗碗，我和你高老师出去走走。”

聪明的杨晨知道高老师要和爸爸有重要的话要说了，就说：“外边那么冷，你们就在屋里说话吧，我也吃饱了，我现在就去洗碗，洗完了，我还要去趟小红姐家看看。”

说着，杨晨就收拾好桌上的碗筷进了厨房。

高满堂见杨晨进了厨房，就对杨本昌说：“本昌，小晨跟你一样是个聪明人，他知道咱们要说悄悄话哩，就故意躲开了。”

杨本昌说：“快说吧！别磨蹭了。”

高满堂说：“我今天不管说啥你都别怪我，这么多年了，我看你和彩霞要不要往前走一步？”

杨本昌一下子就愣住了，他没想到高满堂今天会说这件事儿，多年来，他和牛彩霞互帮互助，但从没有提过这件事儿，今天却让高满堂提了出来，他真的不知道该怎么回答了，只是连连叹气。

高满堂见杨本昌不说话，就又说：“你考虑考虑，彩霞那里我去说，两个人能走到一起也好有个照应，别人也不会再说什么闲话了。”

杨本昌知道高满堂是好意，就说："满堂，我知道你是为我好，可是……"

高满堂没等杨本昌说完就打断了他的话："可是什么？都这一把年纪了，还讲究那么多干吗？"

杨本昌说："彩霞是个好女人，要不等小晨考上大学再说这事儿吧！"

杨本昌的这句话，被正走过窗前的杨晨听到了。杨晨顿时明白了爸爸的话的含义，心跳得异常厉害，爸爸如果和牛阿姨真能走在一起，那该是多么美好的一件事儿啊！他怀着无比激动的心情走出家门，来到村道上，现在，他已经无心到小红姐家去了，在漆黑的夜色中，这个十七岁的男孩淌下了幸福的泪水。

第二天，杨晨就到西平一中上学去了，离开家时，他给爸爸留了一张"爸爸加油！"的纸条。

杨本昌看到纸条后，眼泪顿时涌出了眼眶，他一个人悄悄爬上村子后面的山岗望着依然流淌的柳叶河，感慨万千。

25

小玲回北京上学走了之后，牛彩霞就又开始了她的教书生活。她和两个大学生又奋斗在牛村小学里了。

春天要来了，牛彩霞对此实在是太期待了，但牛彩霞的期待很快就被痛苦所包围了。

牛村的春天来得特别得缓慢，大概是由于地势高的缘故，大地上还看不到一点儿关于春天的迹象，还会时不时地飘一两场大雪。大山里的人们仍然进行着他们多年不变的生活方式，不是围在一起聊天，就是聚在一起打麻将，人们闲得有些发慌。本来过了年之后，家里的男人们都应该到外边去打工赚钱了，因为时令虽然已到春天，冰雪却还没有从这里消失，所以男人们依然留在家中等待天气转暖再出山。不过，很多人已经开始制订新一年的打工计划了。这难得的与家人团聚的最后时光，通常女人们也不会阻拦男人半宿不回家在外边闲聊或打麻将。

不仅这山里的男人在制订计划，支教的大学生们也开始了未来的规划。短短的半年时间过去了，他们当中有些人就已经开始动摇了，动摇首先从匡亚非开始的，前阵子他接到了大学同学韩阳的电话，韩阳问他支教的生活怎么样，匡亚非说很不如意，连吃饭都成问题。韩阳当即在电话里就催匡亚非赶快离开这里，现在离开还为时不晚，等三年以后再离开时，社会就不接纳他了。匡亚非很认真地考虑了一个晚上，很快就决定要走，可是这时候离开又能到哪里去呢？说一句离开容易，真正要行动起来，就不是那么容易的事儿了。仍然是韩阳给他指明了一条洒满阳光的大道，说可以先到他所在的公司干，有机会再寻找别的出路，总比待在大山沟里强百倍。

趁着牛彩霞没在集体办公室，匡亚非对杜小峰说了他的打算，毕竟他们两个人在一个学校支教，不告诉杜小峰显得不够朋友，杜小峰一听惊讶得叫了起来。

杜小峰问："亚非，你怎么想的？说走就要走啊？"

匡亚非说："我认真考虑过了，最近就要离开。"

杜小峰满脸不高兴，说："你忍心把我一个人丢在牛村？"

匡亚非说："要不你和我一块儿走吧？"

杜小峰说："我一点儿思想准备都没有。"

匡亚非上前搂住杜小峰的肩膀，说："你也好好考虑考虑。"

杜小峰说："你有同学韩阳相助，可我呢？谁来接纳我？"

匡亚非说："车到山前必有路，我也不会丢下你不管的，再说了，你回到省城还可以选择考研。"

杜小峰说："你说得容易，我选择考研，谁来支付我的生活费，难道还要向家里张口？我已经大学毕业了啊！"

匡亚非说："要不这样，我和韩阳说说，看你能不能也去他们的公司，你可以边工作边考研。”

杜小峰说：“他是你的同学，不一定能帮我的，算了，不用麻烦了。”

匡亚非说：“再不行，你先随便找一个公司干着，等考上研究生离开就行了。”

两个人正说着话的时候，牛彩霞进了办公室，牛彩霞进门就问：“你们说什么呢？”

杜小峰不好意思说，匡亚非认为这是迟早的事儿，隐瞒牛老师根本没有必要，就直接说了即将离开的打算，这让牛彩霞大为震惊，她极力挽留匡亚非，希望匡亚非能好好考虑考虑。匡亚非不知道该怎么回答牛彩霞了，他只是安慰牛彩霞说：“牛老师，一切都还没有最终决定。”

牛彩霞说：“不管怎么说，我都希望你们能留下来。”

说完，牛彩霞就抱着教科书出了集体办公室，一瞬间，眼泪夺眶而出，心里感叹着：“原本认为春天就要来了，可春天的影子刚闪现就又马上严冬了，唉！”

星期天的时候，匡亚非和杜小峰来到了南洼沟小学，当匡亚非把自己的想法说出来之后，南洼沟的三个大学生快要疯了，他们觉得事情来得如此突然。

许松说：“亚非，你思想不坚定，说好了要一起来一起走的，现在你却要提前离开了。”

韩娜娜说：“亚非，如果你离开了，小峰怎么办？你总不能把小峰一个人留在牛村吧？”

杜小峰在一旁并没有说话。

匡亚非却说：“我离开了，小峰也会离开的。”

庄勇向来不好意思说别人，但这次他实在憋不住了，站起来说：“亚非，你真的要走，我们也没有办法拦你，可我还是要说两句，毕竟咱们六个人是一起来到这里的，虽然苦了一点儿，但乐趣也还是有的。等三年之后，确切来说应该是两年半之后，我们离开时，这里或许就是另外一种生活了。”

许松说：“我们应该能看到希望的。”

匡亚非叹了一口气，看得出他也是有点儿为难，说：“我也不想离开你们，但是我实在待不下去了，这里什么都没有，生活是如此艰难，再加上牛得利又那么小气，一点儿都不管我们的生活，我有点儿受不了了。”

杜小峰说：“也确实是这样的。”

韩娜娜没再说什么，但她悄悄给杜丽丽发了一条短信，告诉她匡亚非的打算，没想到杜丽丽表现得非常平静，她告诉韩娜娜人各有志，不管别人怎么做，她是决不会离开的。

生活啊，往往就是这样。在大学时的他们，多多少少还有点儿心高气傲，彼此互不相识，像两条平行线一样，没有相交的机会。现在当他们一起来到这里时，就觉得心相互贴得很近，总希望这个集体是完整的，不允许缺少一个，如果这个集体残缺了，大家的心里都会难过的。

最后，大家还是希望匡亚非能再考虑一下，匡亚非也表示他会认真考虑的。

等匡亚非和杜小峰走出南洼沟小学时，天已经完全黑了。许松、庄勇和韩娜娜把匡亚非和杜小峰送到了山道上，大家久久不肯离去。

黑暗中，庄勇的眼眶有点儿湿润了，匡亚非和杜小峰都走远了，庄勇还站在原地，直到许松和韩娜娜催他回去，他才转过身回去了。

26

时间过去了好多天，这大山深处已经可以看见星星点点的绿意了，南洼沟更是融入了浓浓的春意。南坡一带的垂柳已经吐绿，柳叶河的水也开始唱起了春天欢快的歌，鸭子在河里扑棱着，似乎也在为春天的到来欢呼着。

大学生们仍然像以往那样，一放学不是跑到山岗上，就是来到柳叶河，生活和工作的烦恼也只有在此时才可以暂时忘掉。大自然用它美丽的画卷拥抱着大家，他们觉得心都要飞出胸膛了，激动和兴奋是如此剧烈，这种感觉在省城是无论如何也体会不到的。

快乐之余，痛苦也伴随着大家，那便是匡亚非是否真的要离开。平常大家都不愿谈论这个话题，生怕匡亚非明天突然要走。

但是，匡亚非并没有立刻要走的意思。可能，大家只是猜测，他改变了主意，觉得就这么离开这里也确实有点儿过意不去；或者就是坚守自己的志向。不管怎么说，他到现在并没有说出口。大家周末见面时，谁也不提这件事儿。大家心里都默默希望着这个集体能够完整地坚持到3年之后。

生活平静而有序地向前延伸，每个人的心绪也变得不那么起伏，不再虚无缥缈。

许松觉得应该为南洼沟小学做点儿什么了。在原来教授四、五年级语文课的基础上，他又主动要求教授五年级的数学课，主要是由于高满堂在年前犯过一次高血压病，考虑到他身体的原因，许松替他担任教授这个班的课程，尽管他在数学方面并没有多少天赋，但对于一个大学中文系的毕业生来说，教小学的数学，他自认为是小菜一碟。

为此，高满堂特别感动，他曾对许松说过好几次感谢的话，除此之外，他再不会说别的话。许松说应该的，其实，他心里也明白，这个平凡的人民教师，每天只知道像牛一样的教书育人，秉承忘我的精神，忠诚于党的教育事业，他能做的只有感谢许松接替他手中的教鞭不至于丢下孩子们。

尽管身体不好，但高满堂仍旧每天按时来学校工作，他所教的别的课也从没有落下一节，大家真的很担心有一天他累倒在讲台上。于是，许松自作主张，让庄勇代高满堂别的班的课，庄勇表示同意，但高满堂却摇头拒绝。

许松说了自己的想法，高满堂却说他没事儿，说他每天按时服药，身体并不像大家想象得那样脆弱，再说了，他一个人闲着没事儿干，也没什么意思。而且，他还希望重新接过许松已经接替了的数学课。

许松说："高老师，您放心，我保证能上好数学课，不会出现问题的。"

高满堂的态度却十分坚定，拍拍鞋上的泥土，说："你们能来到这里工作，我已经很感谢了，怎么能再让你们这么劳累呢？你们要是不答应我，我心里会不安的。"

庄勇看了看许松，示意他再说两句。许松却不知道从何说起，他知道再说也是毫无用处，因为这个倔强的老师，是不可能改变主意的。

在沉默了一阵子之后，高满堂又开口了："上课的事儿，就这么定了，从明天开始，我仍然教我以前的课，希望你们有更多的时间做你们年轻人自己的事儿。"

许松和庄勇都不说话了，一切尽在不言中。

就在他们准备走出办公室的时候，高满堂又把他们叫住了，说："天气转暖了，年前你们也没有回过家，抽个时间你们各自回家看看吧，毕竟家里还有父母。"

人心是如此温暖，外面的阳光也很明媚，不知什么时候，一只雀鸟在校园里的柳树上叫个不停。

接下来的几天，大家精神都很饱满，工作比以往还要卖力，谁也没有提回家的事儿。

高满堂又催了大学生们很多次，让他们回家去看看父母，但他们都没有回家。主要是考虑到离开后，就算是离开很短的时间，也会耽误孩子上课。为此，许松、韩娜娜、庄勇都想着等到暑假一起回吧。

但是，许松和韩娜娜觉得庄勇应该回家一趟，因为他家里只有奶奶一人，一个老人太孤单了。他们催了庄勇好几次回家，他一直不肯表态。其实，庄勇自己心里很清楚，他的确想念奶奶，只不过许松和韩娜娜不肯回去，他也不好意思回去。为了这件事儿，许松悄悄和韩娜娜商量，应该用什么办法让他回家一趟，哪怕只有两天时间。

中午吃饭时，许松和韩娜娜就又向庄勇表明了意思，他仍然拒绝说：

“你们都不回家，我也不能当逃兵的。”

韩娜娜说：“你跟我们不一样，奶奶年龄大了，需要你去看望。”

许松也赞同韩娜娜的意见。

庄勇却说：“奶奶能够理解我的。”

许松说：“就这也应该回去一趟，否则的话，我们心里都会难过的。”

庄勇坚持不肯让步，他心里想的最多的就是：“我也要同你们一样坚守岗位。”

谈话没有任何结果，接下来，许松又试图跟他谈了好几次，都不能使他改变主意。

平静的生活依然延续着，南洼沟小学里，5 位老师每天朝夕相处，教书育人。平静久了，难免会出现一点儿波澜，原因仍然是围绕庄勇展开的。

庄勇啊！太固执了！

庄勇想把学校的体育课上得更生动一些，决定组织学生进行一次爬山活动。他觉得要是整天在校园里跑来跑去、做做体操什么的，太没意思了，况且孩子们早已不想这么上体育课了，多少有点儿腻了的味道。他让孩子们具体说说想怎么上体育课，有孩子说到柳叶河里去比赛捉螃蟹，也有孩子说去山道上赛跑，还有孩子说想去爬山。庄勇考虑再三，觉得捉螃蟹容易让村民误解，会觉得孩子们不好好上课，下河捉螃蟹，会误认为是老师们想吃螃蟹，这肯定不妥；去山道上赛跑更是不合适，南洼沟的山道曲曲折折，平常步行还经常有人摔跤，如果赛跑，孩子们性子又急，再加上山道又窄，免不了会出现意外；想来想去还是爬山稍微好一点儿。

上体育课时，他组织孩子们去爬山。高满堂有点儿担心，不想让庄勇这么做，但庄勇主意已定，高满堂只好一再嘱咐庄勇多加小心，千万别出现什么意外，庄勇还表现得十分不耐烦，说：“我这么大的人了，知道该怎么做。”弄得高满堂红了脸。

庄勇走出校门时，许松也跑出去嘱咐他，他同样表现得不耐烦，还说许松杞人忧天、多此一举，许松当下就瞪了他一眼，但还是嘱咐他带上手机，以便随时联系。

许松和高满堂为什么都这么担心呢？

南洼沟的地势在一个斜山坡上，周围被陡峭的连绵高山环抱着，许松来到这里之前可从没见过这么陡峭的山，怪不得修一条到乡里的公路都那么难，这里多少代了，出山都得步行。这么险峻的地方，要去爬山，能不让人担心吗？

庄勇带领孩子们很快就爬上了学校后边的山梁，尽管庄勇严厉地告诫同学们一定要小心，但孩子们仍旧叽叽喳喳，你追我赶。整个山道，挤满了顽皮的孩子。这里的孩子自小在山里长大，对大山有太多的熟悉和亲切感，常常无所顾忌，觉得征服大山不在话下。

不一会儿，庄勇就被远远地抛在后边了。刚开始，庄勇没太在意，当他看到前面的孩子已经爬上了更加陡峭的山崖时，他的心立刻就提到了嗓子眼儿，他大声呼喊，示意同学们停下脚步。但无济于事，一是距离太远，二是孩子们太兴奋了，根本听不见。

没有办法，庄勇只得拼命往上爬，好赶上孩子们。可庄勇哪里是孩子们的对手啊。孩子们继续往上爬，庄勇的心也在加速跳动。

不幸的事儿还是发生了，爬在最高处的一个叫涛涛的男孩，不小心蹬下了一块儿石头，所幸的是石头掉到悬崖下去了，如果滚向山道砸向下面的孩子，后果将不堪设想。石头的劫难是躲过了，但涛涛由于一脚踩空，一个趔趄摔倒在地上，顺着山道滚了下来。太可怕了，如果掉到悬崖下，后果同样不堪设想，涛涛是个聪明的孩子，他拼命来回抓着山道旁的小树和荆条。下面的孩子眼睁睁地看着涛涛往下滚，吓得哭了起来，庄勇顾不得安抚别的孩子，他拼命往上冲，想用自己的身体挡住涛涛。但是，庄勇和涛涛之间还有好几个孩子，如果涛涛滚下来冲撞了别的孩子，这样好多孩子就会有危险，说时迟、那时快，庄勇使尽了全身的力气冲到了那些孩子的最前面，他要用自己的身体挽救涛涛。

涛涛突然抓住了道旁的一棵小树，但由于力量消耗过大，他还是没能停下来，抓小树的手瞬间就放开了，接着往下滚，庄勇拼出了吃奶的劲儿挡住了涛涛。涛涛得救了，但在滚的过程中，右腿似乎出了问题，脸上也被路旁的荆棘划破了好几道口子。

庄勇一下子瘫在了山道上。

27

涛涛的右腿疼得厉害，他被庄勇背到村卫生所时，并没有哭，这个坚强的山里孩子，从小失去了父亲，跟母亲相依为命，早已磨炼成一个小男子汉了。

乡村医生林成看了看，摇摇头说："情况有些不好，可能骨折了，还是到乡卫生院看看吧。"

庄勇脸上直冒汗，心跳得更加厉害，他心想："如果涛涛残废了，这可是我一辈子的罪过啊。"他后悔极了，要知道这样一个结局，早该听许松和高老师的劝告，唉！现在说什么都晚了，事情已经发生了，得赶快想办法救涛涛的腿才是最重要的。

这时，高满堂、周小红、许松、韩娜娜都赶到了林成的卫生所，简单了解了情况之后，大家当下就一致决定送涛涛到乡卫生院去，因为学校不能没有老师，许松决定和庄勇一块儿去，其他人留在学校。许松去也有他的原因，他觉得自己有力气，在山道上可以和庄勇轮流背涛涛。韩娜娜跑回学校拿了点儿钱塞给了许松，她把许松和庄勇送到村口，一再叮嘱他们路上小心，有什么事儿打电话，如果钱不够用，马上联系她，她一定会想办法的。

许松先背上了涛涛，他主要考虑到庄勇的情绪，想让庄勇休息会儿，一路上他不断地安慰庄勇："遇事儿不能太慌张，一切都会好起来的，相信现在的医学。”

庄勇沉默着，许松知道他内心有多么难受，他一个人离开奶奶来到这大山深处，现在又发生了这样一件事儿，无论是谁，都会伤心万分的，何况他又是一个多少有些敏感的人。

庄勇的心情就像这山道一样弯弯曲曲，他难过得要命，可是在涛涛面前，他依然得坚强起来，他不能让孩子看到他的伤心。

许松背了一段路，庄勇就强烈要求他来背涛涛。

涛涛在庄勇的背上坚强地忍受着疼痛，许松和庄勇都知道这是一个懂事的孩子。

涛涛问：“老师，我的腿断了吗？我以后还能不能走路？”

许松拍了拍他的头，说：“当然能了，你很快就会好的。”

庄勇只是低着头背着涛涛往前走，并没有说什么话，他把脸扭向了一边，眼里满含着泪水，如果现在身边没人，他真想躲到山坳里痛哭一场。他觉得自己成了这个世界上最不幸的人。此刻他的心就像针扎一般难受，谁又能体会到呢？

这个不幸的人默默地往前走着。

为了让涛涛能看到希望，也为了缓和一下太过紧张而又沉闷的气氛，许松给涛涛讲起了故事：

很久以前，有一个王子，他为了拯救自己的国家，勇敢地跟坏人搏斗，结果被坏人推下了悬崖，腿也摔断了，身边没有任何人来救他，他咬着牙爬到了山脚下，想喝口崖缝里流出来的山泉水。由于腿受伤了，他怎么也够不着水，口渴得难受，几乎晕过去了，但他并没有绝望，而是努力地向前爬着，他始终只有一个信念：为了我的国家，我一定要坚强。

就在这时，一位天使般的公主从天而降，救了王子，把他带到了一个神奇的世界，为他疗伤。王子伤好了以后，公主又帮助他打败了占领他的国家的坏人……

“后来呢？”涛涛被吸引住了。

许松说：“后来他们过上了幸福的生活。”

涛涛在许松的安慰和鼓励中忘记了疼痛，庄勇仍旧是心事非常沉重，许松回过头来又安慰了庄勇一番。

在陡峭的山道上，他们一路艰难地走着。抬头望望天边，即将落山的太阳血红血红的。

等他们赶到乡卫生院的时候，天已经全黑了，乡卫生院主要的医生早已下班，只留下一个值班的年轻女护士，她看了看庄勇背上的涛涛，就热情地忙前忙后。女护士急忙掏出手机打电话。打完电话，女护士说：“别急，没事的，王大夫马上就来，她家就在附近，步行也就5分钟。”

庄勇很是感动，女护士把涛涛安置在了卫生院的门诊室，等待王大夫的到来。

果然，不到5分钟，王大夫就匆匆赶来了，一进门，王大夫就急切地问：“谁是病人？”

女护士指着涛涛说：“是他。”

“哦，是个孩子啊！”王大夫麻利地穿上白大褂来到了涛涛的身边，开始查看涛涛已经肿胀的右腿，还顺手捏了捏，询问了涛涛疼不疼，主要是哪儿疼之类的话。涛涛一一做了回答，没有显出特别难受的样子。

看完，询问完毕，王大夫说：“先拍个片子吧，我估计是骨折，并没有彻底断开。”

于是，王大夫让庄勇把涛涛抱到轮椅上，然后叫女护士推了出去，回头问许松和庄勇：“你们是他什么人？”

庄勇抢着说：“我们是他老师。”

王大夫说：“怎么会伤成这样？”

庄勇把涛涛受伤的经过说了一遍。

王大夫又接着说：“这孩子也真够坚强，要是别的孩子早哭成泪人了。”

庄勇点点头。

王大夫说：“你们先去办一下住院手续吧！”

许松和庄勇转身就准备去办住院手续，临出门时，许松回头问王大夫：“估计得多少钱？”

王大夫说：“先交 500 元钱吧，要是骨折的话差不多就够了，要是断了，花费可能就多了。”

许松摸了摸口袋儿里的钱，还是临来时韩娜娜给的。有点儿为难地说：“医生，我身上只有 300 元钱，看能不能先把住院手续办了，等回头再补交可以吗？”

王大夫看了看许松满脸的窘相，想了想说：“好吧！”她随手给开了张条递给许松。

许松拿着纸条，很快就和庄勇把住院手续办好了，等他们回到诊断室时，屋里的女护士说：“孩子已经送到病房了，在 3 号病房，过门前这条走廊往右拐第三个门。片子过一会儿就能取出来。”

他们听了，赶紧跑向了 3 号病房，涛涛已经躺在病床上了，屋里有两张病床，另一张空着。

过了一阵，女护士过来喊：“到手术室去。”

庄勇的嗓子一下子提到了嗓子眼，心想：难道涛涛的腿需要手术？就急忙追问女护士：“怎么了？涛涛的腿需要手术吗？”

女护士说：“我暂时还不清楚，这需要看医生怎么处理了，你先把孩子抱到轮椅上。”

庄勇赶紧把涛涛抱到了轮椅上，女护士又推走了。

庄勇紧张地看了一眼许松，许松知道这时候庄勇最需要安慰，于是，他对庄勇说：“庄勇，你别担心，应该没什么大问题。”

接着他们就跟着去了手术室，先前那位王大夫已经等在了那里。

一进门，庄勇就问：“医生，涛涛的腿怎么了？严重不？”

王大夫示意他不要慌张，拿了那张片子在灯光下让庄勇看，说：“右腿小腿有些轻微骨折，不太严重，需要马上正形和打石膏。”她顾不上再说别的话，迅速地扶住涛涛的腿，在骨折处来回捏着，大概是让骨折的地方复位。涛涛“啊”地叫了一声，但马上就停止了喊叫，额上渗出了汗珠，紧紧咬着牙。

好一会儿，王大夫才住手。旁边的女护士递过来石膏和纱布之类的东西。王大夫迅速地给涛涛右腿小腿打上了石膏，然后麻利地用纱布包上了。

一切处理完毕后，王大夫对女护士说：“待会儿给孩子输点儿消炎的药，以防感染。”

女护士点了点头，就转身出去了。

王大夫又交代庄勇和许松：“要让孩子注意休息，先回病房吧！”

庄勇推着涛涛出去了，他们回到了3号病房。

过了一会儿，女护士拿着吊瓶给涛涛扎上了吊针。

安顿好涛涛之后，许松和庄勇也躺到了另一张床上，忽然这时房门被推开了，来人进门就哭喊着：“涛涛！涛涛！”

许松和庄勇都被这哭声惊着了，一看才发现是涛涛他妈张玉花。

28

原来涛涛出事儿后，有个孩子跑到山坳里告诉了正在干活儿的张玉花，她听到这个消息立刻就扔下手中的铁锹，连家都没顾上回就直奔乡卫生院来了。她一路哭着喊着，深一脚浅一脚地跌跌撞撞地来到了乡卫生院。

看到涛涛安静地躺在病床上，似乎并无大碍，她才稍稍平静了些。许松和庄勇又安慰了她一阵子。

可怜的农村女人，她轻轻摸着涛涛的腿问：“疼吗？”

涛涛摇摇头，说：“妈，医生说没啥大事儿。”

张玉花给儿子盖好被子，回过头来问许松和庄勇："这得花多少钱？"

许松说："大姐，你别管了，钱我们出。"

张玉花说："哪能麻烦你们呢！"

庄勇说："真的，大姐，你真不用管了。"

张玉花揩了揩脸上的泪水，老实巴交的女人再不会说别的话，她所有的心思全都在儿子身上了。看着她蹲在床沿下，抚摸着自己的孩子，许松心里很不是滋味。他忽然想起了他们初到南洼沟时的一幕：

那天，他们走过柳叶河时，正巧碰上了张玉花在河边洗衣裳。他们向她打听到南洼沟小学的路，她二话不说就停下了手里的活儿，带他们走了。一路上，韩娜娜甚至还悄悄嘲笑张玉花穿戴太土气，当时许松就瞪了韩娜娜一眼，庄勇也朝韩娜娜努努嘴。韩娜娜顿时红了脸。张玉花七拐八拐把他们领到了学校，他们还没来得及感谢她，她就走了。回到柳叶河时，刚洗的衣服不知被谁拿走了，可怜的女人坐在河边哭了起来。

他们听说了这件事后，觉得很是过意不去。韩娜娜就悄悄到乡里比着自己的身材给张玉花买了几件衣裳。张玉花说什么也不要，但韩娜娜却硬塞给了她。张玉花感激得还流了泪。后来，隔三岔五，张玉花还让涛涛往学校里捎些地里种的蔬菜。涛涛更是经常帮他们从学校不远处的水井里提水。

想到这里，许松的眼里不觉中便噙满了泪水。于是他跑出病房，想平静一下自己的心情，然后就给韩娜娜打了电话，要她明天从杜丽丽那里借 200 元钱，因为涛涛住院费还差 200 元钱。韩娜娜说她明天早上就给送到乡卫生院来。然后她又问庄勇的情绪怎样，许松说糟透了，这件事儿对他的打击太大了。之后，韩娜娜嘱咐许松照顾好涛涛的同时，一定要稳定庄勇的情绪，因为这时候庄勇最需要帮助，生怕他太难过会出现什么意外。许松让韩娜娜放心，随后就挂了电话。

天完全沉寂下去了，室外有点儿冷。许松裹紧衣服，缩了缩头，走向了病房。屋里，张玉花和涛涛已经睡下，庄勇却不见了。

许松顿时慌作一团，再次冲出了病房，寻找庄勇。

漆黑的夜里，许松如热锅上的蚂蚁，打了庄勇无数次电话都没打通。他知道他故意不接，生气地骂他：“这个‘死’庄勇，不知道我在找你吗？还故意躲着我，你这是存心要急死我不成？”

骂归骂，找还得找。乡里的地势许松 点儿都不熟悉，何况天又这么黑，他只能借着手机的微弱灯光来探路，一边找一边呼唤。他觉得自己是自找苦吃，想着想着，他就很生气，心想：“庄勇啊庄勇，你一点儿都不了解我的心，我是来陪你的，你却一个人把我撂下不知去向。”

许松索性走向了乡卫生院后边的山道，黑暗中他踢飞了颗颗石子，踢得他脚都疼了，他估计鞋也破了洞。他生气极了的时候，就大骂庄勇一顿，解解心头的闷气。

偏偏不巧的是，他的手机又快没电了，已经发出了电量不足的信号了。于是，他大呼庄勇，连呼带骂，完全顾不了那么多了。

不知过了多久，不知喊了多久，也不知骂了多久，他也累了。他想今夜是不可能平静了，找到庄勇首先就要给他一拳。

又过了好长时间，许松仍然没有找到庄勇，东方的天空已经发白，看来，天将要亮了。许松在乡卫生院后边的山道上度过了一个难忘的夜晚。庄勇不见了，许松还得去照顾涛涛。于是，他走下山道朝乡卫生院走去。走到卫生院大门前时，他大吃一惊：庄勇竟在门前。他立刻红了脸，上前一把抓住庄勇的衣服，狠劲儿打了他一拳，骂着：“你到哪儿去了？害得我一晚上忐忑不安的，急死我了你！”

打完、骂完，许松就后悔了，因为他看到了庄勇脸上划了好几道血口子，眼窝也陷进去了不少。一夜之间，庄勇仿佛变了个人，这个沉默的人只是默默看着许松，早失去了往日体育教师的那种蓬勃的活力。

许松继续追问庄勇到底去哪儿了。

庄勇看着许松，从衣袋儿里掏出500元钱，说：“我去借钱了。”

许松问：“从哪儿借的？也不跟我打个招呼？”

庄勇说：“我连夜赶回了牛村小学，找到了匡亚非和杜小峰，向他们借的钱。”

许松生气地说：“我已经告诉了韩娜娜，她说今早就会送来的。你呀！”

许松不想再说什么话了，昨晚的委屈已经消失殆尽，因为他想到了庄勇本身也是个不幸的人，他比庄勇大一岁，在这远离亲人的地方，他就是庄勇的亲人。许松心里明白，这件事对庄勇的打击太大了。无论如何他都要帮助他。

许松一下子和庄勇拥抱在了一起，眼泪夺眶而出，说：“你别担心，有困难的时候，我们一块儿扛。”

庄勇热泪盈眶，不知道该怎么回答，只是不住地点着头。

两个人平静下来的时候，许松又给韩娜娜打了电话，告诉她暂时不用来送钱了，说庄勇已经连夜去向匡亚非和杜小峰借钱了。

韩娜娜接到电话的时候，杜丽丽正准备送她出阳泉小学的大门，她一大早就赶来向杜丽丽借钱，杜丽丽一听说庄勇发生了这样的事，想都没想就给韩娜娜拿出 300 元钱，韩娜娜说只要 200 元就行，但杜丽丽坚持多给了她 100 元钱。

什么是朋友？朋友就是在危难的时候能够互相拉上一把，杜丽丽想到自己受伤的时候，朋友们连夜去看她时，她现在想起来都觉得温暖。庄勇的遭遇，让她再一次体会到了团结的力量。

听说庄勇借到了钱，韩娜娜就打算把 300 元钱还给杜丽丽，但杜丽丽坚持让韩娜娜带走，她说：“拿走吧，一定会有用的，庄勇需要我们的帮助。”

韩娜娜挥手告别了杜丽丽，走在山道上的时候，清晨的阳光从东方的山头斜射过来，寂静的方山乡又迎来了新的一天。

29

因为接下来就是养伤，王大夫建议涛涛回家去养，也能减轻医疗负担，中间来换换药就行了。张玉花觉得可行，就决定和涛涛回家。

庄勇却说：“先别着急回家，在卫生院住上两天再回去为好！”

张玉花也拿不定主意了，说：“我也不知道该怎么办才好。”

许松说：“留下来住两天也行。”

庄勇坚持要涛涛多住两天，也有他的原因，他告诉张玉花：“先在这里稳定一下，毕竟涛涛的腿上有伤，如果出现问题，咱们来回折腾就不好了，还不如先观察两天，真没事儿的话再回去也不迟。”

张玉花觉得庄勇说得也有道理，就说：“那就听你们的。”

庄勇又对许松说：“你先回去上课吧，学校不能缺课的。”

许松迟疑了一下，就同意了。

许松走后，庄勇和张玉花留下来照看涛涛。

两天后，涛涛出院了，庄勇一个人把涛涛背回了村子，原本许松要去帮着庄勇一块儿背涛涛的，但庄勇不想让许松耽误课，就没让许松来。一路上，张玉花几次都想替庄勇背会儿涛涛，都被庄勇拒绝了。

庄勇先把涛涛背回了家，对张玉花说：“大姐，我每天都会按时接送涛涛，这是我的责任。”

张玉花说：“不用，我弟弟也在村子里，他可以接送涛涛的。”

庄勇说：“你别麻烦你弟弟了，你弟弟也还有好多活儿要干的。这些事儿我都能做，不就是来回几步路吗？再说了，涛涛的腿很快就会好的，等他好了，我就不用背他了。”

张玉花感动得连声说着谢谢。

简单收拾了一下，庄勇当下就背着涛涛回到学校上课去了，韩娜娜见到庄勇就把杜丽丽的300元钱给了他。

庄勇感激地说："其实用不了这么多。"

韩娜娜说："这也是丽丽的一点儿心意，你就拿着吧！"

庄勇拿着钱，心里很不是滋味儿，想起了杜丽丽受伤的脸，她也是个不幸的人，却还能想着别人。这么多天过去了，也不知道丽丽一个人在阳泉生活得怎么样？庄勇突然想跟杜丽丽打个电话，最起码说一声感谢的话。

庄勇拨通了杜丽丽的电话，杜丽丽没有接听，庄勇知道她在上课，于是就先回了办公室。办公室里没有人，庄勇就一个人坐在自己的椅子上，看着桌上张海迪的那本《生命的追问》发呆。

手机响了，庄勇一下子回过神儿来，一看就知道是杜丽丽打来的。接通电话，庄勇首先表达了对杜丽丽的感谢，杜丽丽问了涛涛的情况，还安慰庄勇说她会和他共同面对困难的，这让庄勇非常感动。

接着，庄勇又问杜丽丽："你现在怎么样？"

杜丽丽说："一切都好，放心吧！"

庄勇说："要是有什么事儿，你可一定要告诉我们，要不，还是让娜娜去陪伴你吧！她一直在念叨这事儿的。"

杜丽丽说："真不用，我在这里挺好的。"

这时，韩娜娜走进了办公室，庄勇说："娜娜来了，你要不跟她说几句话吧。"

韩娜娜就和杜丽丽聊了起来，庄勇就出去了，等他再次进办公室的时候，韩娜娜满脸不高兴。

庄勇问她怎么了。

韩娜娜说："丽丽也真是的，总是一个人在那儿硬撑，我说过去陪她，她直接拒绝了。"

庄勇说："我也劝过她，她也是这么坚持的。那次受伤对她的打击太大了，一次事故几乎改变了她的性格。”

韩娜娜说：“更可气的是她说已经习惯了那里的生活，不让我去陪她也就算了，她却说阳泉小学有个叫兰兰的小女孩儿可以陪伴她。兰兰家有四个姐妹，家里也是拥挤，还不如到学校陪伴她，也好给家里空下一个位置，这分明是嫌弃我嘛！”

庄勇说：“我看她不是嫌弃你，她是故意这么说的，说不准根本没有的事儿，她主要是不想拖累我们。”

韩娜娜觉得庄勇说得也有道理，说：“难道丽丽是故意骗我们的？”

庄勇说：“太有可能了。”

许松进了办公室后，韩娜娜跟许松说了杜丽丽的事儿，许松当场就说：“丽丽这是骗咱们的。”

大家都觉得杜丽丽太倔强了，她决定的事儿很难再改变，就像当初她离开乡中学来到阳泉小学一样，她再不允许韩娜娜来回折腾去陪伴她。

大家虽然理解杜丽丽，可还是想知道杜丽丽身边是否有个兰兰陪伴。

庄勇说：“我去阳泉小学问问丽丽吧！”

许松说：“你别去了，涛涛的事儿已经把你折腾坏了，你需要休息一下，再说了你去了能问出来吗？她也不会告诉你，还是我去吧！”

韩娜娜说：“你们都别去，让我去。我是女孩儿，丽丽有些话不便跟你们说，但可以跟我说。”

许松想了想，说：“我估计丽丽不会说实话，这样吧，我和娜娜一块儿去，我们先去村里打听一下再说。”

庄勇说：“也行。”

于是，星期天的时候，许松和韩娜娜去了趟阳泉村。

他们先是四处打听一个叫兰兰的小姑娘，家在哪里。因为叫兰兰的孩子太多了，走了几家都不是。后来韩娜娜说兰兰家有四姐妹，他们就打听四姐妹的兰兰家。好不容易才从一个在村角晒太阳的老婆婆那里得知的确有这么一家，她随后还给他们指了指路。

等他们找到这家时，真是不凑巧，大门上挂了把大铁锁，估计主人下地去了。

许松皱着眉，说：“接下来该怎么办？”

韩娜娜说：“只能等了。”

许松说：“等就等吧，反正已经到这份上了。”

于是他们就坐在了这家门前。

渐近晌午，主人还没有回来，许松有点儿坐不住了，对韩娜娜说：“要不，咱们回去吧？”

韩娜娜坚决不回去，说：“要回你回吧，我在这儿等。”

许松没了办法，白了她一眼，不再说什么话，背过脸去，看着对面的山。

过了晌午，仍不见主人的半点儿影子，想必是今天不在家。这下，许松又说话了：“娜娜，我看算了，还是晚上去丽丽那儿看个明白吧。”

韩娜娜说：“傻子，丽丽的性格你又不是不知道，她见你调查她，会不高兴的。”说完还瞪了许松一眼。

许松有些生气了，说：“这要是主人一辈子不回来，你在这里等一辈子呀？”

韩娜娜说：“我就等一辈子！”

许松说：“好，你等吧！”

说完，许松打算走了。韩娜娜朝他啐了一口痰，说：“许松，你真不像个男人！”

许松顿时火了，说：“我哪里不像个男人？你要愿等就在这儿等吧！我看晚上你怎么回南洼沟？”

韩娜娜说：“不用你管，我就是被狼叼走了也与你无关！”说完，“呜呜”地哭了起来。

她这一哭不要紧，许松回去的念头被打消了。他静下心来想了想：“毕竟人家是个女孩，我何必跟她过不去呢？说实话，我倒真有点儿不像个男子汉了。”

为了缓和气氛，许松故意跟韩娜娜开起了玩笑，顺口编了一首打油诗：

娜娜到阳泉，寻找小兰兰。

兰兰不在家，气得直瞪眼。

抬头望望天，天色已渐暗。

幸好有许松，好心来陪伴。

娜娜看着河，心里比蜜甜。

许松盯着山，太阳落山边。

不为地和天，只为小兰兰。

韩娜娜听后“扑哧”的一声笑了，说：“坏蛋，让你一辈子找不到媳妇，下辈子做牛马。”

许松趁机说：“娜娜，唱首歌呗！”

韩娜娜也不推托，深情地唱起了“山丹丹开花红艳艳……”

天黑之前，兰兰妈终于来了，说是走亲戚去了，韩娜娜上前说明情况后，兰兰妈却说：“我们家兰兰早不上学了，在城里打工呢。”

顿时，许松和韩娜娜怔在了那里。

30

一切真相大白，杜丽丽善意地隐瞒了大家，压根儿就没有一个叫兰兰的小女孩与她做伴，她依旧孤独地生活在那个小学校里。

这该怎么办呢？杜丽丽是有意不想再拖累别人，她已经在阳泉小学独自生活了一段日子，一个姑娘，放学后一个人面对空空的校园，想想都觉得害怕。上次她坚持要独立生活的时候，谁都无法说服她，倔强的性格就像山里的黄牛一样，如果她再和那个范海强好上了，一辈子留在这山坳里，让人真的不敢往下想，唉！一时间，许松、庄勇、韩娜娜都陷入了苦恼之中。

庄勇说："要不咱们去找找杨主任，看能不能把她调到咱们学校来工作，也省得她一个人在那里让人不放心。"

许松说："我也曾想过这种办法，可是估计丽丽不会同意的。"

韩娜娜说："唯一的办法就是我还像以前那样去陪伴她，经常开导她。"

许松说："可现在的问题是她不需要我们帮忙，她要坚持一个人独立生活。"

讨论没有任何结果，大家不欢而散。

许松陷入了极度地苦恼之中，想来想去，他决定找杜丽丽好好谈一次。没有告诉庄勇和韩娜娜，他就悄悄出了南洼沟小学的大门。

走在通往阳泉小学的山道上的时候，许松想了很多，杜丽丽在她还没来得及展望未来的美好生活的时候，不幸便发生了，她差点丢了性命，留在脸上的那道伤疤使她从此与美丽无缘，一切梦想都不存在了。那次意外事故沉重地改变了她的个性，让她做出了一次重大的抉择，她并没有立刻离开这块给她带来永久伤痛的土地，相反却选择到了更为艰苦的地方去工作。也许她有自己的理想，理想是什么？她用实际行动在阐释着。我们都无法想象她今后该如何生活，白天还好熬，她可以用工作来消磨时间，可晚上呢？她一个人孤单地在那里怎么度过？

我们真的慨叹命运的不平，一切都似乎在跟杜丽丽开着玩笑。先前她多次在省师范大学全校文艺表演中露脸，当时还有人说她毕业之后就能进入省歌舞团工作，甚至有消息说她有意进军歌坛，有个别经纪公司已经有意包装她了……

可现实是残酷的，杜丽丽来到了西平县，来到了方山乡，来到这里。梦想的花朵本可以在 3 年之后继续绽放的，就因为一次可怕的事故，彻底改变了一切，一道深深的伤疤断送了她所有的梦想，她的内心该是一种什么状态。她支教结束后，又该怎么安排她的人生?

唉！人啊人！真的不能再想下去了。

许松边走边掉眼泪，他这次真的决定找杜丽丽长谈一次了。

来到阳泉小学，杜丽丽还在为孩子们上课，她现在不单教音乐，还主动担起了语文课。许松坐在办公室里等她下课，董月莉老师热情地跟许松聊着关于杜丽丽的事儿。

董月莉和崔明浩夫妻俩和许松他们也都认识，因为大家经常到乡里开教育会。有时候，开会完了，他们还一块儿从乡里走回来，在山道上，许松和崔明浩还经常讨论一些文学上的问题。

董月莉说："丽丽可真不容易，现在都瘦了。一个人生炉子、做饭，把她苦坏了。"

许松说："是啊！"

董月莉说："她来到我们这里工作，我们可感动哩！"

许松朝董月莉笑了笑，说："董老师，丽丽有许多说不出口的苦，希望您多帮帮她。"

董月莉说："那是一定的，丽丽讲话可真好听，比电视里的广播员说话还好听哩！现在我们学校好多孩子都跟着她学说普通话。听说你们几年之后还要走，到城市去，要是你们不走，该多好啊！"

许松说："我们支教3年时间。"

董月莉叹了口气说："唉！ 3年过去还是要走的。"看得出她有点儿伤心。

许松赶紧安慰她："到时还会有新的支教老师来的。"

董月莉笑了，说："但愿吧，我们学校太偏僻了，不一定有人愿意来的，丽丽能来，太了不起了。"

说话间，下课了。杜丽丽刚走进办公室，董月莉就指着许松说："丽丽，许松等你很长时间了。"

"哦！许松！你怎么来了？怎么不事先给我发个短信？"杜丽丽放下手里

的课本。

许松开玩笑说：“我这不是想给杜老师一个惊喜吗？”

杜丽丽听了许松这句话，说：“什么时候你也学会油嘴滑舌了？”

许松说：“没有啊！”

杜丽丽说：“能让许老师大驾光临，肯定有重要的事，你是无事不登三宝殿！”

一旁的董月莉忍不住笑了。

这时，崔明浩也进了办公室，看到许松，就上前和他握手，表示对他的欢迎。

这里也不便说太多的话，于是，许松说：“丽丽，咱们出去走走吧。”

杜丽丽心领神会，就和许松出去了。

他们踱步来到阳泉小学后面的山坡上。放眼望去，春天的山坳已经被浅绿所覆盖着，处处显示着生机。南边的柳叶河远远望去就真的像一枚柳叶似的，静悄悄地流向遥远的地方。令人眼前一亮的是，在他们身边不知叫什么名字的野花竟然耐不住自己的性子，过早地张开了自己的花蕾，给春天增添了丝丝芳香和活力。

啊！可爱的方山乡啊！你太美了！

他们沿着山道往上继续走，杜丽丽说再往上走50米有一块船形的石头，坐在上面可以俯瞰整个山坳。她还说她经常到这上面来坐，心情郁闷的时候，那里是最好的调节场所。她给这块石头取名叫“忘忧石”。

杜丽丽在前面走，许松在后边跟着，许松甚至还跟不上杜丽丽的脚步。遇到难走处，杜丽丽竟然伸出手来拉许松。他们最后是手拉着手来到“忘忧石”的。两个人往“忘忧石”上一坐，宛如坐在月亮上一般。

空气是如此清新，风光是如此美丽，但是两个人的谈话却是如此艰难。

许松本想说服杜丽丽继续让韩娜娜来与她做伴，或者她每天回南洼沟小学去住，由他和庄勇负责接送。尽管许松经过了一番苦口婆心的劝说，但眼前的这个人却丝毫不动摇。她只告诉许松一句话："你们的心意我领了，我想独自生活在这里。"

许松无可奈何，几乎是哭着离开阳泉小学的。

31

匡亚非是在傍晚时候突然来到南洼沟小学的，他推开学校大门时，许松和韩娜娜正在做饭，庄勇送涛涛回家去了，要晚一会儿才能回来。

一进门，匡亚非就说："好香啊！吃的什么饭？我今天就在这儿蹭饭了。"

许松说："稀客啊！有何贵干？"

匡亚非说："庄勇呢？"

韩娜娜说："去送涛涛了，过一会儿就回来。"

匡亚非说："你们多往锅里添些水，我今晚在你们这里吃，我先到外边溜达一圈儿。"

许松感到十分奇怪，正要问匡亚非有什么事儿时，他却蹦跳着跑了出去，说是一会儿再来。

匡亚非出门后，在学校门口来回绕弯子。韩娜娜示意许松出去看看，于是，许松便轻手轻脚出了门，看见匡亚非在发手机短信，边走边发。

许松上前拍了一下他的肩膀，说："哎！干什么呢？又给哪个女孩发送秋波呢？"

匡亚非赶紧转过身，说："我不告诉你。"

许松问："该不会是有女朋友了吧？"

匡亚非说："女朋友倒是不少，不知多少女孩拜倒在我的牛仔裤下，把我的牛仔裤都蹭坏了。"说完就"呵呵"笑了起来了。

许松知道他是在开玩笑，就说；"怪不得你的牛仔裤这么破。"

过了一会儿，庄勇走上了学校门前的那个山坡。

匡亚非对许松说：“你去看看饭熟了没有？”

许松觉得匡亚非好像有意让他走开，心里有些不舒服，心想：“这个匡亚非，鬼点子还不少。”

许松假装走进了小学校，在墙根儿来回踱步，主要是想看看匡亚非和庄勇在外边搞什么鬼。

很快他就揭开了谜底。

学校外边，匡亚非说：“我给你带来500元钱，我自己的200元钱，小峰的300元钱，你要是不够，再打电话给我或者小峰都行。”

庄勇说：“真不知说什么才好，谢谢！”

匡亚非说：“谁能没个难事儿，没事儿的，别放心上，一切都会好起来的。星期天，要是没别的事儿，就到我们学校去散散心。我领你到柳叶河的小河道里捉螃蟹，上个周末我和小峰就去捉了。”

庄勇说：“嗯！”

匡亚非说：“那好，没别的事儿，我先走了，小峰还等我吃晚饭呢！记住，没有过不去的火焰山。”

学校里边，许松心里很不是滋味，他知道庄勇又瞒着他和韩娜娜向匡亚非和杜小峰借钱了。他没有出去送匡亚非，而是转身回了宿舍，韩娜娜已经做好了饭，等着他和庄勇。

许松把这件事告诉了韩娜娜，韩娜娜也很纳闷，说：“庄勇怎么能躲着我们却求助于匡亚非和杜小峰呢？舍近而求远，真不知道他葫芦里卖的什么药。”

许松也说：“就算是我经济上拮据点儿，可娜娜你手头上还是挺宽裕的，你除了每月应得的工资之外，你姑妈还会时不时地给你寄来一些钱，他应该首先向你借钱才是。”

韩娜娜噘起了嘴，她想立刻找庄勇问个明白，但被许松劝住了。

许松说："娜娜，你别着急，等了解清楚再说，你这样唐突地问他，会让他伤心的。这里边一定有事儿，按道理，他应该首先求助于我们才是，他肯定有什么难言之隐。在涛涛这件事上，庄勇的心里蒙上了太多的阴影，唉！不知什么时候，他才能够摆脱出来，但愿他能够渡过难关。"

不久，同样的事情又发生了一次。不过，不是匡亚非来给庄勇送钱，而是杜小峰来了。

杜小峰摸黑来到南洼沟小学时，许松他们已经吃过饭了。韩娜娜准备给他重新做饭时，他却说："娜娜，你不用忙了，我吃过了。"

许松说："你别骗人，没吃就是没吃。"

杜小峰说："真的，我是吃过饭才来的。"

说着，他还拍了拍自己的肚子，意思饱着呢！

许松说："既然小峰吃过饭了，那咱们就坐下来好好聊聊，小峰你今晚就别回牛村了，住这儿吧！"

杜小峰说："我待会儿还要回去，亚非胆子小，一个人不敢睡觉。"

许松当场笑着说："亚非真不是个男子汉。"

韩娜娜也说："真是的，我将来要嫁人决不嫁亚非那样的胆小鬼。"

只有庄勇默不作声，像是有什么心事儿。

杜小峰这次来到南洼沟小学，许松也没有多想，只是觉得他可能想念南洼沟的朋友了，就是单纯想来聊聊天的，因为平常他和匡亚非偶尔也会晚上来南洼沟，有时候许松他们也会到牛村去，不是你来，就是我往。

直到杜小峰决定要回牛村时，许松仍然没有意识到他有什么异常。

夜渐渐深了，通常的人家都关门睡觉了，村里一片寂静。

杜小峰打了个呵欠，说："我得走了。"

考虑到还要绕过一道山梁，路不太好走，他提议让庄勇送他一程。

许松说："我和庄勇一块儿去送你……"

许松的话刚说了一半，立刻就被庄勇给挡了回来，庄勇说："算了，我一个人就行，你歇着吧！”

还没等许松回过神来，庄勇就跟着杜小峰出去了，许松正欲出门跟上他们时，却被庄勇一把推了回来，庄勇说：“不用你操心，我很快就会回来的。”

许松在门框边一下子就怔住了，不管是匡亚非还是杜小峰，他们都把许松当作了“绊脚石”。许松觉得自己真是自讨没趣，忍不住朝夜色中的庄勇和杜小峰瞪了一眼，他们很快就消失在夜色深处了。

回到屋里，许松还在纳闷！他把心中的不解讲给了韩娜娜听，这个聪明的女孩儿一时也摸不着了头脑。他们猜来猜去，也猜不出庄勇跟匡亚非、杜小峰之间究竟在搞什么名堂。上次匡亚非带钱给庄勇，这次难道杜小峰又是给庄勇送钱来了？

许松仍然想冲出去赶上他们问个明白，但韩娜娜却说这么做不妥，还是等庄勇回来亲自问他吧。韩娜娜还说她一定要追根溯源，不达目的决不罢休，说话间，还举了举右手，示意她的决心。

过了一会儿，韩娜娜说困了就回房间睡觉去了。

许松睡不着，坐在灯下随手拿起一本大学时的《中国当代文学作品选》，看着一个个熟悉的作者名字：刘心武、路遥、蒋子龙、刘震云……他又沉浸到往日大学生活的美好回忆中去了，不知为什么，今夜他突然有了一种强烈的回归大学生活的愿望。

庄勇回到学校时，已是凌晨 5 点了。

他推门的声音很小，生怕吵醒许松，但还是把许松吵醒了。

昨晚许松没有睡好，一是因为庄勇的事儿，二是陷入了你往日大学生活的回忆。

庄勇看到许松醒了，觉得特别不好意思，说：“把你吵醒了。”

许松说：“反正天也快亮了，倒是你，一夜没合眼吧？”

庄勇铺开褥子，和衣躺了上去，枕着双手，说：“原本打算送小峰一程我就回来，结果我们一路聊到他们学校，到那儿后，亚非和小峰都不让我连夜回来，说是要再多聊一会儿，于是，我们聊到凌晨4点多，考虑到我还得赶早去接涛涛来上学，我就摸黑赶了回来。”

许松问：“小峰找你有什么事儿？”

庄勇说：“没什么事儿。”

许松说：“有什么事儿千万别瞒着我和娜娜，天还有点儿早，你一夜没合眼，赶紧睡一会儿吧。”

庄勇“嗯”了一声，便把脸扭向了另一边，不再说话。

许松已无睡意，只是静悄悄地躺着，心情却久久不能平静，他突然决定到牛村小学一趟。

上午上过第二节课后，许松便悄悄离开了南洼沟小学，朝牛村小学走去。

山道边已是春意浓浓，许松却无心欣赏这美丽的春色，只想快点赶到牛村小学去。半道上，他接到了韩娜娜打来的电话。

韩娜娜说：“你去哪儿了？也不和我说一声儿？对我太不尊重了！下次如果再犯这样的错误，我会对你不客气的。”

许松赶忙对她解释说：“我想去牛村了解一下庄勇最近到底在做什么事。”

韩娜娜说：“有了消息你第一时间告诉我。”

许松连连答应着，韩娜娜又嘟囔了几句才挂了电话。

许松刚想把手机放进裤兜儿里，这时手机又响了。他原以为还是韩娜娜的，生气地掏出手机，就要发火，可是一看手机，发现竟是省师范大学教中国当代文学的周若祥教授打来的，周教授曾经教过他。

周教授问：“许松，你今年是否有意报考研究生？我觉得你是这方面的料，因为你上大学时就发表了很多当代文学的论文。”

许松知道周教授太爱惜人才了，但又不知道该怎么回答。于是只好说：

“周教授，我现在还在支教，还没有想好。”

周教授说：“如果你要报考的话，就一定报考我的研究生。”

许松说：“那是一定的，您是当代文学的权威。”

接着，周教授又问了许松支教的工作和生活情况，许松也非常关心周教授的身体健康，因为前几年，周教授曾经病倒过一次，周教授说他现在身体很好，每天都去体育馆锻炼身体，并嘱咐许松也要锻炼身体。

挂了电话之后，许松的心开始不平静起来，到底该不该考研究生呢？他不是没有想过这件事儿，今天周教授的话，让他心里的天平竟然开始悄悄倾向于考研究生了，原本昨晚他就有了想回归大学生活的冲动。

走过柳叶河的时候，许松有意停了一会儿，他俯下身子捧起水来洗了洗脸，顿时觉得清爽极了。

柳叶河里的鸭子成群结队地欢快地游来游去，河边很多女人在洗衣服，河滩上还晾着一些洗干净了的衣服和床单。

许松经过这些洗衣服的女人身旁的时候，有人跟他打招呼：“许老师！你干啥去啊？”

许松一看，张玉花正朝他笑着。

许松说：“哦，玉花大姐，你洗衣服啊！我去趟牛村。”

张玉花说：“那你慢点儿，那边的山道不好走。”

许松说：“没事儿，习惯了。”

然后许松就朝河对岸走去，刚到对岸，手机又响了两声。

许松掏出手机一看，原来是他的两个大学同学周小南和杨大军的问候语。他们都问他支教的生活如何，如果实在待不下去了，就卷铺盖回省城。

许松笑了笑，出于礼貌，分别给他们回了短信，说自己生活得很好，要他们放心。

其实，他们的日子也不比许松好到哪里去，周小南至今还在省城打工，没有固定职业，当初让他来支教，他死活不肯，说即使在省城做乞丐，也不来支教。杨大军情况略好一点，在周教授的帮助下，进了省作协的刊物《苍山》杂志社，不过，不是正式编制，而是做了一名长期聘用的合同工。杂志社根本不让他做责任编辑，他只能做校对，或者发发文件、打打开水、扫扫地、跑跑腿、为领导擦擦桌子之类的活儿，辛苦自不必说，每月的工资也少得可怜。

许松一路想着，一路走着。不觉中，就越过了山梁，来到了牛村小学。

等他推开集体办公室的时候，办公室里只有牛彩霞一个人，牛老师正在备课没有注意到许松的到来。

许松问："牛老师，亚非和小峰呢？"

牛彩霞转过身，见是许松，就笑着说："哦，许松，你来的真不巧，亚非和小峰去乡里为学生们买学习用品了，不过，他们中午就会回来，既然来了，你不妨在这里等一等。"

许松说："也行。"

许松看了看表，已近11点了，就决定等等他们，随即便给韩娜娜发了短信，说他中午可能回不去了。

许松没什么事可干，只好随便从办公桌上拿了本书来看，令他吃惊的是匡亚非的书桌上竟然摆着一本《新编硕士研究生入学考试英语辅导》，书外面还包着厚厚的牛皮纸皮儿，不翻开的话，还以为是别的书呢！许松闪过的第一个念头便是："匡亚非准备报考研究生了，他仍然想着尽早离开这个地方啊！"

匡亚非的办公桌旁边是杜小峰的书桌，杜小峰的书架上斜插着一本《国家公务员考试指导》，许松没有抽出来看，一切都非常清楚，原来杜小峰也有自己的打算。

此刻，许松不知道该怎么表达他的心情，只在心底呼出了两个字"人啊"！

32

匡亚非和杜小峰是下午 2 点才回到牛村小学的，他们随身带了很多学习用品，气喘吁吁，汗流浃背。

许松先是把他俩埋怨了一番，说："我等你们 3 个小时了，等待的滋味你们可知道？"

匡亚非说："你应该事先给我们打个电话的，可以换个时间再来。"

许松说："我就今天有点儿时间，再不来找你们，我就要愁闷死了。"

杜小峰说："不至于吧！我们的作家怎么会愁闷呢？"

杜小峰戏谑似的把许松称之为"作家"，还不就是因为他是中文系毕业，时不时地写点儿文章什么的？

许松说："我饿坏了，给我做点儿吃的吧！"

匡亚非说："这好办，我们也还没吃饭，咱们就将就着吃方便面吧，再加 3 个荷包蛋，行不行？"

许松说："行！"

匡亚非开始烧水了。许松很羡慕他们，人家烧的是蜂窝煤，方便极了，打开炉塞就能烧水。不像自己，整天烧柴火做饭，烟熏火燎的。

许松说："我这次来，是要搞清一件事的，希望你们能够告诉我。"

杜小峰说："有什么不能告诉你的，打个电话不就完了，还用得着这么翻山越岭、忍饥挨饿的？"

匡亚非接了一句："就是。"

许松说："明人不说暗话，我直话直说，庄勇到底发生了什么事儿？你们三番五次地找他，而且还有意躲着我和娜娜。"

听许松这么一问，匡亚非和杜小峰互相看了看，沉默了片刻。

最后，还是匡亚非先开了口："我说许松啊，真是个文人，心眼儿多，你想哪儿去了，我们找庄勇只不过是想聊聊天，涛涛的事儿，他心情不好，做朋友的，能不关心一下吗？"

"少蒙我！"许松生气了。

杜小峰抢过话茬儿，说："急什么？他还能有什么事儿？我们真的只是安慰他而已，仅此而已。"

许松心里一阵难过，他知道他们不想告诉他。看来，不给他们点儿颜色，他们是不会说的。许松正要大发脾气时，匡亚非已经把冒着热气的方便面端到了他面前。

许松把碗推向一边，说："你们不说实话，我就不吃！"

匡亚非把碗又推到许松面前，劝他："吃吧，知道你肚子早已唱起'空城计'了。"

许松绷着脸，不说话。匡亚非见他这般模样，立即朝杜小峰递了眼色，示意杜小峰接着劝。杜小峰拍了拍许松的肩膀，说："咱们同来支教的6个人中，就数你年龄最大，做大哥哥的怎么能像小孩似的拉长脸呢？"

许松不想跟他们继续磨嘴，说："要是把我当哥哥的话，就赶快告诉我！"

看他们仍旧不愿透露秘密。许松心想："可能是庄勇早已给他们下了死命令吧，绝对不能透露一点儿风声吧。庄勇也真是的，我跟你住一个房间都不告诉我，太不够朋友了，回去无论如何都要训他一顿，否则我心里难咽下这口怨气。"

时间一分一秒过去了，牛村小学马上就要上课了。许松依然没得到任何结果。突然间，他发疯似的大吼着："匡亚非！杜小峰！你们不配当我的朋友，我不想再见到你们！"吼完，便冲出了他们宿舍。

许松跑出去的时候，把校园里正在做游戏的孩子们都吓了一跳。

匡亚非和杜小峰紧跟着追了出来，许松很快跑向了山梁，蹲在一块儿石头上伤心地哭了起来。心中不是委屈，而是自尊心严重受挫。他觉得庄勇、匡亚非、杜小峰都没有把他当朋友，他何必这么作践自己乞求他们呢？他抹了把脸上的泪水，双手抱住了头。

匡亚非和杜小峰气喘吁吁地追上了许松。看到他的伤心，他们眼里也噙满了泪水。杜小峰用袖子揩了揩眼角，说："别难过了，许松，我们告诉你。"

刚说了一句，杜小峰便说不下去了，只是一个劲儿地抽搭着。

匡亚非抹了一把眼角的泪水，说："庄勇向我们借了钱，他奶奶已经是肺癌晚期。"后面的话，他说不下去了，蹲在草地上号啕大哭。

杜小峰继续揩着大把大把的泪水，说："庄勇不想告诉你和娜娜，害怕你们劝他回家，因为他身边还有一个受伤的涛涛需要他每天接送。"

顷刻间，许松觉得天旋地转，眼前一黑，就昏过去了。

许松醒来时，已经晚上 8 点多了。

现在，他正躺在南洼沟小学的宿舍里，床头的小闹钟"嘀嗒"地响个不停。他瞅瞅四周，静悄悄的，人都到哪里去了？

他感到喉咙干得难受，想喝点儿水。于是，翻身准备下床。可浑身软得像棉花一样，没有一点儿力气。他想伸手抓起床头的那个搪瓷小茶缸子，然而手怎么也不听使唤，一下子把缸子拨弄到地上去了，发出"哐当"一声响。

"怎么了？许松？"是韩娜娜的声音，随后便是韩娜娜急促的脚步声。

韩娜娜从隔壁跑来，推开门便问："许松，你醒了？"接下来，她便哭了。

许松问："我到底怎么了？"

韩娜娜边抽搭边说："你下午昏过去了，是亚非和小峰把你背回来的。"

许松又问："庄勇呢？"

韩娜娜说："庄勇去林医生家给你买药去了，刚走。"

许松接着问："亚非和小峰什么时候走的？"

韩娜娜说："他们把你背来后，就去喊林医生。林医生看过你之后，说没什么大事儿，只是受了刺激才昏过去的，安静地休息一会儿就会醒来的。

他让庄勇晚上到他家去取一些药来给你吃。亚非和小峰见你没什么大事儿，待了一会儿就回牛村了。”

韩娜娜递给许松一杯水，埋怨他：“你也真是的，可把我们都吓坏了。什么事儿能让你受这么大的刺激？按说你的心理素质是很好的。”

许松喝了口水，说：“这个世界太不公平了！”

韩娜娜说：“对你一个人不公平啊？看把你吓成这样。”

许松的眼前立刻便浮现出了庄勇那黯然的眼神，这个可怜的人自从来到这里支教，就一再遭受打击，不幸，为什么总是降临在他的身上？许松鼻涕一把泪一把地把庄勇的遭遇告诉了韩娜娜，韩娜娜听后大为震惊，紧接着就是失声痛哭。

庄勇买药回来，许松和韩娜娜都平静下来了。看到许松醒了，庄勇看起来很高兴。他把一些镇静和补充大脑营养的药放在床头，嘱咐许松按时服药。随后又说：“我明天到乡里去，你们需要买什么东西吗？”

许松和韩娜娜都知道庄勇到乡里去干什么，他到乡里无非就是到邮电所给他奶奶寄钱。怪不得，最近他经常往乡里跑，起初许松并不知道实情，等匡亚非和杜小峰告诉他一切时，他才如梦初醒。他实在忍不住了，说：“庄勇，别再瞒我们了！”

庄勇显得神色慌张，吞吞吐吐地说：“怎……怎么了？”

韩娜娜说：“我们都知道了。”

庄勇还想隐瞒。

许松朝他挥挥手，说：“亚非和小峰把一切都告诉了我，请你不要再这么隐瞒了。我们知道你心里有多苦，奶奶的病情要紧，你明天还是回家照顾奶奶吧！”

庄勇哭了，蹲在地上，说：“不！”

韩娜娜说：“听我们一次吧！明天你就回家。”

庄勇痛苦地摇摇头，不肯答应。

许松翻身下床，一不小心栽倒在地上，庄勇赶紧去扶他，许松挣脱了他的手，命令似的说："你明天必须回家，否则，我和娜娜永不再理你！"

庄勇把许松重新扶上了床，说："不是我不想回家，而是我回家后，涛涛该怎么办？谁来背他上学？"

许松说："我来背！"

庄勇又说："这是一个长期的负担，也不知道涛涛的腿什么时候能好。如果是一天两天的，你还可以替我背他，时间一长，你怎么受得了？"

韩娜娜说："我可以帮他。"

庄勇说："那就更不行了，从涛涛家到学校，山道弯弯，土坡和台阶那么多，我走路都有些吃力，你一个女孩家，我怎么忍心让你去背涛涛上学？"

"还有我呢！"门外传来了一个人的声音。

不知什么时候周小红已经站在了宿舍前，她已经来了一段时间了。她听到了他们的谈话，心里也是一阵难过，毕竟在一起工作了这么长时间，她太了解庄勇了，也敬佩庄勇的坚强。

大家怎么都没听到她的脚步声呢？这么多天来他们似乎忘记了周小红。在他们的印象中，他们说什么，周小红几乎都听不懂。她时常用羡慕的眼光看着他们，听他们讲大学里的趣事。说到精彩处时，她也跟着高兴，然后便是一阵沉默，红着眼圈向他们诉说她也应该上大学的。要是初中的时候能够像小玲一样好好学习，再坚持坚持，说不准她也能上高中考上大学，然而时光不会倒流，她最终还是回村了。

现在，周小红就站在这里，说："庄勇，你别担心，我在村里长大，脑子里知识不如你们，但体力比你们强，涛涛的事儿交给我吧！"

周小红的一句话，让庄勇倍感温暖。

望着大家热切的目光，庄勇终于点了点头，他背过脸，失声痛哭起来。

大家又都安慰了他一阵，许松说："坚强一点儿，奶奶需要你。"

庄勇抹了把脸上的泪水，说："奶奶现在医院里，远房的一个大伯在照顾着，我明天直接去医院。”

许松和韩娜娜都从身上掏出了这个月刚发的工资准备送给庄勇，让他渡过难关。庄勇说什么也不要，他们仍然是命令似的让他收下。本来周小红也打算资助一下庄勇的，大家都不同意，因为周小红作为一个代课教师，工资实在太少了，她还要补贴家用。庄勇对她说：“你能够帮我背涛涛上学，我已经非常感激了。”

周小红还想再争取一下，庄勇又一次拒绝了她。

庄勇又背过了脸，用胳膊袖揩了揩脸上的泪水，透过晶莹的泪花，他看到面前三个闪光的人影。

庄勇哽咽着说：“我的好朋友们……”

后面的话，他再也说不下去了。

紧接着，4个人拥抱在了一起。

33

高满堂知道了庄勇的事儿后，原本打算给庄勇500元钱的，但庄勇坚持没要，他知道高老师身体不好也需要钱。庄勇走的时候，高满堂把他送到山道上，刚好邮递员郑玉斌骑着摩托车过来了，高满堂就让郑玉斌把庄勇载上，庄勇坐上郑玉斌的摩托车的后座后，高满堂又嘱咐他到医院好好照顾奶奶，不用着急回来，庄勇朝他点点头，然后就泪眼蒙眬地挥手和高满堂告别了。

高满堂望着庄勇渐渐远去的背影，一股热泪涌出眼眶，他并没有马上回学校，而是坐在山道旁的一块石头上，看着不远处的柳叶河发呆。不知过了多长时间，手机响了，他掏出一看，发现是杨本昌打来的，他赶紧接通了电话。

高满堂说：“本昌！什么事儿呀？”

杨本昌说："满堂，你在哪儿？"

高满堂说："我在山道上，正准备回学校啊！"

杨本昌说："先别回了，你帮我个忙，去牛村一趟。"

高满堂问："你有急事儿啊？"

杨本昌说："昨天我遇到来乡里买学习用品的小峰和亚非，无意间听他们说，彩霞前天上课时晕倒了，我立即跟彩霞打电话，她说一点儿事没有，我觉得她故意不想让我知道的，你先去看看，到底怎么回事儿？"

高满堂听了，忍不住笑了，说："本昌，这是你表现的好机会啊，你得亲自去看看她。"

杨本昌说："满堂，你就别跟我开玩笑了，她要是能跟我说实话，我这不早跑去了吗？好了，你是知道我的。"

高满堂说："我就说嘛，你对她这么有意，为啥不往前走一步呢？"

杨本昌说："先不说这个了，你先去看看她。"

高满堂说："好吧！"

挂了电话之后，高满堂就朝牛村走去。

来到牛村小学后，高满堂把牛彩霞叫到学校外边的山道上，直接问起了牛彩霞晕倒的事儿。

牛彩霞一听就知道是杨本昌告诉他的，就说："是本昌让你来的吧？"

高满堂说："不是，是我自己来的，就是想来看看你。"

牛彩霞也不跟他多争执，说："满堂，我真没事儿，你放心吧！"

高满堂说："你也别骗我，晕倒可不是个小事儿。"

牛彩霞说："就是那天上课，我有点儿头晕，可能是晚上没睡好，也不是晕倒，只是趔趄了一下，很快就好了，你看我这不是好好的嘛！"

高满堂说："不管怎么说，咱都是上了年纪的人了，不能跟年轻人比，你多注意身体。"

牛彩霞说："你说的是哩！"

高满堂突然想借着这个机会提提她和杨本昌的事儿，就说："彩霞，我还想问问你，你和本昌能不能往前再走一步？"

这一问，牛彩霞不知道该怎么回答了。

高满堂说："我看这么多年了，你俩也都有这个意思，只是都不愿说出口。"

牛彩霞说："满堂，等等再说吧！"

高满堂叹了一口气，说："唉！你们都说等等，这等到啥时候啊？都一把年纪的人了。"

牛彩霞惆怅地望着远方的山峦，说不出话来，杨本昌的身影又浮现在她的眼前，那个拖着一条假腿的男人似乎正朝她走来。

后来，高满堂在离开牛村回南洼沟的山道上，就拨通了杨本昌的手机。

高满堂说："彩霞精神还好，你放心吧，我劝她多注意身体。"

杨本昌说："那就好。"

高满堂说："我还跟她提了提你们之间的事儿。"

听高满堂这么一说，杨本昌立刻埋怨起高满堂来："满堂，你做事儿太冒失了。"

高满堂说："我这不是为你们好吗？"

杨本昌说："你这么一说，彩霞会怎么看我呢？"

高满堂说："都一把年纪了，你有情她有意的事儿，还想那么多干吗？"

杨本昌说："我……"

没等杨本昌说完，高满堂就生气地挂了杨本昌的电话，自言自语："我是为你们着想，没想到还落你埋怨。"

过了一会儿，高满堂又觉得杨本昌也许有他的难言之隐，他也知道杨本昌的脾气，那年杨本昌为了救他，差点儿把命搭上，这样的人说几句埋怨的话又能怎么样呢？

高满堂顿时觉得自己太小家子气了，就又掏出手机给杨本昌打了个电话，两人毕竟是多年老同事了，杨本昌上来就说："满堂，你太小心眼儿了，竟敢挂我的电话。"

高满堂笑着说："别人的电话我不敢挂，就敢挂你杨主任的电话。"

杨本昌在电话里"呵呵"地笑了起来，说："老顽固，抽空儿我上你那儿喝两盅。"

高满堂说："你带酒，我陪菜。"

杨本昌说："你精着哩！"

说完，两人都笑了起来。

高满堂回到南洼沟小学时，村主任马学义正站在校园里张望，高满堂有些纳闷，马学义可是很少来学校的，今天怎么了？

马学义一见高满堂进了学校，就笑着说："满堂，你回来了！我等你老半天了。"

高满堂说："你可是稀客啊！往常没见你来过几次学校，今天是怎么想起来学校了？你有事儿？"

马学义说："还真有事儿。"

高满堂说："那进办公室说吧！"

高满堂和马学义进了办公室，正在上课的许松隔着教室的窗玻璃朝马学义的背影瞪了一眼，他早就看见马学义来到了学校，他故意不想搭理他，所以就没走出教室，估计韩娜娜也是这样想的。当时只有周小红出去和他说了几句话，因为他们是亲戚。

进了集体办公室，高满堂指着一把椅子对马学义说："坐，学义。"

马学义坐下后，说："你们办公室有些拥挤啊！记得以前地方很大啊！"

高满堂说："你有多久没来这个办公室了？以前就我和小红两个老师，现在增加了3个大学生，当然就显得挤了点儿。"

马学义说："哦！我都忘了这个了，他们工作都怎么样？"

高满堂说："都还不错。"

两个人闲聊了几句之后，马学义说明了来意：“满堂，我今天来是想求你办件事儿的。”

高满堂说：“你说啥话呢？什么叫求，你直接命令就是了，你说吧，我能帮肯定帮，帮不了再想别的法子。”

马学义说：“那我就直说了。”

马学义委婉地把他儿子马飞飞要结婚的事儿说了，他说自己家地方小，想占用学校的场地开酒席。

高满堂一听是这事儿，就说：“这个我做不了主啊，这得本昌说了算。”

马学义见高满堂没答应，立刻不高兴了，说：“这学校是村里的，还得本昌点头？”

高满堂说：“你不知道，本昌现在是乡教育办公室主任，他管着全乡所有的学校，他不点头谁敢点头？”

马学义说：“本昌这么大的官儿啊？”

高满堂说：“当然！”

马学义说：“那好，我找他说。”

马学义当即就拨通了杨本昌的手机，简单说明了想法，没想到杨本昌直接拒绝了。

马学义生气地说：“这点儿忙都不帮？你还是不是南洼沟人？”

杨本昌说：“不是我不帮你，上面有文件，禁止在学校从事其他与教育无关的活动，一经查出，后果自负。”

马学义说：“少跟我讲那些大道理，这山旮旯里，你不说谁知道？”

杨本昌说：“你大摆酒席，还能没人知道？”

马学义说：“少跟我说那些没用的，到底行不行吧？”

杨本昌说：“真不行。”

马学义骂：“好你个杨本昌，忘本的东西。”

随即就气呼呼地挂了电话，转身出了办公室的门，高满堂追出去喊他，他头也不回地出了学校大门。

下课后，许松、韩娜娜和周小红回到了办公室，高满堂把马学义想在学校开酒席被杨主任拒绝的事跟他们说了，许松听了暗自好笑，当着高满堂和周小红的面，他也不好意思说什么。

中午吃饭的时候，许松和韩娜娜笑了半天。

许松说：“马学义真是占便宜到家了，想在学校开酒席，亏他能想得出这馊主意，这也太腐败了。”

韩娜娜说：“杨主任做得对，这样的人就该被拒绝。”

他俩今天心情很好，连吃饭也吃了不少。

34

杜丽丽一个人倔强地在阳泉小学生活着，没有人陪伴。白天还好，学校里有崔明浩和董月莉以及学生们。一到晚上，面对空荡荡的校园，寂寞、痛苦、恐惧、焦虑便会接踵而至。每天傍晚，她早早就拴上学校破烂的大门，然后待在宿舍里不出来。睡觉时，除了把宿舍门反锁以外，还要拿一根木棍顶住。

为了减少对夜晚到来时的恐惧，她每天早早就上床，想一觉睡到天亮，度过那漫漫长夜。但是，越是想早点入睡，越是睡不着，越是睡不着，心里就越害怕。她不知道该怎么办才好，只好扭亮床头的台灯，看书。她随身带来的几部长篇小说都看过无数遍了，仍旧继续看。除了看书，她还会在被窝里给大学时的同学发短信、打电话。和她要好的几个朋友不是去了歌舞团，就是去了中学当音乐老师。大家都曾经劝过她早些结束支教回到省城，结果都被她婉言谢绝了。

或许，同学们并不知道她在这里遭遇的一切，谁也不会想到她已不再是过去那个生性活泼的杜丽丽了。她仍然爱唱歌，但现在她只能在讲台上唱给孩子们听了，舞台已成了她无法企及的梦想。她现在连这样的梦都没有权利去做。她不知道今后的人生该如何度过，她想她是不是应该永远地留在这片寂静的山坳里。三年转瞬即逝，跟她一同来支教的朋友们，终将会离开这里，她自己该走向哪里？外面的世界已不再属于她。想到动情处，她便揩揩脸上的泪水，她开始审视自己，原本有一张漂亮的脸蛋，原本应该站在色彩斑斓的舞台上，原本自己手里拿的不是课本而是话筒，原本应该有辉煌的未来……一切都永远地离她而去，并且一去不复返了。她并不后悔来支教，也不悔恨自己当时的选择。大山啊！你能理解我的心吗？这是她痛苦的时候常念叨的一句话。没有人知道她正躲在一个小小的山坳里哭泣，也没有人知道每天晚上陪伴她的只有那盏台灯，更没有人知道她在这漫漫长夜里是何等辗转难熬……

她想念亲人，每每跟妈妈打电话，眼泪分明在眼眶里打转，却说一切都好。妈妈说要来看她，她却说路途太遥远，不让妈妈操心。

唉！想点儿高兴的事儿吧！毕竟，她失去了美貌与舞台，她却拥有了坚毅和讲台。她心里想着，安慰着自己。

她猛然间想起了他，怎么想起他来了？早该把他忘了，如果不是翻开手中的小说掉出一张照片，她怎能想起他？泪水又涌出了眼眶，别擦，任凭晶莹的泪花顺着脸颊淌下。

他们已好长时间不联系了，不知道他现在过得怎么样？只知道大学毕业时他留在了省城的一所中学教书。为什么想起他呢？说不准人家早把她忘了。

时间啊！能够磨平一切的。

她忍不住又拿起了那张照片，英俊、帅气、满身才气，这样形容他再恰当不过了。哦！对了，照片后面还有一首诗，是他特意写给她的。她迫不及待地翻过来看：

赠丽丽

你是阳光，温暖我的心房。

我是春风，抚摸你的脸庞。

你不会伤感，因为有我的眷恋。

我不会孤独，因为有你的祝福。

你是天上最亮的星星，

伴我去远行，

我将给你永远的幸福和热情。

——夏子童

杜丽丽擦了擦眼泪，小诗末尾的署名“夏子童”一下子映入了她的眼帘，顿时，她又沉浸到大学时代美好的回忆当中去了。

大学时，夏子童是数学系的。在一次周末联谊会上，他和杜丽丽偶然认识了。后来，他便疯狂地追求杜丽丽，然而，杜丽丽却从没答应过做他的女朋友，他屡遭失败之后，心情一度很灰暗。毕业的时候，听说杜丽丽要去支教，他还不止一次做过她的思想工作。那时候，杜丽丽当然有自己的想法，怎么能听进他的劝告呢？

杜丽丽告别学校的时候，夏子童没去送她，只是托人给她捎来一张照片，并附上一首爱情诗，意思是别忘了他。杜丽丽当时想都没想就把照片夹在了一本书中，没有给夏子童送任何礼物就迈着坚定的步伐支教来了。刚来到方山乡时，杜丽丽还能接到夏子童的电话或短信，但杜丽丽通常都不给夏子童回复。时间久了，夏子童的电话越来越少，甚至连个短信都不再发了。他们彼此渐渐失去了联系。因为双方没有了任何联系，所以远在省城的夏子童不了解这里的杜丽丽的生活，同样，杜丽丽也不可能知道夏子童的消息。

杜丽丽当时看不上夏子童是有她的原因的。夏子童虽然才华横溢，人长得也英俊潇洒，但来自农村，所以举手投足都显得不合大城市的节拍，而且有时还多少有点儿农村人的俗气。杜丽丽就不一样了，她梦想着自己有一天能站在舞台上成为明星，做一个公众人物，如果将来真有那么一天，夏子童的农村身份就太与她不合拍了，说不准会被歌迷耻笑的，肯定会影响到她的前途。所以，杜丽丽根本没有从心底里接受过夏子童。夏子童尽管做了很多努力，包括给她送花、送礼品，为她买饭等等，但都不曾感动她。

回忆是美好的，也是痛苦的。想到这些，杜丽丽的心里就涌现出太多的愧疚，她觉得太对不住夏子童了。如今，她早已不是大学时期的那个杜丽丽了，岁月的磨炼已经把她磨成了一个标准的乡村教师，而且命运又曾给她开了个不小的玩笑，让她做明星的梦想彻底破灭。这一切要是让夏子童知道了，他该会怎么看待她呢？同情？嘲笑？

“肯定会嘲笑的，因为我曾经对他是那么冷漠。不，他不会嘲笑我的，他肯定会尽心地安慰我的。”杜丽丽胡乱地这么想着，胡乱地拨弄着那张看了无数遍的照片。

杜丽丽重新又回到现实中来了，她回忆这些事干吗？夏子童现在有人家自己的生活，她也有自己的生活。

不知为什么，她竟摸出了手机，想从手机里查找什么？

打开手机，寻找，天哪！夏子童的手机号还保存在她的手机里，这么长时间从没使用过这个号，不知道夏子童是否还保留着她的手机号，说不准他一气之下把她的号删掉了。她有点儿口渴，想喝口水，不巧，暖壶里没有一点儿水了，今晚做过饭之后，忘了再烧一壶水了。唉！这叫什么生活啊！

不知什么时候，窗外起夜风了，吹得窗棂“沙沙”响，远处偶尔还传来一两声野虫的鸣叫声。寂静的夜晚啊！连一丁点儿的声音都听得那么清晰。

杜丽丽重新躺下，想平静一下波涛汹涌的心情。越是想平静，就越不平静，还是不断地胡思乱想。她随手关掉台灯，什么照亮了她的眼睛？哦！月光！月亮早升上了东半边的天空，银色的月光洒向了窗户上，屋里也亮堂了，怪不得，眼前也有了光亮！

夜确实很深了，还是睡吧！明天还有好多工作要做呢！

杜丽丽把被子拉了拉，盖好全身，心里涌起一阵感慨：人啊！应该活到现实中！

35

又是崭新的一天，阳光温暖地洒在阳泉小学西边那一排教室的墙上。当初选校址时，就是为了能够选一个向阳的地方才把学校选到这里的。每天阳光最先照到阳泉小学，又是最晚离开阳泉小学，所以村里上了年纪的人，总爱到这个地方来晒晒太阳，为了不影响孩子们上课，老人们往往聚集在校门外的土坡上，离家近的随手带一个小板凳，离家远的拿一个草垫子之类的东西。老人们在谈笑中，经常是就某一个话题展开，说说村里的新鲜事；说说谁家的媳妇孝顺，当然也批评某些女人的霸道与蛮不讲理；还会谈谈谁家的孩子学习好，为爹娘争了光……这其中也偶尔包括悄悄说一说杜丽丽。大家说的最多的就是这姑娘真不容易，书教得也好。要是谁家的孩子能找这姑娘做媳妇，是上辈子烧了高香。赞扬者居多，说着说着，有人就同情起杜丽丽来。不指别的，当然直指杜丽丽脸上那道疤。有老人抹一把眼泪说："这姑娘太可惜了，这么俊的脸蛋上偏偏留个疤，唉！好人怎就没好报呢？但愿这姑娘将来能享福啊！"

杜丽丽偶尔也能听到这些议论，她知道老人们都在为她着想，为此，她心里十分感激这些老人，说明她还不曾被这个世界抛弃，大家都还记得她。她想："既然大家都还记得我，说明我还有存在的价值！"

杜丽丽想到这里，浑身便有了无穷的力量。因为是星期天，她便出了宿舍，准备到校门外去。她的步伐都变得轻盈了。老人们跟她打着招呼，不喊她"杜老师"，纷纷喊她"闺女""姑娘""孩子"。杜丽丽不但不觉得有什么不妥，反而觉得非常亲切。她也热情地跟老人们打着招呼。

很快，杜丽丽便上了学校后边的山道，她想到"忘忧石"上坐一会儿。山道并不好走，但杜丽丽却走得如此轻松，她早已习惯了这条山道。自从来到阳泉小学，她不知走过多少次这条山道，更不知多少次来到“忘忧石”。她爱这条山道，更爱“忘忧石”。

等她来到“忘忧石”，一屁股坐在上面时，心情豁然开朗。整个山坳尽收眼底，春意浓浓，阳光是如此明媚；天空是如此湛蓝；花草是如此清香；牛羊是如此活泼……大自然的一切都是如此欣欣向荣。

杜丽丽眼眶湿润了，透过晶莹的泪花，她看到了一个色彩斑斓的世界。

春天的阳光啊！你带给了我光明和温暖。

杜丽丽不顾女孩的羞涩，在春天的山野里放声歌唱。

这美妙的歌声在山坳里久久回荡，一群鸽子飞过山坳，向山岗上飞去了。

不知什么时候，范海强从灌木丛里探出个头，他听到了杜丽丽的歌声，循着歌声寻找杜丽丽。他远远地看见了杜丽丽，就朝杜丽丽的方向走来。

杜丽丽还在忘情地歌唱，以至于范海强来到她身边时，她竟全然不知，一曲唱完，直到范海强在一旁鼓起了掌，她才看见范海强拿着个镰刀靠在不远处的一棵小树上正朝她微笑呢！

范海强说：“丽丽，你唱得真好听。”

杜丽丽说：“海强，你怎么也在这儿？”

范海强说：“我在山坳里砍柴，听到你唱歌，我就过来了，你接着唱啊！”

杜丽丽说：“不唱了，唱再多的歌儿也没人欣赏。”

范海强说：“丽丽，我没你文化高，你说的很多话我也听不懂，但我就想听你唱歌，我觉得你比电视里的那些歌星都唱得好。”

杜丽丽叹了口气，说：“唉！你不要安慰我了，我这个样子怎么能跟歌星比呢？我现在连一般的女孩儿都不能比的。”

范海强说：“别说这个了，我知道你心里苦，大道理我也不会讲，就是觉得人活着只要自己感到幸福就好，不要在意别人怎么看。”

杜丽丽惊讶地看了看范海强，她没想到范海强竟然会这样说，他没念过多少书，但说的话却句句在理。于是，杜丽丽忍不住说：“海强，没想到你还懂这么多道理哩。”

范海强说：“什么道理不道理的，就是觉得把日子过好比啥都强，我知道你迟早是要离开这里的，你将来到了大城市也要把日子过好。”

杜丽丽眼眶又湿润了，说：“谢谢你，海强。”

范海强说：“别说谢了，都是好朋友了。”

这时，杜丽丽的手机响了，她掏出手机一看是常平打来的，接通电话，常平的第一句话就是：“丽丽，我来看你了，就在你们学校门口，你在哪里？”

杜丽丽说：“我在山里，马上就回去。”

挂了电话，杜丽丽对范海强说：“我得回去了，有个朋友来找我。”

范海强说：“正好，咱们一块儿回吧，我也要回家了。”

说着，范海强就朝前走。

杜丽丽说：“你不去背你的柴？”

范海强说：“下午再背吧！”

两个人就相跟着回村了，走过村道的时候，有人在他们背后指指点点议论着什么。

他们很快来到了阳泉小学的大门口，常平正坐在旁边的石墩上看手机，杜丽丽喊：“常平！常平！”

常平抬起头，看到了杜丽丽和范海强，心里顿时有些不舒服。

杜丽丽很快向常平介绍了范海强，当然也把范海强向常平做了介绍。

出于礼貌，常平和范海强握了握手。

范海强说自己还有事儿就离开了，离开的时候，心里掠过一丝失落的感觉，他悄悄回头看了看，杜丽丽和常平已经进了学校大门。

一进校门，常平就问：“丽丽，刚才那个范海强怎么跟你在一起？”

杜丽丽说："我去山坳里玩儿，他在山里砍柴，碰巧遇上了。"

常平说："你以后不要跟他有太多来往了。"

杜丽丽奇怪地看着常平，问："你为什么这样说？"

常平说："也没什么，就是觉得你们不是一路人，他又没什么文化。"

杜丽丽有些生气了，说："常平，你不能用这种眼光看人，海强其实是个很好的人。"

常平说："他再好也是村里的，而你是个教师，你们的起点都不一样的。"

杜丽丽说："常平，你今天怎么了？和以前不一样啊，你在说什么哩？"

常平急红了脸，说："你怎么还不明白？那我就直说了，你和范海强不合适的，你们在一起会惹人笑话的。"

杜丽丽明白了常平的意思，感到可笑，就说："你想哪儿去了？什么合适不合适的？又不是谈对象。"

常平说："我就是担心你和他谈对象哩！"

杜丽丽说："我谁都不谈。"

常平听杜丽丽这么一说，更着急了，说："你得谈，但不要跟他谈。"

杜丽丽说："好了，常平，你的意思我明白了。"

常平说："其实我今天来是想……"

没等常平说完，杜丽丽立即打断了他的话："别说了，我知道你要说什么，我现在这个样子，脸又受伤了……"

杜丽丽也是没说完，常平就打断了她的话："我不在意的。"

杜丽丽说："我知道你给了我很多帮助，我很感激你哩，可是，我真的还不想想这些事儿，估计很长一段时间都不会想。"

常平说："我可以等。"

杜丽丽苦笑了一下，摇了摇头，说："常平，今天不谈这个了，你想吃点儿什么？我给你做。"

常平听出了杜丽丽的意思，他也觉得自己今天说得有点儿过头了，只好说："我什么也不吃了，我得回去了。"

说着，常平就从背包里掏出一个包装精美的盒子，递给杜丽丽，说："你生日到了，送给你的礼物。"

杜丽丽这才想起今天是她的生日，她接过礼物，心想："常平怎么知道的？哦，也许是他看过她的身份证，就记下了，他可真是个有心人。"

想到这儿，杜丽丽有些不好意思了，常平大老远跑来了，却被她"训"了一顿。但又一想，他今天的确有些过分了，他真的不应该看不起人家范海强，也不应该对她说那些话，但不管怎么说吧，他也不是坏人，这件事儿就到此为止吧！朋友还是要做下去的。

常平很快就离开了阳泉小学，杜丽丽打开了盒子，发现是一个小小的布娃娃，旁边还附着一张纸条——

丽丽：

生日快乐！我喜欢你！我们在一起吧！

常平

杜丽丽看了看纸条，心情很平静，她向山道望了望，常平已经走远了。杜丽丽抬头望了一眼天空，长长吐了一口气。

36

转眼间，庄勇已经走了10多天了。10多天里，他给许松打过两次电话。一次是说让许松多照顾一下涛涛；另一次是说他会尽早返回南洼沟的。许松说让他放心，一定要照顾好奶奶，如果钱不够的话，大家都可以帮他，庄勇说如果需要的话一定会向大家张口的。

许松早上把涛涛背到学校来，放学时再由周小红背回家。涛涛的家离周小红家并不远。许松想一个人承担涛涛的事儿，每到放学时总想说服周小红让他去送涛涛回家，但每次都被周小红拒绝了。许松觉得她一个女孩背涛涛多少有些吃力，周小红却说她有的是力气，再说还可以锻炼一下身体。许松深表谢意，周小红却跟许松开玩笑似的说："倒是你，让人放心不下。"

许松眉头一皱，说："为什么？"

周小红说："你看你那身板，一阵风就能把你吹倒，我真担心你背着涛涛从山道上滚下去。"

许松说："别说得那么不吉利嘛！"

周小红说："大学生能有多少力气？我看，掰手腕，你不一定能战胜我。"

许松说："那咱就试试呗！"

周小红立刻伸出了手，许松也伸出了手，他们掰开了。没想到，周小红的力气的确不小，许松真是小瞧她了。眼看许松就要失败了，不知为什么，周小红却松开了手，说："我看算了吧，咱俩不分胜负。"

许松知道周小红是故意这么做的，生怕丢了他的面子，一个大男人竟败在一个女孩手下。其实，许松并不在乎的。

掰完手腕，周小红背起涛涛就走了。出校门时，还不忘提醒许松："许松，咱们以后再开战啊！"说完，就是一阵爽朗的笑声。

然而，第二天，周小红就出现了意外，她没有来上班。周小红没有跟任何人打招呼，连高满堂也不清楚周小红为什么没来。许松想着，昨天放学时，周小红还跟他开过玩笑呢！看样子没有出事儿的前兆啊！

下午，周小红来了。两眼肿得像两颗核桃，显然，她哭了好长时间。大家都不敢上前问她，害怕说错一句话会挫伤她的心，可又都想知道短短一个晚上，周小红身上到底发生了什么事儿。她满脸的憔悴，一进办公室，就趴在了她的办公桌上，不跟任何人说话。

许松朝韩娜娜递了眼色，示意她上去劝劝周小红。

韩娜娜走到周小红身边，轻轻拍了拍周小红的脊背，说："小红，怎么了？”

周小红抽搭着，也不抬头。

韩娜娜说：“有什么话说出来也许会好一点儿。”

周小红仍旧是不抬头，也不说话，只是抽搭得更厉害了。看得出，她伤透了心，要不，她不会一下子成这个样子，原本她是一个非常活泼的姑娘。

许松实在憋不住了，说：“小红，你有什么事儿就说出来，或许我们还可以为你想想办法哩！”

一直在旁边批改作业的高满堂也这么劝周小红。

周小红这才抬起头，鼻涕一把泪一把地说：“我教不成书了。”

大家异口同声地问：“为什么？”

周小红哭着说：“村主任让我教到这个月底，说村里最近经济太紧张，连村干部的工资都发不了，我一个代课教师，根本没钱再供应我了。”

韩娜娜当即说：“许松，咱找马学义去。”

周小红说：“没用的，村主任在村里是说一句算一句的，谁也改变不了他的话。他的话对南洼沟人来说就是圣旨。况且，也有先例，在我之前，也曾有代课老师就是这样离开的。”

韩娜娜骂了一句：“马学义不是人！”

许松朝门外啐了一口浓痰，接着骂：“马学义真混蛋！”

高满堂说：“骂也没用的，马学义就那德行。”

尽管不抱希望，但许松和韩娜娜并没有死心。傍晚，他们敲开了马学义家的门。一走进他家，他们都傻了眼，在这么贫瘠的大山深处，竟然有这么富裕的家庭。走进屋里，所有时兴的家用电器几乎都可以在马学义家看到，更加令他们感到不可思议的是，马学义家里居然有一台电脑。马学义的老婆似乎感觉到他们注意到了电脑，忙说：“这电脑是孩子他表弟的，他表弟在外地上大学，人家现在有了新的电脑，就把这台旧的送给我们家了，其实我们用处也不大，在这儿纯粹是个摆设。”说完，还看了许松和韩娜娜一眼，接着说："看，都破成这样了。"

许松却觉得这是一台新电脑，顿时，就觉得马学义老婆太不诚恳，也不能怪她，主要是马学义的原因。不过，她还算热情，也许是怕他们出去张扬她家的富裕吧。她麻利地为许松和韩娜娜倒了两杯开水，招呼他俩坐在她家松软的沙发上。

许松问："村主任呢？"

马学义老婆说："一整天都见不着他人影，忙得很，不光处理村里人的家务事，还得忙村里的建设，50 岁的人就累成个老头了。这还不说，我们自家的事儿，他连问都不问，全指望我一个人张罗。他就这么天天泡在村委会，累死累活的不说，村里人还不满意。"

韩娜娜有点儿讨厌马学义老婆，她太能说了，也太会说话了，话中带着太多的虚伪，于是，就对许松说："许松，既然村主任不在家，咱们就走吧，明天再来。"

马学义老婆忙笑着说："两位老师怕是有什么事儿吧？要不要让我给他捎个话？也省得你们来回跑了，这山道也不太好走，怕磨了你们的脚。"

许松说："一两句话说不清楚，我们还是改天再来找村主任说吧。"

马学义老婆说："那也行。"

这时，韩娜娜已经迫不及待地走出了马学义家的屋子。随后，许松也出了门，马学义老婆把他们送到了大门口。他们都走了好远了，她还在后面说："慢走啊！常来家里坐。"

许松和韩娜娜很快便走上了通往学校的山道，远处的村子传来一两声狗叫声。他们并没有直接回学校去，而是绕道又去了趟周小红家。

周小红今晚早早就上床休息了，她的心情极度郁闷，尽管知道这一天迟早会来到，但没想到来得这么快，她原本想打电话把这件事儿告诉郑玉斌，但后来想了想，她觉得郑玉斌也帮不了她，反而会让郑玉斌担心她，就想过几天再慢慢告诉他。

看到许松和韩娜娜来了，周小红下了床，朝里屋喊：“爸、妈，我同事来了，给我们拿点儿吃的。”。

周玉生和马爱兰一边跟许松和韩娜娜打招呼一边端来了一盘花生，大家围坐在桌子旁边吃花生边聊，周小红还是很伤心，一直愁眉不展。

许松说：“小红，你也别难过，我和娜娜刚才去找村主任了，他不在家，等我们找到他，再问问情况。”

韩娜娜说：“看还有没有转机，事儿是死的，但人是活的，说不准还有希望哩！”

周小红说：“谢谢你们了，不过，找他也没用的。”

周玉生说：“不让咱教咱能有啥办法？南洼沟还不是他马学义一个人说了算？”

马爱兰说：“学义哥不是说村里现在缺钱吗？”

周玉生瞪了马爱兰一眼，说：“缺钱？鬼才信哩！你就会为你那不知远了多少辈的本家哥哥打圆场，你瞅瞅他家那摆设，明眼人谁看不出来，他一年到头才能挣几个钱？还不都是贪污大伙儿的。”

马爱兰说：“再远我和学义也是一个老祖宗，你说话能不能小点儿声，生怕别人听不到，是不是？”

周玉生说：“我就是让他听到，说得可好听哩，要照顾自己人，照顾到最后，让小红直接回家了，什么本家亲戚呀！我看，连个街坊邻居都不如。”

周玉生和马爱兰你一言我一语地抬起了杠，许松和韩娜娜深表理解，毕竟，马爱兰和马学义是本家，沾亲带故的，马爱兰也不好意思说马学义的不是，但周玉生就不一样了，他跟马学义又没有什么关系，发几句牢骚完全说得过去。

许松和韩娜娜对周小红一家人都是有感情的，周玉生和马爱兰像对待亲人般对待许松和韩娜娜。他们刚来南洼沟时，韩娜娜没地方住，就住在周小红家。许松也经常来辅导周小红中文专业的一些课程，周玉生和马爱兰就时不时地留许松在家吃饭，有时候做了什么好吃的还让小红带到学校里去。

夜已渐渐深了，许松和韩娜娜临回学校时，许松安慰周小红说："我们再想想别的办法。"

第二天，周小红一回到学校就开始收拾她的东西了，她说反正迟早要离开学校的，索性就先把东西往家里搬吧。其实，也没什么东西往家搬，无非就是一些书籍，这些书籍是她几年来积攒下来的。她是一个爱读书的女孩，每次到乡里或城里，她总要买一些书回来，她觉得自己读的书太少了，想找回失去的时光。毕竟，基础太差，需要学习的东西太多，加之条件不允许，她的很多书都没有细细读过，有的还很新。除了买书读书之外，她还做了很多有启发性的教具，她说这些教具就不带走了，留给学校做个纪念吧！

许松看到周小红收拾自己的东西，心里很不是滋味，就问："你以后有什么打算？"

周小红说："我想出去打工，不想待在这山沟里虚度时光了。"

韩娜娜说："外面的世界并不像你想的那样美好。"

许松说："我们不就是从外面来到这里的吗？"

韩娜娜说："我不是故意打击你的积极性，像我和许松还有庄勇都是大学毕业，我们在外面尚不能找不到自己的立足之地，才索性来到这大山沟里支教，你没有什么学历，又是从山沟里出去的，要想到外面的大世界去寻觅理想，谈何容易？"

周小红说："那该怎么办呢？我总不能就这么回到家，跟爸爸妈妈一块儿上山下地吧，过几年，我就真成个农村妇女了。如果这样的话，我这辈子不就完了吗？"说完，竟又哭了起来。

许松赶忙劝她："别难过，我们争取让你留下来继续教书。"

周小红睁大了眼睛望着许松，一句话也说不出来，似乎不相信自己的耳朵。但她马上就回到现实中了，说："还能有什么办法呢？村主任是个说一不二的人，他既然说出了那样的话，就不会再改变的。"

韩娜娜说："你别担心，天无绝人之路。"

晚上，许松和韩娜娜又走进了马学义的家。今天，马学义不忙，刚好在家里看电视，一见他们进来了，忙说："两位老师，稀客啊！"

许松说："昨天我们就来过，你不在家。"

马学义老婆在一旁插嘴："是啊！昨晚上他们来找过你的，看我这记性，忘了跟你说了，又让两位老师跑来找你，黑灯瞎火的。"

马学义说："你们是不是又没柴火烧了，没柴烧就动员孩子们到大山里捡。"

韩娜娜说："我们不是来找你要柴火的，主要是想来问你一件事儿。"

马学义说："说吧，有啥困难尽管提，我一定解决。"

马学义老婆也停下了手中的活儿，凑了过来，想听。马学义马上瞪了她一眼，说："我跟老师们说点儿事儿，你凑过来干啥哩？"

马学义老婆马上拉长了脸，噘着嘴回到了沙发上。

许松简单地把周小红的事儿跟他说了。

马学义"吧嗒"地抽了几口烟，说："你们不了解实际情况，村里经济太紧张，小红的工资通常由村里出，多一个人就多一份开支。不瞒你们说，不光小红的工资我们兑现不了，就连我们几个村干部，也有好几个月没开支了。你们说，我们给小红开不了支，她在学校教书还有啥奔头哩！她又不像你们一样，工资不用村里管，将来也有发展前途。她一个山里的孩子，教几年书还不是回家种地？迟早都是个回家，还不如早一天回家。"

马学义不愧为村主任，说起话来，头头是道，一套一套的。但许松和韩娜娜还是想为周小红争取一下最后的机会，他们心里明白，村里就是再没钱，也不差周小红那点儿可怜的工资。为什么早不辞退晚不辞退，偏偏在这个时候辞退周小红。肯定是因为前几天他想在学校摆酒席，杨主任没答应他，他这明显是趁机报复，因为高满堂是公办老师，他管不了代课老师的去留问题。还有就是他们3个支教老师的到来，马学义认为学校已不再缺老师，高满堂外加他们3个支教老师完全可以承担学校的教学任务，周小红就显得多余了。所以，为了为村里节省开支，很可能也是为他自己节约，辞退周小红就是理所当然的了。

想到这里，许松很生气，怒火胸中烧，马学义也真够聪明，如意算盘的确打得不错。但为了周小红能继续留下来教书，许松还是装着一副有求于他的样子，说："村主任，你看能不能再想想办法，让小红继续留下来教书？她一个女孩子，确实喜欢教书，如果一下子让她回家种地，她一时也难以接受。"

马学义说："怕不好办啊！你们的心情我都理解，可这是我们村里的事儿，你们也不了解这里的情况，无论谁来当村主任，都是一件非常棘手的事儿。为了全村人的利益，只能以大局为重，小红就不能继续教书了。"

韩娜娜单刀直入，说："如果将来我们离开这里了，学校就会缺老师，到时该怎么办呢？"

马学义说："到时再说呗！说不准新的支教老师又来了。"

看来，无法谈下去了，再谈下去还是这个结果。于是，许松和韩娜娜离开了马学义的家。

漆黑的山道上，许松和韩娜娜轮流骂起了马学义。

37

郑玉斌来到南洼沟小学送报纸的时候，已近傍晚，学校已经放学了，学校里只剩下许松和韩娜娜在做晚饭。

郑玉斌从摩托车上取下一摞报纸，喊："许松，你们学校的报纸。"

许松听到喊声，从宿舍出来，接过报纸，说："玉斌，今天怎么这么晚？"

郑玉斌说："去牛村小学送报纸，正巧碰上牛老师头晕得厉害，我就把她送到了乡卫生院，等我再回来时，天就晚了。”

许松问：“牛老师没什么事儿吧？”

郑玉斌说：“我也不太清楚，我把她送到乡卫生院时，杨主任已经等在那里了，杨主任说要给牛老师做个全面检查，让我先回来了。”

许松说：“你真是个热心人，没少帮助大家。”

郑玉斌：“也没啥，都是举手之劳，毕竟我有摩托车嘛！”

说着，他就骑上了摩托车准备走。

许松说：“要不来屋里坐会儿吧？”

郑玉斌说：“不了，天快黑了，我还得赶路。”

他转身启动了摩托车，突然又回过头来，说：“告诉小红，她的书差不多明天就到了。”

这时，韩娜娜从宿舍出来，说：“玉斌，你不知道小红的事儿吗？”

郑玉斌满脸惊讶，问：“什么事儿？”

韩娜娜就把周小红即将被辞退的事儿说了，郑玉斌听了，惊叫一声，没来得及向韩娜娜和许松告别，就骑着摩托车出了学校大门。

来到山道上，郑玉斌急忙拨通了周小红的电话。

周小红正在做晚饭，她边烧火边接电话。

郑玉斌说：“小红，这么大的事儿，你为什么不告诉我？”

周小红一听到郑玉斌的声音，立即就明白了郑玉斌已经知道了她将要被辞退的事儿，忍不住就抽搭起来，她刚说了个“玉斌”就说不下去了。

郑玉斌焦急地说：“你别哭，小红，要不，你出来一下吧，我就在你们村前的山道上。”

周小红说：“那你等我。”

周小红擦了擦眼泪，跟妈妈说了一声儿，就跑出去了。

来到山道上，郑玉斌站在摩托车前，关切地问：“小红，你别难过，有我哩！”

周小红一下子扑在郑玉斌的怀里，伤心地哭了起来。

郑玉斌拍着周小红的肩膀，说："没事儿的，大不了咱回家种地。"

周小红重新站好，情绪稍微稳定一下，说："我就是觉得有些不甘心。"

郑玉斌从衣袋儿里掏出一块儿手绢儿递给周小红，说："擦擦脸，看都哭成啥了。"

周小红边擦眼泪边说："一下子真要离开学校，说实话我还真舍不得。"

郑玉斌拉住周小红的手，说："咱再想想别的办法。"

周小红说："能有什么办法，我没了工作，估计你也不会跟我在一起了。"

郑玉斌说："你说什么话呢？我是那样的人吗？"

周小红说："你现在说得好，过不了多久，你就会嫌弃我的，倒不如……"

周小红的话还没说完，就被郑玉斌打断了："倒不如什么？你别瞎想了，这样吧，我明天到所里问问我们所长，看能不能在所里给你找个临时的工作。"

周小红立刻拒绝了，说："不用了。"

郑玉斌问："为什么？"

周小红说："干临时工，过不了多久还是被辞退，我还是想想别的办法吧，大不了回家跟我爸妈下地干活儿。"

郑玉斌说："你考虑考虑，干临时工总比下地干活儿强吧。"

周小红说："算了，我先想想吧！"

天完全黑了，山道上静悄悄的，远方的山坳里传来了一两声野鸟的叫声。

郑玉斌突然抱住了周小红，两个人忘情地吻了起来。

第二天，一回到乡邮电所，郑玉斌就找到了所长，看能不能在所里给周小红找个临时性的工作，所长得知周小红是郑玉斌的女朋友后，就说："所里的分拣员小李马上要生孩子了，正好缺一个分拣员，要不让小红临时来所里分拣邮件吧，再附带着给乡里的各个机关单位送报纸，当然工资不会太高，你看行不行？”

郑玉斌一听，激动地说：“谢谢所长。”

随后，郑玉斌就给周小红打了电话，告诉了她这个好消息，周小红先是感谢了郑玉斌一番，没想到最后她拒绝了。

郑玉斌生气地问：“为什么？”

周小红说：“我临时去你们所里工作，过不了多久，小李生完孩子就会回去上班，我就又没有工作了，想想算了，还不如不去。”

郑玉斌没有办法，他知道周小红的性格，强迫她去做一件事情肯定是不行的。于是，只好让周小红再考虑考虑，然后就挂了电话。

郑玉斌暂时不打算跟所长说周小红不愿意来干临时工的事，他想万一周小红又改变了主意呢，所以再等等，等周小红真不愿意来了，再对所长说也不晚。他整理好邮件塞进邮包后就骑着摩托车出了邮电所大门。刚出大门，就远远地看见杨本昌骑着摩托车载着牛彩霞过来了。

郑玉斌向他们打招呼：“杨主任！牛老师！”

杨本昌骑着摩托车来到了郑玉斌的身边，牛彩霞在后座上说：“玉斌！昨天谢谢你了。”

郑玉斌说：“不说这个了，牛老师，您好点儿没？”

牛彩霞说：“好多了……”

牛彩霞还没说完，杨本昌就插嘴对郑玉斌说：“啥好多了？你牛老师稍微好一点儿，就急着要回去工作。”

郑玉斌说：“怎么会头晕呢？没什么事儿吧？”

牛彩霞说：“没事儿。”

杨本昌说：“还说没事儿呢？差点儿要了命。每天累成那个样子，也不顾自己的身子。”

郑玉斌说：“牛老师，杨主任说得对，您一定要注意身体啊！头晕可不是个小事儿。”

杨本昌回头对后座上的牛彩霞说：“还是玉斌说得对，你得多注意身体。”

牛彩霞说：“好了，我都听你们的。”

杨本昌说：“这就对了。”

郑玉斌突然想说说周小红的事儿，他知道杨主任是方山乡各个学校的领导，万一杨主任有办法让周小红继续教书，岂不是更好吗？

于是，郑玉斌就说：“杨主任，有个事儿想跟您说说。”

杨本昌说：“你说，玉斌。”

郑玉斌说：“您也知道我和小红的关系，可是现在小红干不成老师了，村里说没钱给她发工资了，她很难过，我更难过。”

杨本昌说：“这个事儿我知道的，高老师跟我说过，这几天我忙没来得及去找马学义说这事儿，我今天趁着送牛老师回家的空儿，打算去找马学义说说。”

郑玉斌说：“谢谢杨主任啊！”

杨本昌说：“谢啥啊？还不知道马学义那老顽固肯不肯讲这个人情哩！”

郑玉斌说：“那也得谢谢您，有您这句话，我心里很温暖。”

杨本昌笑着说：“玉斌，不瞒你说，其实我早就知道你和小红好上了，将来我还想喝你和小红的喜酒呢！”

郑玉斌笑着说：“那是肯定啊！只要小红愿意跟我好下去。”

杨本昌说：“你得有信心才行。”

牛彩霞也对周玉斌说：“小红是个好姑娘，你一定得珍惜人家啊！”

郑玉斌说：“牛老师，您说得是哩！我一定能做到的。”

杨本昌说：“那就好！”

郑玉斌还要急着送邮件，就先走了，等他走了后，牛彩霞对杨本昌说：“本昌，你看，玉斌多好的一个孩子呀！”

杨本昌说："是哩！"

杨本昌把牛彩霞送到家，嘱咐她明天再去上课，但牛彩霞说："没事儿，我下午去学校看看。"

杨本昌立刻拉长了脸，说："你不要命了，医生说了，你这病就是劳累造成的，再加上你贫血，很容易头晕的，你在家休息休息又怎么了？"

牛彩霞说："没你想得那么严重。"

杨本昌说："你别犟了，你把身体保养好，我将来还指望你哩！"

牛彩霞当然知道杨本昌的话的含义，心里一阵温暖。

杨本昌又说："你照顾好自己，我到马学义家一趟。"说完就走了。

牛彩霞望着杨本昌远去的背影，一股热泪涌出了眼眶。

38

杨本昌来到马学义家时，马学义正坐在椅子上抽烟，一见杨本昌，立刻拉起了脸，他想起杨本昌前几天拒绝他借学校的地儿为儿子摆酒席的事儿就异常生气，现在根本不想搭理杨本昌。

杨本昌进门就说："学义，我有事儿找你。"

马学义也不给杨本昌让座，只是冷冷地说："有啥说吧！"

杨本昌说："我就直说了，你看小红的事儿能不能再商量商量？"

马学义说："本昌，我也跟你说实话，村里现在真没有多余的钱，别说小红了，就连我们几个村干部的工资都发不下去了。"

杨本昌说："小红这孩子也不错，都是咱看着长大的，你现在不让她教书了，她又能去干啥哩？"

马学义说："不是我驳你的面子，我是真的没有办法。"

杨本昌说："再想想办法吧！"

马学义说："我想不出来，你有能耐你自己想办法。"

杨本昌说："你怎么这么不讲人情呢？"

马学义"噌"地一下站起来，说："你讲人情，你要是讲人情就不会驳我的老脸了。"

杨本昌这才想起了前几天，马学义想在南洼沟小学为儿子摆酒席的事儿，他拒绝过马学义，马学义这是报复性地回绝他呢！

杨本昌说："你这是报复我呢！"

马学义说："我可没有，我只是实话实说。"

杨本昌急红了脸，说："马学义，你就是个犟骡子。"

马学义也喘着粗气说："杨本昌，你也不是根好葱。"

两个人你一言我一语的，马上要吵起来了，马学义老婆赶紧上前劝阻："学义、本昌，你俩都好好说话行不行？"

杨本昌说："今天看在嫂子的份上，我不跟你一般见识。"然后就跌跌撞撞地出了马学义的家。

马学义在后面喊："我还不跟你一般见识呢！你算老几？"

马学义老婆上前推了马学义一把，嚷着："你少说两句吧！"

马学义仍旧骂骂咧咧的。

杨本昌骑着摩托车来到山道上，越想越生气。他一生气，脑子就不听使唤了，手也开始发抖，连车把都扶不稳了，眼看着快骑到山道边了，他才猛地清醒过来，然而为时已晚，他骑着摩托车掉到山道下边去了。顺着山坡摔出去好远，摩托车滑到山沟里去了，他滚到山坡下的灌木丛中去了。幸好有灌木丛拦住了他，灌木丛的繁茂的枝叶减缓了他滚动的冲击力，等于间接保护了他，否则滚到下面的山沟里后果就不堪设想了。这时，他的意识还比较清醒，只是觉得全身疼痛难忍。他想喊一声，可是喊不出来，憋得难受。他想摸一下手机，手不听使唤，怎么也无法从衣袋儿里掏出来。

山道上传来了一阵摩托车声，杨本昌拼命喊，可声音却异常微弱，山道上的人怎么能听到呢？他只能痛苦地躺在灌木丛里，听天由命了。两行眼泪顺着脸颊淌下，和脸上的血水融合在一起。

不知过了多久，有两个放学的孩子路过这里，其中一个男孩说要到山道下去撒尿，然后他就下去了，刚下去，他就朝山道上的女孩喊：“丫丫，下面有辆摩托车。”

丫丫问：“谁的摩托车？”

男孩说：“不知道。”

丫丫说：“那你快点儿尿，尿完了咱去告诉高老师。”

男孩很快尿完了，爬上山道。两个孩子飞跑着告诉了正出校门的高满堂和周小红。

高满堂和周小红立刻按照两个孩子指点的方向，果然发现了摩托车，高满堂一看就哭了，说：“小红，这是杨主任的车。”

周小红一听吓坏了，说：“杨主任的车怎么会在这里？”

高满堂说：“估计杨主任滑坡了，咱现在得找到他。”

周小红惊叫一声。

高满堂紧接着就在附近喊：“本昌！本昌！”

周小红也跟着喊：“杨主任！杨主任！”

不远处的灌木丛里，杨本昌听到了高满堂和周小红的喊声，他答应着，但声音太微弱了，微弱得他自己似乎都听不见，全身不能动弹，难受极了。灌木丛茂盛的枝干把他隐藏得严严实实的。外边的人怎么会想到灌木丛中有个人呢？

高满堂说：“小红，给许松他们打电话，叫他们来帮忙找。”

周小红很快拨通了许松的电话并告诉了他们杨主任出事儿了。

许松和韩娜娜顾不上吃饭就赶来了，他们加入到了寻找杨本昌的队伍，可是一无所获，谁也没有注意到不远处的灌木丛。

焦急与紧张让每一个人都忘记了手机的存在，不知什么时候，韩娜娜才对大家说：“要不打打杨主任的手机试试？”

韩娜娜的一句话才使大家想起了给杨主任打电话，高满堂很快拨通了杨本昌的电话，灌木丛里传来手机的铃声，他们循着铃声，扒开灌木丛，才发现了血肉模糊的杨本昌。

瞬间，哭声、喊声响成一片。

高满堂把杨本昌抱在怀里，着急地问："本昌，你感觉怎么样？"

杨本昌用微弱的声音说："我……没……事。"说完，还朝大家笑了笑。

周小红哭着说："杨主任，您怎么会这样？"

杨本昌说："小红，好……孩子，是我……骑……摩托车……不小心……掉下来的。我……刚才……去找过……马学义，想……让你……留下来……教书，他……不同意，你……别……担心，过……几天……我再……去找找……他。"

周小红抹了一把脸上的泪水，说："您不要再去求他了，我知道您对我好，我宁愿回家劳动也不想让您在他面前低三下四。"

杨本昌的眼角淌下了两行热泪。

大家立刻就明白了杨主任出事儿的原因了，肯定是为了周小红的事儿，跟马学义吵架了，导致注意力不集中而滑落山道的。

周小红愧疚地说："都是因为我，您才会这样的。"

杨本昌微笑着摇了摇头。

许松和韩娜娜眼里都含满了泪水，他们一方面怨恨马学义，一方面被杨主任感动着。

高满堂对大家说："目前最紧要的是送杨主任去卫生院。"

周小红说："我给玉斌打电话，让他来接杨主任。"

郑玉斌骑着摩托车赶来的时候，杨本昌已经被许松背到了山道上，郑玉斌很快把杨本昌扶到摩托车后座上，他担心杨主任半路会滑下摩托车，就让许松也跟着去。许松挤在了摩托车的后座上，郑玉斌在最前面驾驶，杨本昌刚好被许松和郑玉斌一前一后夹在中间，这样一来就不容易滑下摩托车了。

杨本昌身上的血迹也沾染到了许松和郑玉斌身上了，他们都顾不得想这些了，救人要紧，摩托车飞一般朝乡卫生院跑去。

在许松和郑玉斌的帮助下，杨本昌很快做了全面检查，还好，都是皮外伤，没什么大碍，王大夫给他清洗了伤口，用纱布包裹了他身上的很多地方。

一切处理完之后，王大夫又叮嘱杨本昌需要在卫生院打吊针观察几天。

杨本昌渐渐恢复了一些体力之后，就劝许松和郑玉斌走了。

许松回到南洼沟小学后，把杨本昌的情况告诉了大家，大家才都舒了一口气。

高满堂去村里找了几个小伙子，把杨本昌的摩托车先弄到了南洼沟小学，其中有个小伙子试了试，摩托车没有问题，只是车身蹭掉了一些漆。

晚上，高满堂就把杨本昌的事儿告诉了牛彩霞，尽管高满堂一再说杨本昌没什么大碍，但牛彩霞还是担心得要命，她几乎都等不到天亮了，就匆匆赶到了乡卫生院，一进病房，看到杨本昌，眼泪就涌了出来。她一边给杨本昌擦脸上的血迹，一边埋怨他：“啥大不了的事儿也值得你这么操心，差点儿把命搭进去，我可告诉你，我将来还指望你呢！”

一句话把杨本昌说得热泪盈眶。时间还没超过 24 小时，两个人在不同的地方就说了两次同一句话。昨天杨本昌是对生病的牛彩霞说的，今天却是牛彩霞对出事的杨本昌说的。

牛彩霞在乡卫生院照顾了杨本昌两天，杨本昌硬让她回去了，因为他已经能下地了。

杨本昌继续留在卫生院治疗，他突然间非常想念儿子杨晨，但也不敢把这件事儿告诉杨晨，他知道杨晨马上要参加高考了，他不想让儿子分心。想念儿子的时候，他就悄悄拿出儿子的照片来看，看着看着就泪眼模糊了，他把目光投向了窗外，远方的天空飞过一群白鸽。

39

杨晨已经很多天没有见到爸爸了，以前爸爸每隔一段时间都会按时来给他送生活费，这几天，他快没钱了，爸爸还没有来。他用班主任的手机给爸爸打了电话，爸爸说很快就会给他送钱，让他再等等。但爸爸说话支支吾吾的样子，让他有些猜疑，他想："难道是爸爸有什么事瞒着我？"

星期天的时候，杨晨决定回家看看爸爸，不，确切说应该去乡教育办公室看看爸爸，因为他通常是住在那里的。

杨晨下了公共汽车就直奔乡教育办公室大院，奇怪！爸爸的摩托车没在院子里，难道爸爸又去各个小学检查工作了？

没有找到爸爸，杨晨转身出了乡教育办公室的大院，来到了外边的公路上，公路上也没几个人，时不时会有辆车驶过，或者一两个骑摩托车和自行车的。他想去乡中学看看，看看爸爸是不是在那里。他曾在那里上过初中，说不准还可以遇到认识的老师打听一下。

正想着这些的时候，有人喊他："小晨！"

杨晨回头看时，见是郑玉斌骑着摩托车过来了。

郑玉斌停下摩托车，问："小晨，你怎么在这儿？"

杨晨说："我找我爸爸，他不在。"

郑玉斌说："你爸爸……"

郑玉斌没敢继续说下去，他生怕杨晨难过。

杨晨着急地问："我爸爸怎么了？"

郑玉斌故作镇静，笑了笑，说："没事儿！"

杨晨说："到底怎么了？玉斌哥，你就告诉我呗！"

郑玉斌看杨晨快急哭了，就说："你爸爸在卫生院呢！"

杨晨一把抓住了郑玉斌的手，紧张地问："我爸爸该不会是生病了吧？"

郑玉斌就把杨本昌滑落山道的事儿告诉了杨晨，杨晨当场就哭了。

郑玉斌拍拍杨晨的肩膀，说："小晨，医生检查过了，说是皮外伤，不碍事儿的，你别担心，待会儿你看到爸爸时，你要表现得坚强点儿，不能让他难过。"

杨晨朝郑玉斌点了点头。

他们在公路上分别之后，杨晨径直去了乡卫生院。

见到爸爸的一瞬间，杨晨就已经是泣不成声了，杨本昌安慰儿子："小晨，爸爸这不是好好的嘛！"

杨晨抹了一把脸上的泪水，说："发生这么大的事儿，您为什么不告诉我？"

杨本昌说："不告诉你是因为真的没啥大事儿，都是皮外伤，过几天就会好的，再说了，你快高考了，我不想让你分心。"

杨晨说："什么没事儿，都差点儿没命了。"

杨本昌说："没有你想得那么严重，我像你这么大的时候也从山道上滑落过，那次比这要厉害得多，这不现在也好好的。"

杨晨说："爸爸，您别说这些话了，都这么大岁数的人了，也不顾自己的身体，还这么拼命。"

杨晨的这句话，让杨本昌眼眶湿润了，但心里是温暖的。是啊！小晨长大了，再不是那个调皮的小男孩了，马上就要成为一名大学生了。

杨本昌不想让杨晨难过，就主动转移了话题，问："小晨，就要高考了，你最近学习怎样？"

杨晨知道这是每次见到爸爸，爸爸必问的问题。

杨晨说："还好，最近的一次模拟考试，我考进了前 50 名，希望到高考的时候能发挥得更好一些。"

杨本昌说："爸爸以前都没有好好关心过你，你不要埋怨爸爸。"

杨晨说："爸爸，您说啥话呢？没有您，我能长这么大？"

杨本昌说："以前可能爸爸对你太严厉了，总想着让你向你小玲姐看齐，我现在想通了，你有多大力气就使多大劲儿。"

杨晨说："就是您不说，我也会自觉向小玲姐看齐的。"

杨本昌说："你姐和你阿姨一样都把你当作亲人看了，你将来一定要对她们好。"

杨晨说："那还用说吗？本来就应该对她们好嘛！"

杨本昌说："那爸爸就放心了！"

杨晨说："上周，我姐还给我寄来了好多复习资料，我姐就是我的目标，只是，我可能比不上她，考不上她那样的大学。"

杨本昌说："只要努力了对得起自己的心就行，你姐当年被一中拒之门外，伤透了心，她去了二中后，是下了决心一定要学出个样子来的。那3年，她付出得太多了，你阿姨说你姐都瘦了很多，所以才考上了清华。"

杨晨说："爸爸，不瞒您说，我以前就想着像我姐那样考个名牌大学，将来当个工程师什么的，但是，现在我改变看法了，我想将来像您和牛阿姨那样当个老师。"

杨本昌大为震惊，惊讶地看着儿子，他真的没想到儿子今天会这么说，儿子将来能当个老师，也是他的愿望。于是就说："你能这样想，爸爸很支持你哩！"

父子俩从没有像今天这样聊了这么多心里话，杨本昌感到非常欣慰，其实，小晨真的是个很懂事的孩子。他想起了，曹芳当年撇下他们父子去了省城之后，这么多年来，小晨从没在他面前提起过妈妈，他知道是小晨不愿让他伤心。

父子俩正说着话的时候，杨本昌的手机响了，是小玲从北京打来的。

接通电话，小玲第一句话就问："叔，您好些了没？"

杨本昌说："小玲，我好多了，过几天就出院啊！是你妈告诉你的吧？"

小玲说："是啊！我妈跟我说了您的事儿后，我当时就担心极了。"

杨本昌说："我没事儿的，小玲，放心吧！"

小玲说："叔，您一定要注意身体啊！"

杨本昌说："嗯，叔一定注意，你学习紧张也要注意锻炼身体。"

小玲笑着说："我每天都去跑步呢！我刚才在实验室做完实验，就去操场跑了两圈。"

杨本昌说："那就好！"

小玲说："叔，小晨马上就要高考了，别给他太大的压力，只要他尽力了就行，我觉得他一定能考上一个好大学的。"

杨本昌说："小晨就在我身边哩，要不，你跟他说几句吧！"

小玲兴奋地说："小晨回去看您了？"

杨本昌说："他今天休息，刚来一会儿。"

小玲说："那好，您把手机给他，我跟他说几句。"

杨本昌把手机递给了杨晨，然后姐弟俩就开始了通话。

杨晨说："姐！"

小玲在电话里鼓励杨晨："小晨，你要放平心态，越是快到高考了越要心情平静。"

杨晨说："我有时候总是静不下来。"

小玲说："那是因为有压力，这也很正常。在高考来临的时候，全国将近1000万高中毕业生人人都有压力的，你要学会给自己减压。"

杨晨说："你当年是怎么减压的？"

小玲说："我那时候，压力也很大，紧张的时候，我就看看喜欢的小说、跑跑步或者去看场电影等来缓解一下，当然更主要的是要学会自我调节，做好自己的心理疏导。"

杨晨说；"你说的是哩！"

小玲说："我觉得你一定能考出好成绩的。"

杨晨有些不好意思地说："但愿吧！"

小玲说："希望暑假过后你能和我一块儿来北京上大学，到时候，我帮你扛行李。"

说完，小玲在手机那头笑了。

杨晨说："姐，我知道你在鼓励我，可我还不知道能不能考到北京去？"

小玲说："你别多想，加油！我相信你。"

旁边的杨本昌听着姐弟俩的谈话，心情从来没有像今天这样舒畅过，多好的两个孩子啊！不是亲姐弟却比亲姐弟还亲。

小玲又和杨晨聊了很长时间才挂了电话，杨晨倍感鼓舞，他仿佛看到他真的和姐姐一块儿踏上了开往北京的列车。

杨晨当天就回学校去了，临走时嘱咐爸爸好好照顾自己，杨本昌塞给杨晨 500 元钱当生活费，杨晨只拿走了 200 元钱，他知道爸爸手里没有太多的钱。

一回到学校，杨晨就埋进了书堆里，接下来的一段日子，他知道对他来说意味着什么，他别无选择。

40

杜丽丽精神很好，几乎每天都要跑到"忘忧石"去，她喜欢这个地方，每当坐到这块带给她无限快乐的石头上时，所有的烦恼就会消失得无踪无影了。

几天来，她每每坐到"忘忧石"上，总会拿出夏子童那张照片来看。一看就会发呆，立刻就沉浸到遥远的回忆当中去了。她有时就想，当初自己"风光"时看不上夏子童，如今"落魄"（暂且可以这么说吧）了，却又时刻忘不了人家。想到这里，杜丽丽就有些愧疚，随即便在心底呼唤夏子童的名字。看完照片，她有一种立刻想见到夏子童的冲动。可是，抬起头望望远处的高山深涧，知道自己在胡思乱想。这是哪里？这里是地处全省最偏僻的贫困山区。夏子童在哪里？人家在繁华的省城。千里迢迢，在夏子童的心里，或许根本就没有西平县这个概念，更不要说方山乡阳泉村了。

杜丽丽掏出手机，她想找出夏子童的手机号，怎么？她难道要拨打这个号吗？不，还是不拨为好，紧张？内疚？一股脑儿涌上了心头。算了，还是别打了，万一打过去，人家说一句“谁啊”“没空”“忙着哩”之类的话，岂不让人听了伤心？她是一个自尊心很强的人，不想在自己受伤的心灵上再增添一丁点儿痛苦。想着，想着，她又把手机放回了裤袋儿里。

不知为什么，她很快就又重新拿出了手机，自言自语着：“其实，我可以发个短信的。如果人家不回复，就权当作发送失败；如果人家回复了，岂不更好？但就是担心他回复的内容会伤了我的心！唉！也许是多想了吧？”

这件事为什么会如此煎熬呢？看来仍然是想跟夏子童取得联系的，是不是想从人家身上得到一丝安慰呢？想这么多干吗？就算是一个普通朋友，互相联系一下又怎么样呢？

杜丽丽鼓足了勇气给那个看了无数遍的手机号发送了一条短信，紧张的心一下子就跳到了嗓子眼儿，直盯着手机屏幕，啊！手机上竟然显示“发送成功”。她按住自己起伏不定的胸膛，紧闭着双眼，等待着手机音乐的响起。1分钟、2分钟、5分钟过去了，手机没有任何声音，再等等，10分钟过去了，还是一片沉静。失望、焦虑、疑惑一下子充满了杜丽丽的大脑，她有点儿后悔刚才发送那条短信，凭我杜丽丽以前的性格是不可能这么主动的，但现在我毕竟先主动了。

时间很快过去了半个小时，依然是失望，于是，杜丽丽把手机塞进裤袋儿里，准备下山回学校去。她沿着弯曲的山道往下走，今天腿也有点儿发软，她安慰自己：“别在意，不就是一条短信吗？或许夏子童在上课或忙别的事儿呢？”她继续朝下走，快到学校门口时，手机音乐响了一下，她惊慌失措般差点儿摔一跤，顾不上稳定平衡，她便掏出了手机，又是一阵失望，原来是韩娜娜的短信，韩娜娜让她傍晚到南洼沟小学共进晚餐，说今天她和许松在小河道里捉了好多螃蟹，短信末尾嘱咐她无论如何要来，否则不够“朋友义气”。

看完短信，杜丽丽嘴角微微一笑，这个娜娜，鬼着呢！还用上了“朋友义气”。其实，她理解娜娜，娜娜无非就是想宽慰一下孤寂的她，让她时刻感受到集体的温暖。她很快就给韩娜娜回复了短信，说“一定去”。

杜丽丽走上学校门前的台阶，没有回宿舍，而是直接进了办公室，她要准备下午的课了。她不断在心里安慰自己：“夏子童一定有别的事儿，否则，他肯定会给我回复的。”又转念一想：“要是他故意不回，我也就不会再主动跟他联系了，这就成为我发给他的最后一条短信了。”

打开课本，杜丽丽全身心投入到备课当中去了。

傍晚放学后，杜丽丽去了南洼沟小学，一路上她还犯嘀咕：“发出去的那条短信，连一点音信儿都没有，难道夏子童真的不愿再跟我联系？”她一路往前走，一路踢着路边的小石子。

远方的山头，太阳就要落山了，西边的天空火红火红的，好迷人的风光啊！

杜丽丽停下了脚步，驻足观赏那即将落山的太阳，要是有一台照相机，她一定会拍下这美丽的一瞬的。她仿佛感觉到太阳在一点点地往下沉，山坳里有些地方便暗了下去。

这时，手机响了一下，她知道肯定是韩娜娜催她赶快去南洼沟的短信，不想打开看，反正，她也快走到南洼沟了。她继续朝前走，已经可以远远地看到南洼沟小学的大门了。她忍不住拿出了手机，想看看刚才那条短信，啊！我的天哪！竟然是夏子童的短信！她双手有些发抖，非常熟练的手机操作，此刻竟然如此笨拙。一阵手忙脚乱之后，那条短信终于打开了，她紧闭双眼，不敢看下去，生怕那些文字刺痛她的双眼；然而又忍不住不看，一阵煎熬，还是看看吧！豁出去了！她眯缝着眼，忐忑不安地看了一眼手机屏幕：

丽丽：

接到你的短信，我很高兴。下午我去听报告了，手机落宿舍了，刚回来，现在才看到你的短信。回复太晚了，实在抱歉。好长时间没有你的消息了，你现在还好吗？是否还在支教？

夏子童

杜丽丽按捺不住激动的心情，她立刻就给夏子童回复了短信。没想到，夏子童不计前嫌，并不像她所想象的那样，人家照样像以前那样对她充满了热情。

短信发出之后，她全身充满了力量，迈开大步向南洼沟小学走去。

一路上，她想得最多的就是夏子童现在生活得怎么样。不一会儿，手机一阵美妙的乐曲响起，她以为是短信，结果发现是夏子童从遥远的省城打来的电话，看来，他也迫不及待了。

电话接通了，越过千山万水，借助无线电波，两个人在经过了长时间杳无音信之后又一次听到了彼此的声音，依旧是那么熟悉。

夏子童说："丽丽，你现在还好吧？在那里生活习惯吗？"

杜丽丽听到夏子童的声音，眼泪一下子就淌了出来，哽咽着说："我还好。"

夏子童听出了杜丽丽的抽搭声，立刻就问："你怎么哭了？遇到什么事儿了吗？是不是支教很苦？要是受不了，你就回来。"

杜丽丽强忍着泪水，说："没有，听到你的声音我很高兴，也很激动，你现在怎么样？"

夏子童说："还好，我们学校是重点高中，高中的课有点儿紧张，每天太累了，学校纪律和成绩抓得很严，教学成绩搞不上去，领导就会批评；学校实行坐班制，没有课的情况下也得在办公室待着，否则领导不定时检查，发现一次无故不在场就会扣除当月的奖金。比上大学时要紧张许多，看来，工作并不像想象得那么简单。而且，我一报到，学校就给我安排班主任做。说实话，到现在我真有点儿不适应，一直想着以后离开，但现在大学生就业这么紧张，我只能先将就着干了。”

杜丽丽说：“是啊！干任何工作都不容易的。”

夏子童说：“我打算后半年报考研究生，你有什么打算？”

杜丽丽说：“我现在在这里的一所山村小学教书，每天面对大山，寂寞是有的，但也有乐趣。我们几个同来支教的同学，时不时还聚一聚，我现在也不知道将来有什么打算，走一步说一步吧！”

夏子童说：“你不是一直想唱歌吗？你歌唱得那么好，应该往唱歌方面发展一下的。依我看，回来吧，好好发展你的歌唱事业，否则，等几年之后你再回来，一切都是另外的样子了，时间实在是耽误不起呀，尤其是搞音乐的。我现在十分后悔当初毕业时没报考研究生，现在才开始准备复习，每天工作量这么大，也不知能不能考上呢。”

杜丽丽说：“你好好准备吧，希望你成功，我可能不会再唱歌了。”

夏子童说：“为什么？”

杜丽丽说：“一切都在改变着，我也说不清楚。”

杜丽丽和夏子童又各自聊了一些关于生活和理想的话题，他们都绝口没提上大学时那段美丽的邂逅，就算是各自是否找到对象之类的问候，两个人也都没问对方。他们俩挂电话时都有点儿依依不舍，觉得还有好多话没有说完，最后，两个人约定以后要常联系，一定要好好聊聊。

挂掉电话，杜丽丽望了一眼西边的天空，太阳完全落到山后去了，山坳里一片阴暗，但杜丽丽的心里却一片亮堂，她迈着轻盈的步伐朝南洼沟小学走去，等待她的将是一顿丰盛的螃蟹宴……

41

匡亚非已经开始为年底的研究生考试做准备了，他首先找齐了大学时学过的专业书籍。全国硕士研究生入学考试改革以后，由原来的考 5 门调整到了考4门，对于理科考生来说，英语和政治理论、高等数学是全国统考，剩下一门专业课由招生单位自行命题。这4门当中，令匡亚非最头疼的便是英语。其实，不光匡亚非感到英语棘手，对每一个有意报考硕士研究生的考生来说，英语都是一道难以逾越的鸿沟。每年由于英语成绩不达线而被刷下的不在少数。所以，匡亚非一开始就把英语作为了重点攻克对象，上大学时，校园里曾流行着这样一句话——要考研，先过英语关。

匡亚非每天早上很早就起床背英语单词，因为起得早，难免会惊醒同屋的杜小峰，杜小峰总是埋怨他打断了他的美梦。每每此时，匡亚非就会心生歉意。他对杜小峰说："不好意思啊！小峰，打扰你了。要不，咱们一块儿考吧，这样，你早上也得早起背英语了。"

杜小峰噘着嘴，说："我不考，再读3年浪费时间不说，到时你敢保证你就能找到好工作？你想，全国这么多大学毕业生考研是为了什么？还不是毕业时找不到工作，变相延缓毕业时间吗？"

匡亚非说："照你这么说，大家都别考了，哪有你说得那么消极，好多人还是为了提高一下自己专业能力才考研的，我就属于这类人。"

杜小峰说："算了吧，你怎么想我还不知道吗？你不就是想通过考研离开这里吗？你也不用和我抬杠，我刚才说的话只是我个人的观点，不代表别人都认同。我要是想读研究生，大学毕业时我就考了，像我这样的，英语又不差，何愁考不上研究生？主要是本人自有想法，你要是觉得英语难，找我好了，想当年本人六级考了540分（新体制是满分710分）。"说完，还不忘朝匡亚非挤挤眼。

匡亚非撇撇嘴，不屑地说："鬼才信呢？你要是能考上研究生，何苦背井离乡，来到这茫茫的深山老林里支教？"

杜小峰说："不信归不信，事实毕竟是事实，我有证书为凭。"说着，便把手伸进了床头的小柜子，从中拿出一个纸袋，"啪"的一声扔在桌子上。

匡亚非说："这都是什么破东西啊？"

杜小峰说："你自己打开看看吧！我大学四年所有的证书都在这里头。"

匡亚非打开了纸袋，一下子惊着了。大学英语四、六级证书，计算机证书，教师资格证书，优秀班干部证书……几乎大学时代应该取得的证书，杜小峰都有。

杜小峰说："看到了吧？"

匡亚非惊讶地说："真是真人不露相啊！小峰你真棒，我要是像你一样有这么多证书早留在省城了。"

杜小峰说："这么多证书顶什么用啊！真正派上用场的又有几个？"

匡亚非说："你不能这么说，艺多不压身嘛！总会有用的。"

杜小峰说："证书这么多还不如人家有个好爸爸。我们同班同学中有好几个什么证书也没有，依靠补考才勉强修够学分，毕业后，人家进的单位却是最好的。我倒好，4 年得了 4 次一等奖学金，到头来，怎么着？还不如人家整天在大学混日子的，这就叫差别。"

匡亚非说："你这么说，好像也有道理啊！我也没了积极性。"

杜小峰说："亚非，你可不能学我，我刚才是说我不想考研，对于你来说，还是应该考的。"

匡亚非说："为什么不想考呢？"

杜小峰说："你学的是理科，将来发展的空间更大一些，我们文科就不一样了，相对来说要狭窄得多。如今的用人单位都很实际，他们招聘的主要目的就看是否能给他们带来立竿见影的效果的。况且，你们理科可以从事更专业的工作，而文学科只能坐在办公室里整理一下文件、写个材料、接接电话，或者给领导提提水什么的。尤其是一些大型企业，离了我们可以生存，离了你们就难以维持。所以，我不想考。"

匡亚非说："你将来获得更高的学历，可以当大学老师。"

杜小峰说："哪那么容易呢？现在到处都是高学历的，大学的编制又是那么有限。你没听说过很多研究生在北京端盘子吗？这还不算，更有甚者，连盘子人家都不让端。也许你觉得有些夸张，现实生活中这样的例子也确实存在。”

匡亚非说：“社会变化真快，记得咱们当初拼死拼活考上大学时，以为未来一片光明，4 年的大学时光在快乐中度过，没想到大学毕业找工作却接二连三摔跟头，想想就让人觉得伤心。”

杜小峰说：“唉！算了，别说这些了。你还是考你的研究生吧！我英语基础好，可以帮助你。”

匡亚非说：“那太好了。英语一直是我的软肋，大学时我考了 5 次才勉强通过四级考试，六级连想都不敢想。每次考试，都捏了一把汗。英语中的听力更是我软肋中的软肋，几乎一句都听不懂。还好，教育部也真是理解考生的难处，取消了听力考试，我真是感谢教育部啊！”说着，他“呵呵呵”地笑了起来。

杜小峰说：“虽然取消了听力考试，但你得做好准备，听力是大部分考生的弱项，这样一来，大家都站在同一起跑线上了，所以，总体上还是维持了原来的考试水准，要难都难，要容易都容易。”

匡亚非说：“哦！有道理。”

杜小峰说：“我希望你能考上。”

匡亚非说：“谢谢！你既然不考研究生，又有什么打算呢？”

杜小峰说：“我已经考虑很长时间了，我打算报考国家公务员。”

匡亚非说：“有理想，你小子深藏不露啊，比我还有远大志向哩！想想也是，你比较适合做公务员，可以发挥你的专业优势，学政治的嘛！不过，考公务员比考研究生要难千万倍。”

杜小峰说：“我有这个心理准备，但我一旦做出了决定，就一定会付诸行动的，否则，生活还有什么意义？”

匡亚非说：“那你一定得好好准备国家公务员考试！”

杜小峰说：“我知道，公务员考试要考《行政职业能力测试》和《申论》

两门，跟你一样，我也有自己的软肋，《申论》是我的强项，可《行政职业能力测试》中的数学运算和数学推理却是我的弱项，这需要你的帮助。”

匡亚非一拍胸膛，说：“没问题的，咱俩互补了。”

杜小峰说：“咱们一起努力吧！”

匡亚非说：“祝我们成功！”

说完，两个人还拥抱了一下。

为了表示各自的决心，匡亚非顺手在桌子上扯起一张纸，写下“立志从现在开始”，杜小峰紧接着又填上一句“奋斗到成功为止”。两个人还把这张纸粘到了墙上，并且说好，每天至少看上一遍，以时刻警醒自己努力学习。

顿时，前途似乎一片光明了。匡亚非觉得自己仿佛戴上了硕士帽，从导师手中接过了学位证书，正笑盈盈地面对台下无数的同学。杜小峰也似乎觉得自己正坐在中央某个部门的办公室里，处理着刚刚从基层送上来的文件。

匡亚非、杜小峰，这两个年轻的大学毕业生现在正满怀信心地展望着美好的未来。一切似乎都在不远处。

当这两个“胸怀大志”的人正筹划自己似锦的前程时，山梁那边的南洼沟小学的朋友们却正在忙碌着。

许松一大早就去背涛涛来上学，韩娜娜在做饭。等许松背着涛涛回到学校时，他们再一起吃早饭。

许松每天的生活都是在忙碌中度过的，他不知道自己一天究竟要做多少事儿，有时候连个头绪都没有。他不是没考虑过考研究生，其实考研究生对他来说也并不是十分遥远的事儿，他专业知识学得非常扎实，英语稍差一些，但也不至于差到哪里去，要是努力的话，还是很有希望考上的。只是目前他的心思并不在考研上，他也没有过多的空闲时间去复习功课。庄勇交代给他的事儿，他必须把它完成，否则，他就觉得太对不起庄勇了。还有周小红马上就要离开学校了，他还得想办法把她留下来。他本人的教学是绝对不能耽搁的。这大大小小的事都压在了他身上，他真的是抽不出更多的时间去复习备考。

至于韩娜娜，她跟许松说了无数遍，她打算将来在姑妈的帮助下进省音乐学院工作。她热爱唱歌，她唯一担心的就是姑妈有没有这个能力帮她。她前几天还说跟姑妈提起这件事儿，姑妈要她放心，说不准支教之前就能召她回省城去。她早为自己铺好了路，等进了省音乐学院，好好发展发展人脉，把音乐学院当作人生的跳板，将来再往更好的方向奋斗。因为在她心里，一辈子做个音乐学院的老师也不是她的理想，其实她更愿意成为一名歌唱家，她曾经无数次梦想着自己拿着话筒在舞台上忘情歌唱，台下的歌迷爆发出一浪又一浪的热烈的欢呼。每每想到这里，韩娜娜浑身就充满了无穷的力量，她决不让自己的青春白白浪费掉。

庄勇就暂且不说，他目前最要紧的是照顾好奶奶。在这段日子里，他完全没有考虑自己理想的时间。

杜丽丽现在唯一期待的就是每天等候夏子童的电话或者短信，两个人不是发短信，就是通电话，她还顾不上考虑自己的理想。况且，她早已不能像韩娜娜那样做什么唱歌的梦了。

当时光的车轮再进入下一个春天的时候，或许有的人就会读研究生去了，或许有的人做了公务员，或许有的人唱歌去了，或许有的人仍然留在这茫茫的大山深处。

青春是短暂的，在这美好的年华中，我们没有任何理由去阻止别人的理想，却有权来决定自己的生活。

42

庄勇是在早晨回到南洼沟的。他一走进学校，许松和韩娜娜都很吃惊，几天不见，他已完全变了样：先前那个阳光帅气、充满活力的“大男孩”，一下子变成了满脸憔悴、目光暗淡、精神颓废的“江湖流浪汉”。许松和韩娜娜简直不敢相信自己的眼睛，这是庄勇吗？头发乱糟糟的，背包也没有背在肩上，只是随便地提着。鞋上糊着一层白布，左胳膊袖上还缠着一圈黑纱，中间镶着一个醒目的“孝”字。

很明显，庄勇他奶奶去世了。按照庄勇的家乡最传统的风俗，上辈的老人去世，下辈人是要糊白鞋、戴“孝”纱的。多么可怜的人啊！唯一的亲人也离他而去了，几天的时间，他就真成了一个孤儿。

许松不好意思盘问庄勇，只说：“回来了就好，我为你做饭去。”

庄勇说：“我的确饿坏了，走了一夜山路，什么都没吃。”

韩娜娜说：“你想吃点儿什么？”

庄勇说：“随便什么都行。”

韩娜娜说：“许松，你去接涛涛吧，我来为庄勇做饭。”

许松说：“行。”

但庄勇却摆摆手，说：“让我去。”

许松说：“你刚来，又饿坏了，还是我去吧。”

不等许松把话说完，庄勇已经跑出去了，许松望着他的背影，不知道说什么才好，只好回过头来对韩娜娜说：“庄勇可真是的，一回来就……”话还没说完，就被韩娜娜挡了回去：“让他去吧，他心里早已过意不去了。”

没过多久，庄勇便背着涛涛回来了，他把涛涛送到教室，就进了宿舍。许松和韩娜娜也为他做好了饭。他立刻蹲在地上吃了起来，看来真的是饿坏了，顾不上多说一句话，许松在一旁静静地看着他，心里说不出是什么滋味。

等他吃完了饭，他才告诉许松和韩娜娜，他奶奶是在前几天去世的。他陪奶奶度过了生命中最后的时光，奶奶说她很知足，因为有他这样的好孙子。临去世时，奶奶抓住他的手，嘱咐他：“孩子，活着要有志气。”

奶奶的话字字刻在了庄勇的心窝。

办完丧事之后，庄勇一刻也没有停留就赶回来了。不巧的是，傍晚通往方山乡的末班车已经开走，他不想在县城耽误一个晚上，于是，就步行着回到了方山乡。来到乡里已是后半夜，通往南洼沟的路更难走，他借着手机的微光，走过一条条山道，天亮才回到了南洼沟。南洼沟起大早儿干活的老乡们见了他都跟他打招呼："庄老师，早啊！"他们哪里知道庄勇走了一夜山路刚刚赶回来。

因为庄勇一夜没睡，身体极度疲乏，许松劝他："你先休息一个上午再上课吧！"

庄勇说："没事儿，上大学时，我曾经创下过两夜没合眼的纪录。"他很快就投入到工作当中去了，大家都被庄勇的这种工作精神感动了，许松的眼眶顿时湿润了。

庄勇一回来，涛涛的事儿就由他来承担了，他每天按时来背涛涛。因为只是轻微骨折，又因为是小孩，骨骼长得快，涛涛的腿也在逐渐恢复好转着，他已经可以慢慢下地行走了。要是多加小心的话，涛涛走到家是不成问题的。每到放学时，涛涛总是对庄勇说："庄老师，我自己能走了，您别送我了。"

但庄勇却执意要送他，还哄他说："你的腿还没有彻底好，等你穿短袖的时候，老师就不送你了。"

于是，涛涛就天天盼天气赶快热起来，好让他穿上短袖。最近有几天中午的温度比较高，他真的要穿短袖，被张玉花止住了。

涛涛还很生气，噘着嘴说："天都快热死了，还不让穿短袖。"

张玉花说："晌午热，早上和傍晚天儿就冷了，脱了衣服就会着凉的，一着凉就会咳嗽，一咳嗽就要打针，你不怕打针吗？"

涛涛说："不怕！"

张玉花说："那好，我现在找根针扎你屁股一下，看你怕不怕？"

涛涛撩开屁股蛋子，笑着说："你扎，你扎。"

张玉花一把搂过儿子，嗔怪着："真是个淘气包。"说完，母子俩便抱在了一起。张玉花趁儿子不注意，顺势在儿子的脸蛋上亲了一口，接着，母子俩便“呵呵呵”地笑了起来。

等庄勇来到他们家时，涛涛赶紧穿上短袖，在庄勇面前晃来晃去，说：“庄老师，你看，我都穿上短袖了，你不用来接我了。”

庄勇看着他，摇摇头，唉！真是个孩子呀！

张玉花在一旁说：“庄老师，你以后不用接送涛涛了，他已经能走路了，这段时间也没少麻烦你们。”

庄勇说：“别这么说，要不是我一时大意，涛涛也不会落成今天这样。”

张玉花说：“过去的事儿就别提了，涛涛已经好了，不用这么来回折腾你了。”

涛涛也插上了嘴：“我真的好了，庄老师，你看，我还能跳呢！”

说着他就准备往前跳，庄勇赶忙拉住了他。

张玉花让儿子换上衣服跟庄勇一起回学校，涛涛立即穿上外套，准备跟庄勇一块儿走。本来庄勇要背他的，他却早跑出了家门。

接下来的日子，庄勇已不用每天都去接送涛涛了，只是偶尔还会去他家看一看。如果有什么需要帮忙的，庄勇会毫不犹豫帮忙。

涛涛的腿好了以后，庄勇有了更多的空闲时间，于是，他便开始往学校对面的山岗上跑。有时候，他在山岗上一坐就是好长时间，呆呆地望着落日的余晖。连手机的响声，他似乎都听不到。有几次许松催他回学校吃饭，他都没注意到。回来后许松就生气地说：“你怎么能每天都往山岗上跑呢？大家吃饭就等着你一个人。”

庄勇说：“对不起！”

许松说：“没别的意思，就是想给你提个醒，该吃饭的时候就一定要回来吃饭。”

庄勇点点头，不说话了。

许松知道庄勇心里一定很难过，所以，说完就后悔了，觉得不应该这样对待一个正处在悲伤中的孤儿。但是，说实际的，庄勇目前这种状态，许松和韩娜娜是看在眼里、急在心里。先前，他们3个在一起有说有笑的，如今，庄勇似乎退出了这个集体，他所有的生活空间都给沉闷、痛苦、悲伤填满了，根本没有心思跟大家谈天说地。接二连三的打击，让庄勇措手不及，把他推向了生活的黑暗地带。

为了尽早改变庄勇的这种生活状态，为了让庄勇重新融入快乐的生活当中，许松和韩娜娜悄悄地商量着解决办法。他们相信一定能帮助庄勇重新面对新生活的挑战的。

空闲的时候，许松和韩娜娜就会陪着庄勇去爬山，一路上许松主动和庄勇谈论各种有趣的事儿，尽量分散庄勇的注意力，庄勇渐渐参与到了和许松的互动中来，他有些兴奋了。来到山岗上，韩娜娜就唱起歌来，她美妙的歌声真的很动听，听得庄勇眼眶里盈满了泪水，他知道他的好朋友们都在关心他，为此，他十分感动。

因为庄勇是体育专业毕业，所以韩娜娜还主动提出向庄勇学习现代舞，她知道庄勇在大学时修过现代舞的课，而且有一次见他跳得相当棒。当然，韩娜娜并不是有多喜欢现代舞，她真正的目的是想让庄勇在教她跳舞的时候能忘掉过去。

庄勇当下就答应了韩娜娜，全身心地投入到教韩娜娜跳舞之中去了。

在许松和韩娜娜的共同努力下，庄勇渐渐走出了生活的阴影，重新回归到了阳光下。

晴朗的日子里，许松、韩娜娜和庄勇跑到柳叶河边，这条美丽的小河是他们的精神家园，他们在这里找到了心灵的宁静与美好。

他们坐在光滑的鹅卵石上，3个人背靠背，听着潺潺的水声，呼吸着水草的芳香，仰望着湛蓝的天空，开始平静而又谨慎地审视起生活来。

生活啊！自从来到这里支教，你曾经跟我们开过不小的玩笑，把我们带入了一个个低谷之中。但克服困难的勇气，我们从来都没有丧失过。

生活本身所拥有的不光有欢乐，还有挫折，甚至有不幸的事儿。如果一个人能够在生活的风浪面前鼓起勇气，百折不挠，那么，他的人生必定是有意义的。

来到这荒凉的大山深处，大家对生活有了新的认识。此刻，大家想说的是：“让我们好好在这里生活吧！”

43

周小红收拾好了她所有的东西，准备跟大家告别。看着朝夕相处的“战友”即将离开，大家的心里都不是滋味。尤其是庄勇，他回来后，过了几天，韩娜娜才告诉他周小红的事儿的，他当时就骂起了马学义，还想去找马学义当面质问他，但被许松和韩娜娜阻止了。现在看着周小红即将离开，庄勇难过极了，不知道该怎么办才好。

中午，许松提议留周小红在学校里共进午餐，很快得到了庄勇和韩娜娜的响应。一方面是为了安慰她；另一方面还想帮她计划一下今后的生活。庄勇去村小卖部买了两盒罐头，韩娜娜炒了两个菜。许松觉得这样的时刻是不能缺少酒的。

庄勇说：“对，应该喝点儿酒。”

韩娜娜说：“算了吧，下午还得上课哩！”

许松说：“咱们应该喝一点儿的，哪怕是少喝一点儿。”

大家都征求周小红的意见，没想到周小红却毫不犹豫地说：“还是喝一点儿吧，我也想喝酒。”

韩娜娜瞅了瞅许松，又瞪了庄勇一眼，最后才把目光聚集到周小红身上。看到周小红喝酒的态度很坚决，韩娜娜只好同意了喝酒，其实大家都清楚，韩娜娜之所以不太想让大家喝酒，主要是她自己不喝，因为是搞音乐的，害怕对嗓子不好。但今天是跟周小红的“分别宴”，还是以“大局”为重吧。

随后，韩娜娜去了趟小卖部。

等韩娜娜买酒回来时，许松、庄勇和周小红已经坐在桌子旁了，菜都摆放好了。韩娜娜把酒放到桌子上，庄勇着急地去拧酒瓶盖儿，才发现韩娜娜买了一瓶便宜的酒，为此，他十分不满意，说："我再去买一瓶。"

韩娜娜说："是这个意思就行了，非要喝个酩酊大醉才行吗？"

许松没发表意见，这时候，他选择保持沉默。

周小红猛地站起来，跑了出去，弄得他们3个都睁大了眼睛。

周小红一跑走，庄勇立刻埋怨韩娜娜："看看，你伤了人家小红的心。"

韩娜娜说："我怎么会伤了她的心呢？"

庄勇说："今天是小红离别的日子，应该隆重地喝一杯的，你却只买了瓶这么便宜的酒。"

韩娜娜说："一瓶酒就伤了和气，我想小红不至于是那样的人吧？"

没一会儿工夫儿，周小红就跑回来了，手里提着两瓶包装特别精致的酒，还带来了4个酒杯，一放到桌上，她便说："这两瓶酒是我从家里拿来的，去年我姨夫从北京带来的送给我爸爸两瓶，应该很好的。"

韩娜娜拿起其中的一瓶，看了看，嘟囔着："这么贵的酒，真没有必要。"

周小红说："娜娜，不说这个了。"

大家围着桌子坐下，因为并是为了庆祝什么，而是为周小红的离校设的"分别宴"，所以气氛当然有些沉闷。这样的氛围中，自然大家也没有太多的话要说。为了打破这种压抑的局面，许松首先说："大家先干一杯吧！"

他们共同举起了酒杯，4个酒杯"当"的一声碰在了一起。

庄勇说："希望我们都开心过好每一天。"

韩娜娜说："来，大家吃菜。"

谁都不提周小红离开的事儿，其实大家心里都明白，周小红心里的痛楚比谁都多。

许松和庄勇分别喝了半杯酒就把酒杯放到了桌子上，韩娜娜只是在嘴唇边抿了一下。想不到的是，周小红端起一杯酒，一饮而尽。喝完就又倒满了酒杯。在没有任何人劝酒的情况下，她仍然喝了个底儿朝天。接着便是第三杯，大家都劝她别喝了，她却说今天特别想喝酒，希望大家不要扫她的兴。

周小红喝到第五杯时，韩娜娜终于忍不住了，说："小红，别喝了，再喝你就醉了。"

周小红说："没事儿的，来来来，咱们再干一杯。"说完，便举起酒杯。许松赶忙阻止她，她根本不听，说："你们不愿跟我喝，我自己喝。"于是，又是一杯见了底儿。

周小红还准备继续倒酒时，庄勇一把夺过了酒瓶。周小红上去跟庄勇争夺，边夺边说："庄勇，你不能不让我喝，我今天想喝，酒真是好东西，大家一块儿喝啊！"

大家都知道周小红喝多了，她心里痛苦啊！当初高高兴兴地踏进了这个学校大门；如今还不到3年时间，马学义上下嘴皮儿一碰，她就得离开这里。谁摊上这事儿都会叫苦连天的。

现在，这个可怜的人已经醉得不成样子了。一会儿笑着劝大家跟她一块儿喝酒；一会儿又哭着说她命真苦。笑着、哭着、哭着、笑着……她仍不停地喝酒。大家心里也都不是滋味，韩娜娜上前拉着周小红的手，含着泪说："小红，咱不喝了，咱明天再喝。"

周小红声音有些断断续续了，说："明天？明天咱们就……就不……不可能坐在一起了。娜娜，你别管……管我，我没……没喝多。我不能教……教书了，酒还是能……能喝的。"

突然间，周小红抱着韩娜娜号啕大哭，韩娜娜也早已满脸泪水，抱着小红，安慰着她。

周小红醉得太厉害了，已经不能单独走路了，许松和庄勇只好轮流着把她背回了家。周玉生和马爱兰看到女儿这个样子，心里一阵难过，周玉生当场就又骂起了马学义，马爱兰没有骂，只是哭。

许松说："叔，婶，让小红睡一会儿吧！"

庄勇把周小红扶到床上，周小红很快就昏昏沉沉地睡着了，

回学校的路上，许松和庄勇都连连叹气，谁也不知道周小红今后的人生道路会是什么样子。

周小红醒来的时候，已是第二天的上午了，她睁开眼，发现郑玉斌正坐在床边看着她。

郑玉斌见周小红醒了，就说："你醒了，要不要吃点儿东西？"

周小红想坐起来，可是全身酸疼，但还是硬撑着坐起来了。

周小红说："我什么也不想吃，你怎么来了？"

郑玉斌说："是庄勇告诉我说你喝醉了，我就赶过来了，刚才叔叔和婶子都出去了，我就一个人等你醒来。"

周小红说："给我倒杯水吧，我口渴。"

郑玉斌起身给周小红倒了一杯水，递给周小红，说："不让教书就不教了呗，咱干别的去，又不是非得吊在那一棵树上。你还是到我们所里干吧。"

周小红喝了一口水，说："算了，玉斌，我不想去。"

郑玉斌说："你太拧了。"

周小红说："不是拧不拧的问题，我知道你是好意，可我想离开家到远方去看看，也许对我会好一些。"

郑玉斌惊讶地问："远方？你要去哪里？"

周小红说："还没有彻底想好，很可能要去广州了，我表姐在那里打工，我想到她那里看看。"

郑玉斌着急地说："你走那么远，我不放心哩。"

周小红说："你也别担心，我还没有最后决定，如果我真走了，你要是能等我，我一定会跟你在一起，要是你等不上，我也不埋怨你。"

郑玉斌顿时火了，说："你说的叫什么话嘛！"

周小红觉得自己说得有些过分了，赶忙解释："这不就随口说说嘛！"

郑玉斌说："随口说说？你这说得叫人心里不痛快。"

周小红说："好了，我不说了还不行吗？"

郑玉斌也不想跟周小红再争下去了，再争执就该吵架了，毕竟小红心情不好。

过了一会儿，郑玉斌说："我先去上班，你在家好好休息，啥也不要想，随时给我打电话。"

周小红点了点头，继续躺下了。郑玉斌来到山道上，痛苦地望着曲曲折折的山道，有些伤感，伤感的不是周小红刚才说的话，而是觉得他没有能力帮助周小红。

这个伤感的人也无心去上班了，把摩托车停在山道边，独自坐在山道上望着柳叶河发呆。

44

转眼间，周小红离开学校已是10多天了，在这10多天里，南洼沟小学的几位老师没有见过她的面。大家询问高满堂时，高满堂说在村里也没有看到过周小红，说话的时候还连连叹气。

毕竟在一起工作了这么长时间了，庄勇提议去看看她，哪怕只说上一句安慰的话，很快得到了许松和韩娜娜的响应。

晚上，他们3个人到周小红家时，周小红正在收拾被褥，她麻利地抱起一条被子准备打包，见庄勇他们进来了，她一脸的惊喜，并热情地让大家坐在椅子上。

庄勇问："小红，你这是要干什么哩？"

周小红朝大家笑了笑，说："我本打算过一会儿到学校跟你们告别呢，正好你们过来了，也省得我去找你们了。"

许松指着被子问：“你这被子……”

没等许松说完，周小红就打断了他的话：“哦！我正要告诉你们呢，明天我就要走了。”

韩娜娜问：“你要去哪里？”

周小红说：“我准备外出打工了，前两天我姨家表姐从广州打来电话催我过去跟她一块儿打工。我想在家待着也是待着，还不如到外边走一走，权当作散散心了。”

韩娜娜问：“你表姐在广州做什么哩？”

周小红说：“听说是在制鞋厂，收入还不错。”

韩娜娜说：“这有点儿仓促了，你应该好好想想再做决定的。”

周小红说：“我已经想清楚了，家里父母年纪大了，弟弟还在上初中，我是家里的顶梁柱，不能待在家里等嫁人。多挣一年钱，就多减轻一下家里的负担。没办法，我只是个代课老师，村主任一句话就改变了我的命运。其实，说心里话，我挺舍不得你们的，唉！说不准我下次回来时，你们已经离开这里了。”

许松说：“要我说，你再考虑考虑，毕竟要到那么远的地方去，你人生地不熟的，怕你到那里吃亏。”

周小红说：“没事儿的，我表姐在那里呢，再说，我这么大的人了，能让人拐跑了不成？”

庄勇说：“看来你是铁了心了，我还是劝你三思而后行。”

韩娜娜也说：“是啊，你应该多想想的。”

他们正谈着话，马爱兰和周玉生从门外进来了。

马爱兰进门便说：“小红明天就走了，我们做父母的，也是没有办法。教不成书了，在家待着吧，又不是小红的心愿。她从没出过远门，你们说，这一走，这么远，我要是想她了连面都见不上。”说着，马爱兰就抹起了眼泪。

周玉生在一旁抽着旱烟，老实的庄稼人此时只会一声接一声地叹气了。

在我国贫困的大山深处，当生存遇到艰难的时候，他们往往不愿再固守着几亩薄地，而是把目光投向遥远的大山之外。他们总觉得山外的一切都是充满吸引力的，或许那个地方就是“天堂”。每年有多少进城务工的农民告别家乡，涌向我国南方的几个工业城市，他们挣回血汗钱的同时，也不断地改变着那些城市的面貌。

在这个大时代中，我们每一个人都会禁不住感叹：“中国的农民工啊！是世界上最伟大的群体！”

现在，他们的朋友——周小红，也即将加入农民工这个大群体中去，她也要用自己辛勤的双手去创造明天了。

周玉生抽够了烟，便催马爱兰赶快给小红烙饼去，当作明天路上的干粮。出门远行的人，干粮是一定要准备的，马爱兰含着眼泪去了厨房，周玉生去帮着烧火，他们忙碌的身影一直闪现在大家的眼前。

庄勇说：“小红，明天我们去送你。”

周小红却说：“不用了，免得分别的时候伤感。”

韩娜娜拉起了周小红的手，说：“我还是舍不得你走。”

许松也说：“我们真的不想让你离开我们。”

周小红说：“天下没有不散的宴席，分别是迟早的事，就算我现在不走，以后还是会离开的，就像你们一样，来到这里只是支教，很快也会各奔东西的。”

周小红的话让大家心里一阵阵难过，但又句句属实，这是无法改变的事实。

庄勇说：“你明天打算什么时候动身？要不要告诉玉斌一声，让他送送你。”

周小红说：“我明天一大早就会出发，先赶到乡里坐上开往县城的头班公共汽车，然后再到地区坐火车。玉斌先前来找过我了，我们有过沟通，我不让他送我。”

庄勇问："那玉斌是什么态度？"

周小红说："他不想让我去，但我真的已经决定了。"

许松在旁边一阵叹息。

周小红说："真的不用为我担心，等我到了广州，一定会经常给你们打电话保持联系的。"

不能再谈下去了，再谈还会增加无尽的伤感的，于是，许松、庄勇和韩娜娜告别了。他们走出周小红家门时，夜已经很深了。他们知道，等这短暂的黑夜过去，一定会迎来黎明的时刻的，有一个人就要远行了。

不知道周小红该如何度过这个夜晚？回到学校，许松、庄勇和韩娜娜却并没有马上入睡，而是聚在一起又讨论起关于周小红的事儿来了。按他们的真实想法，是不愿让周小红一个人去广州的。让她留下来继续教书，似乎又不太现实，谁给她开工资呢？这一下子成了他们讨论的焦点问题。讨论之中，韩娜娜骂了好几次马学义，她觉得是马学义害苦了周小红。许松和庄勇都说现在不是骂的时候，关键是该怎样留下周小红。

庄勇说："明天一早，咱先留下小红，然后再去找马学义，想办法说服他。"

许松说："没用的，又不是没找过，连杨主任都找过他，他也没给面子。"

韩娜娜说："那是个老顽固，光知道往自己腰包里塞钱了。"

庄勇说："那该怎么办呢？"

大家一时陷入了困惑当中。如果今晚拿不出个两全其美的办法来，就来不及了。

一阵焦虑之后，许松说："我有个主意，你们看行不行？要是你们不同意，咱们再想别的办法。"

韩娜娜说："快说吧，别拐弯抹角了。"

我问："小红以前每月多少工资？"

韩娜娜说："大概是600元钱吧。"

许松说："如果这样的话，咱们三个人能不能每人每个月从咱们自己的工资中拿出200元钱来，刚好凑够600元钱，当作小红的工资？"

许松这么一说，庄勇和韩娜娜没有马上表态，沉默着。

许松知道这个主意有些出乎他们的意料，如果他们表示异议，也是完全可以理解的。

过了一会儿，庄勇首先说话了："我看行，只要能让小红留下来。"

韩娜娜好像有些不情愿，说："咱们千里迢迢来到这偏僻的地方，本来就不容易，挣得工资又少，村里也不给任何补助，要是这么做的话，咱们的支教不但要贡献知识，还得贡献物质。不过，既然你们都同意了，我也表示同意。"

瞬间他们就达成了一致意见。现在，大家连一点儿睡意都没有，韩娜娜提议到外边走一走，虽然天很黑，但大家的兴致很高。

走出学校大门，他们抹黑向学校后边的山坡走去。今夜，他们也不打算睡了，单等着天亮去留住周小红。

就这样，他们在学校后边的山坡上度过了一个夜晚。东方的天空露出鱼肚白的时候，他们快步向周小红家走去。等他们心急火燎地赶到周小红家时，马爱兰说，天不亮小红就走了，估计现在快到乡里了。

又是一阵焦虑，如果不赶快追上周小红的话，她很可能就坐上了开往县城的公共汽车，到那时，麻烦可就大了。

不能再迟疑了，庄勇说："我跑得快，我先去追，你们后边跟来。"说完，庄勇就跑走了。许松和韩娜娜也顾不上跟马爱兰告别就很快走开了。

庄勇拼命往前跑着，他一定要在周小红到达乡里之前追上她。山道是如此崎岖；人心是如此惊慌。许松和韩娜娜也在后边一路小跑着。转眼间，庄勇就在他们的视线中消失了。

等庄勇气喘吁吁地赶到乡里时，开往县城的首班车正在缓缓前进，马上就要开走了，庄勇以百米冲刺的速度跑到车头前，朝司机挥挥手，示意停车。司机还以为是乘车的，脸上堆着笑，车停了下来。车门打开后，庄勇一个箭步上去，喊："小红，快下车。"

这时候，坐在车厢后排的周小红才发现庄勇也上了车。还没反应过来，庄勇就一把拉起了她，说："跟我下车，我找你有事儿。"

周小红说："啥事儿呀？"

庄勇说："下车再说。"

说着，庄勇就去提周小红的包，车上的乘客纷纷把目光投向了他们。这时候，乘务员生气地朝他俩嚷："你们干啥哩？还坐不坐车？要是不坐车，就赶快下去，别磨蹭了，已经到点了。"司机也在前边帮腔，脸上早没了笑容，嘟囔着："不乘车上什么车呀？这不净白耽误工夫吗？"

周小红疑惑地望着庄勇，最后还是跟他下了车。

随后，许松和韩娜娜也赶到了。周小红看着他们3个满头大汗、上气不接下气的样子，问："你们做啥哩？我说过不要你们送的。"

庄勇说："我们不是来送你的，而是来接你回学校的。"

周小红一脸的惊诧，说："怎么回事啊？"

许松说："我们决定让你重新回到学校教书，你愿意不？"

周小红说："当然愿意，可是村主任……"

韩娜娜说："不要提那个人，我们自有办法给你开工资，仍然跟以前一样，相信我们。"

周小红说："你们到底在搞什么鬼吗？"

许松说："我们3个决定每人每个月从我们的工资里拿出200元钱来支付你的工资。"

周小红说什么也不同意，她说："你们能来这里支教已经非常不容易了，我怎么好意思让你们支付工资呢？"

他们不再跟周小红商量了，庄勇扛起了她的包就踏上了返回南洼沟的山道。

路上，许松对周小红说：“不管你是否同意，我们一定会这么做的。你该教什么课还教什么课，每月你按时从我们这儿领取你的工资就行了。”

周小红看着许松、庄勇和韩娜娜，泪水夺眶而出。

45

杜丽丽似乎又找回了往日的阳光。除了教书之外，夏子童几乎成了她生活的全部，她每天都在想念他，每天都会收到他的短信或电话。但是，两个人联系的内容仅限于生活和工作，对于敏感的爱情话题，他们都避而不谈。也许是夏子童以前曾遭受过杜丽丽的拒绝，也许是杜丽丽心存太多内疚。

不管怎么说，就算当作普通朋友来看，多一个朋友也比失去一个朋友好得多，所以，杜丽丽心里还是非常高兴的。她想，要是夏子童什么时候能来这里看看她该多好，可是，人家也有自己的工作，每天忙得要死，哪有那么多空闲时间来看望她呢？

希望往往是美好的，杜丽丽一直是这么希望的。

杜丽丽经常揣测夏子童的心理，他是不是也非常想念自己呢？要不，自从有了联系之后，打电话为什么如此频繁呢？说不准他还喜欢自己呢？

别瞎想了，杜丽丽捶了一下胸口，心想自己早已不是先前那个杜丽丽了，先前那张漂亮的脸蛋已经被一道伤疤破坏了。现在的自己是丑陋的，根本不配再去想夏子童，何况说不准他早有了女朋友了。他能跟自己联系，或许是出于同学的友情吧！

唉！青春期的女孩子啊！就爱充满幻想。杜丽丽又拨弄了一下手机，她没事的时候总爱读夏子童给她的那些短信。其实，夏子童还是很有才华的，文字写得这么优美，他压根儿就不该学数学，而应该学中文才对。

胡思乱想中，夏子童的电话又打来了，杜丽丽慌忙接听，每次夏子童打来电话，杜丽丽都是一阵激动和狂喜。

夏子童说："丽丽，你还是回省城吧。"

杜丽丽说："为什么？"

夏子童说："支教有什么好的，你在那里多苦啊。"

杜丽丽说："苦肯定有，但也有甜的时候，前几天我还吃小河沟里的螃蟹呢。"

夏子童说："省城水产店里到处都是，而且个儿还挺大的。"

杜丽丽说："水产店里是人工养的，你吃过纯天然的吗？这里的可是纯天然的。"

夏子童说："不管怎么说，待在那里，我觉得你是在浪费青春。我们单位一个老师大学毕业时也去了偏远地区支教，去的时候热情很高，不到半年就跑回来了，他说下辈子就是在省城做乞丐也不去那个地方了。所以，我能体会到你的处境。但我就搞不明白了，你为什么非要待在那里舍不得离开呢？"

杜丽丽说："我也说不清楚，大概是出于责任吧！"

夏子童说："责任？如今谁还讲这个？大家还不都在为自己打算吗？"

杜丽丽说："也不一定的。"

夏子童说："你真是支教支出毛病来了，连思想都僵化了，你去看看外边的世界有多好你就不会这么说了。你赶快回来吧，回到我的身边来，咱们一块儿奋斗。"

杜丽丽明白了夏子童的意思，看来，他还惦着她。他还生活在大学毕业的时候。那时候，杜丽丽给他留下了美好的印象，也许此刻他眼前正闪现着她那漂亮的脸蛋。杜丽丽呀！如果把支教的不幸遭遇讲给他听之后，他又会如何想呢？说不准再也不提让她赶快回省城的事了。

杜丽丽有点儿心烦意乱，她想立刻把自己在这里的不幸讲给夏子童听，但又怕说了之后夏子童再也不理她了。她又总想朝好的方面想，也许夏子童当初看重的并不是她的外貌。她想一个从农村出来的大学生是不会只看重外表的。

杜丽丽鼓足了勇气对夏子童说了自己在这里的遭遇，但对于脸上那道伤疤却没好意思说出口。听了杜丽丽的诉说，夏子童更是像抓住了理似的，说：“看看，我说那里不是你待的地方吧，你还不信，要是你不去支教，也不会有那样的遭遇，而且你敢保证这样的悲剧以后就不会重演了吗？所以，听我一句话，赶快回来吧！回到我的身边，我需要你，因为……”

杜丽丽紧张的心快要跳出胸膛了，她期待着夏子童把话说完，但夏子童却停下了，杜丽丽羞涩地问：“因为什么？”其实，她早已知道了答案。

夏子童说：“因为我还喜欢你，还……还爱着你。”

一切都表白于天下了。

太阳啊！刚刚掠过头顶，温暖的阳光照耀着大山深处的沟沟岔岔，一切都是那么美好，一切都是那么富有生机。

大地啊！你可听到有一个人说他还爱着我，我是幸福的！

杜丽丽说不下去了，只“嗯”了一声便挂断了电话，她泪眼蒙眬地望着远方的山峦……

几天后，夏子童告诉了杜丽丽一个惊人的消息：他辞职了。

杜丽丽当下就怔住了，拿手机的手在不停地颤动着。这么小的手机，她竟然觉得如此沉重，她拿不动它，于是，手机滑出了手，只听“啪”的一声落在了地上。还好，手机没有摔坏，手机里传出夏子童焦急的声音：“丽丽，你怎么了？说话呀！”这样的话一连重复了3次，杜丽丽才清醒过来。她手忙脚乱、不知所措，捡起手机后不知该说些什么。直到夏子童再一次问：“丽丽，你怎么了？”杜丽丽这才意识到她刚才是在跟夏子童通电话，于是，有气无力地问：“你为什么要辞职？你知道一个工作的机会有多不容易吗？”

夏子童说：“我打算考研究生了，学校的工作量太大了，我抽不出时间复习。要考研就必须静下心来备考，前两天我在师大附近租了房子，跟很多考研的大学生一起复习，主要是考虑能到大学的自修室去学习，非常方便。工作了这么长时间，我觉得还是上学好。”

杜丽丽说：“这等于说你又回到了寒窗苦读的日子了，你这样做太冒险了，你想过没有？万一你考不上该怎么办？你现在又不是百万富翁，没了工作，你生活的来源靠什么？难道还要依靠家里？家里供你读书这么多年容易吗？家里还没从你身上得到回报呢，你就又要向家里伸手。”

夏子童说：“走一步说一步吧，不冒险哪能取得成功呢？”

接着，夏子童还举了好多成功人士破釜沉舟的典型例子。

杜丽丽说：“唉！你呀！”

夏子童说：“要不，你过来跟我一块儿考研吧？”

杜丽丽说：“可我不太想考啊！”

夏子童马上意识到杜丽丽是不是还想着歌唱事业才不愿考研呢，他前几天是劝过她离开那个小学校回省城来发展歌唱事业，但那时候他还没有向她表白，只是出于急着想让她回来才贸然那样说的，一旦双方将要恋爱的时候，他是不愿意让她再往唱歌方面发展的。

于是，夏子童就说：“我就知道你不想再当穷学生了，你还想着当歌星的吧？其实，一个女孩子，我觉得还是尽量不要选择演艺圈，那里面太浮躁。要是你将来考个音乐学硕士，毕业后进高校做个大学教师应该还是可以的。做大学教师，既体面，收入也高。何况你还有专业优势，私下里办个补习班什么的，挣钱就更多了。而且，你的专业不像我的专业那样报考的人太多，将来就业成问题。你的专业，报考者不多，就业也相对来说容易得多。听我一句话，赶快回来，准备考研吧！”

杜丽丽不知说什么才好，心情复杂极了。她目前听得最多的就是夏子童催她离开，她心里一阵又一阵的难受，她不想考研，更不想考歌舞团当歌星（也没了这个资本），她还是想留在这里，可又不想让夏子童失望。

省师范大学，她曾经在那里度过了多么美好的 4 年。她从家乡考上大学时，觉得一切都是美好的，她是大学文艺团体的骨干，每每学校遇到重大演出，她都会登台演唱，以至于很多外系的男孩子都知道她，私下追求者甚多。这其中当然也包括夏子童，可她一个也看不上。她需要的是一个成熟稳重的男人，觉得那些追求她的男孩们都太稚嫩。唉！现在想起来就会觉得是自己太稚嫩了。算了，那都是以前的事了，她现在为什么要回忆那些呢？还是不要回忆为好，以免增加无尽的伤感，她又下意识摸了摸脸上的伤疤。

省城，她终究还是想起了省城，那是一个多么繁华的都市啊！让人第一眼看到它就会毫不犹豫地喜欢上它的，多少在省城的大学生都梦想着毕业后能留在那里实现自己的梦想。

毫无疑问，杜丽丽是喜欢省城的，她也渴望过那种舒适的都市生活。夏子童的话，似乎又敲开了她沉睡的心扉，她有些动摇了，禁不住抬头望了望远方的大山，省城和这里是两个完全不同的概念。如果能回到省城……她努力不让自己这样想，可还是忍不住要想。

哦！青春的心思啊！谁能猜透呢？

“丽丽，你怎么不说话？”

从手机里又传出夏子童的声音，一下子惊醒了沉思的杜丽丽，她仍然是惊慌失措、手忙脚乱，说：“哦！刚才只顾看山了，忘了说话了，抱歉啊！”

夏子童说：“山有什么好看的，早一点儿离开那里就早一点儿摆脱，说了这么多，我还是希望你回到我的身边，咱们有知识，将来生活肯定会好起来的。”

杜丽丽说：“让我再想想吧！”

夏子童说：“好吧！你仔细想想，人这一辈子不就是图个生活舒适吗？”

电话挂断了，杜丽丽把手机塞进口袋儿里，快步走向“忘忧石”……

46

周小红又回到了南洼沟小学，许松、庄勇和韩娜娜以最大的热情把她留了下来，并不是出于同情和怜悯，而是帮助一个需要帮助的人。

周小红下定决心要攻克高等教育自学考试，获得大专毕业证书，因为像她这样的情况直接去考大学显然不太现实。她觉得知识的贫乏使她失去了很多机会。虽说是在小学教书，可就是小学的许多知识，她也不完全懂。为了教好书，也为了提高自己，更为了回报大家让她留下来的那份热情，她决心要完成学业，就算是将来又没了工作，她也可以利用知识去重新选择自己的人生。

高等教育自学考试不同于大学的学习，这完全得依靠自己学习，没有老师指导。大学里有老师讲授，按部就班的，一门课学习结束，通过学校的考试就行了，而有时候个别科目甚至写一篇论文就算通过了这门课程。高中生经过奋力拼搏考上大学之后，有许多学生松懈下来，并不踏实认真地去学习，考试时采取突击的办法，突击几个晚上，勉强通过考试。如果通不过，新学期可以参加一次补考，一般来说，都能顺利通过考试，获得学分。可以说，有相当一部分大学生在大学期间知识学得并不扎实。许松的好些同学都是采取这种办法勉强毕业的，有些他们不感兴趣的课，他们甚至不听，待在宿舍里睡觉或上网。他的两个大学同学周小南和杨大军就是这样。不过，得事先声明一下：许松是一个例外。大学时，他学习非常认真，而且每门课都学得很扎实，那时候他整天泡在图书馆里。

高等教育自学考试完全依靠自学，没有毅力是很难通过考试的。每一个能够通过自学考试获得毕业证书的考生，可以说，他们的知识含量并不比正规大学毕业生差。现在自学考试的条件非常好，国家提倡开放式教学，相关的教材也很完备，与教材配套的复习参考资料也都可以助考生一臂之力。

就算是有教材和参考资料，但对于周小红来说仍然是困难重重，毕竟她的基础太差了。有好多问题需要请教许松才行。庄勇和韩娜娜根本帮不上她的忙，因为周小红报考的是中文专业。而他们一个是学体育的，一个是学音乐的。帮助周小红学习只能靠许松这个中文系毕业生了。

周小红每天放学后总要问许松几个问题，许松总是尽他所能帮助她。周小红非常刻苦，除了日常的教学工作之外，她几乎把全部的业余时间都用在学习上了。为了学习，周小红还亲自去了一趟地区师范学院旁边的高等教育自学考试书店，把整个中文专业专科阶段所有的教材和参考资料都买齐了。回来后，大家惊奇地发现她的办公桌上堆满了书籍，都禁不住感叹："小红真是个有心人啊！"

对于一个曾失去读书机会的人来说，能有第二次学习的机会，尤其是大学课程的学习，那可真的是太珍贵了。周小红不分昼夜地学习着，甚至走在山道上还拿着书看啊、背啊。

同村的有些人看到周小红这个样子，往往露出鄙夷的目光，鼻子里还要哼一哼。有人私下里说："都多大岁数了，还念书？先找个婆家算了，再念书又能怎么样？难道还能转成国家正式教师？"

也有人说："一切都是命中注定，就算是学了一身本领，也逃不出下地干活儿受罪的命。"

更有人说："她是钻牛角尖儿哩！初中才上了几天呀？就想着学大学的课程哩！真是坐飞机放屁——响（想）得不低。"

但是，还有人却这么说："小红真有股劲儿，说不准啥时候就飞黄腾达了。"

村里说什么话的人都有，周小红通常也不去理会，谁爱怎么说就怎么说。但是人总是这么说，免不了就传进了马爱兰的耳朵里，马爱兰听了心里很不是滋味。就和小红当面说起这件事来。

马爱兰毕竟没有文化，说：“小红呀，咱能将就着教几年书，以后和玉斌结了婚就算了。你识那么多字又有啥用呢？你不可能像人家许松、庄勇和娜娜那样，人家迟早会离开这里的。你自己将来能去哪儿？还不是回家种地？”

周小红正坐在椅子上看书，一听她妈这样说，眼泪一下子就涌出了眼眶，觉得委屈极了，也不说话，直接把书合上双手抱住了头。

周玉生在一旁看到这一幕，就埋怨马爱兰：“你说啥话哩？孩子心里本来就不高兴，你就不能说几句宽慰孩子的话吗？孩子多学点儿知识怎么了？有多大坏处吗？看到人家小玲考上清华大学，我现在都后悔没继续送孩子去念高中。”

马爱兰说：“你看你，我就这么随口一说，你至于这样说吗？”

周玉生说：“你这是随口一说吗？村里人说说也就算了，你也跟着帮腔，还让孩子活不活了？”

说着，周玉生愤怒地把旱烟管儿摔在了地上，他这一摔把马爱兰惊得不知道该怎么办了，她木然地站在那里。

周玉生上前拍拍小红的肩膀，安慰说：“小红，别听你妈的，你该学习还学习，多学点儿知识没错的，就算回家种地，有知识不好吗？”

周小红站起来趴在爸爸的肩膀上泪如雨下。

马爱兰也觉得自己说得有些过分了，心里十分愧疚，来到小红跟前，说：“好了，小红，妈刚才说错了，你别往心里去。”

周小红一下子又和妈妈拥抱在一起，马爱兰眼角也淌出了泪水。

马爱兰说：“小红，你看书吧，我去做饭。”

周小红擦了擦眼泪，重新坐在椅子上看起书来。周玉生在一旁也揉了揉眼睛出去了。

因为马上就要考试了，所以时间对周小红来说就非常的珍贵，她必须夜以继日地学习才有可能通过考试，否则，只能重新学习，真的是压力巨大啊！

自学考试一般安排在周六和周日进行，西平县不安排考点，考点都安排在西平县所属的地区。

很快，周小红便参加了在地区组织的全国高等教育自学考试上半年的考试。因为是初次报考，她只报了《现代汉语》和《中国古代文学作品选》。对于这次考试，周小红是做了充分准备的，光笔记就记了满满两大本，对书中的每一个细节甚至都不放过。

周小红考试一回来，刚走进学校办公室，许松就急切地问她："考得怎么样？有把握通过没？"

周小红摇摇头，说："没，有好多题都不会做。"

许松就鼓励她："慢慢来，大不了重考。"

韩娜娜说："万事开头难，我刚学钢琴时一窍不通，硬是在姑妈的严格教导下，我才慢慢有了进步。学中文应该比学钢琴容易得多吧！"

庄勇说："我刚开始练跑步时，也是经常落后于别人的，后来才渐渐跑得快了。由于我夺得过市里的短跑冠军，所以为高考帮助不小。"

大家你一言，我一语，都想让周小红鼓起勇气，争取攻克难关，每个人也都在心底默默祝愿她能顺利通过考试。

接着，周小红就开始准备下半年的考试科目了，大家相信经过几年的艰苦奋斗，她一定能取得成功的。为了鼓励她，许松还送给她一本名为《妈妈的心有多高》的自传。作者是一位残疾妈妈，当然主要讲作者如何把自己的孩子培养成才的，但书的前几章都在说自己。作者在热心人的帮助下报了自学考试，每次考试都是丈夫用三轮车把她送到考场。由于自学考试的特殊性，这一门考试结束，丈夫又把她送到另一个地方参加另一门的考试。为了理想，她整整奋斗了 7 年。7 年来她咬牙坚持着，当她拿到自学考试毕业证书时泪流满面。这是一个强者的故事。

许松对周小红说："你应该像书中的母亲那样坚强，一个身患残疾的人能做到的，我们更应该做到，希望你从书中汲取精神和力量。”

周小红点了点头。经历了“解雇”风波之后，周小红变得更坚强了。

人啊！只有经历多了，才能成熟起来。

许松突然间想起有位文学前辈说过“穷而后工”，大意是说文人越是困窘不得志，诗文就写得越好。周小红经历了一番曲折和坎坷之后，但愿她也能“穷而后工”，有所进步，谈不上要取得多大的成就，最起码应该学有所获，不枉费自己的一腔心血。

没过多久，周小红就请庄勇帮她查询成绩，说使用手机拨打声讯台就可以查询，她把准考证号告诉了庄勇。

庄勇很快拨通了声讯台，手机里传来声讯台服务小姐热情的提示：“请输入您的准考证号。”

庄勇立即把周小红的准考证号输了进去，服务小姐继续提示：“系统正在查询，请稍候。”

周小红的心快要跳出嗓子眼儿了，查成绩的庄勇其实也很紧张，他很希望周小红能顺利通过的。

手机里立刻又传来了服务小姐的回音：“您的考试成绩为《现代汉语》58分，《中国古代文学作品选》56分。”

庄勇不敢相信自己的耳朵，难道听错了，周小红两门课均没通过，老天是不是故意在捉弄这个可怜的女孩呢？他挂断手机，周小红急切地问他：“我考了多少分？”

庄勇没有正面回答他，只说：“你已经尽力了。”

周小红说：“到底多少啊？”

庄勇说：“小红，你要坚强，无论我告诉你的是一个什么结果，你都不要哭，也不要埋怨自己。”

周小红朝庄勇点了点头。

庄勇说：“一门58分，另一门56分，已经很不错了。”

周小红当下就怔住了，脸色煞白，随后眼泪就淌出了眼眶。

庄勇也悄悄背过脸，眼圈红红的。遥远的天边，一片灰白，大地似乎起风了，还刮过几张纸片，飘向远方的山坳里。

就这样，周小红初次的自学考试以失败而告终。

47

郑玉斌去南洼沟小学看望周小红，他很感激许松、庄勇和韩娜娜，要不是他们 3 个人，周小红说不准早就离开了南洼沟。他除了当面向 3 个大学生表示感谢之外，还请他们在南洼沟唯一的饭店——“南洼沟小炒”吃了一顿饭。

吃完饭后，许松、庄勇和韩娜娜回学校去了，郑玉斌和周小红想在山道上走走。

很快，郑玉斌就提起了周小红参加自学考试的事儿，周小红因为没有考好，情绪依然很低落。

郑玉斌安慰她：“只要尽力了就行。”

周小红说：“毕竟没通过考试，心里确实不是滋味。”

郑玉斌开玩笑说：“你就是考个大零蛋，我也不会嫌弃你。”

周小红说：“说什么话呢？你希望我考个大零蛋啊？考个大零蛋，你脸上有光吗？”

郑玉斌说：“这不就是跟你开个玩笑吗？难道你真考个大零蛋啊？就算你一天书不看，也不至于考个大零蛋吧！”

周小红说：“好了，别说这个了，我都烦死了，你赶快去上班吧，迟到了你们所长又该骂你了。”

郑玉斌说：“好，你别难过了，赶紧回去复习吧，俗话说‘在哪里跌倒就在哪里爬起来’。”

周小红瞪了郑玉斌一眼，说：“快走吧！”

郑玉斌骑上摩托车就走了，一路上他心情很好，还哼起了歌儿。

来到乡邮电所，他很快分拣完了邮件，就准备去各村分发。这时所长把他叫住了：“玉斌，你等等！”

郑玉斌回过头来，问：“什么事？所长！”

所长笑着问：“上次跟你说的你女朋友的事，考虑得怎么样了？”

郑玉斌听所长这么一说，顿时觉得有些不好意思，就说：“所长，不好意思啊，我一直没敢告诉您，她不愿意来。”

郑玉斌说完就等着挨所长的骂，他知道所长的脾气，况且这次是自己的原因。没想到所长很高兴地说：“哎呀！太好了！”

郑玉斌满脸疑惑地看着所长。

所长接着说：“昨天我到局里开会，负责人事的胡局长说要给咱们所里分1位分拣员，我当时想到你女朋友要来做临时分拣员立刻就懵了，不知道该怎么办才好，咱所里用不了那么多分拣员，可又不好意思拒绝胡局长，这下好了，你女朋友不来了，正好跟胡局长有个交代了。”

郑玉斌尴尬地笑了笑，说：“呵呵，那正好！”

所长说：“我这就给胡局长打电话，让他安排人来。”

所长一晃一晃走了，郑玉斌心里极度不满意，忍不住小声埋怨着：“什么人嘛！你明知道有人来，还假惺惺地问我考虑得怎么样了。现在这些当官的，怎么都这样啊？”

埋怨归埋怨，可是又一想，郑玉斌觉得所长也不错，毕竟当初小红“落魄”时，他向所长提起，所长也没有拒绝，这说明所长心眼儿还不错，今天他遇到胡局长，也是没有办法，人家官比他大。

正想着这些的时候，所长又出来了，手里拿着一捆儿报纸，走到郑玉斌跟前，说：“玉斌，你把这捆儿报纸送到杨主任那里。”

郑玉斌知道所长说的杨主任是谁，就接过报纸，问：“杨主任出院了？”

所长说："早出院了，昨天我还见他在路上溜达呢！"

郑玉斌说："好吧！"

说完，他就骑着摩托车去了乡教育办公室。

杨本昌正准备出门，看见郑玉斌来了，就朝郑玉斌打招呼："玉斌！"

郑玉斌停下摩托车，拿着那捆儿报纸，走了过去，说："杨主任，这是你们单位的报纸。"

杨本昌接过报纸，说："哦！这么多！"

郑玉斌说："您前些天生病住院，就一直没给您送，都积攒起来了，就显得多了。您现在身体好些了没？"

杨本昌说："好多了，一点儿问题没有了，你看我这身板！"

说着，杨本昌还拍了拍胸脯。

郑玉斌说："那就好！您什么时候出院的？"

杨本昌说："有几天了。"

杨本昌自身体恢复以后，很快就回到乡教育办公室继续工作了，他是一个闲不住的人，他还有很多工作要处理，周小红的工作问题就是他首先考虑的事儿。到现在他也不知道周小红已经留下来继续教书了，没有人跟他说，他由于生病也没到南洼沟小学去看看。但是周小红这孩子，杨本昌是记在心里的，他准备再去找马学义说说，他已经做好了心理准备，如果马学义仍不同意，他就去乡政府找找陈乡长，看能不能从乡财政拨点儿钱解决一下周小红的问题。

郑玉斌看到杨主任身体恢复得很好，心里真为他高兴。因为还得去送邮件，郑玉斌就对杨本昌说；"杨主任，我先走啊！我还得去送邮件哩！"

杨本昌说："你等我一会儿！"

杨本昌转身进了屋子，不一会儿，提着个包出来了，来到郑玉斌身边，说："玉斌，你载我一程，我去南洼沟骑我的摩托车。"

说着，杨本昌就坐在了郑玉斌的摩托车的后座上，郑玉斌很快启动了摩

托车，

载着杨本昌出了乡教育办公室大院。

在山道上的时候，杨本昌从郑玉斌的口中得知周小红又开始在南洼沟小学工作了，而且知道周小红的工资是3个大学生捐助的，顿时，杨本昌的眼眶湿润了。他惆怅地望着山道下边的柳叶河，心里有说不出的滋味。到通往南洼沟小学的岔道时，他让郑玉斌停下车，不让郑玉斌继续送他了，于是，他就下了摩托车。和郑玉斌告别后，就独自朝南洼沟小学走去了。

来到南洼沟小学，周小红看到杨主任就哭了，她又想起了上次杨主任为了她滚到灌木丛里的事儿，现在想想还愧疚得要命。

周小红说："杨主任，我对不住您！"

杨本昌安慰周小红："都过去的事儿了，我这不是好好的嘛！"

周小红擦了擦眼泪，说："我……"

杨本昌笑着说："啥都不用说，你能留下来，我很感动哩！"

这时，大学生们和高满堂都进了集体办公室，大家看到杨主任来了，纷纷上前询问杨主任的身体情况，杨本昌要大家放心，他的身体还像以前一样结实。

杨本昌对3个大学生说："我真得感谢你们哩，要不是你们，小红可能就离开咱们学校了。我工作这么多年，还从来没有见过像你们这么高尚的人，我真是心里有愧啊！"

说话的时候，杨本昌的眼眶再次湿润了，周围的人眼圈儿也都红红的。

杨本昌接着说："我今天来，主要是来解决小红的工作问题的，待会儿我再去找找马学义，如果他仍不同意，我就去找陈乡长，看乡政府能不能帮着解决一下，许松、庄勇、娜娜你们能来这里工作已经很不容易了，不能再让你们付出体力和精神的同时再让你们付出金钱。"

周小红不住地揩着脸上的泪水，她泪眼蒙眬地看着身边正在说话的这个坚强的人，不知道说什么才好，要知道这个人是个拖着一条假肢的人啊！假肢丝毫掩盖不了他的伟大，相比，有些人四肢健全却异常渺小。

尽管高满堂一再劝杨本昌不要再去找马学义了，根本没用的，弄不好又是一顿争吵，但杨本昌依旧去了。结果可想而知，马学义不但没有答应，反而说了很多风凉话。

马学义说：“你找我干什么？那几个大学生不是有能耐吗？他们可以继续给小红开工资呀！”

杨本昌说：“你说的叫什么话吗？”

马学义说：“什么话？人话！再不行，你自己给小红开工资！”

杨本昌说：“白瞎了你还是个村干部，一点儿素养都没有。”

马学义说：“你有素养？你和牛彩霞这么多年不明不黑的，你以为我不知道啊？”

杨本昌一听火了，骂着：“马学义你不是人，你骂我可以，你不能侮辱彩霞。”

马学义急红了眼，骂着：“你们都不是好东西。”

两个人你一句我一句，吵开了，要不是赶来的高满堂及时劝阻，说不准还会打起架来呢！

这一次，杨本昌彻底认清了马学义，愤怒归愤怒，小红的事儿还得继续，他骑着摩托车又赶到乡政府找到陈乡长，说明情况，真的没有想到，陈乡长当场拍板，同意乡财政支付周小红的工资。陈乡长也问到了村里为什么不给周小红开工资时，杨本昌只说了村里现在困难，只字没提马学义刚才的态度。

周小红的事解决之后，周玉生和马爱兰想请杨本昌吃一顿饭，但杨本昌委婉地拒绝了。为此，他们很是过意不去，就只好把自家产的小米和红薯送给杨本昌一些，这次杨本昌接受了。大学生们看到周小红又可以踏实地继续工作了，都为她高兴，当然也都很敬佩杨主任。高满堂就更不用说了，他从内心来说也是希望周小红做他的帮手的。

马学义听说了这件事后，心里忐忑不安的，他猜一定是杨本昌去找陈乡长了，他担心杨本昌在陈乡长面前说自己的坏话，好几天心里都不踏实。他悄悄让他老婆去侧面问了一下杨本昌，杨本昌苦笑了一下，对马学义老婆说："放心，'马学义'这仨字儿我一个字儿都没提，不会影响他当村主任的。"

马学义老婆说："本昌，你别跟他一般见识，他没文化。"

杨本昌说："嫂子，我要是跟他一般见识，我就不叫杨本昌了。"

马学义老婆最后满意地回家了，把情况跟马学义一说，马学义顿时脸就红了，愧疚地想钻到地缝里。

48

许松的大学同学杨大军给他打来电话时，他正在上课。为了把握好每节课的时间，上课时许松常常爱把手机放在讲桌上。所以，杨大军的电话一来，他的手机立即发出了凤凰传奇的《月亮之上》，学生们都被歌声吸引了，睁大眼睛看着讲桌上的手机，许松赶忙挂断了，继续上课。过了一会儿，手机又响了，他知道一定还是杨大军，连看都不看，又挂断了，心想：杨大军啊，杨大军，你不知道我每天是要上课的吗？你怎么能在我工作的时候打电话呢？

下课之后，许松立即就拨通了杨大军的手机。

许松说："喂，大军！"

杨大军好像生气了，说："许松，你怎么回事啊？刚才为什么不接我的电话？"

许松说："我刚才正在上课呢？工作时间怎么能接你的电话呢？"

杨大军说："少跟我装高尚，你那山旮旯里的学校有几个学生？还工作时间？几个泥巴小孩懂什么，你出去接一下不就得了，害得我生了半天闷气。你如此奉献也成不了模范，就算是成了模范，又怎么样？还不是每天面对一座座不透气的大山，连呼吸都困难。不是我说你，你就是太认真，你说你在大学里年年是模范，到头来不还是得去支教吗？”

许松说：“大军你不能这么说。”

杨大军说：“咱们是好朋友，我才这样跟你直来直去说话，要换作别人，我才懒得说你哩！”

许松说：“说吧，到底找我什么事儿？”

杨大军说：“我们《苍山》杂志社最近要招聘两名正式编辑，你来试试吧。”

许松说：“你不是一直想成为杂志社的正式职工吗？你可以报名参加应聘啊！”

杨大军说：“我当然报名了，不过，我的希望不大，因为还得考专业知识，你不知道，《中国当代文学》我学得不好。可这是你的专长，你一定能在笔试上取得好成绩的，而且，你还在全国重点刊物上发表过小说，这都是你的优势。”

许松说：“说不准名额早给你们内部人占满了，就算是我笔试再好，人家最后也会以面试不合格而淘汰我。我大学毕业那阵也曾去过几家杂志社，结果都是在面试中被刷下来的，我有点儿失望了。”

杨大军说：“这次不一样，《苍山》杂志社这次狠下决心一定要招聘到优秀的人才到杂志社工作。为了杜绝腐败，领导决定，招聘小组的专家均来自外省，而且早在半个月前已经入驻杂志社指定的宾馆，切断与外界的所有联系，只在宾馆的固定区域活动，招聘结束前不准外出。所有报考者，无论参加笔试还是面试一律不得填写真实姓名，只允许填写自己的考号。待招聘工作结束，才会按考号来核查录取名单。”

许松说：“看起来倒真的很公平。”

杨大军说：“所以，我认为你很有把握。”

许松说：“让我再考虑一下吧！”

杨大军说：“还考虑什么呀？你要是有这个想法的话，我先帮你报个名，到时你来参加考试就行了。”

杨大军这么热情的话深深打动了许松，如果他再推托的话，那就对不起杨大军的一片热心了。许松记得有人跟他说过，世界上有两种友谊可以保持长久：一种是在同学之间；一种是在战友之间。现在，他深刻地体会到了，杨大军跟他的友谊真的是没法用语言来表达的，要不，人家怎么会把这么重要的消息告诉他呢？对此，许松十分感动。

于是，许松说：“那好吧，谢谢你，大军。”

杨大军高兴地说：“我现在就去给你报名。”

不知道为什么？连一向意志坚定的许松竟然也开始异想天开了。

杨大军很快就帮许松报了名，许松立即便开始复习中国当代文学方面的专业知识，这些知识对他来说并不陌生，并且，他一直在关注当代文学方面的动态，所以，对招聘中的笔试，他非常有信心。

对于准备参加招聘考试一事，许松并没有立即告诉韩娜娜和庄勇，他想等去考试时再告诉他们。他空闲的时候总要拿出书来看看，刚开始并没有引起庄勇和韩娜娜的注意，后来他们见他整天看《中国当代文学》，就逐渐产生了疑问。

韩娜娜首先问许松：“你怎么整天看《中国当代文学》啊？连跟我们聊天的时间都没有，你是不是在准备考研啊？”

既然韩娜娜问了，许松也不隐瞒，索性就告诉了她：“不是，我打算去参加《苍山》杂志社的招聘考试。”

韩娜娜惊奇地睁大了眼睛，说：“许松，你藏得可真够深的啊！这么长时间也不告诉我们，要不是今天问你，你肯定还会隐瞒下去的，真不够朋友。”

许松说：“这样的事儿我怎么能隐瞒你们呢？再说了，隐瞒你们对我能有什么好处吗？我只不过是还没来得及告诉你们罢了！”

韩娜娜说："这么说，你打算离开这里了？"

许松说："是我同学想让我去试试的，他说一个机会来之不易，盛情难却，我觉得试试就试试吧，也不一定能考取的。"

韩娜娜说："不管怎么说，你还是有自己的打算啊！不像我，整天混日子。"

许松说："其实，我也在想到底该不该去参加这个招聘考试。"

这时候，庄勇从外边走过来了，他看到许松和韩娜娜在说着话，就问："你们聊什么呢？"

韩娜娜说："许松就要走了，你还蒙在鼓里的吧？"

庄勇立刻睁大了眼睛，张大了嘴巴，问："你说什么？"

韩娜娜说："过不了多久，许松就回省城了，人家马上就是大城市的人了。"

许松说："庄勇，你别听娜娜瞎说。"

庄勇说："你们把我搞糊涂了，我怎么听不懂你们在说些什么？"

许松只好说："我打算参加《苍山》杂志的招聘考试。"

庄勇听了，为之一惊，几乎跟韩娜刚听到此消息时的表情一样，他瞪着眼，说："许松，你的志向可真远大。"

对于庄勇和韩娜娜的话，许松觉得他们的语气不凉不热的，好像在讽刺他。因为他们对他将要参加的招聘考试似乎并无多大兴趣，他们只关心他是否会离开南洼沟小学。

许松真的不知道该如何对待这件事儿了，心里甚至很纠结。

接下来的几天，庄勇和韩娜娜像串通好了似的，都不跟许松多说话。有时许松故意接近他们，却碰了一鼻子灰。

许松时常想："是不是他们不愿让我提前离开这里，就像上次大家不愿意让匡亚非离开一样？"

想到这里，许松便说："娜娜、庄勇，你们别担心，我只是去试试，况且，我还真的不一定能考取。”

庄勇说：“我们并没有担心什么呀！”

韩娜娜说：“我们能有什么担心的？是你多心了吧？”

许松说：“其实，我现在有些动摇了，不想去考了。”

庄勇说：“这可不行，既然决定了，就勇敢去试试，就算是没被录取，也不后悔的，因为努力过。”

韩娜娜说：“庄勇说得对。”

许松说：“那我就试试吧！”

说完这句话，许松就后悔了。说实话，他已看出了庄勇和韩娜娜的心思，他们其实并不赞成他参加招聘考试，因为他一旦考上，就会离开他们，许松知道他们也并非出于嫉妒他，而是他的离开将使这个集体残缺。大家一块儿来到这个地方，就是希望能一块儿来然后一块儿走。他们不好意思阻止许松，所以就讽刺般地侧面引导他。还好，许松能理解他们的心情，他甚至想放弃这次考试，但是又一想，杨大军那里该怎么交代？

许松一下子陷入了左右为难的境地，不去参加考试把，对不住他的同学杨大军；去吧，又让庄勇和韩娜娜痛苦。此刻，他真不知道该怎么办才好，只能顺其自然了。

转眼间就快到去省城参加考试的时间了，杨大军已催了许松好多次，让他早点儿动身。在经过了几天的思想斗争之后，许松还是决定不去了。等他告诉杨大军时，杨大军在电话里立刻就骂起他来了。

事后，杨大军说他非常后悔，不该如此骂许松，还向许松道了歉。许松心里并没有怨恨他，因为本身就是他没有履行诺言的。

两个人毕竟是大学时的好朋友，此后，谁也并没有计较谁。只是后来谈到这件事儿时，杨大军说挺可惜的，许松却并不怎么后悔。

当然，杨大军最后也没有被《苍山》杂志社录用为正式职工，他现在仍旧是个编外人员。他说如果没有机会转正的话，他就会选择离开的。

49

韩娜娜陷入了一片苦恼之中，原因在于她傍晚做饭时接到一个电话，打电话者是她已好长时间不再联系的前男朋友夏军。夏军突然给韩娜娜打来一个电话，让韩娜娜心跳加速，惊慌失措，继而便是愤怒不已。夏军说他已从新西兰回国，继续回到省师范大学音乐系教书。还问韩娜娜现在的生活如何，韩娜娜说生活得很好，当下就挂断了电话。

这样一个电话，让韩娜娜开始失眠，她发现自己仍然在怨恨夏军，不能原谅他。时间的流逝并没有抹掉她心底的记忆，她怎能忘掉这件事儿呢？在悄无声息的日子里，她无数次梦见那个可恶的人影，每次都是哭着从梦中惊醒，因为夏军给她造成了无法弥补的精神创伤。从此，她坚信姑妈的话，不能轻易相信男人，经历是最好的老师。

令韩娜娜感到疑惑的是："夏军为什么从国外回来？又为什么给她打电话？"

韩娜娜想了很多种答案，心里的天平开始摇摆起来，夏军一定在国外混不下去了，走投无路，即将沦为乞丐，不得已才选择回国的。这样一来，就算是空手回来，也有了给自己脸上贴金的资本，可以宣称曾经在海外镀过金。他之所以给她打电话，肯定是失落之极，说不准别人又抛弃了他，他良心不安才想到了她。

想到这里，韩娜娜就愤怒地骂起夏军来，但愿苍天有眼，最好让姓夏的是仓皇而归。这样想着，她心里就平衡了。

可是，这只是韩娜娜个人的猜测而已，夏军究竟是怎么回事，她并不清楚。唉！这个挨刀的夏军，又把她原本平静的生活打乱了。

夏军接二连三地给韩娜娜发短信、打电话，有时候还发爱情诗，韩娜娜通常不予理睬，就算是气急了回复夏军也只是 4 个字——“请勿打扰”。

夏军不肯罢休，很快他便给韩娜娜又发来一首爱情诗：

你是一只白兰鸽，
飞过高山和大河。
我是一只丹顶鹤，
引颈为你唱首歌。
白兰鸽呀，白兰鸽！
停下你的翅膀望着我，
我的歌声飘进你心窝。
丹顶鹤呀，丹顶鹤！
敞开你的嗓子放声歌唱啊！
陶醉了那飞翔的白兰鸽。

韩娜娜看过短信就删了，有时候甚至都不屑一看。她的内心世界里已经容不下这个人，然而她又时时回忆起上大学时的一幕幕：

那时候，夏军是音乐系里最年轻的声乐老师，才华横溢。他是主攻民族唱法的，毕业于上海音乐学院，曾经获得过全国声乐比赛民族唱法优秀奖。原本他打算闯荡北京，进军歌坛的，但由于这个圈子里人才太多，他在北京打拼了两年之后，觉得前途仍然渺茫，只好重新回到大学音乐系教书，一直担任韩娜娜和杜丽丽这一届学生的声乐老师。夏军的课讲得非常好，因为他教学严谨，为人随和，加之声乐基本功又非常扎实，所以深受同学们的喜欢。除了一些主攻声乐的学生拜他为师之外，还有诸如钢琴、作曲专业的学生也在课余时间向他学习。

韩娜娜在同班同学中并非是最出色的，她跟杜丽丽一样有一个优点就是学习非常刻苦。韩娜娜经常天不亮就去吊嗓子，长期的磨炼使她渐渐脱颖而出，她在全校文艺汇演中给师生留下了深刻的印象，还曾上过省电视台呢！加之人长得也漂亮，所以成了很多男同学追求的目标。但当时，韩娜娜跟杜丽丽不同的是她并不太看重人的外貌和家庭背景，她深深吸取姑妈的教训，更看重的是一个人的品质。

声乐课有着特殊的上课方式，采用一对一教学。上课主要在琴房，通常一个老师一连上两个小时的课，这两个小时里安排 4 个学生，每个学生半个小时。每次轮到韩娜娜上课，她总要问好多问题，诸如怎么处理换气、跨八度、颤音等唱歌的问题，夏军不厌其烦地一遍又一遍给她示范，往往时间早过了半个小时还不下课，惹得排在后边等待上课的学生很生气，有些就会直接冲进琴房，喊："夏老师，时间到了，我们还等着上课呢！"学生们敢这样跟他说话，可见，他与学生们之间没有任何距离。

这时候，韩娜娜就会非常抱歉，夏军也会笑着说上一句："对不起啊！同学，时间让韩娜娜占了，下午让她请你吃麦当劳。"

韩娜娜就会一阵脸红，夹着课本很快走开了。

韩娜娜的勤奋好学，加之人又漂亮，给夏军留下了深刻的印象。他悄悄喜欢上了韩娜娜，但他又觉得有些不妥，一个是老师，一个是学生。回过头来再仔细想想，虽说他是老师，可他比韩娜娜也大不了几岁，况且古今中外，师生结婚者为数还不少。于是，他对韩娜娜展开了强烈的追求。当然，不管是出于崇拜，还是出于爱，韩娜娜最后还是答应了。他们之间的故事悄悄发展着，并没有惊动任何人，就连杜丽丽也不曾知道。

他们恋爱了，韩娜娜觉得找到了幸福，她开始憧憬着美好的未来。恋爱是美好的，他们一同唱歌，一同到公园去划船，一同到青年俱乐部参加联欢……

后来，为了更美好的前程，夏军选择出国。出国前他把在全国声乐比赛中获奖的袖珍水晶奖杯送给了韩娜娜，让她一定等他，等他将来在新西兰有了立足之地，再把她也接过去，他们将在新西兰结婚，在绿草如茵的教堂前举行一场盛大的婚礼。

韩娜娜至今还珍藏着那个水晶奖杯，有时候还会拿出来看看。虽然两个人的爱情不存在了，可是这个奖杯却是他们曾经有过一段美好回忆的见证。每当拿出来看时，她都会抹一把眼泪，然后望着窗外发呆。美好的大学时光早已一去不复返了，只有这个小小的奖杯似乎还能让她从记忆的长河中搜寻到一点点浪花。

现在，韩娜娜该如何来对待这件事呢？夏军的出现成了她眼下最难逾越的一道坎了。

夏军又来短信了：

娜娜：

你为什么不接我的电话？我很想念你，经历了这么多，我才发现我的生活中不能没有你。当初我也是迫不得已才做出了那样的蠢事，请你原谅我。如果你还能接受我的话，我想立刻去看你。你给我回个短信吧！

夏军

韩娜娜痛苦地给夏军回了7个字——“我不想再见到你”，就冲出了宿舍，跑着出了学校大门，朝学校后面的山道跑去，伴着冰凉的泪水，她越过山道爬上了山岗。

一群燕子叽叽喳喳掠过头顶，飞向了遥远的天边。

不知过了多久，手机又响了，她知道又是夏军，不想接听。过了一会儿，手机再次响起，她接通了电话，没好气地说：“你烦不烦？”

手机里传来夏军的声音：“娜娜，你能听我解释吗？”

韩娜娜说：“不想听。”

夏军说：“就算我是一个罪人，也得容许一个罪人把话说完吧？”

韩娜娜不说话。

夏军接着说：“我去了新西兰之后，也有我的许多难言之隐。那时候，我一心想着定居在那里，觉得跟你相隔这么远，时间一长，我们之间就会产生隔阂。我们长期不能团聚，这对你不公平。而我确实又无力把你接过去，所以就萌发了分手的念头，觉得这样对你我都有好处。可是，我想错了，跟你分手之后，我又时时想起你，甚至到了煎熬的地步，加之在新西兰生活得并不如意，我认为我走错了路，十分后悔当初的选择。你不知道一个人待在一个陌生的国家该有多么痛苦，于是，我下定决心回来。我不应该欺骗你的感情，我向你做最诚挚的道歉。不知道你是否还能接受我？如果你能重新接受我，我当然十分感激；如果不能接受，我也决不怨恨你，因为这一切都是我造成的，这个责任应该由我来承担。”

韩娜娜早已泪流满面，她没有对夏军说任何话便挂掉了电话，遥望着山脚下流淌的柳叶河，心情无比复杂。

她不顾一切地跑下山岗，跑向柳叶河，来到河边，一下子跳进河里，掬起一捧水浇在脸上，泪水和河水融合在一起顺着脸颊淌下。

柳叶河用温柔的臂膀拥抱了这个痛苦的人。无论世界多么嫌弃你，这条美丽的小河从不拒绝任何来到它身边的人。

韩娜娜看着静静流过身边的小河，抹了一把脸上的泪水，在柳叶河的怀抱里放声歌唱！

50

杜小峰给许松打来电话，说有求于他。

许松问什么事儿时，他说电话里说不清楚，希望许松傍晚到牛村小学一趟，还嘱咐许松路上小心。

傍晚放学后，许松怀着一颗疑惑不解的心朝牛村小学走去。他走过柳叶河的时候，还停下脚步，捧起河水洗了洗脸，每每路过这条小河，他的心都会异常平静，多少烦恼都会随着河水静静地流走。等他依依不舍地离开柳叶河，刚越过那道斜斜的山梁时，就远远地看见杜小峰站在牛村小学门前朝他招手，不等他走近，杜小峰就跑了过来。

一来到许松跟前，杜小峰就把手搭在他的肩膀上。

许松问："小峰，你找我有什么事儿？这么神秘。"

杜小峰说："走吧，回学校再说。"

两个人一进杜小峰的宿舍，杜小峰就问许松："你饿了吧？"说着，他就从床头的柜子里拿出一盒点心，放在了许松面前的桌子上，接着说："吃吧，我从乡里买来的，没舍得吃，想让你尝个鲜儿。"他很快拆开了包装，把一块儿小酥饼递给了许松。然后弯下腰去拉床底下的纸箱，从里面掏出一瓶可乐，很快便打开了盖子，倒了一杯放在许松的面前，说："喝吧。"

杜小峰的热情让许松一时摸不着头脑，不知今天他葫芦里卖的什么药。杜小峰如此殷勤让许松有些受不了，说："你怕是有什么事儿吧？有事儿你就直说，我又不是外人。"

杜小峰说："亚非回省城了，我一个人待在学校里，还真有点儿害怕呢，你晚上来陪我吧！"

刚进校门时我还纳闷呢！今天怎么没见匡亚非？原来他回省城了。许松吃惊地问："他为什么这个时候回去？"

杜小峰说："他准备考研究生了，很多资料需要买，而这里又根本买不到，托人邮寄吧，又不太放心，只好亲自回省城买了。一方面购买资料，一方面回师大看看。他说这么长时间了，也挺想念师大的。另外，我准备考公务员，也托他给我买几本有关公务员的书。这里消息太闭塞，我们的起步就比别的考生落后了很多，所以，应该赶快把资料买到手，也好尽快复习，不至于在年底的考试中吃亏。"

许松说："你们的目标都还挺远大啊！"

杜小峰说："什么远大啊？只不过不想在这里长期待下去，想有个出头之日罢了。有这样的打算，就得做出努力。怎么努力？除了啃书本，别无选择。"

许松说："倒也是。"

杜小峰说："要不你也考研吧？人不能没有目标啊！我总觉得这里不是

我们的长久之地，必须想办法离开，早一天离开就早一天摆脱这透不过气的大山。”

许松说：“我也曾想过考研究生，这确实是一个不错的选择。那你为什么不考研而考公务员呢？”

杜小峰说：“我不想再读书了，我更想做公务员，像我这样的人，更适合公务员的工作，可是，你知道，考公务员要比考研究生难得多。”

许松说：“去年我的两个同学考公务员，笔试通过，但在面试时被刷下来了。有的岗位据说上千人争一个，想想都觉得害怕，如今就业真成个大问题了。”

杜小峰说：“是啊！尽管就业形势不太乐观，但咱们还得想办法去争取。要我说呀，许松，你就直接考研究生吧，别的不要想，因为你是做学问的料。你要是需要什么书，给亚非发个短信让他帮你买回来。”

杜小峰的话再次唤起了许松的考研热情，他突然间在心底问自己：“是不是应该拼搏一回了呢？”

不觉中，外边已经很黑了。许松给庄勇打了电话说今晚不回去了，就在牛村小学陪杜小峰了。

晚上，许松躺在匡亚非的床上，杜小峰继续鼓励他考研。

许松心里顿时像燃烧了一团火一样，一点儿睡意也没有，他觉得如果什么也不做的话，3 年之后他将一事无成，回到省城时，他就成“傻子”了，什么都不知道了。过不了多久，他就会被大城市淘汰，找不到自己的位置了。想到这里，他就有些担心，如果是这样一种结局，还不如趁早武装自己复习考研。

于是，许松决定考研了。他立即就跟匡亚非发了短信，让匡亚非回来时给他买几本考研的复习资料，还告诉匡亚非，这几天晚上，都是他在牛村小学陪伴杜小峰。

匡亚非很快就回复了许松，说没有任何问题，只是他回来可能会晚一些，因为他说难得回省城一趟，想多待几天，好好看看这个城市的变化。最后才对许松能去陪伴杜小峰表示了感谢。

杜小峰也睡不着，他起床拿起一本《申论》在看，一边看，还一边对许松说："希望你能考上，将来真要考上了，别忘了是我对你的鼓励。那时候你一定得请我吃饭。要请我吃饭，先说好，我可不去你们南洼沟小学吃，我要到乡里吃。"

许松说："你就这点儿出息呀？要是真考上了，别说乡里请你吃饭，城里请你都行。"

杜小峰说："一言为定！"

许松说："决不食言！"

杜小峰笑了，他继续埋下头看他的《申论》。

许松看到杜小峰在看书，也不便打扰他了，就翻了一下身，想起了自己的心事。来支教这么长时间，他觉得自己先前的生活太漫无目的了，始终在被动地等待着今后的人生，有时候甚至消极度日。现在想想这是多么危险的事啊！人啊！是决不能停止追求的，否则，将会成为社会的淘汰品。如果3年里不思进取，静静地待在这偏僻的大山深处，3年后，还不知道会退化成一种什么样的状态。时代在急遽地发展着，生活在迅速地变化着，大山外边的一切都在改变着。他应该鼓起勇气努力去追寻自己的梦想，决不能失去理想。就算是将来没有奋斗成功，也不会因为失败而后悔，正如一位作家说过："只能永远把艰辛的劳动看作是生命的必要，即使没有收获的指望，也心平气静地继续耕种。"

虽然这里的学校需要老师，但他不能因此而改变自己的人生方向，况且他也不可能永远留在这里教书，终究是要离开的。他已经为这里奉献了这么多，即使离开，也问心无愧，至少他曾经勤奋地支教过，在这荒凉的大山深处也曾经留下过他的脚印……

想到这里，许松心里的天平就趋于平衡了。他从农村出来，寒窗苦读多年好不容易才考上省师范大学，难道就是为了留在这里支教吗？他现在还没有高尚到这种境界。为了脱离世代耕种的土地，他应该毫不犹豫地走向新的生活。虽然他跟别人的起点不同，但终点应该一样。对美好未来的憧憬是每个人的权利，他有追求幸福生活的自由。

许松在心底深处发出一种声音："生活啊！我要用双手去创造你！"

他顿时心潮澎湃，觉得一切都是那么温馨。听着杜小峰翻书做笔记的声音，他脸上露出微笑来，人们都在奋斗着。屋外传来了一两声野虫的鸣叫声，给静谧的山村增添了无限的乐趣。

于是，许松披衣下床，对杜小峰说："我睡不着，想到外边走一走。"

杜小峰说："好，你别走远了！"然后，就又低下头看书了。

许松走出屋外，遥望整个夜空，闪烁的小星星似乎在跟他亲切地打着招呼，大地还吹着轻柔的风，拂过脸庞，全身一阵温暖，春天就要过去了，夏季即将来临！

啊！多么美好的夜晚啊！

51

匡亚非回到省城后，他立刻就拨通了他的同学韩阳的手机，他要借住在韩阳那里。韩阳一听说匡亚非回来了，高兴得不知说什么才好，当下就说："亚非，你到底还是回来了，省城欢迎你！"

匡亚非说："别抒情了，快点儿来接我。"

韩阳说："你在哪里？"

匡亚非说："火车站。"

20 分钟后，韩阳赶到了火车站，在车站前的广场上，两个老同学拥抱了一下，快一年没见面了，两个人都很激动。韩阳帮匡亚非拉起了皮箱，说："你瘦了，是不是在那里支教把你苦坏了？"

匡亚非说："不是，你是错觉，我看倒是你瘦了。"

韩阳说："我瘦是工作太累造成的，你瘦肯定不是工作原因，是支教艰苦的生活。所以，咱俩瘦的概念不一样。"

他们拦了一辆出租车，一上车他们就询问各自的情况。

韩阳说："毕业后我就进了这家公司，每天累死累活的，不过收入倒还可以。要不是为了挣钱，我早就跳槽了。我觉得人要是一辈子只从事一项职业，那就白活了，所以我迟早会拍屁股走人的。"

匡亚非说："我支教的生活平静而充满乐趣。"

韩阳说："你要说生活平静，我信；要说充满乐趣，我就不信。四面都是高山，谈何乐趣？"

匡亚非说："真的，至少环境优美，空气清新，倒也有别有一番乐趣，还可以时不时地爬爬山、蹚蹚河打发寂寞的时光。"

韩阳说："跟我说实话，你们在那里的生活究竟怎样？习惯吗？"

匡亚非说："生活太不方便了，买个日常用品还得步行 20 多里到乡里，连汽车都不通。"

韩阳说："我就知道是这个样子，所以当初我就不去。"

匡亚非说："你不去是因为你找到了工作，你要是找不到工作，说不准比我还积极呢！"

韩阳说："别说没用的，说正事儿，这次怎么想通回来了？"

匡亚非说："我还是要回去的。"

韩阳说："什么？你还要回去啊？那你回来干什么？是有钱没处花了？还是吃饱了撑的？"

匡亚非说："我只是想念这个城市了，想回来看看，顺便再买些复习资料，我准备报考研究生了。"

韩阳说："我明白了，这就充分说明你已经开始动摇了，因为在山里久了，你又重新想起了这个城市。你考研不也是为了离开那里吗？如果是这样的话，你还回去干什么？迟回来不如早回来，就算是考研，这里的学习条件不知要比那里好多少倍。”

匡亚非说：“你说的有道理，我的确动摇了。”

出租车很快到了韩阳的出租屋。韩阳的出租屋就位于他们原来就读的省师范大学旁边，匡亚非对这里是非常熟悉的。韩阳说他之所以选择这里租下一个房子，主要是觉得环境不错，离师大又近，空闲的时候还可以到师大去看看书、打打球什么的。加之这里租房的又都是年轻的大学生，不像社会上的人那么复杂。住在这里，价钱也相对来说便宜些。考虑到这么多好处，韩阳一毕业就在这一带租了房子。

房子在二楼，他们进了房间，房间不大，是一居室，非常整洁，韩阳是个爱干净的男孩。

韩阳说：“你先将就着在这里住下吧，白天我去上班，你可以到师大去转一转，好好感受一下往日的大学时光。”

匡亚非点点头。

韩阳说：“今天你不远千里回到省城，我要为你接风洗尘，咱们去吃学校后边的大排档。”

两个人把包放下，很快便出去了。

师大坐落在省城的西北角，离市中心较远，这里倒是做学问的好地方。学校里还有一个大湖。每天早晨，到湖边读书的大学生络绎不绝，上大学时，匡亚非也经常到湖边读英语。学校里到处都是绿茵，鲜花开得艳丽多姿，各个系的教学大楼都掩映在苍松翠柏之中。

韩阳和匡亚非绕着学校后面的小道，来到了有名的小吃一条街。光顾这条街的大都是大学生，三五成群的，匡亚非上学时，没少跟韩阳来这里吃。这里所有的小吃，他几乎都吃过，想想那味道，就让人忍不住流口水。大学毕业快一年了，他还时时想起这里的小吃。

韩阳问：“你想吃点儿什么？”

匡亚非说："咱还吃烤韭菜和烤鱿鱼吧！"

韩阳说："你还是老样子。"

他们进了一家"烤菜馆"，随便找了个地方坐下。服务员上来让他们点菜，匡亚非点了"烤韭菜""烤鱿鱼""烤鸡翅"，韩阳点了"酸菜鱼""烤生菜"，外加两瓶啤酒。

很快，菜便上来了，两人边吃边聊。老同学见面也没任何拘谨的。说了很多大学时候的事儿，聊着、聊着，韩阳就伤感起来了，他又想起了相处4年的女朋友小惠。毕业后，小惠考上了南京大学的研究生，从此与韩阳便断了联系，二人各奔东西。本来嘛，他们已不再是同一条起跑线上的人了，无形中韩阳就显得比小惠矮了半截，小惠理想太高，而韩阳却又急着赚钱，不想继续读书了。小惠觉得韩阳不思进取，两个人的差距就越来越大了，加之小惠还有读博士的打算，他们之间未来的差距将会更大。韩阳觉得小惠是一个知识型的女孩，小惠则觉得韩阳是一个经济型的男孩，这样的两个人将来很难走到一起的，长痛不如短痛，于是他们就在沉默中分手了，俩人连"分手"二字都没说。

说到动情处，韩阳红了眼圈。匡亚非赶忙安慰他，并倒了一杯啤酒，递给他，说："都过去的事儿了，别想了，来，咱们干杯！"

两个好朋友举起酒杯碰了一下，然后一饮而尽。

匡亚非说："其实你应该高兴才是，至少你在大学度过了美好的4年，身边有美女相伴。不像我，上了4年大学，仍然是光棍一条。"

说着，匡亚非苦笑了一下。

韩阳说："没有这等事儿倒也落得个清静，没那么多烦恼。大学时，我倒是不缺少花前月下，可到头来怎么的？还不是竹篮打水一场空，什么都没有？"

韩阳又开始伤感了，匡亚非也不知道该如何安慰他了。其实，匡亚非心里也非常不好受，感情的事儿，他是清静了，可生活呢？一想到还要回到那荒凉的大山深处，他就有种说不出的难受，美好的青春啊，怎能留在那里？他有点儿后悔当时的选择，如果当时不去支教，而是留在省城，也许生活会是另外一种样子。唉！算了，生活哪有那么多“也许”呢？

匡亚非说：“韩阳，你不知道，我也有太多的烦恼，在那里我每天都过得非常煎熬，冬天是那么冷，我工作的小学又是那么偏僻，离乡里太远了，做什么事儿都不方便。碰到去年冬天那场大雪，连吃的菜都弄不来，只好到别的支教的同学那里去借。烧蜂窝煤，还得找人到乡里去运，山道不好走，人家就把运费抬得老高，这哪是人过的日子啊？待在省城虽说累点儿，可没那么多烦心事儿。”

韩阳又开始劝匡亚非，说：“要我说，你干脆别回去了，早一天回来，早一天脱离苦海，回来先跟着我到公司干，解决生活问题，然后再考研。”

匡亚非说：“事情没那么简单，先就这样将就吧，考上再说，我迟早会离开那里的，太苦了。”

他们聊了好长时间，从“烤菜馆”出来时，街上已是华灯闪烁、流光溢彩。他们没有直接回出租屋，而是从学校后门拐进了学校。他们想看一看这个美丽的校园。

52

夏天彻底降临了大地，南洼沟到处是一片绿意，冬天荒凉的山川，早已覆盖上了浓浓的绿色，充满生机的日子才真正开始了，春天只是它的一个序曲，但就是这个序曲却带给了大地新的希望，没有序曲，哪来的高潮？

春天啊！在我们记忆的时光隧道里，你永远是个奋进的勇士，你把温暖带给大地，却在辉煌之时悄然退去。

南洼沟的夏天不像大家想的那样炎热，早晚的温差比较明显，除了中午的几个小时较热外，晚上和早上就凉爽多了，这两个时间段相对来说要舒服一些。

许松每天傍晚都会踏着夕阳去牛村小学，走过那一道斜斜的山梁的时候，他总爱驻足观赏那美丽的夕阳，两边的天空都被映红了。有时候落山的太阳颜色真红得可爱，看着它一点儿点儿坠到山后去，他就会伤心一阵子，为什么不能在天空再停留一阵儿，好让他再看一眼。但太阳注定是要落到山后去的，山坳里立刻便会暗下去，好在明天太阳还会升起，不至于让人心情灰到极点。

许松一路朝前走，因为对山梁太熟悉了，所以他在山道上还时不时蹦蹦跳跳的。过往的庄稼人热情地跟他打着招呼："许老师，这是去哪儿啊？天这么晚了？"

许松说："到牛村小学去。"

有人又说："山道不好走，路上小心啊！"

许松说："没关系的，我走得多了，这条路很熟。"

人们就朝许松笑笑，大家相互告别。许松心底一阵温暖，身边的灌木也仿佛对他亲近似的，不住地抚摸他的手和脸，甚至在他的手上、脸上、胳膊上划出一道道红印子，他并不生气，还微笑着跟它们握握手。有时候，他还俯下身子摸一摸脚下的野草，闻一闻野花的芳香。大自然的一切都是那么美好，许松忍不住张开双臂，他要拥抱这美丽的大自然了。

许松停下脚步，打算在山道旁坐一会儿，正当他准备坐下时，前面的灌木丛中，一下子蹿出一只野兔，把他吓了一跳，等他回过神来，野兔早已跑得无影无踪了，不知道躲到哪些丛林中去了。许松想它或许是在跟自己捉迷藏吧，多么可爱的小兔啊！

更令许松惊喜的是那从小山坳里或者丛林中飞出的一群群山雀，在许松的身边飞上飞下，仿佛在欢迎许松，又像是在跟许松说着悄悄话。许松微笑着朝山雀们打招呼："喂！你们好！可爱的小精灵们！"

说完，许松还亲昵地丢出一块儿小石头，山雀们便"扑棱"着飞走了，不知又飞到哪个角落，去叽叽喳喳唱它们自己的歌了。

山野里是如此生机勃勃，空气又是如此清新，再伴着清爽的晚风，连人的心情都好起来了。许松真不想离开这道山梁，他想抓住这转瞬即逝的美丽风光，因为这样的景色在大城市里是永远也看不到的。

正当许松沉浸在无限的快乐中时，手机唱起了动听的歌，他拿出一看，是杜小峰的，他知道杜小峰催他赶快走了，于是，他挂掉电话，快步向牛村小学走去。

吃过饭后，许松和杜小峰走出校门，准备到学校后面的山坡上去散散步。其实，这哪能叫散步呢？这么崎岖的山道，走不好还会摔跤的，他们只不过想出去透透风，舒活一下紧绷的神经而已。

一出门，杜小峰就向许松诉苦："这样的日子，我真待不下去了。"

许松问："怎么了？这不是好好的吗？"

杜小峰说："有什么好的？亚非一走就是这么多天，他的课都让我给他代，我几次催他回来，可他就是不回来。我还说你每天不辞辛苦来陪伴我，我都不好意思了，可他说你也不是外人，陪一下又怎么了？他这是站着说话不腰疼，他要是再不回来，我可就熬不下去了。"

许松说："小峰，你别生气，亚非人不坏，他就是那性格。他可能真有什么事儿吧？也许很快就会回来的。"

杜小峰说："我给他打过电话了，他说他一回到省城就不想再来了，还说省城的变化可大了，高楼大厦又增多了不少。师大后边的小吃特别丰盛，他还和大学同学一起去吃了好几次，仿佛又回到了大学时代。要是不急的话，他说想多待几天。他的课让我先替他代着，还说回来有重赏。"

许松说："经他这么一说，我也想念省城了，想念师大后面的小吃。"

杜小峰说："谁能不想呢？谁愿意待在这么个鬼地方啊？我对当初选择来支教有点儿后悔了，想想当时太幼稚了，经历了才知道现实并不如我们想象的那么美好。"

许松立刻沉默了，先前他还曾对他的这些同伴们有些看不起，觉得他们意志不够坚定，这么快就开始动摇了。现在想想，时代在变，人也在变化，向往美好的生活并没有什么错，谁不向往大城市啊？

杜小峰连连叹气，把一块儿石头踢了很远。

许松上前拍了一下杜小峰的肩膀，说："别着急，小峰，亚非很快就会回来的，他怎么能一直麻烦你，让你代他上课呢？再说了，他在省城能有什么重要事儿？无非就是看看城市的变化，再就是跟昔日的同学聚聚，或者去师大看看老师，用不了多久，他就会回来的。我觉得他还不敢抛却支教的职责，而独自去享受省城的热闹与繁华。"

杜小峰说："这可说不准，我给他打过好几次电话，他总是在敷衍我，我看他就是存心不想来，他要是再不回来，我就不替他上课了。"

许松说："先别这么说，大家都是好朋友，再说了，学生又快期末考试了，到关键的时候，你不代他上课，孩子们怎么办？难道让牛老师代他上课不成？他能好意思吗？"

杜小峰依旧是气呼呼的，说："牛老师已经说要分担我的课了，我没有同意，牛老师好几次问我亚非什么时候能回来，我都不知道该怎么回答了，亚非太让我难过了，只顾着自己出去潇洒，却把我扔下不管了。"

许松一边劝他一边拿起手机给匡亚非发了条短信，问他什么时候能回来。

匡亚非没有及时给许松回复，许松又不便再给他发，只好跟杜小峰相跟着继续朝前溜达着。

晚上，他们临睡觉时，许松借故要去上厕所。于是，他来到了牛村小学东墙根儿的厕所旁，悄悄拨通了匡亚非的电话。

手机一接通，匡亚非就说："许松，你好啊！这么晚了，有什么事儿吗？"

许松说："傍晚的时候，我给你发的短信，你怎么不回？"

匡亚非说："哦！当时我正忙，没顾上，本打算现在给你回复的，没想到你就打来了电话。”

许松问：“你到底什么时候回来？小峰快坚持不下去了。”

匡亚非说：“我想快了吧？让小峰别着急啊！回头我给他打个电话。”

手机那头一阵嘈杂，许松问：“你在干什么哩？乱哄哄的。”

匡亚非说：“我跟韩阳又在咱们学校后边的小吃店吃烧烤呢，真香啊！要不，你也来尝尝？”

电话里传来了匡亚非的笑声。

许松说：“别耍贫嘴了，你还是早点儿回来吧，再不回来，小峰就生气了，他也真够累的，你的课都让他一个人代着，加上他自己的课，工作量大着呢！你站在他的立场上想想。”

匡亚非说：“哦！真不好意思。这几天你也挺累的吧？两个学校来回折腾。”

许松说：“我倒没什么，关键是小峰。”

匡亚非说：“不是我故意拖着不回去，而是我太留恋省城了，仅仅过去了半年，省城就发生了巨大的变化。东城区那边又盖起了好多高楼，商业街又扩展了，连师大也变化了不少。新图书馆正在动工，咱原先吃饭的第三食堂拆了，取而代之的是一幢 7 层高的大楼，楼下 3 层是餐厅，楼上 4 层是大学生活动中心。体育馆已经盖好了，我跟我同学还进去打了一次羽毛球。我真有点儿舍不得这里，回去之后，我会拼命学习的，我一定要考上研究生，重新回到师大读书，回到省城来。”

匡亚非的话说得许松心潮起伏，是啊！外边的一切都在改变着，而这偏僻的大山深处，只能看见连绵起伏的高山和湛蓝的天空。许松顿时非常后悔当初的选择。

就在许松即将结束与匡亚非的通话时，他又嘱咐匡亚非一定要给他捎几本考研的资料来。匡亚非在电话那头大笑着，说：“你也开始动摇了吧？哈哈，放心吧，我一定照办。”

挂掉手机，许松走向宿舍，杜小峰没盖被子就睡着了，他的床头斜扔着一本翻得有些破损的《行政职业能力测试》，许松知道这是考公务员的复习资料。

许松笑了笑，拉开被子给杜小峰盖上了，然后躺到匡亚非的床上，熄了灯。

黑暗中，许松一点儿睡意都没有，心情异常复杂。

哦！生活啊！我们该怎么面对你？

53

杨晨在激动与紧张中参加了高考，高考的两天里，没有人陪伴他，原本杨本昌说要来陪伴他的，他坚决不让爸爸来。他有自己的理由，一是他觉得自己已经长大，完全可以独立面对高考，小玲姐当年参加高考时也是一个人面对的，而且考得那么好；二是如果爸爸来陪伴他，反而会影响他的发挥。所以，他把这种情况告诉爸爸时，杨本昌只说了一句话："爸爸理解你！"

高考结束后的第二天，西平县一中组织学生拍毕业纪念照，这是学校多年的惯例了，学校之所以在高考结束的第二天进行这项活动，主要是考虑到已经高考结束，学生们可以放心地来拍照。如果放在高考前的话，很有可能会影响同学们的考试心情。

杨晨和同学们一起拍了集体纪念照，然后还和几个要好的同学单独拍了几张作为留念，毕竟高考结束，未来见面的机会就少之又少了。拍照的时候，有几个女生甚至都哭了，杨晨安慰她们说："来日方长，等我们再相聚的时候，我们依然年轻！"

拍完照，杨晨正准备去宿舍收拾自己的东西，一个男同学拍了他肩膀一下，说："杨晨，校门口有人找你？"

杨晨很快来到校门口，没想到是爸爸，杨晨惊讶地问："爸爸，您怎么来了？”

杨本昌一改往日的严肃，微笑着说：“小晨，爸爸来看看你。”

说着，杨本昌从包里拿出一部手机，递给杨晨，说：“送给你的。”

杨晨接过手机，惊喜万分，连连说着：“谢谢爸爸！谢谢爸爸！”

杨本昌说：“赶紧给你姐打个电话吧，高考结束后，你姐一连给我打了好几个电话，询问你的考试情况。”

杨本昌说完就走开了，他不想影响两个孩子的谈话。

杨晨问：“爸爸，您去哪儿？”

杨本昌说：“我到你们学校后操场看看，你跟你姐聊吧。”

杨本昌走远了，看着爸爸远去的身影，杨晨的眼眶湿润了，心里默念着：“爸爸，我知道您的心！”

随后杨晨就拨通了小玲姐的手机。小玲接到电话的时候正背着包从图书馆出来，她第一句话就问：“小晨，你考得怎么样？”

杨晨说：“还可以。”

小玲问：“估分多少？”

杨晨说了自己的估分，当然他已经把自己的估分压得很低了。

没想到小玲仍然惊叫了一声，她激动地说：“你真行啊！小晨，我知道你很保守，真实分数应该还会更高，那你要不要试试清华或者北大？”

杨晨平静地说：“姐！我没有把握，这只是估分，说不准最终没这么高呢！”

小玲说：“要不就试试人大？”

杨晨说：“姐，说实话，我想报考师范大学，将来当老师。”

小玲又是一阵惊叫，问：“你为什么要选择老师？”

杨晨说：“爸爸和牛阿姨都做了一辈子的老师，我们都是他们培养出来的，我也希望像他们那样。”

电话那头的小玲顿时热泪盈眶，她说：“小晨，姐姐佩服你。”

杨晨听出了小玲姐的哽咽声，就问：“姐，你怎么哭了？”

小玲抹了一把眼角的泪水，说：“我是感动，小晨，你是个好孩子，姐姐期待着你的好消息。”

杨晨说：“嗯！姐！你快放假了吧？”

小玲说：“快了，等我放假回家，咱们还去蹚河、爬山。”

杨晨说：“那是一定的。”

姐弟俩在电话里聊了很长时间才挂了电话。

杨晨赶紧跑向后操场去找他爸爸，他远远地看到爸爸坐在操场旁边的水泥台上。杨晨来到爸爸身边时，杨本昌竟然没有察觉。

杨晨说：“爸爸！”

杨本昌这才转过身来，说：“你跟你姐打完电话了？”

杨晨点了点头。

杨本昌没有问杨晨的考试情况，更不会在意杨晨的估分，他知道杨晨一定尽了自己最大的努力了。他不是不想知道，而是觉得孩子大了，有很多事儿是不能给孩子压力的。他之所以现在这么想，完全是受了牛彩霞的影响。要在以前，他肯定就迫不及待地询问杨晨的考试情况了，如果考得不好，然后还会训杨晨一顿。但是现在，他不会这样做了，因为牛彩霞劝慰他的话渐渐磨平了他的冲动。牛彩霞的话又一次回响在他耳边：“你不要刻意要求孩子，小晨是个懂事儿的孩子，这么多年，他妈妈又不在身边，本身就够可怜的了，你要是再对他那么严厉，他会受不了的。学习好不好有很多因素决定的，当初小玲没有考上一中，你不也是这样劝我的吗？再说了，小晨又不是不学习，他也努力着呢！”

过了一会儿，杨本昌问：“学校还有别的事儿没？”

杨晨说：“基本没什么事儿了，但我还想和同学……”

没等杨晨说完，杨本昌就说：“和同学聚聚也是应该的，毕竟在一起学习了 3 年了，那行，你照顾好自己，早点儿回家，我就先回去了。”

其实杨晨并不是说要和同学聚聚，他是想和同学一起去打一段时间的工，他觉得高考完之后反正也没什么事，还有将近3个月才能去上大学，不如趁着这段时间去赚点儿钱，也好减轻一下爸爸的负担，爸爸刚才没有想到这个，他也不好意思再告诉他了。

杨晨说："爸爸，您也要照顾好自己的身体，别太劳累。"

杨本昌说："爸爸没事儿，身体棒着呢！"

说着，杨本昌就站起来朝操场外走。

杨晨看着爸爸将要离开，心情异常复杂，他很想让爸爸现在就问问他的考试情况，可爸爸什么也没有问，他能理解爸爸，爸爸是不想给他太多的压力。

杨本昌走出了几步，杨晨朝爸爸喊："爸爸，我去送送您！"

杨本昌一挥手，说："不用，你赶紧忙你的去吧！"

杨本昌头也不回地走开了，杨晨两眼噙满了泪水。就在这一瞬间，他突然想起了妈妈，他对妈妈的印象是模糊的，因为当年妈妈离开的时候，他实在太小了，等他长大的时候，悄悄在爸爸的一本书里见到过爸爸和妈妈的照片，妈妈其实很漂亮，当然爸爸也很帅。爸爸在他面前从来就没有提起过妈妈，他很想问一问，但又害怕爸爸伤心。

杨晨是个懂事的孩子，这么多年过去了，他知道是爸爸含辛茹苦地把他养大的，辛苦了大半辈子的爸爸拖着一条病腿，为了教育整天奔波在山道上，风里来、雨里去，饥一顿、饱一顿，他每每想到这些，心情都难过极了。虽然没有妈妈，但在他成长的道路上，牛阿姨用母亲般的关爱给了他太多的温暖，他小时候的衣服和鞋几乎都是牛阿姨做的，牛阿姨不知多少次把他叫到家里，给他做好吃的。牛阿姨甚至说："我把你和你小玲姐一样看待。你小玲姐有的，你也一定会有。"他现在深深理解了这句话的含义。他下定决心，一定要报考师范大学，将来也要像爸爸和牛阿姨那样从事教育工作。

两天后，杨晨就和他的几个要好的同学一起去了县城的一个建筑工地劳动了，工地是他一个同学的爸爸承包的。他们干不了大人们的活儿，但搬砖、和泥、绑钢筋之类的活儿还是能干的。杨晨没有告诉爸爸，爸爸打电话问的时候，他只是说帮同学做点儿事。

10多天后，高考成绩公布，杨晨考进了西平县前10名，这是他在高三所有的考试中考得最好的一次，可见高考时他发挥得很好，当然也是他努力的结果。很多同学和老师都劝她报考国内顶尖的综合性大学，但他都一一委婉拒绝了，他想都没想，直接在班主任的电脑上报考了北京师范大学数学与应用数学专业，然后就又去工地干活了。

小玲得知高考成绩公布后，急忙打电话给杨晨，杨晨接到电话时，他正赤着上身汗流浃背地在工地上搬砖，他把砖放在地上，一屁股坐在砖上，接通了姐姐的电话。

小玲迫不及待地问："小晨，你考得如何？"

杨晨喘着气说："我进了全县前10名。"

小玲说："祝贺你！考得这么好，你打算报考什么大学？"

杨晨擦了擦脸上的汗水，说："姐，我已经报考了北京师范大学数学与应用数学专业。"

小玲说："真要当老师啊？"

杨晨说："是啊！我已经决定了。"

小玲说："好！姐姐支持你。"

杨晨正要说话，这时，旁边一个正在砌砖的师傅朝杨晨喊："杨晨，快点儿搬啊！砖都不够用了。"

杨晨朝师傅说："好嘞！"

小玲听到了手机那头传来的声音，就问："小晨，你在做什么？"

杨晨本想隐瞒，可已经暴露了，就说："没什么，姐，干点儿活。"

小玲说："跟姐说实话，你到底在干什么。"

杨晨只好说："姐，我在工地搬砖。"

小玲听到杨晨这么说，眼泪一下子就涌出了眼眶，说："小晨，你怎么能干那些活儿？你受不了的。”

杨晨说：“我就是锻炼一下自己，放心吧，姐！我能受得了。”

那个师傅又喊杨晨快点儿搬砖了，杨晨只好跟姐姐说他要干活儿了，就挂了电话。他搬起那摞砖就走，师傅在身后不住地骂他太慢了。

小玲把手机放进包里后，仰天看了看天空，万里无云，太阳炙烤着大地。身边不断有同学走过，有说有笑的，小玲的心情却无比难受，这么热的天，小晨一定是强忍着在工地干活儿的，她太了解小晨了。她知道小晨是个自立自强的人，他要用努力来回报杨叔叔的。

小玲很快给杨本昌打了一个电话，杨本昌接到电话时正在牛村小学和牛彩霞讨论匡亚非去省城的事儿。小玲告诉杨叔叔小晨高考成绩进了全县前10名，他报考了北京师范大学。杨本昌听了，瞬间眼眶都湿润了，他在心里默念着：“小晨，你最终还是选择了当老师，爸爸为你骄傲！”

小玲又告诉了杨叔叔小晨在工地干活儿的事儿，并一再叮嘱杨叔叔一定要维护好小晨的自尊心，他是个坚强的孩子。

杨本昌听了异常惊讶，这时他才明白小晨当时那没有说完的话，他还以为小晨是想和同学聚聚，没想到是去打工。

挂了电话后，杨本昌把小玲的话告诉了牛彩霞，牛彩霞感慨万千，说：“本昌，小晨是个好孩子，他是我们的骄傲！”

杨本昌点了点头，接着就给杨晨发了一条短信：小晨，爸爸支持你！

杨晨看了之后，知道是小玲姐把这一切都告诉了爸爸，他抹了一把脸上的汗水和泪水，就又搬起砖朝师傅走去。

54

韩娜娜沉浸在无比的矛盾之中。夏军的再次出现，彻底打乱了她的生活节奏，她不知道该怎么办才好，往日的笑容荡然无存，挂在脸上的除了忧虑，便是痛苦。这件事儿甚至影响了工作，她连上课时都打不起精神来。有几次正上课，她就跑出去了。平常她有事没事总爱到学校后边的山道上唱歌，这几天不但听不到她唱歌，就连跟大家说话都很少。

因为上课不专心，时不时就跑出了教室。高满堂私下里心平气和地问她："娜娜，你最近怎么了？是不是遇到了啥不顺心的事儿？"

韩娜娜说："没有，一切都很好。"

高满堂说："你要是有事儿可别憋在心里，说出来也许会好些。"

韩娜娜说："真的没事儿。"心里却想："就算是有事儿，你们谁也帮不了我。"

中午放学后，高满堂便对许松说了韩娜娜最近的状态，他要许松侧面跟韩娜娜谈谈，让她不要因为个人的事儿影响了工作，因为有个别学生家长已经反映到学校来了，说韩娜娜上课不认真，经常在上课时间溜出教室。

许松心底一惊，原来这个偏僻的地方，也有很多人把上学看得如此重要。记得刚来南洼沟时，高满堂就向大家说过，别看这里贫穷落后，有很多家长非常重视孩子的学习，他们把走出大山的希望全寄托在孩子身上了。他们甚至觉得，要走出大山，除了上学之外，别无选择。有些条件好的家庭嫌村里的学校教学条件不好，就把孩子送到县城上学，更有甚者不惜巨金送孩子到私立学校去。

当时听了高满堂的一席话，许松并没有在意，如今看来高满堂的话是真的，这里的学生家长大部分都还是非常重视孩子的学习的。其实，家长们对这些大学生的到来是持欢迎态度的，眼里充满了期待。在他们心目中，大学生们有知识，比乡村原有的老师要强很多倍。所以，当大学生们到来时，也曾经让这些山里人露出希望的笑脸，这下他们的孩子似乎就可以走出大山了。

可是，大学生们来到这里，究竟起到了什么作用呢？许松真有点儿自责，他们整天似乎就只会掰着手指头过日子，计算着什么时候能够离开，实在有些对不住这里的孩子。

不过，这样的自责很快就被另一种心绪所取代了，因为许松心里也有些矛盾了。生活把他们带到这样一个地方，不但没有得到村里的重视，而且生活死气沉沉，这怎能不使他们想念大山外面的世界呢？他们毕竟年轻，追寻自己的理想也是人之常情。所以，这就与现实产生了矛盾。

然而，静下心来想了想，大家毕竟都接受过高等教育，是21世纪的大学生，不管怎么说，待在这里一天，就应该好好工作一天。

于是，许松决定找韩娜娜谈谈。

当许松跟韩娜娜说了这件事儿后，韩娜娜火冒三丈，她立刻问许松："这是高老师本人的意思呢？还是高老师转述的家长的意思？"

许松说："大概是高老师转述的村里家长的意思吧。"

韩娜娜禁不住骂起那些孩子来，她敢肯定是孩子们回家告诉了他们的家长，说他们的老师教书不认真，上课时还跑出去溜达。然后，家长再跟高满堂打小报告。在他们的心目中，高满堂就是这个学校的"校长"。韩娜娜骂完孩子，又骂起了那些家长："这都是些什么人呢？还让人有没有自由了？混蛋！"

许松说："娜娜，你消消气，能不能静下心来反思一下咱自己的缺点。"

韩娜娜说："我静不下来，要反思你反思去，我没那闲工夫儿。"

许松说："你怎么说话呢？"

韩娜娜火气大得很，说："怎么了？我就是这么说话的，不爱听，待一边儿去，别理我，烦着呢！"

许松分明看到韩娜娜脸色煞白、煞白的，胸口一起一伏的，看来是真生气了。许松不敢再火上浇油了，为了顾全大局，他只好耐着性子劝她："好了，别生气，有话好好说。"

韩娜娜瞪了许松一眼，噘起了嘴，不理他了。

尽管许松现在也有点儿生气，但也只能忍着，继续对韩娜娜好言相劝，说："消消气啊，生气对身体不好的，你没听说过好多病都是从生气上得的吗？以前我们村里就有一个妇女，整天跟丈夫闹气，最后得病死了。"

"你咒我是不是？"韩娜娜推了许松一把。

许松顿时明白了自己的举例有些不妥，当下就后悔了，但他急中生智，趁她推他的空档，他故意一个"趔趄"跌在地上，还装作受伤的样子，在那儿直吆喝："哎哟！疼啊！怕是腿断了。"

韩娜娜看许松倒在地上那个样子，也不敢跟他赌气了，赶忙弯下腰扶他，说："怎么了？摔着哪儿了？很疼吗？"

许松点点头，指了指右腿，韩娜娜赶紧蹲下身给他捏腿，刚一碰到他的腿，他便故意叫了起来："疼死了，疼死了！"

韩娜娜害怕了，脸上渗出了汗水，着急地说："我不是故意推你的，我现在就去找林医生，你等着。"

许松挥挥手，说："不用了。"

韩娜娜不听，准备立刻跑去找林成医生。许松一看她真的要去，知道她信以为真了。于是，赶紧从地上爬起来，笑着说："真的没事儿，逗你呢！"

韩娜娜看到许松这个样子，掉转头来，给了他一拳，说："叫你骗人。"随后还是笑了，说："你可把我吓死了。"

许松说："不逗你了，那你能对我笑吗？"

接着，许松便趁机又跟她谈起了上课的事儿。韩娜娜仍旧不那么高兴，但总算不再跟许松对着干了。其实，许松心里很委屈！这原本不管他的事儿，是高满堂让他跟她谈的。

许松是知道韩娜娜的性子的，所以只是非常委婉地给她分析了这件事儿的利害关系，希望她能够正确对待。

许松也不知道韩娜娜是否能接受他的意见，他更不知道她是否会因为这件事儿对孩子们发脾气，或者直接找高满堂问清是谁打的报告。

所以，跟韩娜娜谈了这件事儿后，许松心里还是忐忑不安的，久久不能平静。

接下来，韩娜娜还是去找高满堂了，而且当天晚上就敲开了高满堂家的门。然而一进他家门，韩娜娜就后悔了，这是一个极其贫穷的家，家里最值钱的东西大概就是床头柜子上那镜子般大小的黑白电视机了。屋里的一盏灯是那么昏暗，墙上贴的除了一些旧的年画之外，大都是高满堂各个时期的奖状，不是乡里的“模范教师”，就是县里的“优秀工作者”。

见韩娜娜来了，高满堂的老婆便停下了手里的针线活，热情地迎了上去，说：“娜娜，来，床上坐。”

韩娜娜刚做到床沿儿上，高满堂老婆便朝屋外喊：“老高，娜娜来了。”

高满堂在西边的屋子里劈柴火，听到喊声便过来了，一进这边屋子的门，就说：“娜娜，黑灯瞎火的，你怎么来了？没让许松和庄勇跟你一块儿来？”

韩娜娜说：“他们有别的事儿，我自己来的。”

韩娜娜今天来找高满堂，主要是想问清楚是谁在他面前打的小报告，然后再陈述一下自己的理由，顺便发泄一下心中的怨愤，甚至在适当时候，还想当面数落一下高满堂，因为高满堂不了解实际情况就相信了村里个别家长的话。现在，一看到这样一个贫困的家庭，她实在不好意思再说什么了。

像高满堂这样的乡村教师，在我国的贫困地区还非常多，尤其是在荒凉的大山深处。可以说，是他们用他坚强的臂膀支撑起了贫困地区的教育事业，没有他们的辛勤耕耘，很难想象我国贫困地区的教育会是什么样子。他们大都是20世纪70年代或80年代初参加工作的，如今大都跨过了50岁的门槛。在他们刚刚走上工作岗位的时候，统一被贴上了“民办老师”这样一个标签。后来国家实行了“民办教师”转正考试制度，许多民办老师重拾课本，挑灯夜战，刻苦努力，通过了转正考试，从而成了国家的公办教师，摘掉了“民办老师”的帽子。“公办老师”的待遇远远高于“民办老师”，而且端起了通常所说的“铁饭碗”，所以，这成了千百万“民办老师”为之奋斗的目标。没有能力通过考试的“民办老师”整天担心着会不会被清理出教师队伍，他们盼望着国家能有一项政策改变他们的命运。国家在实行了多年的民办老师转正考试制度之后，大量的民办老师转为了公办老师，剩下的民办老师数量越来越少。令人欣慰的是，在 20 世纪末和 21 世纪初时，国家又实行了落实剩余的民办老师的政策，使他们在不参加考试的情况下，统统转为公办老师。这一政策落实后，很多民办老师为之潸然泪下，感谢党和国家的关怀。高满堂正是在这一政策的实施下，才转为国家的公办教师的。从此，他工作更加努力了。就算是他的高血压犯病的时候，他还坚持工作。

什么才算伟大？这就是伟大！

这样一个为国家的教育事业几乎奉献了大半辈子的人，家里却一贫如洗。他们对工作严格要求的同时，对生活的要求却极低。对这样一个人，我们还有什么话要说呢？任何想要爆发的力量此刻都会平息下去的。

韩娜娜想到这里，真不忍心再开什么口了，她后悔今天来找高满堂，她为自己的鲁莽举动而感到愧疚。

高满堂却在一旁说："娜娜，你有事儿吧？"

韩娜娜支吾着："没……没事儿。"脸早红到了脖子根儿了。

高满堂说："其实，我知道你来找我的原因，家长们把孩子送给我们，我们有责任把他们教好。这里不比城市，教育条件非常落后，哪个家长不希望自己的孩子将来能走出这大山，到山外去看看？我们得理解他们啊！"

韩娜娜点点头，泪水夺眶而出。好在灯光太暗，高满堂并没有看出来。

后来，韩娜娜不知道自己是怎么走出高满堂家的，她并没有立刻回学校，而是坐在山道上沉思了很久。

55

夏子童开始了紧张的复习备考生活。白天，他通常在省师范大学的自修室里看书，只在晚上才回到出租屋。

因为出租屋住的大都是考研者，大家一来可以互相鼓劲儿；二来还可以互相提供一些考研信息，所以，大家彼此都很热心。这些年轻的考研者，蛰居在大学的周围，成为一个群体，社会上给他们取名为“考研族”，这种情况在全国各个大学周围都存在。立志考研者为的就是能在年底的研究生入学考试中脱颖而出，圆自己继续求学的梦，也为将来的就业再拓展一下资本，他们作息的时间是固定的，早出晚归。

“考研族”为了学习，常常会争夺大学的教育资源，师大的自修室里，经常人员饱满，弄得有些在校大学生没了座位，他们就会报告学校。针对这种情况，学校加强了管理，对出入自修室者检查学生证。学校的这种措施，根本难不倒“考研族”，他们很容易就能从社会上办证的小贩手里办理一张假学生证，不仔细检查，是很难发现的。何况师大有太多特殊的公共自修室，这类自修室一般位于各个教学楼空下来的底层，由学校统一经过改造，就成了宽敞的自修室，师大的这一举措，估计在全国都是屈指可数的。这类自修室到处是出口，又没人把守，成了“考研族”的首选。看来中国的“考研族”已形成了一股社会力量，有的接连考好几年还在拼命，有一种不达目的誓不罢休的精神。

夏子童每天按时到师大的自修室去复习。通常中午也不回去，在学校食堂办了一张临时就餐卡，晚上再接着学到晚上10点左右才会回到自己的出租屋。因为出租屋就在学校附近，所以走那段夜路并不害怕，况且还有很多同伴，也包括一些在校外租房的大学生。一般情况下，夏子童是跟同伴们一起回到那个“考研村”（暂且这样称呼吧）。他住在3楼，每天上上下下的，免不了碰到几个经常见面的“研友”，一来而去，大家都熟了。

今天，夏子童走上楼梯的时候，前面有两个人也在上楼。这两个人是匡亚非和韩阳，夏子童和他们并不认识。他走在后面听他们在说着话。

匡亚非对韩阳说：“你不知道西平县那个落后啊！我就没见过那么落后的地方，到处是高山，只在县城一带有一丁点儿平地，整个县城还不如省城的一个角落大。”

韩阳问：“西平县如此，那你们所在的方山乡呢？”

匡亚非接着说：“方山乡就更别提了，方山乡是西平县最穷的乡，唉！没法说了，简直不是人待的地方。”

说着，他们很快上了2楼，就要朝左拐进楼道了。夏子童由于听到了“西平县”和“方山乡”，心想：“这不是杜丽丽支教的地方吗？难道这两个人也有同学在那里支教？”好奇心促使他朝前面的匡亚非和韩阳喊：“喂！同学，等一等！”

匡亚非和韩阳同时回过头来，匡亚非问：“什么事儿？”

夏子童说：“我刚才听你们提到西平县和方山乡，我想问问你们是怎么知道那地方的？”

匡亚非说：“我在那里支教。”

夏子童说：“我有一个朋友也在那里支教，所以听你们说到西平县和方山乡，我就有了兴趣。”

匡亚非问：“他（她）叫什么名字？”

夏子童说：“她叫杜丽丽。”

匡亚非随即笑了，说：“哦！杜丽丽，我认识。”说着，便伸出了手，说：“你好！我叫匡亚非，是跟杜丽丽一起在那里支教的同事，她工作的地方离我工作的地方并不远。”

夏子童赶紧也伸出了手，跟匡亚非握了握。

匡亚非指着他身边的韩阳说：“他叫韩阳，我大学同学。”

夏子童又立即跟韩阳握了握手，说：“我叫夏子童。”

夏子童问匡亚非：“你支教结束了才回来的吧？”

匡亚非说：“还没有，我准备考研，也想念省城和师大了，所以就回来看看，很快还会回去的。”

短短几句话一下子就拉近了他们之间的距离，因为都曾在师大读书，是校友，再加上杜丽丽这层关系，顿时，他们3个人都一种亲人相逢的感觉。他们上大学时，夏子童是数学系的，匡亚非和韩阳是物理系的，虽说不是一个系的，彼此并不认识，但大家都毕业于师大，现在聊起来时，就有了太多共同的话题了。于是，他们很快便熟了。

韩阳说："走，走，进屋聊。"

他们进了韩阳的出租屋。这一晚，他们聊了很多话题。

都很晚了，还能看见韩阳的出租屋亮着灯。

最后临走时，夏子童告诉他们他住在3楼，让他们随时上去聊天。

韩阳白天上班去了，出租屋里就只留下匡亚非了，匡亚非就会上3楼找夏子童，一起向师大走去，准备到自修室里看书。

匡亚非很想知道夏子童和杜丽丽究竟是什么关系，他便问夏子童："子童，你跟丽丽是怎么认识的？"

夏子童说："在一次联谊会上偶然认识的。"

匡亚非说："这么长时间一直保持着联系，那一定是很好的朋友了？"

夏子童点点头，说："对！"

匡亚非说："你们是不是已经超越了一般朋友的关系啊？"

夏子童笑了，有些腼腆，说："什么意思啊？亚非。"

匡亚非拍了一下夏子童的肩膀，开玩笑似的说："别装了啊！难道你听不出来我的意思？"

夏子童故意摇了摇头，说："听不懂。"

匡亚非说："我不跟你绕弯儿了，你说实话，你们是不是在谈恋爱？"

夏子童知道匡亚非马上要回西平县了，如果他真告诉匡亚非他是杜丽丽的男朋友，匡亚非肯定会把他和杜丽丽的关系公布于众的，在支教的大学生中一定会传开的。而杜丽丽又是一个非常敏感的人，她是不愿让别人知道的。所以，夏子童认为他应该谨慎才行。他立刻又想起了上大学时追求杜丽丽的一幕幕，杜丽丽一直不愿跟他谈朋友，直到她去支教。她去支教之后，他们之间就渐渐失去了联系，他以为这段感情从此就结束了。正当他开始忘掉过去的时候，是杜丽丽又重新跟他联系上了，他们之间的关系才有了进一步的发展。虽然两个人通过手机开始谈起了恋爱，谁知道又能维持多久呢？他认为他们的爱情应该还处在发芽状态，在没有开花结果之前，是不能向别人承认的。

匡亚非继续追问夏子童，夏子童仍坚持着自己的意思，说："不像你想象的那样，我们真的只是好朋友而已，别把我们的友谊想得复杂了。"

匡亚非笑着说："你真是个老顽固。"

两个人继续朝前走，很快便走进了学校的东校门，穿过了林荫大道，向右是一条长长的水泥路，名为求知路，意思是通向知识的大道。看，大学就是大学，连一条路的名字也是别有韵味。求知路上，三三两两的大学生有说有笑的，或骑自行车，或悠闲地散着步。求知路的右边是一个偌大的运动场，地势比求知路低好多。好多同学在运动场上打篮球、打羽毛球、打气排球……匡亚非和夏子童也曾经无数次在这里锻炼身体。运动场中央矗立着一个高高的旗杆，顶端鲜艳的五星红旗正随风飘扬着。运动场最南端有一个一米多高的大平台，平台上还布置着高大的装饰灯，这里是学校举行盛大聚会或演出的地方。每每遇到此类活动，运动场上便挤满了学生，这时候，运动场又成了学生集会的中心。

匡亚非看着运动场，对夏子童说："大学生活真好啊！可惜咱们已经毕业了。"

夏子童说："别伤感啊！咱不是还要考研吗？还可以考回来的！"

匡亚非说："咱们一定要考回来啊！"

沿着求知路走到尽头，有一个"大学生书店"，他们决定进去看看。这是一个专门经营大学生各种考试参考资料的书店，书架上到处都摆着大学英语四级和六级考试资料、考研英语和政治辅导、公务员考试用书、雅思考试必备、计算机过级考试……当然也包括一些别的书籍，例如小说和学术著作等。上大学时，匡亚非和夏子童都没少来光顾这个书店，他们参加过多种考试，资料一般都是在这里买的。因为这个书店的资料通常给学生打七折，所以还吸引了很多兄弟院校的学生前来购买。每天书店的购书者络绎不绝。有人就惊叹：大学生参加各种考试的资料是一个多么大的市场啊！有几个知名作者年年都出现在各种资料的封面上，也不知道是否真的参加过编写，而且新版和旧版的内容都只是略加调整。因此，有人就开玩笑似的说："大学生的钱都让这几个作者赚走了。"除了卖书之外，"大学生书店"还为学生代理一些参加各种辅导班的报名工作，一般请的都是当下著名的考试专家，通常上一个辅导班得花三四百元，这又是大学生的一笔不小的开销。不光这里如此，全国的大学都存在这种情况。学校里各种为大学生服务的书店通常都采取这种经营模式，为大家提供服务的同时，也赚足了钱，所以，这样的书店在大学里经久不衰。难怪有些外国留学生感叹："哦！我的上帝！中国真是一个热爱学习的国家，大学生都在为各种考试奋斗着！"

匡亚非挑了几本考研英语和政治用书，一些是为他自己准备的；另一些是帮许松买的。除此之外，他还帮杜小峰买了几本最新的公务员考试用书。夏子童也买了几本考研英语和政治书，还买了一套《平凡的世界》，不过，他不是为自己买，而是给杜丽丽买的。他希望匡亚非回西平县时，帮他把这些书捎给杜丽丽。

买完书之后，他们便到自修室看书去了。

56

转眼间，杨晨在工地干活儿已经一个多月了。一个多月里，他明显晒黑了，也瘦了很多，手上也磨出了厚厚的茧子。每天下工后往铺盖上一躺，全身酸疼，但他都不在乎，他这么拼命地努力不仅仅是要减轻爸爸的负担，更主要的是想证明自己是个男子汉了。

这几天太阳异常热辣，很多工友受不了热纷纷辞工回家去了，杨晨没有走，他仍然在坚持着，而且学会了很多技能，例如绑钢筋，虽然还不如其他工友熟练，但至少也可以独立开展工作了。

他又一次在楼上绑钢筋的时候，手机响了，他一看是小玲姐打来的，就急忙接通了电话。

杨晨说："喂！姐！"

小玲说："小晨，我放暑假回来了，你在哪儿？我去找你。"

杨晨一听，慌了，说："我还在工地呢，这儿太乱了，你别来了，等我下工了，我去找你。"

小玲说："没事儿，你告诉我你在哪儿？"

杨晨知道拗不过小玲姐，只好说了工地的位置。

杨晨还想说什么，被手机那头的小玲打断了："好了，你等着，我过去找你。"

随后，小玲就挂了电话。

没过多久，小玲就来到了工地，她向工地上正在和泥的一位工人打听杨晨，那位工人见小玲是个漂亮的姑娘，就笑嘻嘻地指着对面正在施工的大楼说："杨晨在那上面绑钢筋呢！"

小玲说："谢谢啊！"说着，就准备过去找杨晨。

那位工人说："你别过去了，我帮你叫他。"他丢下手里的活儿，就走到大楼下面，朝楼上喊："杨晨，有人找。"

正在楼上绑钢筋的杨晨听到喊声，站起身朝下看了看，小玲正在向他招手。杨晨身边的几个工友也起身看了看，当看到一个漂亮的姑娘在向杨晨招手时，纷纷跟杨晨开起了玩笑：

"杨晨，是你女朋友吧？"

"你女朋友真漂亮！"

“杨晨，你小子真有福气！”

…………

杨晨满脸通红，说：“你们别瞎说，那是我姐。”

工友们都不相信，依然跟杨晨开着粗俗的玩笑。

杨晨生气地说：“那真是我姐，正在清华大学上学。”

杨晨的这一句话，立刻把工友们震住了，谁也不再说话了，发出了阵阵惊叹声。

在中国老百姓的心目中，你可以不知道牛津，可以不知道哈佛，但绝对知道清华、北大，这两所大学在国人的心目中的影响力实在太大了。所以，当杨晨说出小玲是清华大学的学生时，大家震惊之余的赞叹也就不足为怪了。

杨晨自豪地从工友身旁走过，下了楼，来到小玲姐的身边，小玲一看杨晨这副模样，立刻心疼地说：“你看看，都晒黑了，也瘦了这么多。”

杨晨笑了笑，说：“黑是健康的颜色。”

小玲说：“就你贫嘴，走吧，咱们上街吃饭。”

杨晨说：“我去请个假。”

杨晨跑到不远处的工棚，跟一个正在工棚里抽烟的中年男人说了点儿什么，就又跑出来了。然后和小玲朝工地外的街上走去，他们边走边说着话。

小玲说：“那是你们老板？”

杨晨说：“算是吧，是我同学他爸，他管理这个工地。我当时来这儿干活儿就是跟我同学一块儿来的。”

小玲说：“你同学他爸是老板，还让他儿子来这儿干活儿啊？”

杨晨说：“姐，这你就不懂了，他爸是老板，可我同学说了，他爸就想让他锻炼锻炼。”

小玲说：“要不你今天跟我回家吧，别干了，我觉得你都受不了了。”

杨晨说：“谁说的，姐，我能受得了，你看我身体多棒！再说了，你看看，我同学人家爸是老板，家里那么有钱还来锻炼，我为什么就不能锻炼一下呢？”

小玲说：“说得也是啊，但干活儿也不能太累着，你看这天热的，快把地烤化了。”

很快，姐弟俩就来到了一个快餐店，点过餐后，小玲准备付钱时，却被杨晨挡住了，他朝小玲笑着说：“姐，今天我请你，我有钱了。”

小玲说：“算了，还是我请你吧！”

杨晨说：“真的，我已经在工地干了一个多月了，开了工资了。”

说着，杨晨从裤兜儿里掏出一张票子，在小玲面前扬了扬，说：“看看，大面值的。”

小玲说：“那行，你请。”

旁边的收银员小姐也忍不住跟他们开起了玩笑，说：“男子汉，请姐姐吃饭也是应该的。”

杨晨朝小玲挤挤眼，说：“就是！”

小玲也笑了笑。

杨晨把钱递给了收银员小姐，收银员小姐边找钱边对小玲说：“你有个弟弟真好。”

小玲说：“是啊！”

瞬间，小玲满脸就写满了自豪感。

吃饭的时候，小玲问杨晨：“你的通知书什么时候能收到？”

杨晨说：“快了吧，按说就是这几天。”

小玲又：“通知书寄到哪儿？”

杨晨说：“寄到我爸的办公室，那天我跟玉斌哥打电话了，我说通知书一来就直接通知我，我去取，因为爸爸经常得到各村小学去检查工作，他这段时间老不在办公室。”

小玲说：“我比你还期待呢！”

杨晨说：“其实我还有些担心呢，不知道能不能被录取。”

小玲说：“你考得那么好，应该没问题的，你收到通知书一定第一个告诉我。”

杨晨说；“那还用说吗？你是我姐，我不告诉你还能告诉谁呢？”

杨晨“呵呵”地笑了，不小心被饭呛住了，连连咳嗽着。

小玲说：“你慢点儿！”

吃完饭，小玲就和杨晨分别了，杨晨把小玲送到汽车站就又回工地干活儿了。

3 天后，吃中午饭的时候，杨晨接到了郑玉斌的电话说通知书到了。杨晨顾不上吃饭就和老板请了假，当工友们得知杨晨是去取大学通知书时，都很羡慕。

杨晨坐公共汽车来到方山乡，一下车就跑向邮电所，进了邮电所大门，郑玉斌已经等在那里了。

杨晨见到郑玉斌，就说：“玉斌哥！我来了。”

郑玉斌笑嘻嘻地递给杨晨一个大信封，说：“恭喜你，小晨。”

杨晨接过信封揣在怀里，深深吸了一口气，多少天的期待终于变成了现实。

郑玉斌说：“快拆开看看，我还没有见过大学通知书是什么样呢！”

杨晨激动地拆开了信封，“北京师范大学”几个大字立刻映入了眼帘，他让玉斌哥看，郑玉斌显得比杨晨还要激动，不住地赞叹，说：“小晨，你太棒了。”

杨晨早已泪眼蒙眬了。

很快他就搭着玉斌哥的摩托车回村了，在摩托车上，他第一个给小玲姐打了电话，告诉了她这个消息，小玲在手机那头激动得说不出话来。

郑玉斌一直把杨晨送到牛村的岔路口，杨晨下了摩托车和玉斌哥告别后，就朝牛村跑去，小玲早已在村口等他了。姐弟俩没有回村，就直接跑向了山坳里，那是他们小时候的乐园。

他们爬上山岗，望着远方起伏的山峦和山脚下的柳叶河，两个人眼眶都湿润了，这是他们的故乡，曾经养育他们长大的故乡。

小玲说："我毕业后一定要修一条通往山外的路，让故乡看到山外的世界。"

杨晨说："我毕业后一定要回来当老师，让故乡从此有了希望。"

"你们都是好孩子！"

不知什么时候，杨本昌和牛彩霞站在了他们身后，两个人异口同声。

小玲惊讶地看着妈妈和杨叔叔，问："你们怎么也在这儿？"

牛彩霞说："这里也是我们小时候的游戏场，你叔叔说要来这里看看，我就陪他上来了。"

杨晨拿出自己的通知书，递给牛彩霞，说："阿姨，我考上大学了。"

牛彩霞看着杨晨的通知书，感慨万千，眼泪夺眶而出，说："小晨，阿姨为你骄傲！"

杨本昌看着孩子的通知书，眼圈也红了，他激动地说："小晨，我为你自豪！"

杨晨抑制不住满眼的泪水，动情地说："爸爸、阿姨、姐姐，我会继续努力的。"

第二天，杨晨就回工地干活儿了，本来大家都劝他不要再去工地了，但他坚持要去，他说他要把开学的学费挣够，然后他才能心安理得地和小玲姐一块儿踏上北上的列车。

57

近几天，夏军不断给韩娜娜打电话。韩娜娜已经不像以前那样回避夏军的电话了，她多少有点儿经不起夏军这么的死缠硬磨。她不再拒接夏军的电话也是出于礼貌，夏军这么执着地给她打电话说明他真的已经良心发现。对韩娜娜来说，再不接夏军的电话，似乎有些不近情理。电话是开始接了，但韩娜娜坚持一点儿：决不能再轻易相信夏军的话。

现在，韩娜娜正走出学校大门，她朝学校后面的山道走去，她想一个人静一静，刚上了山道，手机就响了起来，她知道是谁打来的，接通后，手机里就传来了夏军的声音："娜娜，我已来到西平县，你能否来接我一下？"

韩娜娜一听，立刻就惊呆了，不知道该怎么回答。夏军竟然千里迢迢来了？是啊！他真的来了。

顷刻间，她觉得天旋地转，多么希望有人能帮自己一把啊！但愿什么人能把夏军带走，别让他出现在这里，可是，这几乎是不可能的，他既然来了，肯定会跟她见面的。她真的不想见到他，但又有什么办法呢？

手机里又传来了夏军那焦急的声音："娜娜，说话呀！你总不能让我一个人待在这里吧。就算你不想见到我，但我已经大老远跑来了，没有诚心，也有一片苦心啊！"

韩娜娜泪流满面，仰望着湛蓝的天空，摇摇头说："我们真的不可能了，你不要再折腾了。如果你能原地回到省城，我会感谢你一辈子的。"

夏军说："别这么说啊！我已经向你承认了无数次错了，难道你就不能给我一个改正的机会吗？"

韩娜娜说："你赶快回去吧！不要来找我，我真怕见到你后我会发疯。为了你我都好，我希望你能理智一些，回去！"

夏军说："我决不会就此罢休的，你不来接我，我自己走。"

韩娜娜说："你来了，我也不会见你的。"说完，就挂断了电话。

她再次仰望天空，一群白鸽掠过天空，飞向前方的山坳里。

电话挂断了，一颗破碎的心再次遭到重创。韩娜娜坐在山道旁的石头上哭个没完，两个眼睛顿时像核桃般肿了起来。她知道夏军一定会来的，说不准此刻他已经坐上了开往方山乡的公共汽车。但愿他坐错了车或者根本找不到南洼沟的方向，但这怎么可能呢？她不知道见到他后自己会是什么样子，她会不会上前抓住他的衣领扇他一记耳光？她会不会朝他啐口浓痰骂他？她心里又在挣扎着，万一她看到夏军那落魄的样子时，她心软了怎么办？

矛盾啊！焦虑啊！难过啊！一股脑儿涌上了心头，韩娜娜顺手掷了一颗石子，石子被抛到了小山沟里去了，碰到了一块大石头，又被弹到了一片草从中。

猛然间，韩娜娜看见远处的灌木丛里，一只野兔来回蹦跳着。不知是在觅食？还是在寻找同伴？可怜的兔子啊！似乎迷路了。在广袤的山野中，它显得那么孤独无助。韩娜娜觉得自己多么像这只可怜的兔子啊！然而兔子还可以奔向不远处的山坳去寻找它的乐园，她自己却无处安身。

就在这时，韩娜娜想起了她的好朋友杜丽丽，杜丽丽遭受的打击要比她大得多，但杜丽丽却顽强挺了过来，她有什么理由拒绝生活的挑战？

她很快就决定去找杜丽丽，一是为了向她倾诉一下心中的苦闷；更主要的是为了从好朋友身上汲取生活的勇气。

想到这里，韩娜娜擦干泪水，朝阳泉小学的方向走去。

夏军很快便乘着开往方山乡的公共汽车来到了方山乡。一下车，他就向路边的一位老人打听："大爷，到南洼沟怎么走？有没有通南洼沟的车？"

老人看了看他，说："你是从外地来的吧？"

夏军点点头，说："我从南方来。"

老人说："到南洼沟都是山道，不通汽车，只能步行。"

夏军又问："得走多长时间啊？"

老人说："山里人一般得走两个多钟头，估计你得走老半天了。"

夏军一下子就呆住了，该怎么办呢？步行吧？还有那么远，连日来旅途的劳累已消耗了他大部分体力，他真的不想再走下去了。他徘徊着、犹豫着，但他马上就坚定了自己的信念：不管怎样艰难，一定要见到韩娜娜。

夏军在路边的小卖部里买了两瓶矿泉水，把其中的一瓶塞进了旅行包，拧开了另一瓶，仰头一饮而尽。一瓶水下肚，他感觉浑身有了一点儿力气，准备继续前行。但是，等他望着眼前这条通向遥远的大山深处的长长的山道时，还是有些发怵，紧接着就长长地叹了一口气，自言自语："娜娜，你怎么能在这样的地方支教呢？"

为了亲爱的人，没有办法，山道再长也得前进，于是，夏军鼓起勇气继续前行了。

因为已近中午，漫长而崎岖的山道上并没有什么人。夏军每走一段就在路边歇一会儿。他只在旅游时才走过这样的山路，但那是很久以前的事儿了，而且那时候的感觉是兴奋与快乐的。可是，现在再走这样的路，由于目的截然不同，所以感觉也就不一样了。夏军感到两腿发软，脚似乎也磨破了，一阵疼痛。他只好坐在路边的一块儿石头上，脱了鞋，果然，右脚根儿磨了一个大泡。如果再这样走下去，肯定会磨出血泡的。他难过极了，一方面是精神上的，因为韩娜娜并不原谅他；另一方面是身体上的，因为山道是如此难走。他在石头上坐了好一阵子，有些发困，可一想到马上就能见到韩娜娜了，他就又有了力量。他站起身，准备继续朝前走。

正午的阳光向大地泼洒着它所有的光和热，整个大地仿佛烤焦了似的。夏军的脸上、脊背上都淌着汗，上衣也被汗水湿透了，跟脊梁贴在一起。他觉得很不舒服，于是脱了上衣，想晾一晾，等晾干了再走。他环顾一下四周，到处都是高山。在群山环抱之中，抬头望望天空，仿佛置身于井底之中。遥远的山坳里偶尔可以看见一两个萧条的村庄，似乎还听到了一两声鸡鸣狗叫的声音。

夏军忍不住又扭转头看了看山道，突然间，他看见山道的尽头走来了一个人，正朝他所在的方向走来，看来也是赶往大山深处的。他像见了救星似的，忙迎了上去，朝那人挥挥手。

来的人是庄勇，他看到前面的人向他挥手，就加快脚步向他走来。

等走近了，庄勇并没有说话，夏军却在仔细打量着庄勇，他发现庄勇身上背了好多日常生活用品，用网兜儿兜着。夏军看庄勇根本不像个山里人，倒像是从城市来的。夏军不知道该怎么称呼庄勇，出于礼貌，他还是叫了一声："大哥！"

庄勇笑了笑，说："你看上去比我大哩！大哥，你要到哪里去？"

夏军说："我要到南洼沟去，还有多远啊？"

庄勇说："南洼沟啊！还远着呢！跟我走吧，咱俩同路，我也要去南洼沟。"

于是，他们相跟着上路了。很快，两个人便聊开了。

夏军问："兄弟是到乡里买东西了吧？看你拿了这么多日用品，要我帮忙吗？"

庄勇说："哦！不用，我自己能背。南洼沟太偏僻，很多东西都得到乡里来买。"

走了一段，庄勇问："不知大哥到南洼沟做什么？看你不像本地人。"

夏军说："我来这里找一个人。"

庄勇问："找谁啊？"

夏军说："她叫韩娜娜，在南洼沟小学教书。"

庄勇突然惊叫了一声，说："找娜娜啊！我们是同事。"

夏军睁大了眼睛，说："你们是同事啊？"

庄勇立刻跟夏军握了握手，说："我叫庄勇，是韩娜娜的同事，我们是一块儿来到南洼沟小学支教的。"

夏军说："哦！我叫夏军，也是韩娜娜的朋友，这次是来看望她的。"

庄勇惊奇地看着他，去年，他就听说过夏军远在新西兰，而且知道他和韩娜娜分手了，没想到今天在这里碰上了。

庄勇是个善良的人，尽管他清楚夏军当时对韩娜娜的态度，出于礼貌，他还是热情地带着夏军回到了南洼沟小学。

一回到南洼沟小学，当许松看到夏军时感到非常吃惊。

听说夏军是来找韩娜娜的，许松说：“我也不知道她到哪里去了，这样吧，我给她打个电话。”

许松立刻掏出手机拨了韩娜娜的电话，结果手机里却传来“你所拨打的电话已关机”的声音。

庄勇不甘心，也赶紧拨了一次，结果仍然一样。

庄勇说：“娜娜能到哪儿去呢？”

许松说：“会不会在学校后边的山道上，她经常去那里唱歌。”

庄勇说：“我去看看。”说着，他就跑了出去。

许松对夏军说：“你先在我们宿舍休息一会儿，我去给你做点儿吃的。”

夏军赶忙摆摆手，说：“不用了，我包里有面包，将就着吃点儿算了。”

他拉开旅行包，拿出一袋儿面包，递给许松一片，说：“你也来一片吧？”

许松说：“不用。”然后就为夏军端来一盆水，让他洗洗手和脸。夏军蹲下身洗了起来，边洗边担忧地说：“你估计娜娜能到哪里去呢？”

许松心想：“我要是知道了，还用打电话吗？”但嘴上却说：“大概不会走远吧？她很少一个人走远路的。你别担心，你一定能见到她的。”

不一会儿，庄勇跑回来了，说：“娜娜没在山道上。”

许松说：“那能去哪儿呢？”

庄勇说：“她是不是故意躲开的？”

许松说：“应该不会的。”

庄勇说：“以前她不管去哪儿，都会事先给我们打个招呼的，可这次把手机也关机了。”

许松说：“会不会到丽丽那里去了？”

庄勇说：“有可能。”

许松赶紧掏出手机给杜丽丽打电话，杜丽丽同样关机。

许松对庄勇说："到底怎么回事啊？"

他们都很郁闷，不知道韩娜娜和杜丽丽搞的什么鬼。

一直呆在一旁的夏军，这时候说话了："你们也别着急，娜娜是不愿见到我才这么做的。我以前伤害过她，她心里还在怨恨我。"

庄勇说："咱们要不到阳泉小学去看看吧？"

许松说："也行。"

许松和庄勇让夏军留在他们宿舍等消息，但夏军坚持要跟他们一块儿去，他们只好答应了。

没过多久，他们就来到了阳泉小学。等他们见到杜丽丽时，杜丽丽却说她没见韩娜娜。

夏军很失望，不知该怎么办才好。因为杜丽丽坚持说没见韩娜娜，他只好跟着许松和庄勇又返回南洼沟了。

下午的课，韩娜娜没来上，是许松代她上的。庄勇已经急得不像样子了，不知拨了多少次韩娜娜的手机，但一直是关机状态，连周小红和高满堂都有些着急了。

高满堂说："娜娜该不会出什么事儿吧？"

许松说："应该不会的。"

周小红说："她会不会是去乡里买东西了？"

庄勇说："更不可能，我刚刚从乡里买东西回来，还给她捎了不少东西。"

看着夏军那焦虑的眼神，许松心里就开始埋怨起韩娜娜来："就算你恨夏军，也不能这么折磨人家。好话歹话说在明处，何必如此折磨人？"

整个下午，许松和庄勇都坚信韩娜娜一定在杜丽丽那里，是杜丽丽向他们撒了谎，或许是韩娜娜故意让杜丽丽这么做的。

这时候，周小红走过来对许松说："我去阳泉小学看看吧，或许能看到娜娜。"

许松说：“你去了不要说找娜娜。”

周小红说：“放心，我连阳泉小学大门都不一定进，我就在学校外边‘侦察’一下。”

说完，周小红就走了，一个小时后，周小红就给许松打来了电话。

周小红说：“我还没进阳泉小学的大门就看到娜娜和丽丽在校园里聊天，你赶紧过来吧，我就不进校园了，反正丽丽也没发现我，我就直接回家了啊！”

许松激动地说：“好！”

许松把这个消息告诉了夏军和庄勇，他们同样也很兴奋，当下就都表示想立刻去找韩娜娜，但许松说：“你们谁都别去，我一个人先去看看情况再说，人去多了，反而不好。”

说完，许松就去了阳泉小学，希望能有所收获。他风尘仆仆地来到阳泉小学，正要进学校大门时，正碰上董月莉和崔明浩出学校，他们看到许松，崔明浩就问：“许松，你这是？”

许松说：“我来找娜娜，她是不是在丽丽这儿？”

崔明海还没来得及回答，董月莉就抢着说：“在呢，刚才我还跟娜娜说话了。”

许松一颗悬着的心落地了，激动地跟董月莉和崔明浩说了声“谢谢”就进了学校大门。

一进校园，见到杜丽丽，许松就生气地说：“丽丽，你不能这么折腾我吧？你直接告诉我娜娜在哪儿。”

杜丽丽看到这次是许松一个人来，就说：“娜娜在我的宿舍里躺着呢，我之所以撒谎，是娜娜不想见到夏军。”

许松和杜丽丽去了她的宿舍，韩娜娜正躺在杜丽丽的床上，眼睛都哭肿了。

许松进门便说：“娜娜，别难过，有我们呢！”

韩娜娜说："我就是不想见到夏军。"

许松说："其实，娜娜，你应该冷静些。我们知道夏军曾经伤害过你，大家都觉得他实在可恨，不能原谅他。可是，他一定也有他的苦衷，现在他已经来了，而且从那么远的地方来看你，说明他良心有所发现。不管怎么说，就算把他当作普通朋友，你最起码也应该心平气和地跟他见上一面。"

韩娜娜又哭了，杜丽丽递给她一条毛巾，说："许松说得也有道理，跟他见一面吧。"

在许松和杜丽丽的安慰和劝说下，韩娜娜终于答应跟夏军见上一面了。

许松立即给庄勇打了电话，说他和韩娜娜马上就回南洼沟去，让庄勇告诉夏军一声。

许松和韩娜娜还走在山道上的时候，就远远看见夏军正向他们走来。等他走近了，许松借口有事快步走开了，想给他们留下单独相处的时间。

韩娜娜一见到夏军就泪如雨下，夏军的眼圈也红了，这是他们分别这么长时间以来的首次面对面。

时间仿佛静止了，只有两颗心在急遽地跳动着。

58

杜丽丽看到韩娜娜去跟夏军见面了，她立刻就想起夏子童来。不知道为什么，她突然间也非常期待夏子童能来看看她，她竟有些羡慕韩娜娜了，不管结果怎样，至少夏军来看娜娜了。

但是，夏子童没有立即来到杜丽丽的身边，常平却来了。

常平来到阳泉小学的时候，杜丽丽正在上课，常平只好在校园里等杜丽丽下课。他也没什么事儿可做，就坐在校园里的简易乒乓球台上玩儿起了手机。

过了一会儿，下课了，董月莉先出了教室，她和崔明浩对常平都很熟悉，因为常平经常来找杜丽丽，于是，就走上前说：“常平，你找丽丽的吧？”

常平朝董月莉点点头。

董月莉就朝杜丽丽的教室喊：“丽丽，常平找你。”

杜丽丽听到喊声就出了教室，她看到是常平，心里不知道是什么滋味，她知道常平一直在追求她，但她始终都没有答应过他，因为她内心的天平是倾向于夏子童的。正当她不知道该怎么面对常平时，崔明浩刚好路过她身边，崔明浩跟她开起了玩笑：“丽丽，常平是个挺好的小伙子，我看他是真的喜欢你啊！”

杜丽丽听出了崔明浩的意思，脸一下子红了，说：“崔老师，我们只是好朋友而已。”

崔明浩说：“哦，不好意思啊！我还以为你们……”

崔明浩没有继续说下去。

杜丽丽说：“没事儿！”

说着，杜丽丽和崔明浩就来到了常平身边。

崔明浩对杜丽丽和常平说：“丽丽、常平，你们聊！”

接着，崔明浩和董月莉就走开了，转身进了集体办公室。

常平看到崔明浩和董月莉走了，就对杜丽丽说：“咱们到山道上走走吧，我有话对你说。”

杜丽丽说：“我还有一节课要上的呀！”

常平说：“那好吧，我就简单跟你说说吧！说完我就走，保证不耽误你上课的。”

杜丽丽问：“什么事儿啊？”

常平说：“我要离开乡中学了，今天是来跟你告别的。”

杜丽丽惊叫一声：“啊！”

常平说：“你也不用惊讶，我考虑很多天了。”

杜丽丽说："常平，你等我一会儿，我去向崔老师请个假，咱们到山道上说吧！"

说着，杜丽丽就小跑进了集体办公室，很快就出来了，来到常平身边，说："走吧，我请过假了。"

常平就和杜丽丽出了阳泉小学大门，来到了山道上，因为天气比较热，杜丽丽提议到后山坳里走走，那里到处都是大树和灌木，荫凉地儿较多。

杜丽丽问常平："离开乡中学你打算去哪里？"

常平说："我准备去北京。"

杜丽丽问："为什么呀？好端端的工作，说辞就辞了，你敢保证你到北京就能混得好？"

常平说："我已经决定了。"

杜丽丽说："你一定要想清楚，往前迈一步有很多困难的。"

常平说："唉！我待在乡中学等于是在浪费青春。"

杜丽丽问："为什么这么说？你可以换个角度看待人生。"

常平难过地说："我不想说那些伤心话，丽丽，你是个好姑娘，只能在我的梦中存在了，我无法接近你。"

杜丽丽听出了常平话里的含义，她的脸顿时红了，不好意思地说："常平，我真诚地跟你说声对不起。"

常平摆摆手，说："不要这么说，我能跟你成为朋友，我已经很知足了。"

说着，常平眼圈就红了。

杜丽丽不知道该怎么安慰常平，只好说："常平，你再考虑考虑，毕竟辞职是件大事儿。"

常平非常平静地说："与其一辈子待在乡中学过那种一成不变的生活，还不如趁着年轻为未来搏一搏。"

杜丽丽低声说："既然你决定了，我只有祝福你，你一定要好好的。"

说完，杜丽丽的眼泪就淌出了眼眶。

常平说：“丽丽，我会的。来，为了我们的友谊，我们可以拥抱一下吗？”

杜丽丽点点头，两个人拥抱了一下。

杜丽丽说：“你什么时候走？”

常平说：“明天。”

杜丽丽说：“这么快啊？”

常平说：“嗯，我想早点儿离开了。”

两个人都很伤感，他们在山坳里聊了很久，然后向山坳外走去，来到山道上，他们就此分别了，常平走了很远了，杜丽丽还站在山道上，特别伤感心里默念着：“常平，你是个好人，我不会忘记你的，你要好好的。”

杜丽丽一直目送着常平消失在山道的尽头，才转身朝阳泉小学走去。等她快走到学校大门旁时，身后传来一阵摩托车声，她以为是邮递员郑玉斌，就回过头看了看，却发现是范海强骑着摩托车过来了。

范海强很快来到了杜丽丽面前，停下车，朝杜丽丽笑着说：“丽丽！”

杜丽丽这才看到范海强的摩托车后座上还坐着一个漂亮的姑娘，披着一头乌黑的长发，穿着一件粉色的连衣裙。

杜丽丽问：“海强，你这是干什么去？”

范海强说：“我刚进城买了一辆摩托车，怎么样？好看不？”

杜丽丽说：“挺好看。”

范海强指着后座上的姑娘说：“这是红英，上河村的，我们就要结婚了。”

杜丽丽大吃一惊，以前从没听说过范海强谈了对象，前几天还听董月莉说起范海强，董老师说范海强这么好的小伙子就是找不到对象，人家姑娘都嫌阳泉村太偏僻不愿意嫁到这里来。当时，杜丽丽心里还一阵难过，想到范海强帮了她那么多忙，总想找个机会回报范海强，包括给范海强介绍对象。虽然她不是本地人，但认识这里的一些老师，可以请这些老师帮范海强介绍对象。唉！想不到还没有来得及帮范海强，范海强这么快就要结婚了。

杜丽丽有些难为情地笑了笑，说："祝贺你们啊！海强、红英！"

范海强向红英介绍杜丽丽："这是我们村小学的丽丽老师，人家是大城市来支教的。"

红英下了摩托车，下摩托车的时候有些吃力，下了摩托车就站在原地朝杜丽丽笑了笑，红扑扑的脸蛋真的很好看。

杜丽丽赶紧上前拉着红英的手，说："我叫杜丽丽！你长得真漂亮！"

红英说："丽丽，你的名字真好听。"

杜丽丽说："我的名字太大众化了，倒是你的名字很好听哩，红英！"

他们 3 个人在山道上聊了几句之后，范海强就载着红英走了，杜丽丽目送着他俩进村了，因为范海强家离阳泉小学不远，杜丽丽看到范海强把摩托车停在他家门口，他扶着红英下了摩托车。杜丽丽突然发现红英走路的时候一瘸一拐的，她这才知道红英的腿脚不好，怪不得刚才她下摩托车时那么费力，而且站在原地不动。原来，范海强找了一个残疾姑娘，想到这儿，杜丽丽下意识地摸了摸自己脸上的伤疤，顿时，眼泪又止不住地顺着脸颊淌下了。小声自言自语："海强，但愿你未来的日子一切都好。"

有人要远离了，有人要结婚了，杜丽丽无法忍受这突如其来的痛苦，又一次跑到"忘忧石"大哭起来。

红肿着眼睛的杜丽丽去井边提水时，又碰到范海强，范海强争着要帮她提水，杜丽丽趁机问范海强："海强，你真要结婚啊？"

范海强说："是啊！"

杜丽丽说："我看红英的腿脚不太好，你能不能再认真考虑考虑？"

范海强说："我考虑过了，我找个媳妇很难哩！这河道里肯嫁给我的姑娘太少了，红英虽说腿脚有点儿不好，但她不要财礼，又是个好姑娘。"

杜丽丽不知道该说什么才好，眼泪立刻就涌出了眼眶，她从没有像今天这样难过。

范海强看见杜丽丽这副模样，说："丽丽，我知道你很善良，我和红英结婚也是没有办法的事儿。"

杜丽丽说："不管怎么说，你和红英将来好好过，我祝福你们。"

范海强说："一定会的，谢谢你，丽丽！"

杜丽丽说："你家里困难，要是钱不够，我可以帮你。"

范海强说："不用了，我们结婚花不了几个钱，再说了红英什么都不要。"

接着，范海强依旧像往常那样把杜丽丽的小水缸灌满了水才回家去了。

没过几天，范海强和红英就结婚了。结婚的前一天，杜丽丽托董月莉给范海强捎去一个高档蚕丝被和一条时新的床单，这是她特意进城为范海强挑选的。后来在结婚当天，杜丽丽还跑到范海强家给他上了500元钱的礼金，她没有在范海强家吃席面就匆匆回学校去了，一个人躺在宿舍里，流了一个下午的眼泪。

晚上，范海强收拾东西时，又一次看到了杜丽丽送给他的蚕丝被和床单，而且还有500元钱的礼金，他再也忍不住了，就悄悄躲到自家后面的泡桐树下流了很长时间的眼泪。直到红英找不到他，喊他时，他才抹了一把眼角的泪水，答应着回到了家里。当红英问他这么贵重的礼物是谁送来时，他实话实说是杜丽丽送的。红英当场就哭了，范海强问她为什么哭，红英也不说话就是个哭，范海强知道红英是担心他和杜丽丽会有什么故事发生呢！他告诉红英，杜丽丽是来这里支教的，支教结束人家就回大城市了，红英这才擦了擦泪水，范海强立刻拥抱了这个好心的姑娘！

窗外的月光格外明亮，透过窗户照进屋内，屋里也亮堂了。

59

杨本昌的前妻曹芳在离开方山乡18年后，突然在一个下午回到了方山乡，一下公共汽车，她就直奔牛村来，她没有直接去找杨本昌，而是先来找牛彩霞了。20年前，她从省城来到方山乡支教，认识的第一个人就是牛彩霞。当时，牛彩霞去乡里办事儿，正好遇到准备到南洼沟去的曹芳，牛彩霞热情地把曹芳带到了南洼沟小学。

曹芳不敢在学校住，当时还在南洼沟小学教书的杨本昌没办法帮她找到合适的住处，曹芳提议说她想住到牛彩霞家。杨本昌觉得有些不妥，毕竟南洼沟离牛村还有一段路，天天来回这么跑，辛苦不说，安全也是个大问题。但曹芳说她不怕，杨本昌只好征求牛彩霞的意见，牛彩霞立刻就答应了，并且还说她每天可以去接送曹芳。杨本昌觉得过意不去，毕竟曹芳是南洼沟小学的支教老师，他就主动承担起放学后护送曹芳的任务。这一护送不要紧，两个人渐渐有了感情。再后来，曹芳顶住家庭的压力跟杨本昌结了婚，本该幸福的婚姻，却在曹芳生下杨晨后不久就停止了，曹芳一个人回到省城给杨本昌寄来一张离婚协议书，这在杨本昌的意料之中，他想都没想就签了字，他们的婚姻也就彻底结束了。

曹芳凭着印象，走过山道，走过曾经熟悉的柳叶河，来到了牛村，她走进牛村小学的时候，正赶上学校放学，牛彩霞和杜小峰正在办公室里收拾东西。曹芳推门进了集体办公室，牛彩霞和杜小峰同时朝曹芳看了看，牛彩霞站起来问："你找谁？"

曹芳说："我找牛彩霞老师。"

牛彩霞说："我就是，你是……"

曹芳说："我是曹芳。"

牛彩霞惊得大叫一声：“啊！曹芳！”

牛彩霞上前和曹芳拥抱在一起，两个人都激动万分，18年没有见面了，没想到今天又相见了。

曹芳当场就哭了，牛彩霞的眼泪也夺眶而出，旁边的杜小峰赶紧悄悄出了办公室，他要把美好的时间留给这两个多年未见的好朋友。

两个人擦干眼泪，牛彩霞问：“曹芳，这么多年，你为什么不回来看看？”

曹芳说：“彩霞，一言难尽啊！”

牛彩霞说：“就算你不想再见到本昌，可你也得来看看小晨啊！”

曹芳说：“我不是个好妈妈。”

牛彩霞叹了一口气，说：“唉！曹芳，你不知道，你走后，本昌有多苦，他一个人带着小晨生活不说，还得为学校操心，他为了盖学校腿受伤了。”

曹芳惊叫一声：“啊！”然后就问：“严重不？”

牛彩霞说：“左腿截肢了，后来安了个假肢。”

曹芳又开始流眼泪了，说：“都怪我，耽误了他。”

牛彩霞说：“我知道你也有太多的难处，都过去的事儿了，不说这个了，你这么多年过得怎么样？”

曹芳擦了擦眼泪，长长地叹了一口气，说：“唉！不瞒你说，彩霞，我回省城后，本想着还要回来的，可是，爸爸妈妈以死相逼，我只好寄回来一张离婚协议书，我原以为本昌一定会去省城找我的，可是没有。”

牛彩霞说：“你又不是不知道本昌那脾气，他当时拿到离婚协议书，连想都没想就签了字，嫌挂号信慢，还发了特快专递寄给你。”

曹芳说：“我是左右为难啊！一方面是爸爸妈妈，一方面是本昌和小晨。”

牛彩霞说：“我能理解你，本昌也会理解你的。那后来你结婚了吗？”

曹芳说：“后来我又找了个，他是个转业军人，他前妻带着女儿出国后，他们就离了婚。他人挺好的，对我也很好。”

牛彩霞问：“你们有孩子吗？”

曹芳摇摇头。

牛彩霞问：“那怎么不生一个？”

曹芳说：“中间怀过一个，是个女孩儿，上班的时候不小心摔了一跤，就流产了，之后就再也怀不上了。”

牛彩霞不知道该说什么才好，就安慰曹芳：“你不要太难过，有些事儿不是我们能左右得了的。”

曹芳说：“这都是命啊！我这次来就是想看看本昌和小晨，不知道他们怎么样了？”

牛彩霞说：“本昌已经不在南洼沟教书了，他调到乡教育办公室当主任去了，小晨今年刚刚参加高考，他考上了北师大，他想将来当老师。”

听到牛彩霞这么一说，曹芳是既高兴又惭愧。高兴的是杨本昌和小晨都还不错，惭愧的是自己在他们最需要的时候离开了他们。

曹芳说：“也不知道他们愿不愿意见我？”

牛彩霞说：“说啥呢？他们肯定愿意见你的，你别多想，本昌是个什么样的人你还不清楚吗？至于小晨，或许他一开始会接受不了，但我相信他一定会见你的。”

曹芳低下头笑了。

晚上，牛彩霞和曹芳回到家时，小玲已经做好了饭。小玲满脸疑惑地看着曹芳，曹芳问牛彩霞：“这是小玲吧？”

牛彩霞说：“是啊！”

曹芳说：“我记得我走的时候，小玲才刚刚学会走路，如今都长成个大姑娘了。”

牛彩霞说：“是啊！那时候，你没少帮我照看小玲。”

然后她赶紧又对小玲说：“小玲，这是你曹芳阿姨，20 年前在南洼沟支过教。”

聪明的小玲立刻就明白了眼前的这位阿姨是谁了，以前她听妈妈说过很多次，知道曹芳是杨晨的妈妈。

小玲说：“阿姨好！”

曹芳上前拉住小玲的手，一个劲儿夸：“小玲，你真漂亮。”

小玲说：“阿姨，您也很漂亮的。”

曹芳说：“阿姨再漂亮也比不上你。”

小玲的脸立刻红了。

曹芳问：“你上大学了吧？”

小玲点点头。

曹芳又问：“在哪儿上呢？”

小玲不好意思说，就低下了头，她不喜欢张扬。

旁边的牛彩霞对小玲说：“告诉你阿姨呗！”

小玲这才说：“清华！”

曹芳一听，惊得大叫一声。

紧接着就是感叹了一番：“难得啊！难得！小玲是咱方山乡的骄傲！了不起！”

小玲也不知道该怎么接话了，只是说：“阿姨，小晨也很优秀的。”

曹芳说：“你们都很优秀。”

趁着曹芳和小玲聊天的功夫，牛彩霞悄悄出了院门，来到山道上拨通了杨本昌的手机。

牛彩霞说：“喂！本昌，告诉你个事儿啊！你可不要激动。”

杨本昌说：“什么事儿啊？”

牛彩霞说：“曹芳回来了。”

杨本昌惊叫一声：“啊？！”

牛彩霞简单地说了曹芳的情况以及这次回来的用意，然后叮嘱杨本昌：

“你一定要跟她见见面，毕竟夫妻一场。”

杨本昌心情很复杂，但最后还是答应了。

牛彩霞打完电话就回屋了，对曹芳说：“曹芳，我给本昌打了电话，让他明天过来，你们见见。”

曹芳连忙说：“谢谢！谢谢！”

牛彩霞说：“谢啥啊！都是自己人。”

曹芳说：“那小晨……”

曹芳的话还没说完，小玲就打断了她：“阿姨，您放心，我明天去找小晨，他在城里呢！”

小玲没说杨晨在城里做什么，她是担心曹芳阿姨难过才不说的。

曹芳的一颗心才算是落了地。

吃过饭后，曹芳和牛彩霞聊到很晚才睡。

第二天一大早，等她们醒来时，小玲不知什么时候早就出门了，她要赶方山乡最早一班开往县城的公共汽车。

小玲乘公共汽车来到县城后，就直奔杨晨的工地来了，见到杨晨时，杨晨正在扛水泥，满脸泥灰，小玲都快认不出来了。

小玲把曹芳阿姨回来的事跟杨晨说了，杨晨立刻拉长了脸，说：“她来干什么？”

小玲说：“还不是想来看看你和叔叔？”

杨晨说：“这么多年都没来，偏偏这个时候来，我看她没安什么好心。”

小玲听杨晨这么一说，立刻批评他：“小晨，曹阿姨当年离开你和叔叔肯定是有她的苦衷的，你不能这么说她，她毕竟是你妈妈。”

杨晨说：“她只是生了我，又没有养过我，这样的妈妈还不及牛阿姨的1/10好。”

小玲说：“我知道你心里有气，一时也难以接受，但这是事实啊！曹阿姨就算千错万错，也改变不了你们的血缘关系。”

杨晨仍然拉着脸，眼睛里却早已含满了泪花。

小玲拍了拍他的肩膀，说："好了，小晨，今天跟我回去见见曹阿姨吧，都已经过去这么多年了，不要再记恨这些事了。"

杨晨喘着粗气，没有回答小玲。

小玲又说："算姐求你了，姐从来不求人，但这次真的求你了。"

小玲的这句话，让杨晨异常难过，他说："姐！你不知道，这么多年，爸爸和我是怎么过来的，要是没有牛阿姨和你，也许我和爸爸早就过不下去了。她一走就是这么多年，连个音儿都没有，现在突然回来了，谁一时能接受啊？"

说着，杨晨就难过地掉下了眼泪。

小林赶紧安慰杨晨："小晨，我理解你，就算走到天涯海角，我依然是你姐姐，你今天听我一句，跟曹阿姨见个面，我知道你心里其实一直想着曹阿姨的。"

听到这儿，杨晨一下子扑在小玲的肩膀上痛哭起来，同意跟小玲回村。

傍晚，杨晨和小玲回到了牛村，来到家时，杨本昌已经和曹芳单独相处了两个小时了，曹芳表达了对杨本昌的愧疚之情，杨本昌并没怪她，表示理解曹芳当年的难处。

当杨晨突然出现在曹芳和杨本昌面前时，曹芳再也控制不住了，泪如泉涌，上前拉着杨晨的手，说："小晨！妈妈对不住你。"

杨晨并没有挣脱曹芳的手，什么话也不说，只是流眼泪。

看到这一幕，牛彩霞说："一家人团聚应该高兴的，来，咱们今晚庆祝一下。"

牛彩霞已经做好了一桌菜，他们围在桌子旁吃了一顿团圆饭。

吃完饭，牛彩霞和小玲借故要去学校取东西就离开了家，她们是想把时间留给曹芳、杨本昌和杨晨，让他们一家人好好聊聊。

曹芳敞开心扉向杨本昌和杨晨说了自己这 18 年来的一切，她这次来没有别的奢望，就是希望杨晨能叫她一声“妈”，杨晨叫不出来，杨本昌当场就批评了杨晨：“叫一声妈就这么难吗？她本来就是你妈！”

杨晨依旧不肯叫，杨本昌火了，又要骂杨晨的时候，曹芳说：“算了，本昌，别怪孩子了，应该怪我，我不是个好妈妈。”

好长时间，杨晨一直没有说话。

3个人的相聚在尴尬中结束了，那个夜晚，他们都住在了牛彩霞家。

第二天一大早，伤心的曹芳告别了牛彩霞，临行时，塞给牛彩霞一个鼓鼓的信封，说：“彩霞，这是给小晨留的5000元钱，麻烦你交给小晨。”说完就独自走了。她含着眼泪走上了山道，还不断地回头看看，她多么希望杨晨和杨本昌能来送送她啊！可是每一次回头，都是失望。

绝望的曹芳蹲在寂静的山道上号啕大哭，一哭就是很长时间。

“妈！”

突然耳边传来一声“妈”，曹芳抬起头，不知什么时候，杨晨站在了她的身边，杨晨俯下身子扶妈妈站起来，帮妈妈擦了擦眼泪，他自己却早已泪流满面了。

杨晨说：“妈！跟我回家吧！”

激动的曹芳一下子抱住了杨晨，说：“小晨！妈妈对不住你。”

杨晨什么也没说，只是紧紧地拥抱着妈妈。

时间仿佛静止了，曹芳觉得幸福极了，远处的山坳里传来了阵阵清脆的鸟叫声，山道下的柳叶河一路欢唱着奔向前方。啊！好美的早晨啊！

不知过了多久，牛彩霞、杨本昌、小玲围在了曹芳和杨晨身边。

大家的眼眶都是湿湿的，当清晨的第一缕阳光从东方的山头斜照过来时，透过晶莹的泪花，每一个人眼前都是一个色彩斑斓的世界。

后来，曹芳跟着杨晨和杨本昌回到了南洼沟的家，曹芳曾经在这个家生活过，这个家除了房子几年前稍稍翻新过之外，其他没有太多改变，对曹芳来说，一切依旧是那么熟悉。触景生情，曹芳感慨万千。

由于不愿看到彼此太多的伤感，也为了把更多的时间留给曹芳和杨晨母子，杨本昌下午就回乡教育办公室上班去了，临走时，杨本昌告诉曹芳，回省城的时候，他想去送送她，曹芳立即答应了。

曹芳在南洼沟住了3天就离开了，是杨晨和杨本昌送她到西平县火车站的，3个人都很伤感，但都没有流眼泪，只是互相说了好多保重的话。

送走曹芳后，杨本昌与儿子在县城分别了，他回方山乡上班去了，杨晨继续回到工地干活，他在回工地的路上流了好长时间的眼泪。

60

匡亚非买了回西平县的火车票，说是下午3点就会离开省城。韩阳上班太忙不能到火车站送他，夏子童说他可以去送匡亚非，他们拉着皮箱在路边拦了一辆出租车。

马上要分别了，夏子童和匡亚非都有些恋恋不舍，毕竟这段时间，他们已成了很好的朋友，似乎他们之间还有好多话需要说。匡亚非说希望将来他们都能考上研究生，到那时，他们就可以朝夕相处了。夏子童甚至还说将来他们要申请住同一个宿舍。

出租车很快就到了火车站，因为时间尚早，他们在火车站前的广场上坐下来准备休息会儿再进站。

刚一坐下来，夏子童就说："亚非，这次回去也不知你什么时候才能回来？"

匡亚非说："应该不会太久的，但愿明年我们都能重新走进师大攻读研究生。"

夏子童说："前提是我们都要好好复习啊！"

匡亚非说："那当然，不考上研究生誓不罢休。"

夏子童说："你回去之后，一定要把我给丽丽买的那几本书捎给她，让她好好复习，另外还要多多照顾她。”

匡亚非说：“没问题的，你放心，我一定照办。”

火车站广场上人来人往，大家都处在一片忙碌之中，车站大喇叭时不时广播着火车进站出站的声音。

夏子童说：“我真想跟你一块儿回西平县，看看你们究竟是在什么样的环境里工作的，到底有多苦。我有时也纳闷，你说你们怎么能选择去那个地方支教呢？你们当时脑子一热什么都不考虑就去了，现在呢？还不是想回来？再说了，那地方那么闭塞，你们怎么与世界接触啊？想学习都没条件，买书还得跑回省城来买，想想都觉得难过，幸亏我当时没去，要不，还不知道现在会是个什么样子呢？”

匡亚非说：“你说得有道理，我现在就特别想回来，在那里过一天比过一年还难熬。”

夏子童说：“就是，像你这样的男孩子都熬不下去了，要是个女孩子该怎么熬呢？也不知道丽丽每天是怎么过的，更不知道她变样了没有，说不准早被太阳晒成个黑妞了。”

听夏子童这么一说，匡亚非立刻想起了杜丽丽脸上的那道伤疤，不知道夏子童看到杜丽丽时，会是什么反应，说不准会痛哭一场的，或者转身就走。杜丽丽以前的确非常漂亮，就是现在也可以看出她曾经是个美人，只是那一道伤疤让她与漂亮彻底告别了。人啊！是不可能十全十美的，生活总会给你开这样和那样的玩笑。

匡亚非说：“丽丽依旧很漂亮，只是……”

他欲言又止，不说吧，觉得对不住夏子童，作为好朋友，不能隐瞒他；说出来吧，又怕夏子童伤心。

夏子童说：“只是什么？你是不是要说丽丽曾经发生过一次事故？”

匡亚非说：“是，你怎么知道？”

夏子童说：“丽丽跟我说起过，当时我就埋怨她不该去支教，如果不去就不会发生那次事故。”

匡亚非说：“是啊！”

夏子童说：“丽丽是不是仍旧爱唱歌，每天都要吊嗓子？”

匡亚非说：“那是肯定的！”

车站的喇叭发出了让旅客进站的广播。

匡亚非说：“子童，你回吧！我要进站了。”

夏子童却坚持要把他送进站，他很快去买了一张站台票。

进站之后，在长长的站台上，即将分别的时刻，两个人都有些伤感，匡亚非更是如此，他内心矛盾极了。他想把杜丽丽脸上那道伤疤告诉夏子童，使他不至于真正看到杜丽丽时没有思想准备，他真不忍心看着自己的朋友什么都不知道。

匡亚非鼓起勇气对夏子童说：“我告诉你一件事儿，你可千万别伤心。”

夏子童说：“什么事儿？你说吧，我心宽着哩！”

匡亚非说：“丽丽经过那次事故之后，右脸上留下了一道伤疤，她曾经痛苦得死去活来。那件事儿发生后，不知为什么，她离开了原先工作的乡中学，主动要求到条件更为艰苦的阳泉小学去支教。”

“啊？！”夏子童当场就觉得头晕目眩，一时说不出话来。

匡亚非说：“怎么了？子童，你千万不要难过，我觉得应该告诉你。你终究是要跟她见面的，迟早会看到她的，毕竟这是一个无法躲避的事实。我并没有别的意思，希望你绝不要因为这件事儿而疏远了丽丽。虽然你并没有承认你们在谈恋爱，但我知道你们的关系肯定超越了普通朋友。”

夏子童说：“怎么会这样呢？丽丽太不幸了，这对丽丽太不公平了。”

这时大喇叭再次广播：“火车就要出发了，请旅客朋友们抓紧时间上车。”

匡亚非不能再停留了，他对夏子童说：“子童，咱们就此告别吧！多保重啊！”

匡亚非上了火车。很快，火车就要出发了。

夏子童在长长的站台上，拼命朝匡亚非挥着手，匡亚非也趴在车窗上朝他挥手。

火车开走了，渐渐远离了站台，更远离了夏子童。夏子童站在站台上，望着火车远去的方向，心情久久不能平静。他无法想象杜丽丽为什么会成那个样子，她以后的生活该怎么度过？一张曾经漂亮的脸蛋上留下一道伤疤，该是何等的让人难以接受。

丽丽！命运不该跟你开这个玩笑。原本还有意走上舞台的女孩，理想破灭并不可怕，却没想到以这种方式结束了自己的理想。

夏子童一阵伤心，这世界太残酷了。假如杜丽丽当时听他的劝告不去支教，也不会出现这样的事儿；假如当时他能够说服杜丽丽，或许就会是另外一种样子。唉！人生哪有那么多“假如”呢？他不敢相信这个事实，但愿这只是匡亚非的一句玩笑，然而，这又怎么可能呢？

夏子童泪眼蒙眬地仰望车站上方的天空，一群白鸽掠过已有些昏暗的天空，向城市的东方飞去。

就在这一瞬间，夏子童做出一个决定：他要去看看杜丽丽！

夏子童立刻想到售票处去买张去西平县的火车票，但来到售票窗口时，售票员告诉他近一周内都没有票，夏子童满脸的失望，漂亮的售票员姑娘看到夏子童这副模样，马上说：“你这样，一周后你早点儿过来，说不准能抢到票。”

夏子童脸上露出了笑容，问售票员开始放票的时间，售票员告诉他早点儿过来就行，夏子童谢过售票员就离开了火车站。他没有回出租屋，而是直接去了师大，他想去自修室看会儿书。

走过校礼堂旁的小路时，夏子童觉得应该给杜丽丽打个电话，告诉她他想去看她，但又一想不能这么冲动。丽丽的脸受伤了，她一定会敏感的，不如暂时不告诉她，等下周买了火车票再告诉她也不晚。

夏子童不知道杜丽丽的脸究竟伤到什么程度，他真有点儿担心，说一点儿不在乎，那也是不可能的，谁不喜欢漂亮的姑娘呢？如果真的看到那道伤疤，他该怎么面对？现在，他矛盾极了，一时间不知道该怎么办才好，要是杜丽丽不去支教该多好！可是，这一切都已经成了现实，想这些又有什么用呢？

手机响了，夏子童掏出手机一看，是杜丽丽打来的，不知道为什么，夏子童竟然有一丝紧张，往常应该激动才对，然而今天怎么了？手机响了好一阵子，夏子童才接通了电话。

杜丽丽问："你在干什么呢？"

夏子童说："我……我刚才上了趟卫生间。"

杜丽丽说："你最近怎么样？还好吧？"

夏子童说："都还好，就是复习备考呗！我每天都来师大看书，你呢？怎么样？"

杜丽丽说："我也还好。"

夏子童说："对了，丽丽，亚非回去了，我让他给你捎了几本书。"

杜丽丽有些吃惊，就问："亚非？你们怎么认识的？"

夏子童说："哦，是这样，我们在出租屋偶然碰到的，都是师大毕业的，没说几句就熟悉了，他来省城准备考研的，已经回西平县了，我也给你买了考研书，让他捎给你，你也考吧！"

杜丽丽说："我……"

夏子童说："别再犹豫了，再犹豫下去，我们都老了。"

杜丽丽说："子童，我同事找我有事，我先不跟你说了，回头我再给你发短信。"

夏子童还没来得及说话，杜丽丽就挂了电话。夏子童知道这是杜丽丽不想就这个话题说下去了。

夏子童叹了一口气，惆怅地望着前边的水泥操场，自言自语："丽丽呀！

你太固执了，等我见到你再劝你吧！”

夏子童已经没有心思去自修室看书了，他转身朝校门外走去，他想回出租屋了。走进出租屋的那个巷子的时候，他一直在想：“丽丽为什么不愿意考研？不愿意回到我身边呢？是不是因为她脸上的伤疤，害怕我接受不了吗？我心里是有点儿介意这个事儿，但不代表我不爱你呀！你一定要相信我，别说只是一块儿伤疤，就算是你腿或者胳膊残了，我也不会离开你的。”

想着想着，夏子童马上又骂起自己来：“夏子童，你瞎想什么呢？什么腿、胳膊的，能不能想人家丽丽点儿好的？”

“子童！”

有人在后面喊夏子童，夏子童回头一看，韩阳背个包过来了。

夏子童问：“你今天下班挺早啊？”

韩阳说：“是啊，老板今天谈成一个合同，心情超好，提前让我们下班了，你把亚非送走了？”

夏子童说：“嗯，放心，安全送上了火车。”

韩阳说：“那就谢谢了！”

夏子童拍了韩阳肩膀一下，开玩笑说：“怎么谢我啊？”

韩阳说：“那我就请你吃辣鸡粉，怎么样？”

夏子童笑了笑，说：“跟你开玩笑呢！”

韩阳抬起手腕看了看表，说：“也快到吃饭的点儿了，走吧，我也想吃了。”

夏子童说：“好吧！”

他们就朝附近的一家“粉店”走去。

吃饭的时候，韩阳又说起了匡亚非他们支教的事儿，夏子童趁机表达了对支教的极度不理解，韩阳同样表示不满。

夏子童说：“真想不通他们到底是怎么想的？放着省城不待，偏要去那么个破地方。”

韩阳说："就是，我觉得他们是中邪了。"

夏子童说："我看不中邪也是喝了迷魂汤了，把某根神经迷晕了。真没想到 21 世纪都过去了 10 多年了，还有这样的人。"

韩阳说："不瞒你说，我是左劝右劝，亚非才动摇了一点儿点儿，要不是特别好的哥们儿，我才懒得管他呢！"

夏子童说："亚非至少动摇了，可有的人一直纹丝不动。"

韩阳问："你说的是你那女朋友吧？"

夏子童叹了口气，说："唉！别提了，说女朋友还为时尚早，只是有好感而已。唉，她那脾气几头牛都拉不回来。"

韩阳说："要我说呀，既然这样，不如趁早算了，处着也是难受，不在一条起跑线上了，硬往一块儿捏，是捏不住的。"

夏子童说："难哪！忘不掉的。"

说着说着夏子童的眼圈就红了。

此刻，韩阳的心情也不好受，他又想起了小惠，他跟夏子童讲起了他和小惠的故事，说到动情处，韩阳竟然抹起了眼泪。

夏子童也不劝韩阳，因为他自己也在揩眼泪。

"粉店"的一个年轻的女服务员走过来问："两位先生，你们怎么了？"

夏子童和韩阳立刻觉得失态了，韩阳抢着回答："没事儿，我们是吃饭呛着了。"

说完，两个人就起身离开了"粉店"，天已经黑了，街上到处都亮起了灯，韩阳搭着夏子童的肩膀，一边走还一边说着"小惠"的名字。

夏子童抹了一把眼角的泪水，对着灯光璀璨的大街喊："丽丽！小惠！你们为什么那么绝情呢？"

韩阳擦了擦脸上的泪水，说："不说她们了，我们回出租屋，明天的太阳还会升起来的。"

夏子童说："对！"

两个人踉踉跄跄地朝出租屋的方向走去。

青春啊！尽管美好，但有时却爱跟我们开各种各样的玩笑，但愿我们每一个走进青春的人都能把握住青春的航向，驶向理想的彼岸！

61

转眼间，夏军来到南洼沟已经一个星期了。一个星期里，他只能将就着住在许松和庄勇的宿舍里。要找一张床是很困难的，他们只好想了个好办法，在墙角用两张桌子支撑，在上面铺了几块木板，便成了一张临时的床。高满堂又从他家带来一床铺盖，算是解决了夏军的住宿问题。

晚上，夏军就躺在这张床上睡觉。也许床实在不舒服，许松经常在半夜里听到他来回翻身的声音。早上起来时，许松就会问他晚上睡得怎么样，他总是笑眯眯地说还好。

许松始终觉得一个在国外待过的“海归”，如今来到了全省最偏僻且最贫困的方山乡，就如同从天堂一下子跌入了地狱。但夏军竟不觉得苦，大概主要是为了韩娜娜吧！许松禁不住感叹：爱情的力量可真伟大！

韩娜娜照样对夏军不冷不热的，但也并非完全不理他。没事儿的时候，他们经常到学校后边的山道上去散步。而且一去就是很长时间。许松和庄勇猜测，说不准韩娜娜对夏军的态度正在逐渐地改变着呢！但愿他们能彻底重归于好！作为旁观者，谁也不想看着他们两个人分道扬镳。因为许松和庄勇都觉得夏军其实还是挺真诚的一个人，夏军去年跟韩娜娜分手肯定有他的难言之隐，看上去，他并不像一个背信弃义的人，要不，他怎么会这么执着地追求韩娜娜呢？可是，许松和庄勇都不清楚韩娜娜这时到底对夏军是什么态度。

于是，私下里，许松就问韩娜娜：“你现在对夏军到底是什么态度？”

韩娜娜说：“我也说不清楚，唉！他伤得我太深了。”

许松说：“但就目前看来，我觉得他还算真诚。”

韩娜娜说：“说说你的理由。”

许松说：“凭我的判断，他从国外回来，就算是落魄而归，毕竟仍是一名大学教师，他的条件还算不错，完全可以找个出色的女孩，他始终没忘记你，说明他还喜欢你；另外，他勇气可嘉，从省城到南洼沟，相隔千山万水，他不辞辛苦，为的就是能见到你，说明他心里仍旧惦念你；再者说了，他见到你，在这里一待就是这么多天，每天都这么执着地去感化你，说明他依然想和你在一起。其他我就不再多说了，你仔细想想我说的是否有道理。”

韩娜娜说：“你是不是夏军的说客啊？是他要你这么说的吧？”

许松说：“不是，我心里的天平还是倾向你的。”

韩娜娜说：“我也不知该怎么办才好，我已经拒绝他很多次了，但他一直都不放弃。”

许松说：“所以，你应该好好考虑考虑，把握一次机会，或许整个人生都可以改写，你说呢？”

韩娜娜点点头，她是个善于分析问题的女孩儿，但愿她能够正确对待这件事儿。

两个人正说着话时，夏军走了过来，许松笑着说：“你们聊吧，我还有事。”说着，他就走开了。

夏军和韩娜娜很快便出了校门，又走向了那条山道。

山道上格外宁静，他们在路边的一块石头上坐下。韩娜娜双腿垂到了岸下，夏军则一条腿伸到山道上，另一条腿也垂下了岸。山道两边都是丛生的灌木，因为已是盛夏，灌木长得格外茂盛。夏军不住地扯过来一根根小树枝条，来回拨弄着。

夏军说：“娜娜，你真的不原谅我吗？”

韩娜娜说：“不原谅，除非你能让我感受到你的诚心。”

夏军说：“你要我怎么做？你才能感受到。”

韩娜娜说："你现在从这里跳下去。"

夏军说："好的。"说着，他就站起了身，准备往下跳。

韩娜娜还以为夏军是吓唬她呢！就没太在意。

没想到，夏军真的跳下去了，这一跳不要紧，他整个身子跌进灌木丛里去了。幸好岸并不高，否则就会出大事儿了。尽管没有生命危险，但夏军还是觉得脸上、身上被划破了，他斜躺在灌木丛里直呻吟。

韩娜娜看着夏军真跳下去了，心里顿时害怕了，她在山道上焦急地喊："夏军，你没事儿吧？"

夏军在岸下说："我全身都被划破了，胳膊也不听使唤了，是不是断了？疼得钻心。"

韩娜娜立刻吓哭了，她扒着石头下了岸，抓着灌木的枝条来到了夏军身边。夏军仍旧斜躺在灌木丛里，不能动弹，看样子非常痛苦。韩娜娜一边抓着灌木，一边伸手拉夏军，哭着说："我跟你开玩笑的，你就当真跳下来了。"

夏军呻吟着，说："我不跳，你就不相信我了。"

韩娜娜使劲儿往上拽夏军，眼泪像断了线的珠子，顺着两颊淌下。此刻，他真后悔跟夏军开这样的玩笑。要是出现什么意外，她怎能担当得起？

夏军也拼命地拽着灌木的枝条，使劲儿往上移动，想尽量减轻一下韩娜娜的负担。他有些胖，再加上从小缺乏锻炼，所以身上的力气并不大。费了好大劲儿，他们还留在灌木丛里。

夏军说："咱们休息一下吧，慢慢来。"

韩娜娜说："要不，我给许松、庄勇打个电话吧？让他们来帮一把。"

夏军说："不用，我觉得没什么大碍，你看，我的胳膊又可以使唤了。"说着他还举了举手。

韩娜娜说："刚才是不是摔麻木了。"

夏军说："或许是吧！"

他们在灌木丛里继续挣扎着，韩娜娜觉得一点儿力气也没有了，她也躺在了地上，一只手却紧紧拽着夏军的手。夏军努力地向上移动身子，大口大口地喘着气，他见韩娜娜倒下了，说："你先松开我的手，我能动弹了。"

韩娜娜仍旧不松开他的手，没法儿，夏军只好用另一只手抓着低矮的灌木，好不容易向上移动了一点儿，身子可以蜷起来了，这样一来他就有了移动的力气。

上面的韩娜娜调整了一会儿，又重新拽起了夏军的手，夏军觉得有了更大的力量，拼命往上移动，身子在一点儿点儿前进着。

夏军感激地望着韩娜娜，说："多亏你了，要不，我就死在这儿了。"

韩娜娜一听，火了，说："不许你这么说，你死了，我怎么办？"说着，又哭了起来，脸上的汗水、泪水淌个不停。

听韩娜娜这么一说，夏军心头一热，顿时，泪水涌出了眼眶。望着正在狠命往上拽他的韩娜娜，他的视线模糊了。

寂静的山野里，传来一两声鸟叫声，这是野鸟在呼唤同伴归巢的信号。山道四周有些暗了，风也从山坳里吹了过来。

夏军仍在艰难地移动着，慢慢地，他能够爬起来了，再加上韩娜娜一刻不停地往上拽，他终于移出了灌木丛。他们又扒着石头上了岸。这时，二人才彻底松了口气，脸上都露出了微笑。韩娜娜分明看到夏军的脸上、脊背上都划破了好几道口子，白衬衣也被划破了。

夏军说："娜娜，我真得谢谢你，我没有死，是托了你的福。"

韩娜娜立刻止住了他，说："不许你再说死，你死了，我还怎么活？"

夏军笑了，说："这么说，你愿意跟我在一起了？"

韩娜娜也笑了，说："我可没说，你个大坏蛋。"

夏军一下子张开双臂，把韩娜娜拥入了怀中。

天地间一切都静止了，夏军亲吻了怀里这个可爱的姑娘。

不用多说，韩娜娜和夏军再次恋爱了，这一切对夏军来说实在太不容易了。他发誓要倍加珍惜这来之不易的第二个春天。他在南洼沟又待了一个星期才怀着恋恋不舍的心情回省城去了。这一次韩娜娜一直把他送到西平县火车站。分别时，韩娜娜还流了眼泪，夏军告诉她，很快他就会想办法把韩娜娜接回省城去。而且，就算韩娜娜回到省城后找不到工作，他也会养活她的。韩娜娜泪水涟涟地望着她的亲爱的人，心里却是甜蜜的。

韩娜娜的生活就此一片阳光。只要一有空，她就哼着小曲，她每天都要跟夏军通电话，一通就是好长时间，挂电话时，还恋恋不舍。她开始展望自己美好的未来了，所以，她是不可能在这里长期待下去的。她似乎已经迫不及待地想回省城了。她梦想着跟夏军手拉手走在省城的大街上，到小吃一条街去吃各种各样的小吃；到“乐驿”购物中心去购物；到人民广场去喂鸽子；到动物园去看熊猫……当然她更梦想着在省城最豪华的“幸福世纪”大酒店举行一场盛大的婚礼。

许松已看出了韩娜娜正沉浸在无比的幸福中，他真为她感到高兴。

于是，许松说：“祝你和夏军幸福。”

韩娜娜说：“谢谢！”

许松说：“如果我没猜错的话，你一定很快就要回省城了。”

韩娜娜满脸自豪地说：“那是肯定的。”

许松问：“也不知道你是否还会回来？”

韩娜娜说：“我想应该不会回来了，我不能在这里继续耽误我的青春，我有追求幸福生活的权利。虽然咱们一同来到这里，可是，人各有志，为了美好的明天，我只能先离开了。”

韩娜娜说完，许松就沉默了，他惊讶地看着韩娜娜，这是先前的韩娜娜吗？

果然，几天之后的一个傍晚，韩娜娜兴奋地告诉许松和庄勇：“省歌舞团正在招演员呢！”

许松问：“你怎么知道？”

韩娜娜说："夏军告诉我的，他积极鼓励我前去报考，抓住这难得的机会。"

庄勇说："你敢保证你一定能考上吗？"

韩娜娜说："夏军告诉我，我现在有两条道路可选，如果考上省歌舞团就去当歌唱演员；如果考不上，可以到帅大的音乐系当学生辅导员。"

许松说："你怎么这么自信呢？难道谁想做辅导员谁就可以做吗？那也是要考试的。"

韩娜娜说："夏军说了，他向系里提出申请，系里会解决'海归'的家属的安置问题，这就意味着我们可能要结婚了。"

庄勇说："既然是歌舞团招考，是不是也应该告诉丽丽呀？"

韩娜娜马上说："恐怕不行吧！丽丽的脸……"她没有继续说下去，但是，许松和庄勇已经听出意思来了。

其实，许松也想到了这一点，做歌唱演员，歌唱得好是一方面，个人形象也是非常重要的。像杜丽丽脸上的那道伤疤无疑会影响到她的形象，说不准在初试中就会被刷下来。与其这样，还不如不去。但庄勇坚持要告诉杜丽丽，他的理由是虽然杜丽丽受了伤害，但她内心深处仍然是热爱唱歌的。如果失去这个机会，她会更加痛苦的。

许松和韩娜娜在这个问题上是有非常纠结的，不知该怎么办才好。告诉杜丽丽吧，又怕触痛她内心深处那根敏感的神经；不告诉她吧，这的确是个机会，失去了很可能一辈子就错过了。庄勇却一点儿也不犹豫，他说他不会打电话给杜丽丽，他要亲自去告诉她这个消息，说完，他立刻就动身前往阳泉小学找杜丽丽去了。

许松和韩娜娜的心悬在空中，不知道庄勇能给他们带来一个什么结果，他们甚至不敢想庄勇该如何向杜丽丽开口，毕竟那道伤疤是杜丽丽永远的痛。

傍晚，庄勇垂头丧气地回来了。许松和韩娜娜并没有直接问他，但从他的脸上已经猜出了结果。

庄勇叹了口气，说："丽丽决定不去考歌舞团，她说那个梦想早已不再属于她。她说这话时，还流了眼泪。最后，她还给娜娜捎来了祝福：希望娜娜能考上！"

顿时，许松和韩娜娜都怔在了那里。

62

匡亚非回到牛村小学是中午时分。他一回到学校，杜小峰就拉长了脸。匡亚非知道杜小峰是生他的气。匡亚非拍拍屁股一走就是这么久，把所有的教学任务都扔给了杜小峰，杜小峰忙里忙外不说，还得承受沉重的精神负担，因为牛村有学生家长说杜小峰教书不认真，他为此委屈极了。

杜小峰怎么能集中精力上好每一节课呢？两个人的教学任务，他一个人承担，人的精力都是有限的，通常他顾了这头儿而很可能会忽略了那头儿，难免会出现教学上的漏洞。

况且他又不忍心让牛彩霞帮忙，尽管牛彩霞多次想分担他的工作，但他都委婉拒绝了，因为他觉得牛老师本身工作量也很大，再加上牛老师那身体也不是很好，还曾经晕倒过。所以，他只想一个人承担。没想到，问题还是来了。

据杜小峰调查，说他不认真教书的大部分集中在他代匡亚非所教班级的学生家长。

匡亚非觉得非常过意不去，放下背包，说："小峰，抱歉啊！让你受累了。"

杜小峰瞪了他一眼，说："哼，你把我害苦了。"

匡亚非笑着说："那要我怎么补偿你？"

杜小峰说："还能怎么补偿？你心里清楚我受的折磨就行了。从今天下午开始，你就上你自己的课，我可不替你上课了。”

匡亚非笑着说：“不行啊！下午我还要去南洼沟呢！你就帮人帮到底，再帮我一个下午吧。”

杜小峰特别生气，一时语塞。

匡亚非说：“你看这是什么？”说着，从背包里掏出好几本公务员辅导用书，递给了杜小峰。

杜小峰眼前一亮，眉间有了光彩，抚摸着那几本书说：“还算不错，帮我买了书，多少钱？”

匡亚非说：“我不要钱，这些书算我送给你的。”

杜小峰说：“这怎么能行？”

匡亚非说：“你要是过意不去，就再替我上一个下午的课就行了。”

杜小峰笑了笑，说：“算你狠！”接着，他便在匡亚非肩膀上拍了一下儿。

匡亚非洗了洗脸，从背包里又掏出些从省城买来的小吃，统统放在杜小峰的面前，说：“这些都给你。”

杜小峰说：“你收买我啊？”

匡亚非说：“不收买你，你怎么会替我上课呢？我保证只一个下午的课，明天我就正式上班。”

匡亚非草草吃了点儿杜小峰中午剩下的饭，就收拾好东西准备去南洼沟。临走时，他告诉杜小峰晚饭别等他了，他可能回来得较晚，因为还帮杜丽丽捎了些书。说到杜丽丽，他顺便把她和夏子童的事儿告诉了杜小峰，杜小峰听后，大吃一惊。

顾不上旅途的劳累，匡亚非很快就来到了南洼沟小学。

来到南洼沟小学，许松、韩娜娜和庄勇轮番询问了匡亚非好多关于省城和师大的变化，毕竟，离开省城来到这里支教快1年了，大家都很想念省城。匡亚非说了很多，大家都很羡慕，甚至想立刻就回到省城。

聊了一阵之后，匡亚非才从背包里掏出了许松托他买的考研书籍，许松说了好多感谢他的话。韩娜娜和庄勇看到这些考研书，两个人异常惊讶。

韩娜娜迫不及待地问："许松，你准备考研啊？"

许松说："是啊！"

韩娜娜说："这么说你也做着回省城的打算了？"

许松说："我主要是不想白白浪费青春，我还想继续深造哩！"

韩娜娜不屑地说："少在我们面前装高尚，你的目的不就是想离开这里吗？直说就是了。"

许松说："你说我想离开，我就是想离开，你不是也想离开吗？"

韩娜娜说："但我没有隐瞒，哪像你遮遮掩掩的。"

许松说："我这不是……"

许松的话没说完，就被匡亚非打断了："好了好了，你们也别吵了，大家谁不想离开这儿啊？说实话啊！我也准备考研了，小峰准备报考公务员。"

就在大家说这些事儿的时候，只有庄勇皱着眉头在一旁不说话。

不知为什么，许松觉得周围的空气很沉闷，不像刚才听匡亚非说省城的变化时那么轻松了。匡亚非也感觉到了压抑的氛围，他随即转移了话题，把杜丽丽和夏子童的事儿告诉了大家，大家听后大为震惊。

韩娜娜首先说："没想到丽丽这么保密，谈了对象也不告诉我们一声，太不把我们当朋友了。"随后她又问匡亚非："夏子童长得帅不帅？"

匡亚非在一旁笑着说："挺帅的，一看就是那种讨人喜欢的男孩，人也挺实在。"

韩娜娜一脸的羡慕，说："丽丽可真有福气。"

许松说："丽丽连一点儿消息都没透露给我们，她可真是守口如瓶，我看要是在战争年代，她绝对可以成为一名优秀的情报保密工作者。"

许松的话里明显透露着对杜丽丽的不满。

韩娜娜说："许松，你别说人家丽丽了，你考研不也瞒着我和庄勇吗？"

听到韩娜娜又拿考研这件事儿挤对自己，许松有些生气，原本韩娜娜刚才也表示了对杜丽丽的不满，他还以为这次韩娜娜能和他一个立场呢！没想到她立刻又把矛头对准了他，这姑娘的情绪变得也太快了。

许松知道韩娜娜的脾气，他现在不想跟她抬杠，生怕再像刚才那样吵起来。但仔细想想，他真的无话可说，因为他准备考研的事儿的确瞒着韩娜娜和庄勇。

许松不接韩娜娜的话又觉得不好意思，只好半开玩笑地说："娜娜，我不就这一次吗？下不为例了。"

韩娜娜白了许松一眼，骄傲地把目光投向了窗外那起伏的山峦。

匡亚非说："夏子童在师大附近租了房子准备考研，他还给丽丽捎来几本考研用书，鼓励丽丽考研呢！这下大家谁都不要说谁了，还不都在想办法早日离开吗？"

许松随声附和着，韩娜娜转过身朝匡亚非点了点头，只有庄勇依旧没说什么话。

就在大家都热烈地讨论时，庄勇似乎一直是个沉默者，大家都把他忘在了一边。不知道他究竟有什么打算，会不会也去考研或想别的办法离开这里?

于是，许松问："庄勇，说说你今后的打算呗。"

庄勇满脸不高兴，说："我没什么打算，走一步说一步吧！"

韩娜娜说："庄勇，你也应该为自己考虑一下了。要不，到时候大家都走了，你一个人留在这里该多孤单啊！"

庄勇说："今天，我本来不想多说，现在既然大家都想让我说，那我就说说。当初我们一同来到这里支教，这是一个团结的集体，我真的不希望这个集体在还没有完成使命前就七零八散、各奔东西了。每个人都有自己的理想，这我清楚。我没有任何权力去阻止大家前进的脚步，也不想因为我个人改变别人的人生道路。你们能考研的就考研，能考公务员的就考公务员，能走上舞台的就走上舞台。总之，只要你们能够凭自己的努力改变自己的生活，我都会为你们祝福的。至于我，我个人是要坚持到底的。请朋友们不要把我看得多么神圣和伟大，也不要认为我是故意树立榜样。我庄勇只是一个普通人，一个平凡的人，一个失去了亲人的孤儿，无论我走到哪里都是一个人生活，所以，我决定留在这里继续工作，留下来也是为了换取我应得的报酬。”

大家听了，都不知道该说什么才好，只觉得庄勇是个十分倔强的人。

接着，匡亚非说：“我太累了，实在不想去给杜丽丽送书了。”

许松说：“你来回这么折腾也确实挺辛苦的。”

韩娜娜说：“为什么不让丽丽自己来取呢？我们好长时间没见她了，也好当面问问她和夏子童的事儿，如果情况属实，她一定得请我们吃喜糖。”

庄勇说：“让她自己来，咱们也好聚一聚，都很长时间没聚了。”

这正中匡亚非的心意，他立即拨通了杜丽丽的手机。

不巧的是，杜丽丽下午还有课，她得上完课才能过来取书。

没办法，只能等了。匡亚非不想把书撂在这里就走人，他要亲手把书交给杜丽丽，也算完成了夏子童的嘱托。

许松、韩娜娜、庄勇都去上课了，匡亚非就顺势躺在了庄勇的床上准备睡一觉，他的确太疲乏了。

傍晚，杜丽丽拿着个手电筒过来了，她怕返回时天黑看不清路。

韩娜娜对杜丽丽说：“你真是多此一举，还拿个手电筒，太脱离集体了，难道就不能在南洼沟住一个晚上吗？”

杜丽丽没有说话，只是朝韩娜娜笑了笑。

匡亚非从背包里掏出好几本考研用书和那套《平凡的世界》，递给杜丽丽，说：“这都是夏子童给你买的，嘱托我一定亲自送给你，想必夏子童已跟你说了这件事儿吧？”

杜丽丽接过书点了点头，然后惊喜地说：“还有一套《平凡的世界》，我早就想看这部书了。”随手就翻起书来。

匡亚非说：“丽丽，别光翻书啊！你还没谢谢我呢！”

杜丽丽觉得很不好意思，赶紧说："谢谢你啊！亚非！你和子童也太有缘分了，没想到你回了一趟省城还认识了他。"

韩娜娜说："你们听听，叫得多亲切，还子童，连姓都省掉了，可见关系不一般。"

杜丽丽立刻红了脸，说："娜娜！不要开玩笑好不好？"

匡亚非笑着对丽丽说："丽丽，你刚才说要谢谢我，请问怎么个谢法呀？"

杜丽丽说："有空我请你到阳泉小学吃饭。"

许松赶紧插了一句："丽丽，还有我们呢！"

杜丽丽说："大家一块儿去啊！我请大家吃手擀面，我已经学会擀面条了。"

匡亚非说："吃饭就算了吧，你那小锅够几个人吃啊？只要你告诉我们你的秘密就行了。"

杜丽丽一脸诧异，说："什么秘密？"

匡亚非说："你和夏子童是不是在谈恋爱？"

杜丽丽的脸又红了起来，说："没……没有。"

韩娜娜抢过来，说："丽丽你可真保密，到这时候了还瞒着我们，太不够朋友义气了。"

许松说："要不是亚非在省城巧遇夏子童，我们怎么会知道你和他的故事呢？"

没想到，庄勇在一旁也说话了："丽丽，是就是，不是就不是，大家都是好朋友，何必躲躲闪闪呢？"

杜丽丽终于点了点头。

匡亚非说："让丽丽请我们吃喜糖。"

大家一致赞成，许松和韩娜娜还鼓起了掌。

杜丽丽说："一定会的，等下次去乡里，我一定多买些糖来，只是我和夏子童还不知道发展成个什么结果，更不知道人家见了我现在这个样子是否能看上我。”

杜丽丽的话又引起了大家的自责感，他们每个人都很后悔刚才跟杜丽丽开玩笑。但玩笑已经开过了也没有办法，他们只能在心中默默祝愿杜丽丽将来能够收获幸福，或许只有这样才能平衡一下他们心灵上的不安。

韩娜娜和匡亚非在南洼沟小学吃了晚饭，天还不算太黑，他们就各自返回自己的学校去了。

63

夏子童排了好长时间队才买了一张火车票，不巧的是，是硬座，卧铺全卖完了。他禁不住感叹：全省最落后的地方，竟还有这么多人到那里去，火车票竟是如此难买。不过，他还暗自庆幸了一回，不管怎么说，得感谢先前提醒他早点来买票的售票员姑娘，他总算是买到了一张票，买到票就意味着能见到杜丽丽了。

火车是明天下午的，夏子童现在就处在了极度的兴奋之中。他接连给杜丽丽发了好几条短信，告诉她明天他就会启程，很快就可以见到她了。杜丽丽也马上给他回复了好几条，表达了自己激动的心情。两个人恨不得马上就能相见。要知道，他们上次见面还是在大学毕业时，距现在已近 1 年了。

杜丽丽告诉夏子童，在西平县火车站下了火车，还得去汽车站坐公共汽车，公共汽车只能通到方山乡政府所在地，从乡政府到阳泉村还需要步行两个多小时的山路。到时候，她会到乡里接他。杜丽丽的话让夏子童倍感温暖。只是他不知道当真正面对杜丽丽时会是个什么样子，因为他听匡亚非说杜丽丽的脸上有道伤疤，说心里话，他真有点儿难以接受这个现实，前几天他就一直为这件事儿而煎熬着，这对杜丽丽不公平，对他来说也不公平。那么漂亮的一个女孩怎么会在一年间就发生了如此大的变化呢？留在他记忆深处的还只是以前那张清纯靓丽的脸，唉！真不知道杜丽丽是怎么熬过这些日子的。

夏子童此刻的心情很复杂也很难受，刚买到车票时的兴奋早已荡然无存了。

回到出租屋，夏子童开始收拾东西。其实，也没什么可收拾的，他只是在皮箱里塞了几件换洗的衣服，当然少不了几本考研用书，就算是在西平县待不了几天，也应该抓紧时间复习。

东西很快收拾完了，夏子童又不想看书，于是躺到了床上，望着天花板，不由自主地又拿出了那张车票，就是这张小小的车票将要把他从繁华的省城带到遥远的西平县去，他觉得真不可思议。其实，世界上有很多事儿都是难以捉摸的，省城和西平县在祖国广大的版图上，简直就是两个世界，一个繁华而发达，让人看一眼就能记住它的名字；一个却荒凉而贫困，就是看上无数次也不会烙在心底的。然而就是两个相差悬殊的地方却通过一条长长的铁道连接在了一起，铁道的这头是省城，那头是西平县。多么有意思的事儿啊！夏子童马上又联想到了他和杜丽丽，分隔两地，一个在热闹的大城市，一个在寂静的大山深处，却能通过两个小小的手机连在一起。

想了很多，也感慨了很多，夏子童翻了一下身。突然间，手机唱起了动听的歌儿，他伸手从桌子上拿过手机，一看是杜丽丽的。

手机很快接通了，杜丽丽说："子童，到时候我去县城接你吧？"

夏子童说："不用，你到乡里就行了。"

杜丽丽说："县城通往方山乡的公共汽车最晚一趟是在下午 5 点发车。如果火车晚点，你要是赶不上就在县城住一个晚上。就算是能赶上，你到乡里也很晚了，再走 20 多里山道到阳泉村就是后半夜了。"

夏子童说："你放心，到时候再说，我这么大一个人了，什么场面没见过？别担心啊！"说完，还故意对着手机笑了几声。

杜丽丽说："别说大话啊！这里不比省城，阳泉太偏僻了。进一趟县城得走两个多小时到乡里，然后才能乘上开往县城的公共汽车。你想想，一个连车都不通的地方该有多么落后，所以你要做好心理准备。”

夏子童说：“我要是没有这个心理准备，我就不去了。”

杜丽丽说：“你看到我时肯定会失望的，因为……”

夏子童立刻打断了她的话：“别说了，我知道你要说什么，但我不会因为这个而结束我的行程，更不会因为这个而改变我的初衷。”

杜丽丽哽咽着说：“你知道什么？我说的不是这贫困的地方，而是我已经不再是先前那个漂亮的女孩了，由于上次那场事故，我脸上留下了一道伤疤。”

夏子童说：“我已经知道了，亚非先前告诉过我，你不要再说了，我能理解你的心情。”

夏子童泪眼蒙眬地挂了手机，望着窗外那些正回“考研村”的同伴们，心中涌起的更多是无限的惆怅。

经过了十几个小时的旅行，火车正点到达，夏子童终于在上午来到了西平县。一下火车，他就惊呆了，一股失落感顿时涌上心头。县城就是不行，这哪像个城市啊？还不如省城的一个小小的角落。路上车辆稀稀拉拉的，行人看起来都无精打采的，整个街道没有一点儿节奏感。卫生状况让人不想再看第二眼，垃圾到处都是，街上随处可见流浪猫和狗，脏兮兮的。夏子童想，县城尚且如此，不知道大山深处会怎么样？真想不通杜丽丽当初为什么会来这样一个地方支教。在这个地方待上几年，环境会把人改造得愚昧不堪的。想到这里，夏子童心里就一阵难受。他下定决心，见到杜丽丽的第一件事就一定要劝她离开。

县城并不大，夏子童很快就找到了汽车站，他买了一张开往方山乡的车票就直接上车了。刚上车，就接到了杜丽丽的短信，她说她正赶往乡里接他呢，等公共汽车到了乡政府，估计她也到了。她还说让夏子童下了车在路边的那个荒废的供销社门口等她，不见不散。夏子童让她放一百个心。他现在觉得支教1年的生活让杜丽丽改变了太多。记得上大学时，杜丽丽是那么高傲，让人不敢接近。如今虽还没见到她本人，却已明显感到她是那么的热情和体贴。

汽车很快便驶上了山路，一路颠簸，让夏子童无心欣赏车窗外的风光。唉！其实，车窗外没什么好看的，除了高山还是高山，他觉得异常沉闷，似乎有些透不过气来。越往里走，山路越不好走，而且山是越来越高，仿佛进了一条长长的山洞般，上下左右都被包围了，只在上方露出一点儿天空。他真的不知道在大山里生活究竟会是什么样子。看着越来越陡峭的地势，他禁不住又埋怨起杜丽丽来，千不该万不该来到这么个地方支教。就算是大学毕业时工作不好找，待在省城打临时工也比来到这鬼地方强一百倍。

想着、埋怨着、埋怨着、想着。公共汽车终于来到了方山乡，在已经破旧的供销社门口停下来了。夏子童一下车就看见了那个熟悉的身影，杜丽丽正站在供销社门口朝他挥手，手里还拿着两瓶矿泉水。夏子童提着皮箱赶到了她跟前。

夏子童与杜丽丽的目光相撞了，两个人彼此凝视了一会儿，都欲言又止的样子。果然杜丽丽右脸上有道长长的伤疤。那伤疤此刻竟是如此的刺眼，几乎刺疼了夏子童的眼睛，使他不敢正面再看她。又是一阵难言的伤感。为了不让杜丽丽看出他的神色，他很快把目光转向了杜丽丽那美丽的大眼睛。

杜丽丽大概觉察到了夏子童的表情，她觉得有些难为情。为了打破这种僵局，也为了缓和一下气氛，她伸手接过了夏子童的背包，说："子童，欢迎你来到方山乡。"

夏子童笑着说："我无条件接受你的欢迎。"

杜丽丽开起了玩笑，说："你不接受也得接受，因为你已经来了，没有后路可退了。"

夏子童说："只能这样将就了。"

杜丽丽递给夏子童一瓶矿泉水，他们便向阳泉村赶去了。山道上几乎没什么人，他们走一段便坐在路边休息一会儿，等蓄足了力气再继续上路。天太热了，夏子童的上衣都湿透了，杜丽丽让他脱下来晾一晾，他却说没关系的。

山道太不好走，夏子童根本没法拉着皮箱走，只能一直提着，胳膊都发麻了。他实在忍不住了，就咒骂这鬼地方，骂完之后，他就对杜丽丽说："丽丽，这叫什么地方啊？这1年来你生活在这样的地方，简直太不可思议了。"

杜丽丽说："这里条件的确苦了些，我先前在乡中学工作，后来主动要求到阳泉小学去的。"

夏子童说："你是不是昏了头了？"

杜丽丽说："我觉得阳泉小学更需要我。"

夏子童说："需要你的地方太多了，撒哈拉大沙漠需要你，你去吗？"

杜丽丽说："你别激动，这里虽然苦些，但也有乐趣。"

夏子童说："你呀！要我怎么说你呢！现在是21世纪了，你的思想还停留在20世纪，看问题一点儿都不灵活。听我一句话，赶快离开这里跟我回省城吧！要是再不离开，你就会彻底变成一个时代的落伍者。将来还怎么适应省城那快节奏的生活？"

杜丽丽沉默了，她睁大眼睛看了看夏子童，不知道该说什么才好，眼前这个亲爱的人似乎成了一个说客，要劝她离开这个地方了。她想表达一下自己的意见，可话到嘴边又咽下了。

一路上，夏子童都在给杜丽丽灌输离开西平县的思想，一时间，杜丽丽也不知道该怎么办了，只觉得眼前一片迷茫。

"唉！这长长的山道哪里是个尽头啊！"夏子童突然间对着前方的山坳长叹了一声。

他们好不容易才来到了阳泉小学，已是下午2点多了，杜丽丽主动向董月莉和崔明浩介绍了夏子童，她只说夏子童是她大学同学，没说是她男朋友，但董月莉和崔明浩也没有多问，他们心里都明白，夏子童应该是杜丽丽的男朋友。两位热情的老师，给夏子童又是倒水，又是搬椅子，弄得夏子童很不好意思，当然他心里也倍感温暖，杜丽丽能有这样的同事，他感到十分欣慰。为了不打扰他和杜丽丽，董月莉和崔明浩很快就去上课了。

夏子童和杜丽丽走了这么长的山道，都十分疲惫，本来杜丽丽要为夏子童做饭的，但夏子童说将就一顿算了，他从背包里拿出面包跟杜丽丽一块儿吃了起来。

草草填饱了肚子后，他们就忙开了。他们先是把学校东边一间废弃的办公室收拾了一下，刚好这间办公室里有3张大桌子，他们把3张桌子并在一起，当作一张床来用。因为天比较热，铺盖也简单，杜丽丽就拿过来自己闲置的一条褥子和一条毛巾被，这样就解决了夏子童的住宿问题。

安排妥当之后，杜丽丽十分抱歉地说："你只能这样将就了。"

夏子童说："已经很好了，我原以为要我睡在地上呢！"

杜丽丽说："你也太看不起这里了，就是条件再不好也不至于连你睡的地方都没有吧？"

夏子童说："那可说不准，我有地方睡觉，是因为有你在这里帮我忙前忙后的，否则的话，只能睡在山道上了。"

杜丽丽说："要是在省城，你一无所有的话照样得睡大马路，知足吧你！"

随后，杜丽丽去上课了，留下夏子童一个人待在杜丽丽的宿舍里，他没别的事儿可做，只好掏出几本考研资料，准备看一会儿书。他这段时间主要训练英语中的阅读理解，这是他学习中的一个大困难。通常一篇短文后边附有5道选择题，这些文章大都直接选自英美报刊，所以难度较大。他要在15分钟之内做完一篇短文。他又是画句子，又是做记录，全神贯注。5道题做完了，他迫不及待地看了看答案，结果气得把笔摔在了地上。5道选择题，他只做对了一道，而且还是蒙对的。像这样的答分率，要想在研究生考试中胜出谈何容易？他有些灰心，索性把书扔在一边，躺在了杜丽丽的床上。

猛然间，他看到床头摆着几本考研用书，这不是他托匡亚非捎给杜丽丽的吗？他翻开看了看，里边一个字都没写，或许根本就没有翻开过。倒是旁边的《平凡的世界》似乎经常翻看，书中还有不少用红笔圈点的经典句子。他有些生气，他原本想让杜丽丽认真看那些考研书的，杜丽丽根本就没有把他嘱咐的话放在心上，看得出来，她根本不打算考研。顿时，他觉得杜丽丽太不理解他的一片苦心了。他所有的嘱咐和劝说还不都是为了他们未来的幸福吗？真不知道杜丽丽整天在想些什么，如果她不听他的劝告，那么他这次来到这里又有什么意义呢？难道仅仅是为了见她一面？他有些担忧他们的未来，该不会有始无终吧？如果是这样的话，杜丽丽何必当初又跟他联系上了呢？

杜丽丽上完课回到宿舍时，夏子童就问她："你怎么不看这些考研书啊？我看放在床头你连动都不曾动过，买回来是什么样子，现在还是什么样子，倒是《平凡的世界》看了不少。"

杜丽丽说："我不太想考研，而且我也考不上。《平凡的世界》太好看了，给了我很大的勇气。"

夏子童说："你就光知道看《平凡的世界》了，考研的事儿你根本都没放在心上，你不去试试怎么知道考不上啊？如果真的不想考研，这些书岂不白买了？"

杜丽丽说："也不是，至少可以帮助我增长知识，让我不至于落伍。"

"你已经落伍了！"夏子童叹了一口气，"咱们得好好谈谈了。"

他们谈了好多内容，除了1年来各自的生活和工作情况之外，主要还是围绕着杜丽丽是否离开这里回到省城和考研的事。夏子童让杜丽丽好好考虑一下，争取能在他回省城之前给他一个明确的答复。

"离开这里或考研"让杜丽丽处于了极度的焦虑之中，她再次陷入了矛盾的漩涡里。她到底是该跟着夏子童回省城呢？还是继续留下来支教？究竟是选择考研还是放弃？

杜丽丽从没经历过如此艰难的抉择。

人的一生会面临无数次抉择，关键看你能否把握住自己的人生方向。

64

杨晨马上要上大学了，他离开了县城的工地，拿着辛辛苦苦挣来的一沓工资回到了南洼沟自己的家。他知道这些钱已经够他第一年的学费了，心里还是非常高兴的，这是他第一次用自己的双手挣钱，深深体会到爸爸抚养他长大的不易。妈妈临走留给他的5000元钱，他不准备接受，打算抽个合适的机会再给妈妈寄走，他知道这样做肯定会伤妈妈的心，但他真的不想依靠妈妈。

曹芳经常给杨晨打电话或者发短信，让杨晨真正感受到了浓浓的母爱，虽然很多年并未生活在一起，但在杨晨的内心深处还是渴望母爱的。当妈妈真的出现在他面前的时候，他尽管有怨言，但心里其实并没有排斥妈妈。

杨晨每天和妈妈的隔空互动成了他这段日子最快乐的事儿，然而，最近几天，妈妈突然不跟他联系了，杨晨发过去的信息，妈妈也不回复。杨晨忍不住打电话过去，也没人接。杨晨满脸疑惑，不知道妈妈出了什么事儿。

好几天过去了，按说，妈妈应该能看到他的短信和电话的，难道是妈妈出了什么事儿了？杨晨有些担心，跑到院子里心神不定，他想去牛村找牛阿姨和小玲姐说说这件事儿，可是又不想让牛阿姨和小玲姐也跟着担心。就在他坐卧不安的时候，院子外响起了摩托车声，是爸爸回来了，杨晨出了院子，杨本昌骑着摩托车进了院子。

杨晨跟着又进了院子，说："爸爸，您回来了！"

杨本昌下了摩托车，边答应着边进屋去了。

杨晨看着爸爸脸色难看，也不敢多问，也跟着进了屋。

杨本昌一边洗脸，一边问杨晨："这几天，你妈给你打电话没？"

杨晨说："我正要跟您说这事儿哩，好几天了都没联系，我打电话过去也没人接，发短信也不回，我都郁闷死了！"

杨本昌说；"你妈可能出事儿了，你要有心理准备。"

杨晨紧张地问："爸爸，怎么回事儿啊？"

杨本昌说："我早上接到一个陌生男人的电话，说你妈妈病得快不行了。"

杨晨焦急地问："打电话的是谁啊？"

杨本昌说："刚开始我问他是谁，他不肯说，后来我急了，骂起他来，我说都到这时候了，你还遮遮掩掩的干吗？他才说是你妈妈的丈夫，他叫卫强。其实，他不说，我也猜到了。上次你妈妈来的时候，就已经是个病人了，我们都没有看出来。18 年了，她之所以来找我们，或许也是想最后……"

杨晨立刻打断了爸爸的话，他知道爸爸要说什么，于是，就抢着说："爸爸，您别说了，我就想知道妈妈得的什么病？"

杨本昌说："你卫强叔叔说是乳腺癌。"

"啊！"杨晨惊叫一声。

杨本昌说："小晨，你收拾一下，跟爸爸马上去省城看你妈妈。另外把你妈妈给你的那 5000 元钱也带上。"

杨晨说："还有我打工的钱也带上吧！"

杨本昌迟疑了一下，说："带上。"

杨本昌很快出门到院子里给牛彩霞打了电话，简单地说明了曹芳的情况，牛彩霞听了，心里异常难受，说想帮帮曹芳，但杨本昌说不用，说他和杨晨马上就去省城，然后就挂了电话。

等杨本昌骑着摩托车载着杨晨行驶到山道上时，在牛村和南洼沟村的岔道旁，他看见牛彩霞和小玲站在路口。

杨本昌停下车，问："你们怎么在这儿啊？"

牛彩霞说："啥也不说了，曹芳病得那么重，你把这个带上，就跟曹芳说是她彩霞姐的心意。”说着，她递给杨本昌一张银行卡。

杨本昌颤抖着手接过那张银行卡，眼圈顿时红了，说：“彩霞，我替曹芳谢谢你。”

牛彩霞说：“别说这个了，快走吧，迟了就赶不上公共汽车了。”

杨本昌说：“好！”

他发动油门，朝前驶去。

杨晨抑制不住满眼的泪水，任凭眼泪在脸上流淌，他拼命朝牛阿姨和小玲挥着手，摩托车走出好远了，他仍然能看到牛阿姨和小玲姐还站在原地朝他们挥手。

杨晨在摩托车上的时候就一直在想：“爸爸和牛阿姨，他们是多么善良的人啊？妈妈 18 年都没有出现过，按说应该把爸爸伤得够深了，可是一听说妈妈有病了，两个人就像同一战壕的战友一样心有灵犀，一起上阵为妈妈的病‘战斗’。唉！我也不知道该怎么办了，但愿妈妈能尽快好起来。”

杨本昌载着杨晨来到乡教育办公室大院，把摩托车一放到墙根儿，他们就匆匆踏上了开往县城的公共汽车，然后又买了站票上了火车，终于在第二天早上来到了省城。

父子俩一下火车，杨本昌就拨通了曹芳的丈夫卫强的手机，卫强接到电话先是大吃一惊，然后是感动不已。

随后他们就拦了一辆出租车马不停蹄地赶到了省第二人民医院，见到曹芳的时候，曹芳躺在病床上睡着了，却依旧在打着吊针。病床旁一个身材健壮的中年男人赶紧迎了上去，说：“杨大哥，我是卫强。”

卫强转身想把曹芳叫醒，却被杨本昌止住了，杨本昌说：“咱们到外边说话，让她睡一会儿。”

卫强就和杨本昌，还有杨晨一块儿来到了病房外。

他们离开病房的一瞬间，曹芳已经醒了，她没有想到杨本昌和杨晨能千里迢迢来看她。

病房外，杨本昌问卫强："曹芳现在怎么样？"

卫强皱着眉头说："不太乐观啊！"

杨本昌说："这种病按说治愈率还是非常高的啊，以前我有个同事也是这种病，做了手术后，到现在还好好的。"

卫强说："关键曹芳这已经是中晚期了，如果是早期的话，可能会更好一些。"

卫强说完连连叹气。

杨本昌说："你别难过，卫强，咱们一起想办法，尽最大努力治好曹芳的病。"

病房里的曹芳已经醒来，她听到了外边两个男人的谈话，眼泪止不住涌出了眼眶，内心满是对杨本昌的愧疚之情。

病房外，卫强说："杨大哥，你今天能来看曹芳，我真的很感激哩！"

杨本昌说："啥都不说了，卫强。"

一直在一旁没有说话的杨晨，问卫强："卫叔叔，我妈妈的病需要做手术吗？"

卫强说："明天上午的手术。"

杨晨说："我妈妈得受罪了，但愿她能挺住。"

卫强说："待会儿你见了你妈妈，可不要情绪激动啊，要不她会更伤心的。"

杨晨说："放心吧，卫叔叔！"

病房里的曹芳已经是泪流满面了，她的哭泣声惊动了屋外的卫强，卫强朝病房里看了一眼，说："曹芳醒了。"

于是，他们3个人进了病房，卫强赶紧对曹芳说："曹芳，杨大哥和小晨赶来看你了，刚才看到你在睡觉，就没惊动你。"

曹芳看到杨本昌和杨晨，说："谢谢你们！"说着，就再也忍不住了，大声哭了起来。

卫强说："你看你，大哥和小晨来看你，你怎么哭哭啼啼的？"说完，卫强就拿出一块儿毛巾帮曹芳擦脸上的泪水。

杨本昌说："曹芳，你还是以前那个脾气，有病了咱治病就行了，没啥大不了的，这病啊，你强它就弱。"

杨晨也说；"妈！没事儿的，您 定会好起来的。"

听到杨本昌和杨晨那温暖的话语，曹芳不哭了，说："本昌、小晨，我听你们的。"

然后，曹芳又对卫强说："大强，你带本昌和小晨出去吃点儿饭吧，估计他俩还没吃饭呢！"

卫强说："我都忘了这事儿了。"

杨本昌和杨晨几乎异口同声："我们不饿。"

卫强说："不饿也得吃点儿。"

卫强拉了一把杨晨和杨本昌出了病房，吃饭去了。

曹芳待在病房里心情十分沉重，不仅仅是因为自己的病，更主要是觉得18年来实在愧对杨本昌和杨晨。她幸福的时候都没有回去看过他们一眼，如今病了，人家却千里迢迢跑来看她。她这一辈子最痛心的莫过于此了。

过了一会儿，卫强、杨本昌和杨晨回来了，曹芳也输完了液体，一个年轻的女护士正在收拾吊针，看到进来这么多人，就说："明天病人就要手术了，你们尽量保持安静，让病人多休息。"

卫强笑着点点头，连声向护士说着："是！是！"

护士出去了。

杨本昌说："曹芳，明天就要做手术了，你要相信自己。"

曹芳说："手术我不怕。"

杨本昌说："有我们在，你就不用怕。"

曹芳朝杨本昌点点头，说："嗯！"

杨本昌从包里掏出两张银行卡，说："曹芳，这两张卡，一张是我的，另一张是彩霞的，听说你病了，这两张卡你救救急。”说着就递给了卫强。

曹芳赶紧阻止卫强，她试图坐起来，说：“卫强，还给本昌。”

然后她又对杨本昌说：“本昌，不要这样，我们有钱，再说了，小晨马上要上大学了，开销大着呢！”

杨本昌严厉地说：“曹芳，不要争了，我和彩霞既然决定了，就一定要送给你的。”

曹芳含着泪说：“谢谢你和彩霞。”

杨晨也走上前，说：“妈！还有我的。”

杨晨掏出上次曹芳留给他的5000元钱，说：“妈，这是您上次留给我的钱，我暂时用不上，您先治病吧！”

接着，杨晨又掏出一沓钱，说：“这是我假期打工的钱，也一并给您。”

曹芳再也忍不住了，泪水止不住地流，不知道说什么才好，这都是她的亲人。

杨晨又说：“妈，收下吧！等您病好了，到北京去，我和小玲姐在北京等您。看看我的北师大，再去看看小玲姐的清华。”

曹芳不再拒绝，点点头，说：“我一定去！”

杨本昌示意卫强把这些钱收起来，卫强感激地说：“大哥、小晨，这让我和曹芳说什么才好呢？”

杨本昌正要说话，却被杨晨抢了先，杨晨说：“卫叔叔，什么都不用说，治好我妈妈的病才是最主要的。”

卫强点点头，摸了一下杨晨的头。

曹芳对卫强说：“大强，你带本昌和小晨去家里休息一下吧，不用在这里陪我。”

卫强说：“也好，走吧！大哥，小晨，到家里去，离这儿不远。”

杨晨说：“卫叔叔，您带我爸去休息吧，我在这儿陪陪我妈。”

杨本昌说：“也行，你留下吧，你好好陪陪你妈。”

杨本昌和卫强出了病房，杨晨留下来陪伴妈妈。

第二天上午，曹芳进行了肿瘤切除手术，杨本昌、卫强和杨晨一直守候在手术室外，直到手术顺利完成，大家才稍稍松了一口气。

一切稳定下来后，杨本昌和杨晨才离开了省城回西平县了。

65

为了年底的研究生入学考试，许松全身心地投入到了复习备考之中，而且还制订了严格的复习计划。研究生入学考试不同于高考，它分为初试和复试两种形式。初试是最重要的。对文科考生来说，初试一般考英语、政治和两门所报考专业的专业课，共 4 门课。其中，英语和政治属于全国统一命题，两门专业课则是各招生单位自行命题。初试结束后，教育部会根据当年的考试情况，除了划定一个总分分数线外，两门公共课和两门专业课还要分别划定分数线。这样一来，等于是 3 条分数线，只有这 3 条线都达到了要求，才算通过了初试。通过初试，还得根据招生单位的招生人数进行排名，通常是按照 1 ∶ 1.2 的比例确定参加复试考生的名单。能够参加复试的考生，成功的可能性就占到了大半，剩下的便是看复试成绩了。复试中，主要考查考生的英语口语和听力（近几年初试中已取消了听力测试，主要安排在复式中考查），另外还得加强专业课的测试。经过层层测试之后，才会进行综合排名，最终确定录取名单。

针对这种情况，许松目前最主要的目标是能够顺利通过初试。而他最担心的是英语，相信这也是大部分考生的弱项。上大学时，尽管他非常努力，在英语上下的功夫最大，可成绩提高却不明显，每次考试总是勉强通过。研究生考试中英语的几种考试题型中，最让他头疼的是阅读理解和写作，这也成了他重点攻克的内容。遇到不懂的地方，只能求助于词典和资料了，根本没有人可以请教，他身边的韩娜娜和庄勇，英语更是差到了极点。求教杜小峰吧，又太不方便了，不可能为了一个问题翻山越岭。所以，很多问题只能自己琢磨。为此，他很是怀念大学时的学习时光，那时候，有那么多同学和老师可以请教，甚至找英美留学生帮忙也是经常的事儿。想想如果在省城复习，学习条件会比这里强好多。他真的有点儿后悔自己当初选择来这里支教了。

更令许松担心的是，近几年全国的考研分数线都是文学类最高，考文学类研究生无疑增加了相当大的难度。尽管教育部规定全国有 34 所重点大学可以自行划定分数线，跟国家对其他高校划定的分数线有些不同，但是通常的情况是这 34 所高校的分数线往往要高于国家线。就算是一些普通高校，甚至也要在国家线之上提要求。比如地处北京和上海的一些普通高校，尽管学校一般，但地理位置优越，报考人数会猛涨，造成高分考生太多，于是，在国家线以上提要求便是很正常的了。

为了考中的概率大些，也为了周若祥教授的一片苦心（当初是周教授鼓励许松报考的），许松决定报考师大，因为师大是母校，而且只是一所普通院校。只要他能达到国家分数线，录取是很有把握的。但他又不敢掉以轻心，万一三条线中有哪一条达不到要求，这就没有任何办法了，是无论如何也不能录取的。所以，接下来的日子，他必须全力以赴。

有了目标，学习才有动力。为了学习英语，许松每天早上按时收听中央人民广播电台的“阳光英语”。听完节目，便开始背英语单词和好词好句；有时候还要抽出时间来背政治。至于专业课，他知道自己的实力，大学时学得相当扎实，不用太担心。这两门专业课同时也是他提高总分的主要得分科目。

许松每天除了正常的教学之外，其他时间几乎都用来复习了。庄勇和韩娜娜说他把他俩抛弃了，尤其是韩娜娜，说他光顾着复习功课了，根本不管她的死活。

许松诧异地问她：“为什么？”

韩娜娜说："你每天起得那么早，都把我吵醒了。真不知道庄勇每天怎么受得了你？要换作我，早不跟你在一个屋里住了。"

许松说："你在隔壁，我怎么能吵醒你？"

韩娜娜说："咱们两个屋子原本就是一体的，中间只是隔了一块儿木板，什么声音都可以听到的，况且你出屋时随手关那扇破门的声音更让我全身不舒服。这些我都可以不计较，你早上在校园里听英语或者背书，不吵人才怪呢？为了我们的休息，我建议你从明天开始到学校后边的山道上去背书。"说完，又问庄勇："庄勇，你的意见呢？"

庄勇说："我看行，许松时常把我吵醒，我才是直接的受害者。"

看着他们，许松心里很不是滋味。就算是自己最终接受他们的建议，无论如何他也想说他们两句。

于是，许松说："娜娜，以前你每天都要早起去吊嗓子的，还有庄勇也要早起去锻炼身体的，你们也常常把我吵醒，我就没怎么说过你们，我刚早起读了几句英语，你们就受不了了？"

韩娜娜立刻冲着许松说："这是两码事，而且我们通常都到学校外边去，你却在校园里。"

庄勇说："就是！"

许松很是生气，他觉得韩娜娜和庄勇是有意跟他对着干的。但是，许松毕竟年龄比他们大一点儿，为了不伤和气，他没再跟他们争下去，只是拉着脸说："行！从明天起，我到山道上背书。"

韩娜娜和庄勇相互对视了一下，脸上露出了微笑，许松却瞪了他俩一眼走开了。

许松开始拼命复习了，因为怕影响庄勇休息，他晚上通常改到集体办公室去学习。现在他心中只有一个信念——考上研究生，然后离开这里。想到这儿，他便有了无穷的力量。学习的劲头儿更大了。每晚等他回到宿舍时，庄勇早已进入了梦乡，看到庄勇没盖好被子，他还会顺便给庄勇盖好。

许松躺下时，还会回忆一下复习过的知识，然后才会慢慢入睡。第二天一大早，他又悄悄起床，到学校后边的山道上背英语。

许松准备考研的事儿，不知道谁告诉了高满堂。高满堂当下就问许松："许松，你是不是要走了啊？"

许松很是吃惊，不知道该怎么回答他，但又不好意思不回答他。他只好说："还不一定的。"

高满堂说："你整天都在努力学习，是不是要去深造了啊？"

许松说："我只是想多学点儿知识而已。"

高满堂说："你不告诉我，我也知道你打算报考研究生了，你一旦考上，肯定会提前离开这里的。"

许松有些生气，就问："谁告诉您说我要考研究生的？"

高满堂说："我猜的。"

许松才不信呢！尽管高满堂不肯告诉他，但他已有所觉察，知道他考研的只有庄勇和韩娜娜，周小红可能也略知一二。他很快就排除了周小红，她根本不会去告诉高满堂的，因为很长一段时间他都在辅导她复习中文专业的课程，她感激还来不及呢，怎么会去告密？要说庄勇和韩娜娜，许松就不敢保证了，因为前段时间，他们说许松影响了他们的休息，心里肯定带着情绪呢，这带着情绪的人难免会时不时发泄一下，高满堂听到也是有可能的。

为了消除心中的疑虑，许松首先问了庄勇："庄勇，你是不是把我考研的事告诉了高老师？"

庄勇摇了摇头，许松又问韩娜娜，她同样说不知道。而且韩娜娜还说高满堂也曾经问过她考歌舞团的事儿，许松很怀疑他们说话的真实性。

许松生气地说："如果是你们告诉高老师的，你们就把话挑到明处，省得我乱猜。"

韩娜娜说："你也太不相信我们了，我们告诉高老师又有什么好处呢？"

庄勇也在一旁添油加醋："许松，你把我们当成什么人了？"

他们的态度是那样的诚恳，许松真搞不清是谁打的报告了。

事情很快就有了结果。周小红下午放学后来向许松请教一个问题，许松帮她解释之后，就顺便说起了高满堂问他考研那件事儿，周小红听了，马上就叫了起来，说：“高老师还当面问你了呀？”

许松说：“是啊！而且态度很严肃，我想他一定是憋了一肚子火，我就纳闷了，究竟是谁告诉他的？”

周小红说：“没有人告诉他吧？”

许松说：“那他为什么问我呢？”

周小红突然抬高了嗓门，说：“会不会是那天下午，庄勇对我说，南洼沟小学在不久的将来就会有两个人要远走高飞了。当时我问他谁要远走高飞了，他说反正不是他，很明显他说的是你和娜娜。我再次追问他时，他便说了娜娜要考歌舞团，你要考研究生。刚说到这里，高老师走进了办公室，我想高老师是不是听到了我们的谈话才知道你要离开的？”

许松觉得有可能，听周小红这么一说，他对庄勇也有了意见。庄勇过去失落时，许松曾经给了他不少的帮助，现在他却有些不够朋友。虽然不是故意打报告，但结果都一样。

后来许松本想找庄勇谈谈，又一想算了，毕竟大家都是好朋友，为了这点儿小事儿伤了感情太不值得。

不管怎么说，别人批评许松也好，劝说许松也好，都不能动摇他考研的决心。

为了理想，许松这回真的是下了决心了。

66

韩娜娜参加省歌舞团的招聘考试去了。临行时，她告诉许松和庄勇等着她的好消息。

尽管庄勇有些难过，难过也是因为韩娜娜一旦考上很快就会离开这里，可还是祝愿她能够考取，毕竟这是一次难得的机会。像韩娜娜这样漂亮的女孩儿就应该站在舞台上。

许松没有当面祝福韩娜娜，而是用手机给她发了一条短信，短信只写了3个字——“相信你”。

经过了形象面试、自选曲目演唱、指定曲目演唱、音乐表演基础测试与文化综合素质考试5个环节之后，韩娜娜以总分第二名的成绩被省歌舞团录取。她把这个消息告诉许松时，许松正在山道上背英语，他也跟着激动了一番，把书一扔，就飞跑着告诉了庄勇，但庄勇却表现得相当平静。

许松有些意外，就问他：“你怎么不为娜娜高兴呢？”

庄勇说：“我乐不起来了，一个朋友就要离我们远去了，还怎么高兴？”

许松说：“难道你不希望娜娜的人生更精彩吗？”

庄勇说：“当然希望，只是……”

许松问：“只是什么？”

庄勇说：“只是咱们从此又少了一个同伴，明年等你考上了研究生，南洼沟小学就只剩我一个人了，叫人如何不伤感？”

庄勇的话说到了许松的心坎儿上，他为之一惊，想想也是，等到他也能离开时，庄勇该会怎样面对这个小学呢？

沉默，许松说不出话来。

过了一会儿，许松才说：“你还是也想想办法走出去吧？”

庄勇说：“能有什么办法？我又不想考研，再说我也没有经济实力再去读书。像我的专业回省城找工作更是难上加难，在省城漂泊也不是我的理想。算了，还是按部就班在这里看那日出日落吧！”说完还长叹了一声。

许松赶紧安慰他：“别担心，一切都会好起来的。”这时，好像他自己已经考上了研究生似的，其实，八字还没一撇呢！

庄勇说：“等娜娜回来了，让她请客吃饭。”

许松随声附和："那是肯定的，狠狠地宰她一次，要不等她哪天成了歌星，咱们想见她一次都难，所以趁这个机会，让她破费一次。"

庄勇说："嗯！好事儿都让娜娜占了，你说这人走运了喝凉水都走运。几天前娜娜还处在一片痛苦之中，现在人家就要走向新生活了。"

许松说："就是，人家的命怎么就那么好呢？咱们可就惨了，过去到现在都在痛苦中煎熬，真不知道什么时候是个头儿？我虽然准备考研了，可又能怎么样呢？考上考不上都还不一定，考不上照样还得在这里苦熬日子。不像娜娜，就算是考不上歌舞团，人家照样可以离开这里去省城。人与人的差别太大了，还真有些不公平，我真想不通。"

庄勇说："这世界上想不通的事儿太多了，要我说呀，走一步说一步最好，别往今后打算，越打算得好，将来越实现不了，越实现不了，心里就越痛苦。"

许松说："你这话就不太对了，人必须要有理想，没了理想，整天瞎过日子也不是青年人的人生态度，趁着年轻，多努力一把，否则，人老了可就没机会了。"

庄勇说："话是这么说，可难着哩！"

许松说："再难也得去努力。不是我说你，你有时候就是太消极，要我说，你得振作起来，多考虑一下未来。不要等将来后悔了，那可就晚了。"

庄勇说："说得也有道理啊！"

过了一会儿，他们又重新说起韩娜娜来了，许松猜想韩娜娜不光告诉了他和庄勇，肯定跟每一位她认识的好朋友都通了电话，把这喜讯也告诉了他们，许松太了解韩娜娜的性格了。

许松猜得没错，果然，杜丽丽和匡亚非他们很快就给许松打了电话说韩娜娜考取了省歌舞团，他们同样也表现得很兴奋。

许松立刻又担忧起来了，像韩娜娜这样一个单纯而又善良的女孩儿，将来能不能在娱乐圈的风浪中保持一颗清醒的头脑呢？会不会被利益的欲望所诱惑呢？

担忧过后，他马上又心酸起来。韩娜娜将来成了歌星，当鲜花和掌声包围她的时候，她是否还会回忆支教的美好岁月？是否还会想起他们几个同来支教的好朋友？

唉！这个集体马上就要有人远走高飞了！

没过几天，韩娜娜就急匆匆地从省城赶来了，夏军也陪在身边。她要回来收拾东西向大家告别了，因为歌舞团催得很紧，她回归省城的心也很急。

因为这一次是韩娜娜彻底地告别，大家免不了有些伤感。本来想好的话却说不出来了，只能静静地帮她把书本和衣服一件件装进了大包小包里。

随后，韩娜娜对许松和庄勇说："今天傍晚咱们把丽丽、亚非、小峰他们叫来一起吃个饭，也算是我请大家的一顿告别宴。"

许松和庄勇都表示同意，觉得确实应该庆贺一下。

韩娜娜和夏军也许早有考虑，回来时就在西平县城买了好多凉菜、罐头、饮料、酒和各种小吃、点心。

傍晚，韩娜娜让周小红和高满堂也留下来参加她的告别宴。不一会儿，杜丽丽、匡亚非、杜小峰也赶来了。只是杜丽丽没带她的男朋友夏子童来，因为大家都知道夏子童还没有离开阳泉回省城。

许松问："丽丽，你为什么不让夏子童一块儿来？"

杜丽丽说："他身体不舒服。"

许松知道杜丽丽一定没说真话，肯定是夏子童不想来，他一定是担心大家趁机开他俩的玩笑才不来的。

韩娜娜今天格外漂亮，她刻意打扮了一番，脸色粉中带红，似乎还刚刚修了眉，她首先说："咱们先为友谊共同干一杯。"

大家围坐在一起。每个人都举起盛满酒的碗（因为没有酒杯），互相碰了一下。

然后，韩娜娜接着说："其实，我也挺不愿意离开大家的，毕竟 1 年来咱们都建立了深厚的友谊，但是，人的一生总是要面临很多抉择的，我有了这样的机会，我必须抓住它，否则我会后悔一辈子的。大家也知道我喜欢唱歌，这是我热爱的事业，离开了唱歌，我觉得生活毫无意义。所以，我想大家对我的离开一定能理解的。”

许松说：“我们都能理解你！”

杜丽丽说：“娜娜，你的选择是对的！”

庄勇说：“水往低处流，人往高处走，这很正常，娜娜的选择是对的！”

匡亚非说：“我们永远支持你！”

杜小峰说：“我们都是你最忠实的粉丝。”

周小红说：“娜娜，你勇敢地做自己喜欢的事儿，你将来一定会成为歌星的，希望在电视上经常见到你！”

高满堂说：“我代表南洼沟小学感谢娜娜 1 年来为学校所做的一切。将来不管你到哪里演出，我想，在你的心目中南洼沟一定是最美的地方。”

大家都说出了各自想要对韩娜娜表达的心里话。

韩娜娜深受感动，眼圈有些发红，她真有点儿舍不得大家、舍不得南洼沟。在即将分别的时刻，她也是感慨万千，突然间，她变得伤感起来。

大家都劝她应该高兴才是，她能考上歌舞团，这是好事儿。

这时，韩娜娜又向大家宣布：“今天，我还要告诉大家一件事儿，我和夏军就要结婚了。”

韩娜娜的一句话提醒了大家，大家都赶快把目光投向了一直沉默的夏军，纷纷让他说几句话。

夏军站了起来，有些激动，说：“感谢 1 年来大家对娜娜的照顾。娜娜考进了歌舞团，这是令人高兴的事儿，我们能够团聚了。今后，无论我们走到哪里，我们都会想念大家的，希望朋友们也早日实现自己的梦想。”

因为韩娜娜和夏军即将结婚了，大家又说了好多祝福他俩幸福的话。这场告别宴很晚才散，大家都有点儿依依不舍。

第二天早上，许松和庄勇把韩娜娜和夏军送到了乡里，临上车时，韩娜娜还流了眼泪，许松和庄勇说好不哭的，但都没忍不住。

车子开走了，许松和庄勇在路边伫立了好久才返回了南洼沟小学。

67

夏子童决定要回省城了，他这几天来最痛苦的便是杜丽丽始终不能给他一个明确的答复。杜丽丽既不肯立刻跟他回省城，也不肯考研究生。真不知她是怎么想的？难道真的就在这荒凉的大山深处虚度时光吗？有时候连他自己都想不通。凭他以前对杜丽丽的判断，杜丽丽应该是一个特别喜欢大城市生活的时尚女孩。可如今，现实不得不叫人改变对杜丽丽的看法，近 1 年的支教生活已把她改造成了另一个人了，她似乎已不再眷恋繁华的都市生活了。是乡村宁静的生活带给她无限的乐趣吗？还是她对这片土地产生了深厚的感情？或者就是那场刻骨铭心的事故让她重新认识了人生？

夏子童每天都处于痛苦之中，他早已不像刚接到杜丽丽短信时那么激动了，他现在已从一个完美的理想主义者变成了一个纯粹的现实主义者。如果杜丽丽不按照他的想法去生活，那么他们之间还能不能发展下去，他真的很怀疑。与其这样，还不如早点告别这段没有结果的感情。因为在这个问题上，他是现实的。试想，杜丽丽不跟他回省城，也不跟他一起考研，等她支教结束回到省城的时候，他们之间该有多么陌生呢？他真的不相信距离可以产生美，两个人长年见不了一面，谈何建立感情？他更不相信电视上和书上说的那种浪漫的书信爱情或者网络爱情。他只想现实地活着。

杜丽丽同样遭受着双重煎熬，她既不想现在就离开阳泉小学跟夏子童回省城，也不想让夏子童心里难过。说实在的，她还真有点儿担心呢。她害怕万一跟夏子童因为意见不合，两个人分道扬镳，这样对谁都不好。要知道，她和夏子童能走到今天这一步，完全是她争取来的。这来之不易的感情，她必须珍惜才对。但是，她的确还想在这里继续工作。经过 1 年的工作，她已经爱上这个地方。唉！真不知道该怎么处理这件事儿了，人为什么总是活在矛盾中呢？

因为杜丽丽实在不能立刻做出是否回省城的决定，夏子童很失望地离开了阳泉小学，他要回省城了，他怎么能在这个地方待下去呢？他 1 分钟都不想待。杜丽丽把他送到了乡里，临上车时，夏子童对她说："你再考虑考虑，我回去等你回话。嗯，希望你不要让我等太长时间。"

杜丽丽说："行，我很快就会给你一个答复的。"

夏子童说："一言为定！"

杜丽丽说："驷马难追！"

夏子童说："保重！"

杜丽丽说："保重！"

公共汽车很快开走了，杜丽丽还站在原地遥望着汽车远去的方向。

夏子童给杜丽丽留的问题太沉重了，把她压得喘不过气来，让她感到异常纠结，找不到解脱的办法。

她一个人走过山道的时候，在路边伤心地哭了起来。可是哭有什么用呢？为什么夏子童不能理解她呢？为什么非要急着让她回省城或者考研呢？也许夏子童有他自己的原因，但不管什么原因，总不能为此就伤了两个人的感情吧？她想到这里就觉得担心，好不容易建立起来的感情，如果就这样失去了，她真不甘心。

环顾四周，周围一片寂静，除了大山还是大山。她真想质问高山："为什么就不能帮我一把呢？为什么总是让我面对这么多抉择呢？"

她有些埋怨四周的大山。大山啊，大山！你怎么就那么高呢？把山里与山外阻隔了不说，还让我亲爱的人伤心地离开了。

杜丽丽焦灼不安地继续朝前走，眼里含着泪花。看来如果不答应跟夏子童回省城的话，也许他们就会各奔东西了。怎么办呢？她不能再失去他了！

"大山啊！你帮帮我吧！"杜丽丽大声呼唤着，喊一阵儿、哭一阵儿，到底该怎么办呢？

突然间，她想到了韩娜娜，可人家已经离开这里回省城了。她又想起了许松和庄勇，这两个亲爱的战友还留在这里，应该跟他俩说说心里话。

于是，她迈开大步朝南洼沟小学的方向走去。

杜丽丽来到南洼沟小学的时候，已近中午，许松和庄勇刚做好了饭。一进他们宿舍，杜丽丽就哭了，弄得许松和庄勇不知所措，他们赶紧问她怎么回事儿，她只顾着哭了，一句话也说不出来。

许松见杜丽丽情绪非常不好，就说："你先跟我们一起吃饭吧！"

杜丽丽没有拒绝，庄勇给她盛了一碗米饭。

于是，他们边吃饭边聊。

许松问："丽丽，你遇到什么事儿了？有事儿千万别憋在心里，说出来我们也许可以帮帮你。"

庄勇说："没事儿的，丽丽，我们都是你的朋友，相信我们。"

杜丽丽点点头，抹了一把脸上的泪水，说："我真的不知道该怎么办了。"

许松说："别哭，慢慢说。"

庄勇说："天塌下来有我替你顶着，我个子比你高。"

一句话把杜丽丽逗乐了，让她稍稍缓解了一下紧绷的神经，她叹了一口气说："唉！我该怎么跟你们说呢？说出来吧，又担心你们笑话；不说出来吧，我心里的确难受。左右为难，没想到自己落到今天这个地步。"

许松说："世上没有过不去的火焰山。"

杜丽丽说："夏子童要我离开这里回省城，或者考研，可是我不同意，我还想继续留下来，所以很矛盾。"

庄勇说："这有什么矛盾的？"

杜丽丽说："我跟他回省城吧，真的不是我的心愿；不跟他回吧，也许我们就会分道扬镳了，这对我来说又不太公平，我们能走到今天这个地步，实在不容易，如果为了这个原因而分手，我觉得真有些得不偿失。唉！人生怎么就这么难呢？”

许松说：“我问你一个问题，你要真诚地回答我。”

杜丽丽点点头。

许松说：“你爱他吗？”

杜丽丽又点点头。

许松说：“他爱你吗？”

杜丽丽这次没有点头，只说：“也许吧？”

许松说：“如果你不能确定他是否真的爱你，那么这正是考验他对你的感情的时候。假如你没有立刻跟他回省城，他依然不改以前的初衷，那么就说明他是真的爱你，这样的人你应该珍惜；假如你不回省城，他就跟你分手，那么就说明他以前并没有对你付出真心，这样的人，就是失去了，我觉得也不可惜。”

杜丽丽再次点了点头，接着又问：“我现在到底该怎么办呢？”

庄勇说：“许松不是说了吗？这正是考验夏子童的时候，所以你应该坚定自己的选择，继续留下来教书。”

许松说：“我也是这个意思。”

杜丽丽说：“我也是这样想的，只是担心失去他，我现在成了这个样子，真怕再遭受打击。”

许松说：“是你的，你不想要也是你的；不是你的，你想要也不属于你。担心是没有用的，你不应该这样唯唯诺诺地生活，应该鼓起生活的勇气，好好面对现实。不管前边等待你的是什么，你都要振作起来。丽丽！记住，爱情不能靠施舍获得，你不欠任何人。”

庄勇说：“我们要做生活的主人，不应做生活的奴隶。丽丽，就像当时你毅然离开乡中学去了阳泉小学那样，我们依然希望你能像以前那样坚强，你一定要做你自己的主人。”

许松和庄勇的一番话让杜丽丽顿时有了勇气，她朝许松和庄勇笑了笑，然后拨弄了一下前额的头发，两个明亮的大眼睛忽闪忽闪的。其实，杜丽丽还是非常漂亮的。如果不是先前的那场事故，也许她早已离开了这里，站在了舞台上。生活跟她开玩笑的同时，也锻炼了她的意志，至少她没有在生活面前丧失信心。而且这样一个曾经生活在鲜花和掌声中的人，在残酷的现实面前，用美丽的心灵支撑起了阳泉小学的一片天空。她今天能敞开心扉跟她的朋友们交流，充分说明她并没有只生活在自己的世界里，她正在以积极的态度面对崭新的生活。

许松和庄勇感到欣慰，他们没有过多的豪言壮语祝福杜丽丽的未来，但在心底都默默地希望她一切都好。

吃过饭后，3 个人决定到学校后边的山道上走走，那里等待他们的将是一片绿荫。

68

两天后，等杜丽丽再次来到南洼沟小学给许松和庄勇送蔬菜的时候，许松和庄勇见到她的第一眼都大吃了一惊，杜丽丽微笑着，脸也红润了不少，还把头发扎了起来，显得特别有精神。庄勇赶紧上前接过了杜丽丽手里的那篮子豆角和西红柿，说：“丽丽，你给我们带来这么多新鲜蔬菜，真是谢谢你了。”

杜丽丽说：“都是董老师和崔老师他们家种的，他们送给我的，我吃不完就给你们送来一些。”

许松说：“丽丽，我看你精神很好啊！”

杜丽丽说：“多亏了你们的开导，我还得谢谢你们呢！”

庄勇说：“互相帮助嘛！”

许松说："你能快乐起来，我们也很高兴，人嘛！就应该快乐地生活着。"

杜丽丽说下午她还要上课，就急着要回去。许松和庄勇一直把她送到了离阳泉小学不远的山道上，她很是感动，说："你们下次来阳泉小学的时候，我做手擀面给你们吃。"

许松和庄勇当下就答应了。

就在他们即将分别的时候，杜丽丽突然又说："许松、庄勇，如果你们需要我帮忙的话只管告诉我，我就是再忙也会去帮忙的。"

听杜丽丽这么一说，许松和庄勇十分感动，韩娜娜虽然走了，但杜丽丽又来到了他们中间。

庄勇说："要不这样吧，丽丽，你干脆来我们学校住吧，反正娜娜那个屋子也闲着没用。"

许松说："这是一个好办法，你来我们学校住，一来大家在一起还可以互相有个照应，二来咱们还可以一块儿做饭吃，我们可以尝尝你的手擀面。"

杜丽丽说："恐怕不好吧？"

庄勇说："这有什么不好的？"

杜丽丽说："唉！怎么说呢？如果我去你们学校住，南洼沟的老乡会怎么看？他们说不准还以为我占用你们学校的便宜呢！再说了，南洼沟的马村主任会不会同意还是个未知数，关键我不是南洼沟的老师呀！"

许松说："管他呢！这里又不是他们的私有财产。只要你愿意来就行了，至于他们怎么说，那是他们的事。"

庄勇也这么说。

许松说："庄勇早上去送你，我傍晚去接你。你看我们多有诚意，所以你最好不要推辞。"

他们最后终于把杜丽丽说服了，杜丽丽很快回学校把这件事儿告诉了崔明浩和董月莉，想征求一下他们的意见，崔明浩和董月莉觉得这也是个不错的主意。

杜丽丽上完课后，许松和庄勇一起把她的铺盖搬到了南洼沟小学韩娜娜原来住的屋子。他们同样把这件事儿告诉了高满堂，高满堂也表示支持。周小红看到杜丽丽搬来了，高兴地帮杜丽丽把宿舍收拾得干干净净的。杜丽丽把自己的一条裙子送给了周小红，周小红像个孩子似的拥抱了杜丽丽。

虽然韩娜娜走了，但南洼沟小学里并没有失去生机，他们都觉得又迎来了新的生活。

接下来的日子，谁都没有过问杜丽丽和夏子童的情况。有了大家的帮助，杜丽丽已经改变了对生活的态度，每天来回往返于南洼沟和阳泉之间。虽然辛苦，但她说大山里还是很美好的，只要去寻找乐趣，满山遍野都是乐趣。就算是路边的一朵野花也会散发出它的芳香；就算是灌木丛中跳出的一只野兔也会跳出它的快乐；更不要说永不停息的柳叶河了。她觉得它们都是自己的小伙伴，看到它们，她就会热情地跟它们打一声招呼。

杜丽丽每天照样给夏子童发短信、打电话。夏子童无数次地劝她回省城，她无数次地拒绝。尽管她知道夏子童终究有一天会不再跟她联系的，但是，她仍在努力着。她试图说服夏子童相信她，等她支教结束，她一定会回省城的。夏子童却在电话中埋怨她根本不考虑他们的未来，让她考虑清楚。

不管怎么说，杜丽丽是咬紧了牙关，她想得最多的就是如果夏子童真的因为这个原因离开了她，她也决不遗憾。她时刻想着许松曾经告诉过她的那句话——“假如你没有立刻跟他回省城，他依然不改以前的初衷，那么就说明他是真的爱你，这样的人你应该珍惜；假如你不回省城，他就跟你分手，那么就说明他以前并没有对你付出真心，这样的人，就是失去了，我觉得也不可惜。”

人生总要面临许多抉择的，在抉择面前，应该勇敢地面对。即使走了弯路，也决不后悔，至少获得了一笔宝贵的人生财富。

杜丽丽每当思考这件事儿的时候，她就会望着学校对面的大山，山那边固然鲜花满地，但山这边一样绿草茵茵。想到这里，她便唱起了《红岩》歌剧里的歌词：红岩上，红梅开……

这样的生活持续了一段时间，杜丽丽时刻做着思想准备，如果夏子童彻底跟她分手，她也决不会为此而丧失生活的信心。

爱情是相互的，不仅仅是杜丽丽矛盾和痛苦，远在省城的夏子童也处在了一片迷茫之中，根本无法静下心来复习，这已经影响了他的学习。他实在煎熬极了。如果这样下去，他还怎么考研究生？要是因为杜丽丽而考研失败的话，他觉得真有些得不偿失，因为他现在毕竟失去了工作，根本没有退路。为此他十分痛苦，想想不久前他还拥有一个工作，为了考研，他辞去了工作。收入没有了，又得依靠父母，他似乎觉得当初辞去工作是个错误。要是明年能顺利考取研究生，就能对得起自己当初辞去工作的决定；要是考不上研究生，他可真的就太惨了。他夜里躺在床上的时候，就一直思考这个问题，原本失去联系那么长时间，杜丽丽为什么要给他发个短信？为了这个短信，他曾经高兴得彻夜难眠，甚至幻想着美好的未来，他觉得杜丽丽就是他心目中的最佳女孩，他眼前立刻就浮现出一幅绚烂的画卷：在蓝天白云下的青草地上他们嬉戏着、追逐着，他抱起她、亲吻她。现在他们已经发展到这种地步了，他需要她来到他的身边，他们一起为未来奋斗。他不愿生活在虚幻的空想中，因为他是一个现实主义者。他觉得不在一起生活，一切都是徒劳。他不想让杜丽丽一个人生活在偏僻的大山深处，两个人相隔千里，谈何发展感情？

夏子童觉得眼前一片迷茫，找不到出路。他心里矛盾极了，到底是继续和杜丽丽一起走下去呢？还是一门心思考研究生？谁为他指明出路呢？他心里禁不住埋怨起杜丽丽来："你为什么不为我想想呢？你太倔强了，就不能跟我回到省城来吗？就算是你不想回省城，考研究生也行。可是你这两条路都不想走，非要待在那个荒凉的山坳里，真让人不明白。杜丽丽，你不能这么折磨我，你太让我失望了。"

与其这样煎熬，还不如早点儿解脱，怎么解脱呢？就此和杜丽丽断绝来往，静下心来复习备考吗？这似乎有点儿不近人情。夏子童立刻又想到了杜丽丽现在的处境，她已经不可能再去追求唱歌的梦想了，艺术的舞台因为她脸上的伤疤已经永远地向她关闭了。如果他选择离她而去，真的于心不忍，他痛苦极了。然而看着桌上的几本考研用书，许多天来只能安静地躺在那里，他一个字也看不进去。他觉得不能再这样生活下去了，如果再这样下去，他会彻底崩溃的。失去杜丽丽不说，连研究生也考不上，到最后可能真的就是两手空空了，怎么面对父母？想来想去，还是重新面对现实吧，也许杜丽丽根本就不属于他。与其这样，还不如早日结束这种煎熬。

想到这里，夏子童拿起手机，拨通了杜丽丽的电话。

夏子童说："丽丽，你给我一个明确的答案吧！我现在痛苦得要命，这件事儿已经把我折磨得死去活来了。"

杜丽丽说："子童，我仍然不能立刻回省城，请你理解我。"

夏子童说："好吧！我明白了，你要保重！"

杜丽丽说："什么意思？子童！"

夏子童说："我要考研，现在我连书都看不进去，怎么去考研？我所有的心思都被你占据了，你让我不能静下心来学习。我辞了工作，如果再考不上研究生，将来会两手空空的。所以……后边的话我就不再说了，你也能明白，我不想赤裸裸地说出来，你要保重！希望你的未来一片光明。"

杜丽丽说："我明白，这在我的意料之中。子童，我也希望你将来能考上研究生，不要因为我的原因而影响了你的学习，多保重！"

电话随即便挂断了。

杜丽丽把手机插进裤兜儿，她知道她和夏子童的爱情就此结束了，她并没有流泪，不知为什么，今天她出奇的平静。她突然想到学校外边走一走，不知不觉中，她又走向了"忘忧石"，她知道，就算全世界都抛弃她，那块弯月般的石头也会温暖地拥抱她的。

杜丽丽坐在“忘忧石”上，眺望着远方，美丽的山峦连绵起伏。听！柳叶河依旧在唱着欢快的歌。她感慨万千，眼泪夺眶而出，一边抹眼泪，一边自言自语：“我不会倒下去的，我要好好地活着！大山啊！我爱你！柳叶河啊！我爱你！”

69

杨晨和小玲准备上大学去了，他们说好要在西平县火车站坐火车。

前几天，牛彩霞还给杨晨做了一条被子还有一个枕头，牛彩霞说做的被子和枕头比学校发的要舒服一些。本来，杨本昌说要去送儿子上大学的，杨晨也希望爸爸去北京看看，爸爸还没有去过北京，这一次刚好是个机会。

然而，谁都没有想到，就在他们动身的前一天，南洼沟小学的高满堂突然晕倒在集体办公室里，许松和庄勇赶紧打电话告诉了杨本昌，杨本昌当时决定立刻送县医院。由于县医院的急救车不够用，杨本昌只好求助于他的初中同学——县二中校长刘贵祥，说高满堂晕倒了想用用二中的车，救人要紧，刘贵祥很快就答应了，派车进山拉高满堂。

原本周小红说让郑玉斌用摩托车把高满堂送到乡里，但许松担心摩托车颠簸对高满堂身体不好，所以庄勇就去林成医生那里借了一副担架，他和庄勇还有郑玉斌轮流把高满堂抬到了乡里，才由二中的车送到了县医院，紧急检查过后，高满堂是脑部血管破裂出血导致的晕倒，需要立即手术住院治疗。情况紧急，高满堂的两个儿子又都在外地打工，他老婆一个人力量又有限，杨本昌想都没想就留在医院陪伴高满堂，这不仅仅因为高满堂是他多年的同事兼朋友，更主要的是高满堂是工作在一线的老师。作为一名乡教育办公室的主任，这是他的责任。于是，他就没有办法去送杨晨上大学了，杨晨能理解爸爸。

第二天，是牛彩霞一个人把小玲和杨晨姐弟俩送上火车的，送走他们之后，牛彩霞就赶往县医院看望高满堂去了。

上了火车，小玲才悄悄塞给杨晨一个纸包，杨晨问："姐，这是什么呀？"

小玲说："你要上大学了，你牛阿姨的一点儿心意。"

杨晨推辞："不，姐，我不能要。"

小玲说："你牛阿姨就是担心你不接受，才没有当面给你，让我上了火车才给你的，你拿着吧，车上人多推来推去的也不好看，再说了，你不接受，这不伤了你牛阿姨的心吗？"

杨晨鼻子一酸，差点儿掉出泪来，他接过纸包，塞进了内衣袋儿里。

这时，杨晨的手机响了，他接通电话才知道是卫强叔叔打来的。

卫强问："小晨，你上车没？听你妈妈说你今天去上大学？"

杨晨说："卫叔叔，我刚上火车。"

卫强说："你爸爸和你一块儿去的吗？"

杨晨说："没有，我和我小玲姐一块儿走的。"

卫强问："你爸爸怎么不去送你？"

杨晨说："我们村里有个老师病了，他照顾他去了。"

卫强还没有说话，手机里隐隐传来了曹芳的声音："大强，问问小晨是哪个老师病了，严重不？"

卫强说："谁病了？严重不？"

杨晨说："高满堂老师，已经住院了，我还不太清楚。"

手机里又隐隐传来曹芳的声音："唉！本昌，一辈子都在帮助别人，是个好人！"

卫强说："小晨，那好，你照顾好自己啊！"

杨晨想问问妈妈的情况，就说："嗯！我妈怎么样了？"

卫强说："你妈挺好的，要不，让你妈跟你说句话吧！"

曹芳说："小晨，你放心，妈妈没事，医生说如果保养得好的话，没问题的，我这几天精神可好了。”

杨晨说：“您一定注意身体，等将来你身体好了，就到北京看看。”

曹芳说：“一定会去的，你也要照顾好你自己啊！”

杨晨说：“嗯！”

手机里传来了护士的声音：“三床，输液了！”

曹芳说：“小晨，妈妈得输液了，挂了啊！”

手机很快挂了，杨晨惆怅地看着车窗外。

小玲说：“小晨，想什么呢？”

杨晨说：“也不知道我妈妈说的是不是真话，她说她精神可好了。”

小玲说：“你别多想，曹阿姨会好起来的，说不准很快就能去北京看你了。”

杨晨叹了口气，说：“唉！但愿吧！也不知道高老师现在怎么样了？”

小玲说：“要不打个电话问问吧？”

杨晨说：“算了，牛阿姨刚去医院，爸爸肯定一夜没合眼，他们都很累的，等等再说吧！”

小玲说：“也行，要不，你先看会儿书吧！”

说着，小玲从包里掏出一本《拥抱生命》递给杨晨。

杨晨看了看，说：“这是本什么书啊？”

小玲说：“这是一本自传纪实文学，特别励志，现在都绝版了，我是在旧书摊淘到的，就是这本书，我才第一次知道了张聂尔这个名字，知道了这是一位坚强的女作家，每当我难过或者消极的时候，我都会读读这本书。你看看吧，值得一读。”

杨晨开始读《拥抱生命》，小玲则眯上了眼睛。

牛彩霞来到县医院，向护士询问高满堂的病房，护士热情地朝前指了指，说：“就前面倒数第二个房间，病人昨晚刚做完手术，现在正输液呢！您轻一点儿！”

牛彩霞谢过护士就朝前走去。

来到病房前，隔着门玻璃，牛彩霞看到高满堂躺在床上输液，他老婆在一旁陪着。

牛彩霞正要推开病房的门，杨本昌在后面叫住了她："彩霞！"

牛彩霞回头看时，杨本昌已经来到了她跟前，问："孩子们都走了？"

牛彩霞说："都走了。"

牛彩霞问："满堂情况怎么样？"

杨本昌摇摇头，说："不乐观啊！刚才医生把我叫到办公室，跟我说了，满堂可能会偏瘫，将来说话也会成问题，要是能早来医院一会儿，也许会好一些。"

牛彩霞惊得睁大了眼睛，问："这么严重啊！咱们离县城太远了，路又不好，耽搁了。"

杨本昌说："唉！主要还是累的，他每天工作量那么大。"

牛彩霞说："是啊，听说前几天南洼沟的娜娜老师走了，少一个老师，他的任务可不就又重了不少吗？"

杨本昌说："没办法的事儿，人家要走咱也拦不住啊。"

牛彩霞说："是啊！娜娜走了，再加上满堂这一病，估计南洼沟又要缺老师了。"

杨本昌说："我再想想办法吧！跟教育局说说，看能不能调来几个。"

牛彩霞说："年年都说要调来几个，可最后也没几个人愿意来，好不容易来几个支教的大学生，这还走了一个，说不准其他人也有可能离开。"

杨本昌说："算了，不说这个了，就算他们都离开了，我们的生活也还得继续。"

牛彩霞点点头，说："你说的是啊！那接下来满堂怎么办？"

杨本昌说；"先住院治疗吧，他的两个儿子今天晚上就赶回来了，走，咱进去看看吧。"

说着，杨本昌和牛彩霞进了病房，高满堂的老婆马上站起来，愁眉不展地说：“彩霞，你来了。”

牛彩霞小声说：“满堂怎么样了？”

高满堂老婆说：“刚睡着了，多亏了本昌，要不是本昌在，我都不知道该怎么办了。”说着说着就抽搭起来了。

杨本昌说：“好了，咱慢慢治就行了。”

几个人又聊了一阵，牛彩霞就离开了，杨本昌还没有走，他说要等到高满堂的儿子来到医院，他才会离开，但他坚持把牛彩霞送出了县医院大门。

牛彩霞乘公共汽车到乡里下了车，走在山道上的时候，给小玲打了电话，告诉了小玲高满堂的病情，还说如果不是山道难走，及时送到医院的话情况会好很多，小玲听了自然十分难过，杨晨问她时，她几乎是哭着跟杨晨说了高老师的情况，杨晨痛苦地看着车窗外。

小玲说：“高老师的病要不是山道难走给耽搁了，也许会更好一些。我将来毕业了一定要回来修一条通往山外的大路，为学生也为乡亲们。”

杨晨说：“我将来毕业了一定要回来当老师，像爸爸、牛阿姨、高老师那样。”

第二天早上，杨晨和小玲到达北京，小玲把杨晨送到北京师范大学，安顿好他之后，她才回到了清华大学。

这两个年轻的大学生决心要在这个城市里学到更多的知识，将来要奉献给他们的家乡了。

卷三

夕　晖

70

时间过得飞快。转眼间，大学生们在西平县支教的第二个春天又来到了。

在刚刚过去的秋天和冬天里，许松和匡亚非早已参加完了研究生考试，无论是初试还是复试，他们都以优异的成绩通过，接下来的日子便是等待那张期盼已久的通知书。要知道为了这张通知书，许松付出了太多的汗水。回想起在寒冷的冬天里，他挑灯夜战，有时候手都冻得哆嗦，可仍在坚持着。好在他的考试成绩都很优秀，这给了他心灵上最大的安慰。这就意味着过不了多久他就会收到来自省师范大学的录取通知书。

许松甚至展望起美好的未来了：他又徜徉在美丽的大学校园，和他的研究生同学们一起探讨关于文学的话题；在阶梯教室聆听周若祥教授的教导。啊！真是幸福极了。

忍不住，许松自言自语："赶快到来吧！我的研究生时代！我将以百倍的勇气和似火的热情拥抱你！"

杜小峰也通过了国家公务员考试。如果不出意外，他 9 月份将要到中央某个机关供职，大家都很羡慕他。

这就意味着许松、匡亚非和杜小峰很快就会离开这里奔赴大城市。他们 3 个心里都很激动，每天都处在兴奋之中。因为就要离开了，从心底来说也不是太讨厌这个地方了，甚至还有些留恋。

人一旦精神上愉快了，看什么也都顺眼了。

就在他们为明天而欢呼雀跃之时，杜丽丽和庄勇却处在一片灰暗当中，他们面对的仍将是一如既往的工作。暑假过去，这个曾经的小集体就会只剩下他们两个了。而且，南洼沟小学也将只剩下庄勇和周小红，因为高满堂出院回来之后已经半身不遂，几乎说不成完整的话，他半年多都没有上班了，等于是提前结束了自己的教书生涯。

许松真的不知道庄勇和杜丽丽的心情如何，但他敢肯定两个人心里一定很不好受，因为他们眼睁睁地看着“战友”们一个个离开，而他们挽留的力量又是那么微弱。

凭什么要挽留人家，谁不想拥有更美好的明天？这是庄勇许多天来想得最多的一句话。

接下来的日子，杜丽丽和庄勇都不多说话，许松知道他们并不是出于嫉妒离开的人，而是当大家一个个真的离开时，他们会有种失落感。这个集体本来是完好的，现在却支离破碎，再也不可能复原。为此，他们都痛苦极了。

许松也觉得心里不是滋味，可怎么劝杜丽丽和庄勇呢？只能在他们面前尽量不提离开的事。不提归不提，现实毕竟是现实，不能回避现实。为此，许松也陷入了深深的苦恼之中。

因为听说许松快要走了，周小红有些发慌，她问许松：“许松，你是不是快要走了？”

许松说：“是啊！”他不想隐瞒她。

周小红伤心极了，说：“你走之后，学校该怎么办？”

许松不知道该怎么回答，只好说：“会有新的老师来的。”

周小红叹了口气，说：“唉！难着哩！”

许松惆怅地望着远方的山峦，说：“没办法的事儿。”

周小红说：“我……我可能马上也要走了。”

许松问："为什么？"

周小红说："玉斌已经调到城里工作了，我们要结婚，我肯定也得走，到时候这里就只剩下庄勇了。"

许松说："是啊！难为庄勇了。"

周小红哭了，一边抹眼泪，一边说："本来好好的，怎么现在会是这样啊？"

是啊！周小红本来就是代课老师，她随时都可以离开的，何况现在她要和郑玉斌结婚，总不能让人家两地分居吧！她离开合情合理，只是，到那时候，庄勇该怎么办？他该如何撑起一个学校？

许松沉默了，眼泪模糊了视线。

不知什么时候庄勇走了过来，他安慰周小红："小红，你别难过，人各有志，该走的一定会走。我没事儿，只要我在南洼沟一天，我就会把孩子们教好一天的。"

周小红说："可是你一个人太难了。"接着又是一阵抽搭。

庄勇说："不要这么说，我已经习惯了一个人生活。"

周小红抹了一把脸上的泪水，突然说："庄勇，我决定了，就算结婚，我也不会离开南洼沟小学的。"

庄勇眼圈立刻红了，他说："小红，不能耽搁你和玉斌的，你不能感情用事啊！再说了，玉斌也不会同意的。"

周小红斩钉截铁地说："我决定了，玉斌会理解的。"

庄勇上前拥抱了周小红，说："我们一起把南洼沟小学发展下去。"

"还有我！"不知什么时候杜丽丽也站在了他们身后，"我虽然在阳泉小学支教，但我会尽最大努力帮助南洼沟小学的，大不了我两个学校来回兼课。"

周小红早已是泪流满面了，泣不成声。

许松突然间觉得自己很渺小，在夕阳的映衬下，杜丽丽、庄勇和周小红是如此高大。

没过几天，许松就收到了研究生录取通知书，不知为什么，他并不觉得有多么高兴，反而觉得有些难过。他没有拿出来让杜丽丽和庄勇看，他生怕刺伤他们敏感的心。他觉得那张通知书是如此的烫手。

相反，牛村小学的匡亚非和杜小峰却处在了一片欢腾之中。

匡亚非收到研究生通知书的当天晚上就跑到了南洼沟小学，他太兴奋了，连说话都变了腔调。许松赶紧把他拉到了学校外边，他担心刺伤杜丽丽和庄勇。

来到学校外边的山道上，许松说："亚非，你低调点儿好不好？"

匡亚非说："为什么？这是一件好事儿啊！为什么要低调呢？"

许松说："丽丽和庄勇听到了会伤心的。"

匡亚非说："怎么了？难道他们不为我们高兴吗？"

许松说："咱们3个人都要走了，这里就只剩下丽丽和庄勇了。咱们一块儿来到这里，现在有4个人都提前离开了，他们心里肯定不好受，所以还是不要在他们面前太张扬为好。"

匡亚非吐了吐舌头说："喔，你说的也是啊！"

许松朝他努努嘴。

之后，他便悄悄离开了南洼沟小学回牛村去了，许松望着他的背影心里说不出是什么滋味。他能想象得出匡亚非此刻激动的心情，因为很快他就会告别这片土地回到省城，尽管是去读书，但也比待在这里强多了。看他，走路时还一蹦一跳的。

杜小峰更是每天都处在一片激荡之中，甚至无心上课了。因为马上要奔赴北京工作了。为此，他常常跑到牛村小学对面的山道上唱歌，他原本不爱唱歌，但的确太兴奋了，他也忍不住唱起歌来。整个山坳里都传来了他那快乐的男中音。匡亚非在他身边的时候，他常常开玩笑似的说："亚非，北京应该比省城大吧？"

这时候匡亚非就会撇撇嘴，说："臭显摆！"

杜小峰开玩笑说："别嫉妒啊！"

匡亚非上前捶他一下，说："别得意太早，到时候我到北京上你那里蹭饭吃。去一次找你一次，你嫌麻烦也不行。"

杜小峰说："欢迎啊！欢迎！"

然后两个人都笑了。

他们展望着美好的未来，仿佛一切都亮堂了。他们太喜欢大城市的生活了，像他们这样有理想有抱负的年轻人，怎么可能把命运交于这荒凉的大山呢？这下好了，他们终于可以高高兴兴地离开了，多么光彩！多么让人羡慕！

匡亚非和杜小峰的表现，着实让牛彩霞伤了心，她知道他们就要离开牛村小学了，心里异常难过。这个她一个人曾经支撑多年的学校最终仍是她一个人支撑，她想把心里的苦楚向杨本昌说说，但又怕杨本昌跟着难受，就没说，但杨本昌还是来了，他骑摩托车到牛村小学的时候，已是放学时间，牛彩霞正准备出校门，看到杨本昌，牛彩霞就知道他来的原因了。

他们两个人谁都没说话，就一起上了学校后面的山岗，两人坐在山岗上依然是沉默着。牛彩霞知道杨本昌同样很苦闷，他通常不会把痛苦讲出来。

牛彩霞说："本昌，我还是想跟你说说亚非和小峰的事儿。"

杨本昌说："我都知道了，他们要走了，这在我的预料之中，人家要走，咱也留不住啊！只是苦了你，学校又要你一个人来支撑了。"

牛彩霞说："我还能撑。"

杨本昌说："我知道你快撑了一辈子了，可你那身体，我真怕有一天……"

牛彩霞立即打断了杨本昌的话："我没事儿，只是心里有点儿难过。"

杨本昌连连叹气，说："难过肯定是有的，不光你难过，我更难过，南洼沟也是一样的处境。"

牛彩霞说："是啊！都难着哩！"

杨本昌说："不说了，你我都要振作起来。"

牛爱霞说："嗯！振作起来！"

阳光温暖地照耀着这两个强人，身边不时有鸟雀飞过，"叽叽喳喳"的，微风吹过，一阵花香扑鼻而来。

71

人与人可真不同。许松原本也应该像匡亚非和杜小峰那样快乐地憧憬美好的未来的，然而现实让他一点儿也高兴不起来。杜丽丽和庄勇那种失落和痛苦的表情让许松一次又一次反思自己：我究竟该怎么生活？

许松并不是为了他们而要改变自己的生活方向，而是他突然间"良心发现"。既然当初选择到这里支教，为什么要中途离开呢？要是中途离开，还不如不来。南洼沟不是他来美化自己的地方，而是需要他为之奉献的土地。他有什么理由抛却这片土地而选择独自离开。

为此，许松陷入了一片沉思当中。

他爬上学校对面的山岗，遥望着即将落山的太阳。太阳啊！日复一日年复一年，无怨无悔，把光和热奉献给大地，却从没向大地索取过什么。

这是什么精神？

每一天里，他都给我们带来光明和温暖，就算是即将落山，也要用火红的夕阳染红半边天，留给我们最绚丽的色彩。

这是什么品格？

一群白鸽掠过头顶，唱着歌飞向遥远的山坳去了。

只有在这茫茫的大山深处，才是白鸽生活的真正舞台。

许松扪心自问：我生活的舞台在哪里？

他泪眼蒙眬地望着远方的夕阳，一时间迷失了方向，在山岗上待了很久，天黑下来的时候，他才回到了学校。庄勇和杜丽丽已经做好了饭，他们单等着他的到来，3个人谁也没有说话，静悄悄地吃着饭，一股愧疚之情涌上心头，吃过饭，他一个人又跑到学校后面的山道上，望着满天的星星，眼泪夺眶而出。这一夜，他在山道上想了很多心事，等他回到宿舍时，庄勇已经进入梦乡，他像往常一样给庄勇盖了盖被踢开的被子，然后躺在床上辗转反侧。

第二天一大早，许松就悄悄起床来到了学校对面的山坳里，大自然是如此美丽，空气是如此清新，起早的小鸟儿已经开始欢快地歌唱了。

春天是美好的，在这偏僻的大山深处，春天更是美好的，因为当别的地方春天过去的时候，这里的春天才真正开始。

春天，用温暖的手抚摸着每一个走进春天的人，然而这时许松的内心却是一片严冬，他的春天在哪里？他含着眼泪继续往山坳深处走去，他想在这美丽的山坳里寻找属于他的春天。

许松走过山道，走过心中的那条曲折的小道。身边的灌木丛伸出轻柔的枝条不住地抚摸他的脸和脊背，甚至划破了他的手，他一点儿都不觉得疼痛，反而觉得就应该接受这种大自然的馈赠，让他的心灵得以片刻的宁静。

前面不远处是一片松林，春天使它焕发了生机，也许许多年前它就一直守护着这个不起眼的山坳，没有人注意到它的存在。即使注意到也只不过是偶尔有过往的庄稼人伸手折断它的一根松枝或者摘下它的松果。

许松今天重新走过这片松树林，心情难以平静，他曾很多次来到这里，却从未真正注意过它。松树林啊！竟然如此苍郁，茂密，春天赋予它太多的生机和活力。

他情不自禁地走进了松树林，是不是应该在松树下坐一坐，舒缓一下神经，平静一下狂乱的心？

他顿时又一次陷入了一片思索之中。想想两年前的那个春天里，他在遥远的省城，他怀揣梦想选择了支教。当他真正来到这里之后，却在想尽办法准备离开。

这是什么品质?

他抬头望着松树，遮住了天空，清幽的感觉油然而生。他多么想让时间停留下来，让他跟松树做一次永久的对话。松树啊！你为什么能够扎根这里?是什么力量让你在这片土地上长得郁郁葱葱？是什么精神鼓舞着你去绿化大自然的一个角落？你默默地守护着这小小的山坳，究竟是为了什么？日复一日年复一年的寂寞时光，难道你就没有厌烦的时候？你想过没有，你为大地遮挡阳光的同时，你自己却被晒得遍体鳞伤？你为什么不回答我的问题？你所做的只会在微风中摇摇头。

他走出松树林，抬头仰望着蓝天，多么明净的天空啊！谁说大山的天空弥漫着风沙？他分明看到这里的天空一片明朗。阳光透过对面的山头，照进了山坳，山坳里有了阳光的色彩，顿时光亮了许多，山坳的春天竟然这么美好，他想了又想，仿佛灵魂又重新被洗礼了一次。

时间悄无声息地从许松的身边流淌着，他不想回学校去，因为他一踏进那个地方，就有种深深的自责感，不知道该怎么解脱。但忍不住他又回头望了一眼南洼沟那个熟悉的地方，那面五星红旗依旧高高飘扬着，在群山的包围中，它竟如此的鲜艳，他却感到自身如此的渺小。

当你走过乡村的时候，看到有国旗飘扬的地方，你想都不用想就能知道那是学校。不管学校有多么破旧，但飘扬在学校上空的国旗永远鲜艳夺目。不管你身在何处，只要你看到我们的国旗时，就会肃然起敬，浑身充满了激情和力量。此刻，许松眼眶湿润了。春风轻轻拂过他的脸庞，似乎在向他诉说着什么。

他爬上山头，眺望着千沟万壑，聆听着大自然的声音，感受着生活的脉搏，情不自禁地大声喊着:“春天啊！多么美好的季节！我要以百倍的勇气拥抱你！”

72

匡亚非和杜小峰等不到这学期结束就提前离开了牛村小学，看来大城市的吸引力有多么强大。

他们离开前，许松、庄勇和杜丽丽一同在牛村小学和他们进行了最后一次聚餐，也算是一场分别宴。吃着吃着大家都很伤心，这一次分别，还不知道什么时候才能再次团聚。中间杜丽丽哭了好几次，她伤心地说："你们都要走了，这里只剩下我和庄勇，想到这里，我就难过。"

因为不知道该怎么劝杜丽丽，所以许松、匡亚非和杜小峰都不说话，只有庄勇劝着杜丽丽："没关系的，丽丽，他们走了，还有我呢！以后咱们就相依为命了，我保护你。"

庄勇的话说得杜丽丽心坎儿里热乎乎的。她抹了一把眼泪，说："我还真舍不得你们哩！没办法，人各有志嘛！能走出去的何必在这里受罪呢？有首歌唱得好'妹妹，你大胆地往前走啊！'我要唱的是'哥哥，你们大胆地往前走啊！'。"

一句话把大家都逗乐了。

匡亚非说："丽丽、庄勇，以后你们回省城直接找我，我管吃管住。"

杜小峰说："你们要是去北京，我家就是你们的家。"

几个人以前在一起的时候，并没有感到多么的亲切，但是当他们真正分别的时候，却感到彼此的心竟贴得如此近。

大家都在说着分别的话，只有许松一直沉默着。于是，匡亚非提议让许松说两句，许松感到十分为难，不知道该说些什么，只说希望大家将来都有个光明的未来。其实，他的心里却像打翻了五味瓶般各种滋味都有，他其实有太多的心里话要说了。

大家都问许松什么时候准备离开，他真的不知道该怎么回答。

匡亚非和杜小峰说不能为许松送行了，他们要先走了，还说了好多歉意的话。许松说：“没关系的，我走不走还不一定呢！”

许松的这句话把大家都震住了。

他们纷纷问许松为什么，许松摇摇头没有回答。

分别宴在伤感的气氛中结束了，一顿饭结束，两个人又要远行了。

第二天，许松把匡亚非和杜小峰送到了乡里，他们就此告别了。

返回南洼沟时，许松没有直接回学校，而是爬上了南洼沟最高的山顶。胸口的衣袋儿里放着他的研究生录取通知书，无数个寒冷夜晚的挑灯夜战换来的就是这张小小的纸片，这张通知书凝聚了他太多的心血，为了它，他几乎耗尽了生活的每一个空闲。多么不容易啊！他本应该为此而感到骄傲，这是他奋斗价值的体现。然而现在他却觉得这张通知书有千斤重，压得他喘不过气来。他的衣袋儿里仿佛不是一张引以为自豪的录取通知书，而是一颗重磅炸弹，如果拥有它，顷刻间，它就会爆炸。他真有些害怕，害怕的不是它会引爆他的身体，而是引爆他的精神和灵魂。他为此感到不安和恐慌，他是不是应该把它抛向远方？

许松反复质问苍天和大山：“谁能给我回答？”

他真的陷入了绝望的深渊，他是不是原本就不该拥有这张通知书？它只带给了他短暂的幸福和憧憬，瞬间就把他推向了迷茫和自责。

许松放眼瞭望着群山万壑，心潮澎湃，感慨万千。大山啊！连绵不断；山道啊！蜿蜒盘旋。那数不尽的沟沟岔岔啊！回环曲折。广袤的山川啊！祖国的土地！你曾诉说过多少代人的梦想？

许松泪眼蒙眬地望着这片充满热情的土地，它曾以博大的胸怀迎接他的到来，如今他有什么理由离它而去？

许松抹了一把眼角的泪水，对着群山大声呼喊：“大山啊！我爱你！我不会离你而去的！”群山立刻想起了强烈的回音。

于是，许松掏出那张研究生录取通知书，用力地抛向空中，任凭它飘向大山的深处。他不会再随它而走向遥远的省城，他要在这片热情的土地上追逐属于他的梦想。多少天来的痛苦和挣扎终于在今天释然了。他脸上露出了久违的笑容，那还挂着泪的笑脸该有多么美丽啊！

许松重新揩了一把脸上的泪水，整了整衣襟，坚定地朝南洼沟小学的方向走去。远远的山道上，他看见杜丽丽和庄勇正挥手向他走来……

（全书完）

后 记

小河的一半是清泉

小说是在 2020 年 2 月 6 日上午写完的。我合上电脑，激动地望着窗外透进来的阳光，狂乱的思绪继续飞扬在小说里的山峦和小河中，那曲折的山道和奔腾的柳叶河似乎仍在我眼前。

窗前的仙人掌愈发苍绿了，我依然像往常一样摸了摸它带刺的手掌，这个倔强的小伙伴伴着我度过了无数写作的日子。它从不低头，总是向着窗外的阳光坚韧地生长着，我倍感欣慰。我打开窗户，让阳光照耀我和我的仙人掌，当阳光洒在我身上的时候，我似乎又回到了那些奋笔疾书的日日夜夜。

2008 年暑假，我开始构思这部作品，先前我已经有了在数家纯文学刊物发表小说的经历，又有了写作长篇小说《阳光一路成河》初稿的基础，更主要的是我有在故乡从事乡村教育工作的经历，让我有幸了解我将要创作的小说的背景。2009 年的春天我开始写作，刚开始我只是打算写一个短篇小说，人物就固定在这 6 个大学生身上，故事情节完全没有像现在这样展开，只是单纯地叙述他们支教的心态和勇气。一个月之后，短篇写成，题目并不是现在的题目，我修改后就投向文学刊物了。

两个月后，我重新审视这个短篇小说，觉得还有很多话要说。于是，我就沿着原来的情节继续创作，每天写 2000 字，然后发表在网上，这样一直写到 2009 年底，共写了 10 万字左右，故事也就结束了。之后，我全身心地投入到我的长篇小说《阳光一路成河》的修改当中去了。2010 年秋天的某天，我突然收到了江苏一个刊物的第五期杂志两本（刊物的名字不说了，现在已经停刊，我内心有些伤感），我先前写的那个短篇小说发表了，我欣喜若狂。因此，2010 年的冬天里，我重拾信心，拿出我已经完成的 10 万字初稿，我决心要修改创作成一部更大的小说。我大胆地决定，把原来的第一人称叙述改成第三人称叙述，这样的改动不但增加了小说的情节，丰富了人物的性格，而且拓宽了小说的叙事走向，更主要的是深化了小说的主题。

小说里的 6 个大学生，我是均衡描写的，不分主次，每个人的思想和性格都不一样。许松，性格有双面性，但在生活的考验中，他不断成长，最终战胜了狭隘的内心，用真心拥抱了大山；韩娜娜，支教只不过是她的迂回战术，一旦机会来临，她就会毫不犹豫地离开；匡亚非和杜小峰是在深深体会了生活的痛苦之后，才决定考研究生和公务员的，两个人把主要精力都用到了努力学习中，最终他们如愿以偿。

接下来我要重点说说杜丽丽了，我是带着愧疚来塑造杜丽丽的。因为我硬生生地改写了她的人生方向。杜丽丽原本是 6 个大学生中最漂亮的一个，她生性高傲、才华横溢，再加上她一出场就被安排在条件相对较好的乡中学支教，所以，刚开始她比别人有更多的优越感，似乎她是一朵美丽的花朵。但是，在面对乡中学教育理念的落后时，她勇敢地向校长争取音乐课堂，还不辞辛劳到最偏僻的阳泉小学去演出。她的这些行为让我们对她有了新的认识，她并不像大家一开始想象的那样。特别是她演出结束在山道上遭遇事故之后，脸上永远地留下了一道伤疤，在大家都以为她要告别大山回省城的时候，她竟然做出了一个惊人的决定——离开乡中学到阳泉小学去支教。她的一句话“我脸坏了，可我的歌声还很动听，我要为那里的孩子唱歌”让人潸然泪下。这个坚强的姑娘，拒绝了朋友们的帮助，坚守在阳泉小学，就算她的初恋男友夏子童多次劝她回省城，她也没有离开。她就像欢腾的柳叶河那样，无论严寒酷暑，都不会停下自己奔跑的脚步。对于杜丽丽脸上的伤疤，我心存愧疚，无数次在心底向她说着对不起，她却向我证明，美丽的人不只是外表的美丽，有一颗崇高的灵魂才是最美的。

庄勇，我对他心存感激，他让我在困惑中找到了写作的动力。他是 6 个大学生中，唯一一个自始至终都没有说过要离开的人，甚至连动摇的念头都不曾有。他家境贫寒，和奶奶相依为命，勉强读完了大学。原本他也是大山的孩子，大山和小河是他童年的伙伴，南洼沟虽然不是他的故乡，但是看到大山和小河，他就对南洼沟充满了感情。在支教的日子里，他全身心地投入到工作中去，他的内心世界里更多的是对山里孩子的责任感。尽管生活给他开了不小的玩笑，他依然不改初衷。

我不满足于故事只围绕 6 个支教的大学生展开，我要加入具有时代感的人物，我想把小说的主旨沿着原来的主线再拓展一下。一场庞大而艰巨的任务又一次摆在了我面前（因为当时我依然奋战在长篇小说《阳光一路成河》的写作中），我按捺不住激动的心情，立刻投入到了新的创作当中，严谨的创作态度和强烈的社会责任感让我不敢有丝毫懈怠，我必须全力以赴。

首先我加入了小说里的灵魂人物——杨本昌，杨本昌一出场就是一个拖着一条假肢的乡教育办公室主任，他负责整个方山乡的教育管理工作。他用生命和热情维护着方山乡的教育。20 多年前，由于家庭阻拦，原本相爱的他和牛彩霞含泪分手。之后遇到了省城来支教的女教师曹芳，他和曹芳在长期的相处中产生了爱情，曹芳顶住了家庭的压力和杨本昌结了婚，却在生下儿子杨晨后不久悄悄回了省城，从此，杨本昌和儿子相依为命，不再提再婚的事，全身心地投入到方山乡的教育事业中去了。

塑造杨本昌，不是出于偶然，而是思考了很长时间，本来 2011 年春天就已经将他写入小说，初稿写成后总觉得缺乏生机，只能不断修改，直到 2013 年秋天才让他真正在小说中站立起来。他一开始就是带着使命感来的，我不想绕过这样的基层教育管理者。如果小说单纯地表现乡村教师，故事就缺乏了立体感，这不是我的初衷。为了深入走进这类人物，2011—2013 两年间我数次回到故乡做采访，切实地了解他们的工作和生活。他们中的大多数都是从一线教师队伍中走上领导岗位的，他们同样是我国乡村教育的脊梁，他们所起的作用绝对不亚于千百万奋战在一线的乡村教师。走上领导岗位的这类人，更能深深体会到教师的辛苦。为了一个乡的教育，呕心沥血者不在少数，我正是在这样的心理驱动下才最终把杨本昌当作小说的灵魂来写的，尽管用笔还不够成熟，但我已经对他倾尽心血，把人性的美好赋予了这样一个残疾的基层教育管理者。

牛彩霞和高满堂的塑造完全是出于对乡村教师的尊敬，正是由于他们的存在，才支撑起了我国乡村教育的蓝天。

牛彩霞的丈夫去世后，留下她和女儿小玲相依为命，她一面为学校操劳，一面照顾小玲，承担着教师和母亲的双重责任。在严峻的生活和工作中，她和杨本昌顶着巨大的舆论压力，互帮互助。她无私地帮杨本昌照看杨晨，杨本昌同样把父亲般的关爱给了小玲。牛彩霞一个人支撑起了牛村小学，直到支教的大学生来到，她满含热泪，没想到两个大学生 1 年多后离开，她尽管痛苦，可依然把牛村小学当作了生命最光辉的战场。

牛彩霞和杨本昌在共同的人生追求中重新产生了爱情，但我并没有写到他们牵手。我考虑再三，如果写到他们最终收获爱情，也许是大多数人愿意看到的结局，但实际上并不符合我创作的初衷，我更多考虑的是小说的留白，在他们出场的一开始原本就不是完美的，带着种种伤痕走入我们的视线，正是这诸多的遗憾和残缺，我们才感受到了他们人性的美好。所以，我只能在小说结尾模糊处理了他们的未来，让读者去感受他们仍然继续着的爱情。

高满堂着墨不多，他和牛彩霞一样是个踏实勤奋的教师，之所以选择他来写，而且出场很早，主要是考虑像他这样的老师几乎就是乡村教师的一个缩影，尽心尽职是他们的共性。我力图立体地展现这个人物，从一开始的兢兢业业一直到他病倒无法再走上讲台。他用一颗炽热的心，把燃烧的光芒始终指向他的学校。尽管思想上存在弱点，但这正是他立体形象的补充，我们需要这样的老师。

周小红是我唯一塑造的体制外的教师形象。周小红一出场就带着悲情色彩，她没有编制，只是学校的临时代课教师，虽然她热爱教学，尽心尽职工作，但依然面临随时被解雇的风险。周小红文化水平不高，就直接从事了乡村小学的教学工作，我之所以这样来写，是基于实际情况，这从侧面反映出了我国落后地区的教育现状，这是师资的缺乏形成的无奈之举。我们在感叹教育需要人才的同时，也必须要面对现实，这是一个沉重的教育命题。我真的不忍心写到周小红被辞退，但实际上她必须面对现实。我曾经采访过故乡的一个女教师，她的经历与周小红相似，她跟我说当她听说自己即将被辞退的时候，悄悄跑到山坳里哭了 1 天，但她无力改变现实。我把她的故事放到了周小红身上，只不过，我不想心酸地看着周小红离开她热爱的学校，想把温情再多给她一点儿，在大学生们和杨本昌的帮助下，她得以继续教书，但是可想而知，这样的生活又能持续多久。

崔明浩和董月莉是真正的中等师范毕业生，小说里他们出场时已经人到中年，可以说是整个乡村教育的中流砥柱。在当时国家分配政策下，他们是自愿要求分配到这里教书的，把青春的激情和热血全部献给了大山，我们有什么理由忽视他们呢？他们中的大多数已经或正在由乡村流向城镇，真正坚守在大山深处的寥寥无几，我在第一部长篇小说《阳光一路成河》里对高祥的塑造正是基于这一点，如果朋友们有兴趣，可以一读，这里不再赘述。

小说基本完成了，如果小说就此结束也符合预期，既有教育管理者又有普通教师，还有大学生支教者，当然还包括编外教师，主题思想基本形成，这似乎已经完成了我写作的使命，但我的心情无法平静下来。2019 年暑假，我回到故乡，爬上故乡的山岗，迎着夏风，我眼前闪过杨本昌和牛彩霞的身影，眼泪夺眶而出，为什么不能把目光再投向他们的下一代呢？我按捺不住激动的心情，一回到大同，我就开始写小玲和杨晨了。

塑造小玲主要是基于城乡教育资源的不平衡的背景，小玲正是在这种不平衡中考重点高中失败，但坚强的小玲硬是从一个非重点高中考入清华大学。她看到了故乡的教育资源和城市的差距，认清了她将来的努力方向，她要为故乡修一条通往山外的路，让大山深处不再寂寞。

杨晨是我刻意塑造的另一个人物，从小和爸爸相依为命的经历，他看到了爸爸和牛阿姨年复一年奋战在大山深处而毫无怨言的可贵精神，他毫不犹豫在高考志愿书上选择了北京师范大学，打算毕业后回到故乡教书。

回顾创作的众多人物，我由衷地感到欣慰，他们都是生活在我们身边的普通人，但他们崇高的灵魂，让我在无数个夜晚为之动容。无数次在内心深处与他们对话，灵魂一次次得到洗礼。每当此时，我就会走出房间，走向大地。当月光普照大地的时候，它低调而又含蓄地洒向大地的每一个角落，从不张扬自己的心声。月光细腻而又温柔地抚摸着我的脸庞，我为之陶醉。我仿佛嗅到了月光的芳香，在静悄悄的夜里，它带给每一个夜行的人奋斗的勇气和前进的动力。我满含热泪，张开双臂，拥抱着人世间最美的月光。

后记用了“小河的一半是清泉”的标题，我们总是感叹小河的美丽，愿意驻足小河的两岸静心观赏，甚至浸到河里拥抱小河，实际上小河的源头是无数默默无闻的清泉，正是有了无数清泉的力量，才汇成了美丽的小河。这部小说里的每一个从事教育的人就像无数的清泉一样，源源不断地输送出自身的力量，才汇成了美丽的教育之河。让我们在欣赏美丽的小河时，也听一听清泉的叮咚。

亲爱的读者，愿我的小说能带给您心灵深处的共鸣。

感谢小河！感谢清泉！

李焕道

2020 年 2 月 15 日于大同